Thierry Jonquet

DIE UNSTERBLICHEN

Roman

Aus dem Französischen
von Holger Fock

HOFFMANN UND CAMPE

Die Originalausgabe erschien 2002
unter dem Titel »Ad vitam aeternam«
bei Éditions du Seuil, Paris

Der Übersetzer dankt dem
Deutschen Übersetzerfonds e. V.
für die Unterstützung seiner
Arbeit durch ein Stipendium

1. Auflage 2003

www.hoffmann-und-campe.de
Schutzumschlaggestaltung: sander köhn wehrmann
Umschlagfoto: photonica/special photographers
Satz: Buch-Werkstatt GmbH, Bad Aibling
Druck und Bindung: Clausen & Bosse, Leck
Printed in Germany
ISBN 3-455-03691-0

HOFFMANN
UND CAMPE

Ein Unternehmen der
GANSKE VERLAGSGRUPPE

DIE UNSTERBLICHEN

Noch viele, viele Jahre später, in der endlos langen Zeit ihres Alters, bis zum Ende, bis wenige Minuten vor ihrem Tod, ja sogar in den wenigen Sekunden ihres letzten Atemzugs, hatte Anabel Monsieur Jacob nicht vergessen. Seine Gesichtszüge hatten sich tief in ihr Gedächtnis eingeprägt. Sie hatte sich so gewünscht, sich so sehr danach gesehnt, dass er in jenem letzten Augenblick ihre Hand halten und sie trösten würde, dass er ihr für den Sprung ins Unbekannte Mut machen und die Angst davor nehmen würde. Bevor sie das Bewusstsein verlor und aus dem Leben schied, hätte sie so gerne die – wie ein Trost, wie ein beruhigendes Versprechen wirkende – Gewissheit gehabt, dass seine Hand ihre Augen schließen würde, wenn sie plötzlich blind für die Welt geworden wären. Dass seine Finger, diese so sanften, so liebevollen Finger, jenes Mitgefühl zeigen würden, das die Lebenden den Toten gegenüber seit grauer Vorzeit haben.

»Gehe in Frieden, meine liebe, meine zärtliche Freundin«, hätte er zu ihr gesagt, »du hast alles erlebt, was es für dich zu erleben gab, jetzt gibt es nichts zu bedauern und erst recht nichts zu bereuen, es ist vorbei, vorbei, vorbei …«

Ja, viele, viele Jahre später, in der endlos langen Zeit ihres Alters, bis zum Ende, bis wenige Minuten vor ihrem Tod, ja sogar in den wenigen Sekunden ihres letzten Atemzugs, hatte Anabel Monsieur Jacob nicht vergessen. Wo war er im Augenblick ihres Todes? Niemand weiß es. Unermüdlich zog er durch die Welt, unfassbar, wie immer.

I

Zum ersten Mal begegnete sie Monsieur Jacob in der kleinen Grünanlage wenige Schritte von ihrem Arbeitsplatz entfernt. Anabel ging oft dorthin, in jeder Pause, die Brad ihr zugestand. Brad war ein Wrack. Davon hatte sie sich in den sechs Monaten überzeugen können, die sie mit ihm zu tun hatte. Drei Wochen, drei Tage, ja drei Stunden hätten dafür schon genügt. Er war ein mittelmäßiger Kerl, der sich gerne in Szene gesetzt, es gerne allen gezeigt hätte, der sich aber damit begnügen musste, vor einem Publikum von Nieten und Schwachköpfen Eindruck zu schinden – die für seine Dienste einiges hinblättern mussten, *cash*. Mit der Kundschaft war Brad unerbittlich, er gab keinen Kredit, ganz gleich, was er bei den Leuten machte und wie lange es dauerte. Die Grundregeln seines Jobs hatte er in den siebziger Jahren in den USA gelernt, in den »*States*«, wie er sagte. Eigentlich hieß er nicht Brad, sondern ganz prosaisch Fernand. Aber in seiner Branche brachte ein exotisch klingender Vorname verständlicherweise mehr ein. Marketing hat seine eigenen Gesetze.

Anabel hatte ihn kurz nach der Trennung von seiner Freundin kennen gelernt. Er ging auf die Fünfzig zu, und seine Dulcinea war fünfundzwanzig Jahre jünger, sie wollte sich nicht länger mit ihm abgeben. Deprimiert und in seinem Ego verletzt, hatte Brad mit Bodybuilding aufgehört und sich mit Pure Malt getröstet. Innerhalb weniger Monate wurde er immer dicker, was ihn noch depressiver machte. Er konnte seine früher heiß geliebten hautengen T-Shirts nicht mehr anziehen und versuchte, seine Gewichtszunahme unter weiten Hemden zu verstecken. Es half nichts. Er ging auf wie ein Pfannkuchen, und auf Hintern und Schenkeln breitete sich Zellulitis aus. Die äußerlichen Veränderungen waren schon alarmierend genug, aber auch innerlich begann der Organismus, der mit Anabolika, Kreatin und Wachstumshormonen voll gepumpt war, seinen Tribut zu fordern. Die Rechnung würde gesalzen sein. Tag für Tag schätzte Anabel die Katastrophe mit einem unverhohlen grausamen Blick ab.

Sie fragte sich nicht mehr, wie sie in einem solchen Dreckloch hatte landen können. Alles hatte seinen Grund, Zufall war nicht im Spiel. Gleich und gleich gesellt sich gern. Wenn sie im Morgengrauen die Augen öffnete, in diesen flüchtigen Momenten geballter Klarheit, die selbst auf den tiefsten Schlaf folgen, räumte Anabel von sich aus ein, dass sie alles in allem bei Brad am richtigen Platz war. Eine Ausgeflippte unter lauter kaputten Typen. Sie versuchte nur, ihre Haut zu retten. Wieder einen Anschein von Normalität in ihr entgleistes Leben zu bringen. Die Gehaltsüberweisungen, das Miniappartement an der Place de Stalingrad für zweitausendsiebenhundert warm, das ihr ein Kumpel von Brad bis auf weiteres vermietet hatte, regelmäßige Arbeitszeiten – elf Uhr bis neunzehn Uhr von Dienstag bis Samstag –, mit Billigung der Gewerbeaufsicht. Ein gewissenhafter Mann, der Beamte. Während seines Besuchs hatte Anabel viel zu lachen gehabt. Er machte sich die Mühe, sämtliche Rechnungen Punkt für Punkt durchzugehen, in aller Ruhe, fand aber nicht das Geringste an ihrer Tätigkeit auszusetzen. Ein bisschen baff war der Bursche darüber schon, irgendwie ratlos, jedenfalls in seiner Orientierung durcheinander geraten.

Achttausend Francs netto plus dreizehntes Monatsgehalt, das hatte Brad ihr beim Einstellungsgespräch angeboten. Zuerst hatte er noch versucht, sie auf siebentausend runterzuhandeln, aber sie zeigte sich unnachgiebig, verwies auf ihr Abschlusszeugnis. Achttausend, entweder oder, sie hatte nicht mit sich reden lassen. Reich werden konnte man damit nicht, aber es gab Schlimmeres.

✡

Zum ersten Mal begegnete Anabel Monsieur Jacob also in der kleinen Grünanlage an der Uferböschung des Canal Saint-Martin, am Quai de Jemmapes, wenige Schritte vom Studio entfernt. Es war der 6. April 2001. Japanische Touristen fotografierten fleißig die Fassade des Hôtel du Nord und die angrenzende Schleuse. Ihr Führer hatte behauptet, dass man sie einfach aufnehmen müsse, dass dieses Gebäude ganz typisch sei, und dieses Panorama, diese scheinbar bedeutungslose Straße, gesäumt vom grünen und verschlammten Wasser des Kanals, die leicht stotternde, beinahe veraltete Mechanik der Schleuse, wirklich sehr typisch, und ohne Murren stimmten die japanischen Touristen zu. Es war unvermeidlich: Sie hatten ein Anrecht auf »Atmosphäre«, die alte Leier.

Anabel saß auf einer Bank, in der Hand ein tropfendes Kebab-Sandwich, und beobachtete die Japaner halb mitleidig, halb belustigt. Der Busfahrer hatte den Motor nicht abgestellt, so dass der Bus weiter brummte und der Auspufftopf dicke Schwaden Dieselqualm ausspuckte, die allmählich den ganzen Häuserblock verpesteten, vor allem aber die kleine Grünanlage, wo ein paar Blagen in Begleitung ihrer Mütter spielten. Anabel musste husten.

Auf der Bank gegenüber las ein Typ mittleren Alters Zeitung. Er hob den Blick und sah kopfschüttelnd zu ihr herüber. Auch er fühlte sich belästigt. Die japanischen Touristen stiegen wieder brav in ihren Bus und fuhren weiter nach Versailles. Ende der Vorstellung. Monsieur Jacob vertiefte sich wieder in seine Zeitung, Anabel kaute weiter ihr Sandwich.

Als Anabel am nächsten Tag in der Frühstückspause wieder auf den Platz ging, bemerkte sie erneut Monsieur Jacob, der auf derselben Bank saß und mit seiner Zeitungslektüre beschäftigt war. *La Stampa.* Am Vortag hatte er *The Times* durchgeblättert. Am übernächsten Tag vertiefte er sich in *Die Welt.* Mit der Zeit grüßten sie sich durch ein einfaches Kopfnicken, ohne dass sie wussten, wer von ihnen damit begonnen hatte. Ein Austausch von Höflichkeiten zwischen zwei Menschen, die regelmäßig denselben Ort aufsuchten. So wurden der jungen Frau die Gesichtszüge Monsieur Jacobs im Laufe der Zeit vertraut.

Anabel bemerkte, dass er immer öfter seine Augen von der Zeitung hob. Sein Blick verweilte mit stiller Beharrlichkeit bei ihr. Er fand sie nicht besonders hübsch. Sie war es auch nicht. Anabel war ziemlich klein, mager, blass, unscheinbar, hatte ein knochiges, sonderbar asymmetrisches Gesicht, graue Augen und schmale Lippen, die sie ständig zu einem Schmollen verzog, das ihre Verdrossenheit und ihre Enttäuschung über ihr bisheriges Schicksal zu unterstreichen schien. Das Haar war zu einem ziemlich wirren Knoten verschlungen, und man erriet, dass sie ihn trug, um sich nicht allzu sehr mit ihrer Frisur beschäftigen zu müssen. Eine kleine Rothaarige mit verschlagenem Gesichtsausdruck. Auf der Straße drehten sich die jungen Männer kaum nach ihr um. Im Schwimmbad allerdings, in das sie manchmal ging, zogen die Rundung ihrer Hüften, die unaufdringliche, aber kecke Wölbung ihrer kleinen Brüste und ihr anmutiger Gang die Kennerblicke auf sich. Aber sie merkte es nicht einmal, so überzeugt war sie von ihrer geringen Anziehungskraft. In ihrer Kleidung war sie nicht wählerisch, ausgebeulte Jeans, T-Shirts, die ihr zu groß waren, Parkas, in denen sie zu verschwinden schien. Kein Schmuck, keine Ohrringe oder sonstiger Firlefanz bis auf ein breites, geflochtenes Armband mit kleinen bunten Perlen, das ihr linkes Armgelenk eng umschloss.

Und wie war Monsieur Jacob? Rein äußerlich, versteht sich. Alles andere zu beschreiben wäre eine der schwierigsten Aufgaben, und beim erdrückenden Ausmaß der vor ihm liegenden Arbeit brächte es auch den beharrlichsten Biografen zur Verzweiflung. In diesen wenigen Kapiteln kann ein solches Thema mangels Platz und vor allem mangels der geeigneten Mittel nur gestreift werden. Aber wer weiß? Vielleicht wird sich ja in mehr oder weniger naher Zukunft eine Gruppe von Forschern in diese Arbeit hineinknien und sich mit dem Leben von Monsieur Jacob befassen. Um das Geheimnis zu durchleuchten, wird man einen Areopag von Wissenschaftlern aus den verschiedensten Disziplinen zusammenbringen müssen. So weit sind wir noch nicht.

Wie war Monsieur Jacob also? Sah er ganz gewöhnlich aus? Bestimmt. Er war klein, sogar sehr klein, knapp ein Meter sechzig, wirkte untersetzt, gedrungen und trug immer einen aschgrauen Tergal-Anzug. Sein Kopf saß halslos auf dem Kragen seines weißen Hemdes, der durch eine fest geknotete, schwarze Krawatte geschlossen wurde, die Füße steckten in Mokassins. Er wurde kaum beachtet, und er wollte unauffällig sein. Seine lange Lebenserfahrung, seine lange Erfahrung mit der Bösartigkeit seiner verschiedenen Zeitgenossen hatten ihn allmählich davon überzeugt, dass man eine Regel besser befolgte: »Glücklich ist auf die Dauer nur, wer nicht auffällt.« Dabei hatte er sich nichts vorzuwerfen, doch obwohl er sein ganzes Leben lang vollkommen selbstlos gehandelt hatte, war er nie dafür belohnt worden. Er lebte mit einer Art Tarnung, die aus einer alten Gewohnheit hervorgegangen war und mit der Zeit Patina angesetzt hatte.

Sein Gesicht wies keine besonderen Kennzeichen auf – weder Warze noch Geschwulst, Narbe, Bart oder Schnurrbart. Die Gesichtszüge waren zum Verzweifeln regelmäßig, fein, die Nase gerade, die Augenbrauen buschig, die Augen von einem glanzlosen Braun. Nur sein wuchtiger, kantiger, hervorspringender Unterkiefer konnte den Blick eines aufmerksamen Betrachters auf sich lenken. Man hätte ihn deshalb für grob, für brutal halten können, aber dieser Eindruck wurde sofort von einem überaus sanften Lächeln korrigiert. Sein Alter war nur schwer zu schätzen. Monsieur Jacob schien irgendwo in den gesetzten Fünfzigern angekommen zu sein, wollte man seinem sehr kurz geschnittenen, grau melierten Haar trauen, den zahlreichen Falten, die seine Stirn durchzogen, oder den Altersflecken, die sich über seine Hände auszubreiten begannen.

✡

Einige Tage vergingen, die Bäume auf der kleinen Grünfläche begannen zu blühen, es herrschte starker Pollenflug. Kinder mit Allergien husteten, auf den Bänken vor dem Sandkasten schmusten Liebespaare, Plastiktüten flatterten im Wind, in der Schleusenkammer warteten geduldig die Lastkähne, und die japanischen Touristen gingen der Welt nur noch in homöopathischer Dosis auf den Wecker. Es war Mittagspause, und Anabel kaute an ihrem Kebab-Sandwich. Monsieur Jacob las Zeitung. Alles ging seinen gewohnten Gang.

Mit Gewohnheiten kannte sich Monsieur Jacob bestens aus. Er wusste, früher oder später würde er das rothaarige Mädchen kennen lernen, das jeden Mittag auf der Bank gegenüber saß. Es eilte nicht. Sie hatte seine Neugier geweckt. Warum?

Eine Erklärung wäre ihm sicher schwer gefallen. Es war nur so eine Ahnung wie zahllose andere, die im Laufe der Zeit in ihm aufgestiegen waren: Das rothaarige Mädchen war mit ihm verabredet. Das war nicht von der Hand zu weisen. Er wusste das. Wozu also die Dinge anschieben, die Ereignisse überstürzen? Der Zufall hatte sie in dieser erbärmlichen Grünanlage zusammengebracht, alles in allem ein günstiges Ambiente für Begegnungen, sofern man den Dingen ihren Lauf ließ.

Monsieur Jacobs Interesse an der Rothaarigen war nicht erotischer Natur, zumindest nicht auf den Beischlaf gerichtet. Von alldem war er schon seit einer Ewigkeit abgekommen. Bei aller Mäßigung geriet er zwar manchmal ziemlich in Hitze, ein Taifun packte ihn unter der Gürtellinie, eine priapische Woge, und er bekam eine mächtige Erektion. Dann suchte er gewisse, sehr diskrete Orte auf und ging zu Prostituierten, bei denen er sich erleichtern, ja sogar sich hingeben konnte. Nichts, worum man viel Aufhebens machen musste. Eher etwas völlig Belangloses.

Es vergingen noch einige Tage, bis ein heftiges Gewitter die kleine Anlage just in dem Moment leer fegte, als Anabel sich mit ihrem ewigen Sandwich auf die Bank setzen wollte. Eine Frau, die in Höchstgeschwindigkeit einen Kinderwagen vor sich her schob, um dem Platzregen zu entgehen, rempelte sie an, und das Sandwich fiel in den Sandkasten. Das Haar schon durchnässt, erstarrte Anabel und ärgerte sich über den lächerlichen Vorfall.

Sie hatte eben erst einen Rüffel von Brad bekommen wegen eines Kunden, um den sie sich, wie ihr Chef meinte, nicht genügend gekümmert habe. Eine echte Nervensäge, dieser Kunde, ein Typ, der nicht wusste, was er wollte, der einem Löcher in den Bauch fragte und nicht mehr damit aufhörte. Anabel hatte ihm das übliche Zeug aus einem der Prospekte erzählt, die Brad zusammengestellt hatte und die allen Neugierigen, die das Tattoo- und Piercing-Studio aufsuchten, in die Hand gedrückt wurden. Der Schmerz war ein integraler Bestandteil des Procedere, man musste ihn schon aushalten, ähnlich wie einen Initiationsritus. Anabel hatte die Worte ihres Meisters gewissenhaft wiedergegeben, allerdings mit einigen Anmerkungen versehen, die der Kunde nicht recht zu schätzen wusste. Daher sein Ärger und die Beschwerde bei Brad. Und daher der Rüffel, den Anabel vor der Mittagspause einstecken musste.

Bei den ersten Regentropfen war Monsieur Jacob von seiner Bank aufgestanden. Es war einer dieser schmutzigen, lauwarmen Regenfälle, von denen die Gehwege glitschig werden. Er faltete seine Zeitung zusammen – an jenem Tag die türkische *Hürriyet* –, um sie als Regenschirm über seinen Kopf zu halten. Das Papier hatte sich schon voll gesogen, die Druckerschwärze aufgelöst, als er auf Anabel zuging, die wie angewurzelt neben dem Sandkasten mit ihrem Sandwich stehen geblieben war, über das sich schon etliche Spatzen mit zerzaustem Gefieder hermachten.

»Sie wollen doch nicht etwa hier bleiben und völlig durchnässt werden? Sie sehen ja schon aus wie einer von diesen Spatzen! Kommen Sie, Sie holen sich sonst noch den Tod.«

Anabel zuckte zusammen. Monsieur Jacobs sanfte, salbungsvolle, verblüffend ernste Stimme riss sie aus ihren Träumen. Sie starrte ihn an. Ihn abblitzen lassen, zum Teufel schicken, bloß nicht mit Samthandschuhen anfassen – das war der erste Gedanke, der ihr durch den Kopf schoss. Hau ab, alter Knacker, verpiss dich und andere Liebenswürdigkeiten dieses Kalibers lagen ihr auf der Zunge, doch sie brachte nichts dergleichen heraus.

»Kommen Sie«, schnurrte er und nahm sie beim Arm.

Wenn Anabel später, sehr viel später ihre Erinnerungen an Monsieur Jacob wachrief und den immer skeptischer und ungläubiger dreinblickenden Zuhörern von ihm erzählte, beharrte sie jedes Mal darauf: Seine Stimme war von einer Art, der man nicht widerstehen konnte. Man hätte die Stimmlage, die Aussprache, das Timbre, die Phrasierung – es fehlt an Worten, um das Phänomen zu beschreiben – analysieren müssen, um ihre unerbittliche Verführungskraft zu beschreiben. Monsieur Jacobs Stimme umhüllte einen wie ein Mantel, der einem über die durchgefrorene Schulter gelegt wird, oder anders gesagt, sie erfrischte wie ein Glas Soda mit Eis in der Gluthitze eines Julinachmittags. Auf welche Weise auch immer sie einen erreichte, sie schmeichelte sich ein, schlich sich bis ins Innerste, wurde begierig aufgenommen von einer Vielzahl von Sensoren, die geradezu süchtig nach dieser Stimme wurden. Gibt es eine rationale, wissenschaftliche Erklärung für dieses Phänomen? Eines Tages werden Forscher vielleicht eine Antwort auf diese Frage finden. Irgendwo an der Schnittstelle von Akustik und Biologie werden sie ein Kontinuum an Wechselwirkungen feststellen und es in ihrem Wissenschaftsjargon mit Hilfe von asymptotischen Kurven und chemischen Formeln erklären. Bei der Überprüfung wird man auf die Mitarbeit von Monsieur Jacob angewiesen sein, wenn er sich denn fassen lässt und zu einem solchen Experiment hergibt. Was höchst unwahrscheinlich ist.

»Kommen Sie«, wiederholte Monsieur Jacob, »ich lade Sie zum Essen ein.«

Anabel blieb nichts anderes übrig als zu folgen. Er zog das Jackett seines grauen Tergal-Anzugs aus und legte es der jungen Frau über den Kopf, dann führte er sie auf dem Gehweg der Rue de la Grange-aux-Belles zu *Chez Loulou*, einem kleinen Restaurant für Arbeiter gegenüber vom Hôpital Saint-Louis. Zwischen alten roten Backsteingebäuden standen Neubauten mit Spiegelfassaden, ein Wechselspiel von Beton und undurchsichtigen Glasscheiben, hinter denen sich anonyme Menschen abplagten, in einem Abgrund versanken, schlimmer noch, hinter denen das Leben in seiner Einzigartigkeit manchmal schlichtweg verschwand.

In der hintersten Ecke des Restaurants saß Anabel Monsieur Jacob gegenüber. Der Tisch schien stets für ihn reserviert zu sein. Auf der rotblau karierten Tischdecke lag ein kleiner Serviettenring aus lackiertem Holz, darin eingebrannt ein Name in Fraktur. So erfuhr sie seinen Namen: Monsieur Jacob. Der Ober brachte sogleich ein zweites Gedeck.

»Und Sie, wie heißen Sie?«, fragte Monsieur Jacob, während er mit dem Serviettenring spielte.

»Anabel.«

»Ein hübscher Name, sehr hübsch. Sehen Sie, Anabel, hier esse ich immer zu Mittag ...«

Er schien das Lokal zu mögen. Neben dem Kücheneingang nahm ein Aquarium einen Teil der Wandfläche ein. Darin schwammen zwischen künstlichen Pflanzen Goldfische, und auf dem Sandboden lag das Wrack eines Piratenschiffs, das ein Belüftungsgerät barg, aus dem fortwährend Blasen sprudelten. Gegenüber vom Aquarium auf der anderen Seite des Raums hing ein großer Kunstdruck in grellen Farben an der Wand, eine Gruppe von Hirschkühen, die auf einer Lichtung ästen. Die Stammgäste schickten für gewöhnlich Postkarten aus ihren Urlaubsorten, und Loulou, der Küchenchef, heftete sie an eine Pinnwand neben der Kaffeemaschine. Anabel bemerkte einige Gebirgslandschaften, blaues Meer, Campingplätze und auch Szenen, die einer schlüpfrigen Phantasie entsprungen waren – hüllenlose Strandschönheiten, die von Lüstlingen belauert werden, Mädchen mit prallen Rundungen, die im Unterholz den Angriffen der Herzensbrecher erliegen – die Bandbreite war groß. Das i-Tüpfelchen im Lokal war eine Jukebox, aus der leise ein Potpourri von Musette-Walzern erklang. Die Gäste glichen der Musik. Leutselige Rentner, Handwerker in Latzhosen, Bauarbeiter mit Gipsresten im Haar oder im farbverschmierten Blaumann, einige Frauen mit Einkaufstaschen nicht zu vergessen, deren Gesichter von geplatzten Äderchen gerötet waren und die am Tresen ihr Gläschen Muscadet schlürften, während sie einen Lottoschein ausfüllten.

Loulou kam zu Monsieur Jacobs Tisch, um ihnen eine Flasche *Cuvée du Patron* in einer hübschen, leuchtend roten Manschette hinzustellen und das Tagesmenü mitzuteilen: Russische Eier, Linsen mit gepökeltem Schweinefleisch, eine Ecke Brie und ein Erdbeertörtchen. Das Ganze für achtundsechzig Francs fünfzig.

»Sagt Ihnen das zu?«, fragte Monsieur Jacob sie leise.

Warum nicht? Da sie sich ohne Widerrede in dieses Lokal hatte führen lassen, konnte sie jetzt nicht wählerisch sein.

»Sie sind ganz blass, Sie sollten sich besser ernähren. Es geht doch nichts über ein gesundes Essen, und ein bisschen Abwechslung zu Ihrem Sandwich kann nicht schaden«, fügte er hinzu, während er ihr Glas füllte. *»Santé!«*

»Santé!«, erwiderte sie und stieß mit ihm an.

Der Rotwein hatte einen etwas herben Geschmack, hinterließ nach dem zweiten Schluck aber einen angenehmen Kitzel auf der Zunge. Anabel und Monsieur Jacob aßen zunächst schweigend. Bei jedem Happen ermunterte er sie mit einem Kopfnicken zum Weiteressen. Anabel war erstaunt über seine Zurückhaltung. Ihre bloße Anwesenheit schien ihm zu genügen. Es freute ihn aufrichtig zu sehen, wie sie sich stärkte, und so behelligte er sie nicht weiter. Sie glaubte nicht wirklich, dass er sie anmachen wollte, wenngleich man nie wusste. Sie war schon hinterhältigen Typen begegnet, Perversen, die so aussahen, als könnten sie kein Wässerchen trüben, die ganz freundschaftlich, ganz uninteressiert taten, während sie ein heimtückisches Spiel trieben.

»Wohnen Sie hier im Viertel?«, wagte sie sich schließlich vor.

»Nein, ich habe ein kleines Geschäft in der Rue Bichat. Und Sie?«

»Ich auch nicht … Ich arbeite in einem Laden ganz in der Nähe.«

»In einem Laden? Sind Sie Verkäuferin?«

»Nicht so richtig. Nein, ich nehme die Kunden in Empfang.«

Sie wollte sich offensichtlich nicht weiter zu dem Thema äußern. Er verlor beiläufig ein paar Worte über das Leben in diesem Viertel, die Grünanlage am Kanal, die sehr angenehm sei – was für ein Glück, einen solchen Platz in der Nähe zu haben, erstaunlich, wie schnell der Anblick noch des unbedeutendsten Wasserlaufs einen Spaziergänger beruhige, selbst wenn das Wasser so schmutzig sei wie das im Canal Saint-Martin. Die kleinen Lastkähne, die Schreie der Möwen, die die Seine von der Mündung heraufgeflogen kamen, die Angler am Ufer, all das bilde eine Szenerie, die man gern betrachte, eine Oase des Wohlgefühls im grauen Alltag der Stadt.

»Was für ein Geschäft haben Sie denn?«, fragte sie, während Loulou das Hauptgericht servierte.

»Bestattungen, Grabstein-Gestaltung, Trauerfeiern. Ein Geschäft, das keine Krise kennt«, verkündete er mit unbeteiligtem Tonfall und schenkte ihnen Wein nach.

Mit einem Sargträger hatte Anabel noch nie zu Mittag gegessen. Während sich Monsieur Jacob eine Portion Schweinefleisch nahm, musterte sie eingehend seine Hände und dachte, dass diese Hände es gewohnt waren, Leichen anzufassen, aber sie empfand keinerlei Abscheu. Für einen kurzen Augenblick schloss sie die Augen. Natürlich hatte sie schon Leichen gesehen, damals, während ihrer Nachtwachen im Krankenhaus, Leichen unbekannter oder nahezu unbekannter Leute. Die Kranken kommen und gehen, lösen einander in diesem oder jenem Bett, in diesem oder jenem Zimmer so schnell ab, dass man sie vergisst, sie zwangsläufig durcheinander bringt. Der einzige Leichnam, den sie in Erinnerung behielt, war der von Marc. Als sie damals ins Zimmer getreten war, hatte sie sofort begriffen. Die Flics hatten sich nicht einmal die Mühe gemacht, ihn zuzudecken. Sie führten sie in Handschellen ab und erlaubten ihr nicht, auch nur ein paar Sekunden bei ihm zu bleiben. Dabei hätte sie gern ein letztes Mal sein Gesicht gestreichelt und trotz des Bluts ihre Lippen auf seine gedrückt.

Monsieur Jacob runzelte die Stirn, bereit, alle Fragen zu seinem Beruf zu beantworten, der unweigerlich die – oft krankhafte – Neugier seiner Gesprächspartner weckte, aber Anabel zuckte die Achseln und widmete sich wieder stur ihrem Essen. Daraufhin begann er weitschweifig von den Stammgästen des Restaurants zu erzählen, der langen Karriere Loulous, der einen Hotelgasthof geführt hatte, welchen er nach der Trennung von seiner Frau hatte aufgeben müssen – sie hatte ihn mit einem Steuerfahnder betrogen, der ihn verfolgte, eine unselige Verbindung! –, von den alten Frauen, die die zahlreichen Katzen an der Schleuse mästeten, und anderen Bewohnern des Viertels. Er redete in einem fort über alles und nichts, nicht um das Schweigen auszufüllen, sondern einfach aus Lust am Erzählen. Und auch, weil er es nicht eilig hatte. Um Anabels Zutrauen zu gewinnen, nahm er sich Zeit – ein Gut, mit dem er nicht geizen musste.

Monsieur Jacob hatte gleich gespürt, dass sie eine Ader hatte, das richtige Feeling. Das sagte ihm seine Intuition, und die hatte ihn noch nie getäuscht. Aber er wusste auch, dass selbst die ungestümsten Temperamente manchmal sehr lange brauchten, bis sie sich zeigten, und dass man die Dinge keinesfalls überstürzen durfte, sonst würde man alles verderben. Alles eine Frage der Geduld, des Gewusst-wie, des Fingerspitzengefühls. Früher hatte Monsieur Jacob mit seiner großen Erfahrung vielen schlummernden Talenten geholfen, hervorzutreten und sich zu entfalten. Anabel wusste noch nicht, dass ihre Begegnung eine Wende in ihrem Leben bedeuten würde. Und das alles wegen eines Wolkenbruchs? Wegen eines billigen Sandwichs, das in einen Sandkasten gefallen war? Wegen eines Kinderwagens, der sie angerempelt hatte? Das soll glauben, wer will! War es vielleicht kein Zufall, waren andere Kräfte im Spiel gewesen, als sie ihre Schritte das erste Mal in die kleine Grünanlage gelenkt hatte? In den endlosen Jahren ihres Alters stellte sich Anabel diese Frage immer wieder. Ohne jemals eine Antwort darauf zu finden.

Mehr als eine Stunde hatten sie bereits verplaudert. Loulou hatte die Kaffees serviert und das Wechselgeld für den Zweihundert-Francs-Schein auf den Tisch gelegt, den Monsieur Jacob ihm gegeben hatte.

Leicht benebelt vom *Cuvée du Patron,* spürte Anabel, dass ihre Augenlider schwerer wurden. Wie um sie aus ihrer Träumerei zu reißen, sah Monsieur Jacob plötzlich auf die Uhr und klatschte in die Hände.

»Ah, du meine Güte, schon vierzehn Uhr«, rief er aus, »und der Kunde aus Levallois wartet auf mich!«

Sie schreckte auf. »Der Kunde aus Levallois?«, fragte sie ernüchtert und zündete sich eine Zigarette an.

»Selbstmord. Er hat sich aufgehängt. Sein letzter Wille war

es, eingeäschert zu werden. In zwanzig Minuten muss ich auf dem Friedhof Père Lachaise sein. Bis morgen!«

»Bis … bis morgen …«, stammelte Anabel verdutzt und schüttelte seine Hand, die er ihr zum Abschied entgegenstreckte.

Bis morgen? Als handelte es sich um eine Selbstverständlichkeit, ein Rendezvous, dem sie sich nicht entziehen konnte. Komischer Typ, dachte sie, während er seine Jacke holte, die er zum Trocknen auf die Heizung gelegt hatte, und zum Ausgang eilte. Loulou, der noch seine blaue, von Fettflecken übersäte Leinenschürze umgebunden hatte, musterte sie mit einem gutmütigen Lächeln. Sie rauchte ihre Zigarette bis auf den Filter herunter, dann stand auch sie auf.

Sie ging die Rue de la Grange-aux-Belles zurück, bog nach rechts in die Rue Juliette-Dodu ab und betrat das Studio. Die Tür war kaum hinter ihr zugefallen, da dröhnte es schon in ihren Ohren, und sie verzog das Gesicht. Brad bestand darauf, den Verstärker stets voll aufzudrehen, selbst wenn kaum Betrieb im Laden war. Sie ertrug diese ganze Soße aus Hardrock, Heavy Metal und ähnlich hohen Dezibel nicht mehr, die ihr Trommelfell marterten, aber Brad mochte es und merkte nicht, dass das nicht mehr sehr *trendy* war. Wütend stampfte er mit den Füßen hinter dem Tresen. Das Studio war ins Halbdunkel getaucht. Wandbehänge aus schweren Stoffen dunkelten den Raum zur Schaufensterfront hin ab; die Innenwände waren spärlich gestrichen, und nur einige hier und da aufgehängte Spotlichter in unterschiedlichen Farben verbreiteten mit ihren schwachen Lichtkreisen etwas Helligkeit. Nicht zu vergessen die Schiene mit den Halogenlampen im hintersten Winkel des Flurs am Eingang zu den Toiletten.

»Da bist du ja endlich!«, brüllte Brad. »Weißt du, wie spät es ist? Fast hätte ich nicht mehr mit dir gerechnet.«

Anabel riss kurzerhand den Stecker heraus, der die Hi-Fi-Anlage mit Strom versorgte. Der Lärm verstummte schlagartig. Sie schaute ihn scharf an, bereit, ihm die Stirn zu bieten, wenn er es wagen sollte, sie anzuschnauzen.

Das Eintreffen eines Kunden beendete ihre kleine Auseinandersetzung. Es war ein Stammkunde, ein hoch motivierter Kerl. Als Kundenberater und leitender Angestellter bei der Banque Nationale de Paris (BNP) konnte er es sich nicht leisten, sein Gesicht »behandeln« zu lassen. Dafür gab er seine anderen Körperteile um so bereitwilliger her. Brad bat ihn in die speziell eingerichtete Kabine im ersten Stock, in die man über eine kleine Wendeltreppe gelangte.

»Hast du die Gerätschaften vorbereitet?«, fragte er mit leiser Stimme, als er an Anabel vorbeiging.

»Gerade bevor ich in die Mittagspause gegangen bin, es blitzt nur so«, erwiderte sie und nahm hinter der Theke Platz, während Brad dem Kunden nach oben folgte.

Sie fühlte sich innerlich leer und begann deshalb die Glasböden im Schaufenster blank zu wienern, auf denen die verschiedenen Schmuckstücke und Implantate auslagen, die im Studio angeboten wurden. Von einer Lichtschiene angestrahlt, glänzten sie in ihrer ganzen Pracht und zogen die Blicke der Neugierigen unwiderstehlich an. Dasselbe machte sie mit den Glasrahmen, in denen Fotografien von Brads witzigsten und gelungensten Arbeiten ausgestellt wurden. Sie waren der einzige Wandschmuck. Man mochte von ihm halten, was man wollte, aber er war zugegebenermaßen nicht ohne Talent. Als Kunststudent hatte er herumgebummelt, sich treiben lassen, ein Bohèmeleben geführt und sich sein Brot unter den Kunstmalern verdient, die auf der Place du Tertre oder auf dem Pflaster vor dem Centre Beaubourg Touristen schröpften. Eine ausgezeichnete Schule. Aus dieser Zeit war ihm eine absolut sichere Hand geblieben. Das Tätowieren ist eine riskante Kunst. Man muss mit einem Malgrund umgehen können, der sich im Gegensatz zu Leinwand oder Papier ständig entziehen will. Die Haut kann sich als widerspenstig erweisen, sie kann gegen Tinte allergisch sein, ganz zu schweigen vom Muskelgewebe, das entweder auseinander geht oder sich nach oben wölbt und so die Arbeit des Tätowierers plötzlich sabotiert. Ein Schmetterling auf der Schulter, ein Anker auf dem Unterarm oder ein Drache auf dem Po machen keine Probleme. Aber Brad hatte Größeres im Sinn: Er war ein Spezialist des Freskos, und das hatte ihm einen gewissen Ruf eingebracht. Darauf gründete sich seine Stellung in der Szene. Trotzdem hatte er natürlich viele Eisen im Feuer und konnte jede Laune seiner Kunden zufrieden stellen.

Anabel hatte den Stecker der Hi-Fi-Anlage wieder eingesteckt und den Sender France-Musique eingestellt. Zwei ungefähr fünfzehn Jahre alte Jugendliche betraten das Studio. Die Klänge des dritten Brandenburgischen Konzerts schienen sie nicht zu stören. Die Jungen musterten den Schmuck im Schaufenster und erkundigten sich mit großen Augen nach den Preisen.

»Egal, was ihr machen wollt, ihr braucht immer eine Erlaubnis eurer Eltern«, beschied ihnen Anabel kurz angebunden.

»Auch für einen Nasenring? Aber für einen kleinen Ring in der Augenbraue doch nicht, oder?«, fragte einer der beiden nach.

»Egal für was, klar?«

Missmutig warfen die beiden die Tür hinter sich zu. In diesem Punkt waren die Vorschriften streng. Brad war zwar scharf aufs Geld, aber äußerst vorsichtig. Einige Kollegen hatten nach Infektionen große Schwierigkeiten bekommen; deshalb ließ er seine Kunden ein Papier unterschreiben, das ihn von jeder Verantwortung entlastete. Aufs Geratewohl Minderjährige zu behandeln, kam nicht in Frage.

Aus der Kabine im ersten Stock drangen bald unterdrückte Schreie. Der Kundenberater der BNP musste einiges aushalten. Die Ladentür wurde erneut geöffnet. Ralph, ein guter Freund von Brad, schaute auf einen Besuch herein. Ihm gehörte das Appartement, in dem Anabel wohnte. Er war ein Kerl mit beeindruckend breiten Schultern und steckte von Kopf bis Fuß in Lederklamotten. Ohren, Nasenflügel und Lippen zierten, ähnlich wie bei Brad, zahlreiche Ringe in unterschiedlicher Größe. Um seinen Hals zog sich die Tätowierung eines nachtblauen Spinnennetzes. Der karminrote Körper der Spinne war auf den Adamsapfel gezeichnet, und jedes Mal, wenn dieser zuckte, bewegte sich das Tier, als wollte es sich auf eine Beute stürzen.

»Tag, Anabel, du siehst blendend aus, wie immer«, begrüßte er sie.

Er hatte einen kaum hörbaren Sprachfehler. Ursache des leichten Lispelns war eine kleine Metallkugel, die er auf der Zunge trug. Sein Lächeln zierten zwei herrliche Fangzähne aus Edelstahl, die er sich in den *»States«* von einem darauf spezialisierten Zahnarzt über die Eckzähne hatte stülpen lassen.

Ralph zeigte auf das Köfferchen, das er bei sich trug, und bedeutete Anabel damit, dass er Brad gleich die neuesten Modelle von Teflon-Implantaten vorführen würde, die es auf dem Markt gab: Kugeln, die – irgendwo zwischen Glied und Brustbein – unter die Oberhaut eingepflanzt werden, hornförmige Prothesen für Anhänger von Satansmessen oder für Nachtschwärmer, die alles mitmachen müssen, und – nicht zu vergessen – für die Mädchen kleine Titanstäbe, die nach einem Schnitt mit dem Skalpell, der eine Art Knopfloch schafft, zwischen die Brüste gesetzt werden und den Ausschnitt schmücken. Er öffnete das Köfferchen auf der Ladentheke und zeigte die Schmuckstücke in ihren Etuis. Anabel hatte dergleichen schon in Katalogen gesehen. Ralph hob den doppelten Boden des Köfferchens an und deckte eine Reihe von pharmazeutischen Fläschchen und Tuben auf, dazu gefüllte Betäubungsspritzen, ein komplettes Operationsset zur sofortigen Anwendung.

Brad ärgerte sich immer schwarz darüber, dass er all diese Mittel nicht anwenden durfte. In den *»States«* konnte man in Privatkliniken stundenweise einen Operationssaal mieten und sich dort jeden Scherz erlauben. In Frankreich untersagten ihm übertrieben strenge Bestimmungen leider die freie Ausübung seiner Kunst. Mancher vermögende Kunde war allerdings wild entschlossen und zögerte nicht, die Kosten für Flugtickets und Hotelzimmer zu übernehmen, um sich seine Speckschwarte in Kalifornien zerschneiden zu lassen, und es war wirklich ein Jammer, dass die armen Schlucker und Habenichtse unter den Adepten des Piercings vor der Schranke des Geldes zurückweichen mussten.

Angesichts dieses Verdienstausfalls wuchsen Brad die Flügel eines radikalen Reformers. Wäre er nicht so antriebslos gewesen, hätte er sich an die Spitze seiner Kollegen gestellt, die von einer Gesetzesänderung träumten. Ohne sich über die schlechten Erfolgsaussichten Illusionen zu machen, traf man sich von Zeit zu Zeit zu Versammlungen. Niemand traute sich, die Wörter in den Mund zu nehmen, aber der Embryo eines Verbands, die Keimzelle einer Zunft waren geschaffen. Schließlich verteidigten auch Zauberer, Astrologen oder Wahrsager, ja sogar die Betreiber einer Börsen-Website mit Klauen und Krallen ihre Pfründe. Gemeinsam sind wir stark, das wusste jeder.

»Eines Tages werden wir diese Mittel benutzen können«, murmelte Ralph, »aber bis dahin haben wir schon eine Menge Zeit verloren, schade drum … meinst du nicht?«

Er ließ den Deckel des Köfferchens langsam sinken und warf Anabel einen fragenden Blick zu. Ihr blieb keine Zeit für eine Antwort. Brad kam die Wendeltreppe herunter. Mit einer flinken Bewegung streifte er die Latexhandschuhe ab, rollte sie zu einer Kugel zusammen und warf sie in den Plastikeimer neben der Theke.

»Ich bin fertig. Siehst du mal nach ihm und machst den Rest?«, sagte er und deutete mit dem Kinn zur Wendeltreppe.

Anabel nahm die Anweisung mit einem Seufzer entgegen, stieg die wenigen Stufen hinauf und stieß die gepolsterte Tür auf, eine primitive Molton-Polsterung, die den Anschein von akustischer Intimität vermitteln sollte. Abgesehen von den Socken an seinen Füßen lag der Kunde splitterfasernackt auf einem Tisch, den Brad übertrieben seinen »Operationstisch« nannte, ein Wunderwerk, das er in einer Filiale des Bazar de l'Hôtel de ville erstanden hatte, die auf Arzt- und Klinikausstattung spezialisiert war. Per Knopfdruck konnte man ihn nach Belieben hoch- und runterfahren. Ein kurzes Zischen der Hydraulik, und der Streich war gelungen. Das war nicht weiter von Nutzen, aber der Kunde hatte das Gefühl, dass man sich wirklich um ihn kümmerte, er war überzeugt, in guten Händen zu sein. Aus demselben Grund hatte Brad bei einer Zwangsversteigerung eine medizinische Bestecktasche erworben, die aus dem Inventar einer Privatklinik stammte. Auf einem Abstelltischchen unter kleinen Glasbehältern locker verteilt, vermittelten die seltsamen Instrumente den Kunden den Eindruck, sie befänden sich im Behandlungsraum einer echten Klinik. Banausen wollen sich eben sicher fühlen.

Splitternackt also wand sich der Kunde auf dem »Operationstisch«. Er umklammerte mit beiden Händen sein Geschlecht und zappelte wie ein Karpfen, den man soeben aus dem Aquarium gefischt und mit pochenden Kiemen auf die Hackbank des Fischhändlers geworfen hat.

»Tut es sehr weh?«, fragte Anabel.

Der Typ begnügte sich mit einem langen Stöhnen als Antwort.

»Na, dann lassen Sie mich mal sehen ... Nehmen Sie Ihre Hände da weg, halten Sie sich an der Bettkante fest, beißen Sie die Zähne zusammen, atmen Sie kräftig ein, ein und aus, langsam, langsam, eins, zwei, einatmen und ausatmen, das beruhigt«, befahl Anabel.

Sie streifte sich Latexhandschuhe über, bedeckte ihre untere Gesichtshälfte mit einem Mundschutz, beugte sich über die Brust des Kunden und warf einen Blick auf die beiden Brustwarzen. Rechts gab es kein Problem, aber links eiterte es stark.

»Waren Sie bei einem Arzt? Ich habe es Ihnen schon letztes Mal gesagt: Die Brust hat sich richtig entzündet, Sie müssen sich unbedingt Antibiotika verschreiben lassen.«

Der Typ wurde rot. Wie so viele, die an sich hatten herumschneiden lassen, wagte er es nicht, das Ergebnis der Schandtat einem Arzt zu zeigen. Sie zuckte die Schultern.

»Mit rezeptfreien Mitteln werden Sie es nicht schaffen, dass die Wunde heilt. Aber schließlich ist das Ihre Sache.«

Sie untersuchte die Brustwarze mit größter Vorsicht, dann den Ring, der sie durchbohrte. Der Typ stöhnte noch lauter. Sie drückte auf den Warzenhof und ließ einige dicke Eitertropfen hervorquellen, die sie mit Verbandswatte abwischte.

»Sie dürfen wirklich nicht länger warten.«

»Ich dachte, es würde von alleine vernarben«, stammelte der Kunde. »Können Sie mir denn nichts verschreiben? Brad hat gesagt ...«

»Ich verschreibe gar nichts!«, schnitt Anabel ihm das Wort ab. »Ich bin Krankenschwester, sonst nichts. Ich kann Ihnen nur raten. Brad hat Ihnen das sicher erklärt, oder nicht? Er macht alles mit Ihnen, was Sie wollen, aber für die Nachsorge sind Sie selbst verantwortlich.«

Ihr Blick glitt zum Bauchnabel hinunter. Dort hatte Brad mit dem Piercing begonnen. Es gab nichts auszusetzen: Der Ring, die Kugeln, alles war, wie es sich gehörte, eine Rötung war kaum zu erkennen, keine Spur von einer Entzündung. Die endgültige Vernarbung kam gut voran.

»Gut, sehen wir uns den Rest an«, seufzte sie.

Nicht sehr behutsam griff sie nach dem Schwanz des Typen und richtete ihn auf, um das Spotlicht besser ausnutzen zu können, das den Tisch beschien. Sie drückte die Eichel zusammen, um die nässende, blutige Wunde zu weiten. Der Kunde klammerte sich an die Armstützen. Sie bog den Schwanz nach oben, um ihn von unten an der Vorhaut zu untersuchen. Es war das gleiche Bild. Die Operation, die der Kundenberater über sich hatte ergehen lassen, wurde im Fachjargon mit der Vokabel *Apadravya* bezeichnet. Dabei wird die Eichel vertikal von einem Metallstab durchbohrt. Die beiden Enden sind mit einem Gewinde versehen, auf das kleine Schmuckkugeln mit einer Gewindebohrung geschraubt werden, so dass letztendlich nur die beiden Kugeln sichtbar sind. Bei einer anderen Variante, *Ampallang* genannt, wird die Eichel nach der gleichen Prozedur horizontal aufgespießt. Am liebsten setzte Brad allerdings den *Prince Albert*: In die Harnröhrenmündung wird ein Ring eingeführt, der das Glied nach unten durchstößt und auf Höhe des Frenulums Vorhautbändchens wieder hervorkommt. Das ganze Kauderwelsch stammte aus Erzählungen über alte Hindu-Riten oder, wie im Fall des *Prince Albert*, aus den Phantasien einiger erlauchter Herrschaften des 19. Jahrhunderts wie König Georg V. oder Georg VI. von England, Zar Nikolaus II., König Bernadotte von Schweden und natürlich – Ehre, wem Ehre gebührt – besagtem Prinz Albert selbst. Nach Aussage der Betroffenen soll das Tragen solcher Orthesen ihr sexuelles Vergnügen vervielfacht haben und ebenso das ihrer Partnerinnen.

»Brad hat mir versichert, dass alles gut gehen würde«, presste der Kunde zwischen zusammengebissenen Zähnen hervor. »Bei den letzten drei Sitzungen hat er den Stichkanal genügend geweitet, und beim nächsten Mal setzt er mir dann das Juwel. Ich habe es schon gekauft. Es ist sehr hübsch, 18 Karat Gold. Wenn schon, denn schon!«

»Klar, was sonst«, stimmte Anabel zu.

Sie nahm ein Fläschchen Dakin' s Lösung und drückte auf die Pipette. Das Desinfektionsmittel tropfte in die Wunde und versickerte darin. Sie wiederholte den Vorgang mehrmals und massierte dabei das Gewebe. Wie nicht anders zu erwarten war, bekam der Typ langsam eine Erektion.

»Das tut jetzt aber gut«, stöhnte er.

»Ach? Ich hätte eher gedacht, es würde wehtun. Ist doch seltsam, was man für Vorurteile hat. Gut, ich werde jetzt einen Verband anlegen, aber sobald Sie wieder zu Hause sind, sollten Sie Desinfektionsbäder nehmen, und zwar so lange und so oft wie möglich. Und ich sage es Ihnen noch einmal: Gehen Sie zu einem Arzt. Sie brauchen Antibiotika, sonst stürzen Sie sich ins Unglück. Sie können sich wieder anziehen.«

Der Kunde setzte sich aufrecht hin und betrachtete stumpfsinnig die Schwellung seines in Gaze gewickelten Geschlechts. Eine kleine Puppe unter einer Trachtenhaube aus weißer Spitze. Warum nur ließen dieser Typ und viele andere so an sich herumschneiden? Diese Frage stellte sich Anabel schon lange nicht mehr. Jedem Typ seinen Trip.

Sie reichte ihm eine Kompresse und zwei Streifen Heftpflaster, damit er seine linke Brust damit verklebte. Während er in seine Kleidung schlüpfte, begann sie den Satz Nadeln mit zunehmendem Durchmesser aufzuräumen, die Brad benutzte, um den Kanal zu weiten, den er durch die geschwollene Eichel gestochen hatte, um das Einführen des Implantats vorzubereiten. Dabei wurde sie von dem Typ aufmerksam beobachtet.

Um den Kunden zu beruhigen, hatte Brad ihr geraten, die Nadeln zu sterilisieren. Dies erfolgte in drei Phasen: eine Dekontaminierung durch Flüssigkeit, ein einfaches Bad also, eine Ultraschallreinigung und abschließend eine Runde im Autoklav unter Hochdruck (2,1 bar) und bei 135 Grad. Mechanisch wiederholte sie die Handgriffe, die Brad ihr beigebracht hatte, obwohl sie genau wusste, dass das alles nur ein Täuschungsmanöver war. Die Gefahr ging vom Raum selbst aus, der nie vollkommen steril war. Das Studio befand sich in unmittelbarer Nachbarschaft zu anderen Geschäften, darunter eine Metzgerei, und die gemeinschaftlich genutzten Gebäudeteile waren vom »Behandlungszimmer« nur durch eine dünne Wand aus Gipskarton abgetrennt. An einigen Stellen hatte sich Schimmel gebildet. Und seit der Nachbar über ihnen einen Wasserschaden gehabt hatte, war die Situation noch schlimmer geworden. Die eingesickerte Feuchtigkeit bedrohte das Studio, und Brad prozessierte mit der Wohnungsbaugesellschaft. Das alles war natürlich *top secret*. Brad erwog bereits, in ein neues, eigenes Ladenlokal umzuziehen, aber sein Banker sträubte sich noch, ihm die notwendigen Mittel vorzuschießen.

Der Kunde hatte sich inzwischen angezogen und ging breitbeinig zum Ausgang.

»Der kann sich auf einen schönen Feierabend gefasst machen«, prognostizierte Anabel ohne den geringsten Funken Mitleid.

Aus reiner Nachlässigkeit nahm der Typ das Risiko auf sich, eine Blutvergiftung zu bekommen. Von den Prophylaxekursen aus ihrer Zeit im Krankenhaus, die ihr nun so fern schien, hatte sie nichts vergessen. Am besten, sie dachte nicht mehr daran. Nach ihrem Abenteuer mit Marc würde sie nie wieder im medizinischen Bereich arbeiten können. Ihr polizeiliches Führungszeugnis untersagte es ihr ausdrücklich. Es blieb ihr also nichts anderes übrig, als Brad zu ertragen und ihren Ärger jedes Mal hinunterzuschlucken, wenn er einem neuen Kunden verkündete, dass ihm eine Diplomkrankenschwester zur Hand gehe, als wäre das ein Beweis für die Seriosität seines Etablissements. Anabel war ihm trotzdem nicht in die Falle gegangen. In ihrem Arbeitsvertrag war ihre Qualifikation mit keinem Wort erwähnt. Sie wurde nur vage als »Assistentin« bezeichnet, einer unerlaubten Berufsausübung konnte man sie nicht bezichtigen.

Der restliche Nachmittag verlief eher öde. Nachdem Brad und Ralph ein paar Whiskys gekippt hatten, führte Brad einige anspruchslose Tätowierungen durch, die auf angenehme Weise das nötige Kleingeld einbrachten. Gegen neunzehn Uhr, kurz vor Feierabend, kam ein Vertreter vorbei und lieferte einen kleinen Stapel Fotobücher, in denen die rituellen Skarifikationen der Massai-Stämme gezeigt wurden. Bei den Stammkunden fand das Werk reißenden Absatz. Anabel gab die Rechnungsdaten in den Computer ein, stellte ein paar Exemplare gut sichtbar auf die Schaufensteraufsteller, dann schlüpfte sie in ihren Parka und verließ das Studio.

Um nach Hause zu kommen, ging sie wie jeden Abend langsam die Rue de la Grange-aux-Belles hoch, dann den Canal Saint-Martin entlang in Richtung der Métro-Station

Jaurès. Unterwegs begegnete sie einigen Skatern und Jugendlichen, die in kleinen Banden herumlungerten und auf den Einbruch der Dunkelheit warteten, um hier auf den Strich zu gehen.

Das Haus mit ihrer Einzimmerwohnung lag am Bassin de la Villette, gleich hinter dem Kino MK2. Das Zimmer war winzig, und mit der Einrichtung hatte sie sich keine Mühe gemacht. An den Wänden konnte man noch die hellen Stellen sehen, wo die Poster des Vormieters gehangen hatten. Neben ihrem Bett hatte sie eine Ektachrom-Vergrößerung mit Reißzwecken an die Wand geheftet.

Ein lachender Marc am Strand von Étretat. Sie hatte die Aufnahme mit einem Wegwerfapparat vor sechs Jahren selbst gemacht. Damals hatten sie zusammen ein Wochenende in einem kleinen Hotel direkt am Meer verbracht und das Zimmer kaum verlassen. Sie hatten sich geliebt oder geschlafen; nur einmal hatten sie sich eine Meeresfrüchteplatte und dazu einen Muscadet aufs Zimmer kommen lassen und sie auf dem Bett verspeist.

In den sechs Jahren hatte die Aufnahme ihren Glanz verloren. Sie war durch das Sonnenlicht immer stärker ausgeblichen, aber Anabel wollte das Foto nicht woanders aufhängen oder durch einen Glasrahmen schützen. Sie dachte, dass es im Laufe der Zeit Tag für Tag mehr verschwinden würde, unmerklich und unaufhaltsam, bis der Augenblick kommen würde, an dem sie Marcs Gesicht nicht mehr erkennen könnte. Sie würde nur noch einige verschwommene, gespenstische Züge sehen. Dann, und erst dann, würde sie nicht mehr um ihn trauern. Das hoffte sie zumindest, ohne so recht daran zu glauben.

Wie jeden Abend duschte sie ausgiebig und rieb ihren Körper mit einem Massagehandschuh ab, um allen Schmutz loszuwerden, der sich dort im Laufe eines langen Tages angesammelt hatte. Die Schmutzschicht gab es nur in ihrer Einbildung, aber sie ließ Anabel keine Ruhe. Triefend nass schlüpfte sie in einen Bademantel. Der Kühlschrank war leer. Sie bestellte telefonisch eine Pizza, die sie dann vor dem Fernseher aß, während sie im Schneidersitz auf dem Teppichboden saß. Sie sah eine langweilige Serie und anschließend in voller Länge die Spätnachrichten. Danach versuchte sie einen Roman zu lesen, den man ihr wärmstens empfohlen hatte, für den sie sich jedoch einfach nicht begeistern konnte. Sie stellte sich vor das große Fenster und betrachtete das Wasser im Bassin de la Villette, das im hellen Mondlicht schimmerte – es war fast Vollmond –, schluckte eine halbe Kapsel Lexomil, legte sich bäuchlings aufs Bett und ließ sich in den Schlaf fallen.

✡

Wie jeden Morgen schlug Anabel früh die Augen auf und fühlte sich erdrückt von der Angst, die sie beim Aufwachen unweigerlich heimsuchte. Ihr Frühstück bestand immer aus einem Kaffee am Tresen des *Soleil de Djerba*, eines Bistros am Anfang der Rue de Flandre.

Die Begegnung mit Monsieur Jacob hatte einen seltsamen Widerhall in ihr gefunden. Sie hatte von ihm geträumt, einen langen, nicht enden wollenden Traum, der im Laufe der Nacht ständig wiederkehrte, eine Traumschleife, wie ihr schien. Es war kein Albtraum, sondern die bloße Wiederholung der Augenblicke, die sie mit ihm verbracht hatte, zerhackt von anderen, weniger angenehmen Erinnerungen. Der Psychologe, den sie seit ihrer Freilassung zweimal im Monat besuchte, würde sich für diesen Traum sicher sehr interessieren, aber bis zum nächsten Termin war noch viel Zeit, und zweifellos würde sie bis dahin alles vergessen haben. Er hatte ihr empfohlen, ihre

Träume jeden Morgen nach dem Aufwachen aufzuschreiben, aber heute war sie zu träge dazu oder vielmehr ihrem eigenen Leben gegenüber zu gleichgültig.

Sie verließ das Bistro, stand ratlos auf dem Trottoir, allein unter den vielen Leuten, die wer weiß wohin eilten, und wusste nicht, was sie tun sollte. Ein Triebwagen der hier oberirdisch fahrenden Métro sauste an ihr vorbei in Richtung Jaurès. Einem plötzlichen Impuls folgend lenkte sie ihre Schritte zur Métro-Station Stalingrad und wartete auf den nächsten Zug. Eine Viertelstunde später stieg sie am Friedhof Père Lachaise aus. Die Tore des Haupteingangs waren noch verschlossen, und so wartete sie auf einer Bank geduldig, bis sie geöffnet wurden ... Sie kaufte einen kleinen Strauß Tulpen in einem Blumenladen in der Nähe, dann nahm sie einen der Wege im vorderen Friedhofsbezirk.

Sie besuchte Marcs Grab nur selten, im Gegensatz zu seinen Eltern, deren Kommen zweimal wöchentlich ein unumstößliches Ritual geworden war. Dafür kleideten sie sich äußerst gewissenhaft in Schwarz, nahmen den Vorortzug und verließen ihre Siedlung für einen ganzen Tag, um an dem grauen Marmorstein in Trauer zu vergehen. Nach ihrer Entlassung aus dem Gefängnis hatte Anabel seine Eltern mehrmals begleitet, aber schließlich hatten jene sie freundlich gebeten, nicht mehr mitzukommen, da sie mit ihrem Schmerz lieber allein sein wollten und Anabel hinterher immer völlig erschöpft war.

Das Grab war sehr gepflegt, die Steinplatte sorgfältig gesäubert, und rundherum waren alle Unkrautbüschel gejätet, während die weniger häufig besuchten Nachbargräber davon überwuchert wurden. Sie kniete nieder und legte mit einer bedächtigen Bewegung die Tulpen aufs Grab. Dann richtete sie sich wieder auf und blieb einige Minuten still stehen, mit ausdruckslosem Gesicht, verschränkten Armen und ohne Tränen zu vergießen, bis sie abrupt auf dem Absatz kehrtmachte und zum Ausgang eilte. Sie sah auf ihre Armbanduhr. Brad würde nichts zu meckern haben, sie würde noch pünktlich im Studio sein.

☆

Die wenigen Augenblicke, die Anabel an Marcs Grab verbracht hatte, waren Monsieur Jacob nicht entgangen. Er war in der Gegend mit einem städtischen Angestellten unterwegs, mit dem er die Ablösung einiger Familiengräber besprach. Als er Anabel bemerkt hatte, sorgte er sogleich dafür, dass sie ihn sah, und hielt sich hinter einer von Mauerrissen übersäten Grabkapelle verborgen, die von Efeu umschlungen war und zahllosen Katern als Unterschlupf diente. Zufrieden darüber, dass er sich nicht getäuscht hatte, konnte er ein Lächeln nicht unterdrücken. Sein Weg sollte den des rothaarigen Mädchens auf schicksalhafte Weise kreuzen. Blieb ihm nur noch herauszufinden, warum. Er zog den Angestellten mit sich auf den Weg, den Anabel soeben verlassen hatte, und machte bald das Grab ausfindig, vor dem sie andächtig stehen geblieben war. Es bestand kein Zweifel. Die frischen Blumen, die Nähe eines ihm wohl bekannten Grabmals, alles passte zusammen. Marc Cansot 1976-1996. Ein in den Grabstein eingesetztes Medaillon zeigte das Foto eines jungen Mannes. Monsieur Jacob beugte sich hinunter, um die Gesichtszüge besser zu sehen. Aufgeworfene Lippen, Lockenkopf, frecher Blick. Ein schöner junger Mann, das rothaarige Mädchen hatte einen guten Geschmack. Nachdem sein Gespräch mit dem städtischen Angestellten beendet war, verließ er pfeifend den Friedhof.

Eine Stunde später, nach einigen Telefonanrufen aus dem Büro, das an sein Geschäft in der Rue Bichat grenzte, wusste er, woran er war. Marc Cansot war am 26. Juni 1996 bei Sablé im Département Sarthe von Sicherheitskräften der Polizei erschossen worden, nachdem er bei deren Sturm auf das abgelegene Landhaus, in das er geflüchtet war, Widerstand geleistet hatte. Zwei Monate zuvor hatte er sich in Paris, in einer Brasserie an der Place d'Italie, bereits einen Schusswechsel mit Beamten vom Rauschgiftdezernat geleistet, bei dem er einen von ihnen schwer verletzte. Cansot war es gelungen, einen Großdealer übers Ohr zu hauen und ihm eine beträchtliche Anzahl von Herointütchen zu entwenden. Durch ihre Spitzel hatten die Flics die Spur seiner Flucht aufgenommen und ihn bis zu jenem mitten im Wald gelegenen Haus verfolgt, das den Eltern eines Freundes gehörte. Das Abhören der Telefone von Cansots Freundeskreis hatte die Polizei zu ihm geführt.

Monsieur Jacob überflog das Fax, das er gerade bekommen hatte. Einige fotokopierte Zeitungsseiten. Auf seiner Flucht sei Cansot von einem jungen Mädchen begleitet worden, Anabel Lorgnac, eine Freundin aus seiner Kindheit, die seine Geliebte war. Ein Foto zeigte sie mit Handschellen gefesselt zwischen zwei Polizeibeamten. Bei ihrer Festnahme fanden die Flics eine Faustwaffe in einer ihrer Taschen, ohne dass sie jemals Anstalten gemacht hätte, diese zu benutzen. Man hatte sie abgefangen, als sie aus dem nächsten Dorf vom Einkaufen zurückkam.

Im Laufe des Prozesses gelang es ihren Anwälten, den Schaden zu begrenzen. Anabel war in der Brasserie gewesen, als Marc einen Flic verletzte, und seither nicht mehr von seiner Seite gewichen. Unleugbar eine Komplizin. Vor allem aber verliebt, wahnsinnig verliebt in Marc Cansot, so sehr, dass sie ihm blind folgte. In dem Haus in Sablé fiel den Untersuchungsbeamten ein Brief in die Hände, den Anabel ihrem Geliebten während eines kurzen Aufenthalts in Paris geschrieben hatte. Er hatte sie dorthin geschickt, um einen gefälschten Ausweis für ihn zu besorgen. Cansot beabsichtigte, sich so schnell wie möglich ins Ausland abzusetzen. In diesem Brief beschwor ihn Anabel, sich der Polizei zu stellen. Sie erklärte ihm, dass sie nicht länger wie ein gehetztes Wild leben könne, dass dieses Abenteuer ihre Kräfte übersteige. Das war der entscheidende Trumpf, der Joker von Anabels Verteidigern. Er brachte die Geschworenen dazu, trotz der schwerwiegenden Anklage nur ein geringes Strafmaß zu verhängen. Sechs Jahre Haft, drei davon zur Bewährung ausgesetzt.

Monsieur Jacob faltete das Fax sorgfältig zusammen und verließ sein Institut. Es war Zeit, zu dem kleinen Park am Canal Saint-Martin hinunterzugehen und auf der Bank, auf der er immer saß, auf Anabel zu warten.

Sie kam zwanzig Minuten später als sonst, ein Sandwich in der Hand, und grüßte ihn mit einem leichten Kopfnicken. Monsieur Jacob runzelte verärgert die Stirn, als er sah, dass sie sich ans entgegengesetzte Ende der Grünanlage setzte. Er klemmte seine Zeitung unter den Arm – heute war es die israelische Tageszeitung *Ha'aretz* – und ging zu ihr. Sie sah ihn an.

»Wollen Sie nicht mit mir essen gehen? Wir hatten uns doch gestern verabredet!«

»Hören Sie«, antwortete Anabel, »ich weiß nicht, wer Sie sind und was Sie wollen, aber ich garantiere Ihnen, dass Sie mit mir nur Ihre Zeit verschwenden!«

»Da bin ich aber ganz anderer Meinung«, erwiderte Monsieur Jacob ruhig.

»Ich habe Ihnen nichts zu sagen. Also lassen Sie mich in Ruhe«, beharrte sie.

»Nichts zu sagen? Ich glaube doch. Sie könnten mir von Marc erzählen, oder nicht?«

Anabel zuckte zusammen, aber sie dachte nicht daran, aufzustehen. Die Bewegung war so heftig gewesen, dass sie wie am Vortag ihr Sandwich fallen ließ.

»Sie ... Sie sind ein Flic, stimmt's?«, fragte sie ängstlich.

»Aber keineswegs, machen Sie sich keine Sorgen, ich habe Ihnen doch schon gesagt, dass ich ein Bestattungsinstitut führe. Sie glauben mir wohl nicht? Kommen Sie!«

Ohne zu fragen, nahm er sie am Arm, um sie zum Aufstehen zu bewegen. Sie ließ es geschehen. Alles in allem schien es ihr besser, sich Gewissheit zu verschaffen und herauszubekommen, was der Kerl wirklich wollte. Sie verließen den Park, gingen ein kurzes Stück die Rue de la Grange-aux-Belles hoch und bogen dann nach rechts in die Rue Bichat ein. Nach knapp fünfzig Metern zeigte er ihr das Schaufenster seines Ladenlokals, in dem verschiedene Gegenstände zum Schmücken von Gräbern ausgestellt waren.

»Sehen Sie, ich mache Ihnen nichts vor.« Er deutete auf das Ladenschild: *Pompes Funèbres Jacob*. »Glauben Sie mir jetzt?«

Er öffnete die Tür. Ein ungefähr sechzigjähriger Mann mit traurigem Gesichtsausdruck saß hinter einem Schreibtisch und wartete auf Kundschaft.

»Alles klar, Maxime?«

»Alles klar, Monsieur Jacob«, bestätigte der Angestellte.

»Nun? Jetzt können Sie beruhigt sein. Ich bin nicht von der Polizei ...«

Zwei Minuten später saß Anabel zusammen mit Monsieur Jacob hinten im Saal bei *Chez Loulou*. Er hatte seine Zeitung neben sich auf den Tisch gelegt und studierte die Speisekarte. Anabel sah die hebräischen Buchstaben und dachte, dass Monsieur Jacob wirklich außerordentlich sprachbegabt sein müsse. Er bestellte zweimal das Tagesgericht sowie eine Flasche *Cuvée du Patron*.

»Woher wissen Sie das mit Marc?«

Er zögerte einen Augenblick mit der Antwort, blickte ihr in die Augen, nahm ihre linke Hand fest in seine. Eine Geste ohne jede Zweideutigkeit, fast väterlich, liebevoll.

»Als ich Sie zum ersten Mal sah, habe ich gleich gespürt, dass Sie todunglücklich sind. Ich erkannte es an Ihrer ganzen Haltung, und dann ist da noch …«

Monsieur Jacobs Auftreten war von einer solchen Selbstsicherheit, dass sie sich ihm nicht entziehen konnte. Er drehte die Hand der jungen Frau um, und seine Finger streiften leicht über das breite Glasperlenarmband an ihrem Handgelenk. Er schob es ein paar Zentimeter in Richtung Ellbogen und enthüllte so eine grässliche Narbe. Mit Tränen in den Augen zog Anabel ihre Hand zurück und versteckte sie unter dem Tisch.

»Heute Morgen war ich auf dem Friedhof Père Lachaise … Ich hatte geschäftlich dort zu tun«, fuhr Monsieur Jacob fort. »Ich habe Sie von weitem gesehen. Alles andere war leicht herauszufinden. Ich habe einige Freunde bei der Presse.«

Er holte die Fotokopie mit dem Zeitungsausschnitt hervor, den man ihm eine Stunde zuvor gefaxt hatte.

»Es ist eigentlich ganz einfach. Ich hege große Sympathie für Sie. Fragen Sie mich nicht, warum, es ist ein spontanes, unerklärliches Gefühl. Und sehr aufrichtig. Essen Sie, sonst wird es kalt.«

Loulou hatte gerade zwei Teller auf den Tisch gestellt. Monsieur Jacob nahm seine Serviette aus dem Serviettenring, entfaltete sie sorgfältig und stopfte einen Zipfel hinter den Hemdkragen, so dass seine Krawatte völlig verschwand.

Beim Essen schwiegen sie. Als Loulou den Käse brachte, räusperte sich Monsieur Jacob, nahm einen kräftigen Schluck Wein und fixierte Anabel.

»Also, werden Sie mir jetzt von Marc erzählen?«

Verblüfft über seine Chuzpe, gab sie nach. Was hatte sie auch groß zu verbergen? Die Presse hatte den Fall weidlich ausgeschlachtet. Sie erzählte also von Marc, berichtete von ihren gemeinsamen Kindheitstagen. Ihre Eltern waren Nachbarn in einer Reihenhaussiedlung am äußersten Stadtrand gewesen, im hintersten Teil des Départements Seine-et-Marne. Es war eine dieser Siedlungen, die in den siebziger Jahren aus dem Boden gestampft worden waren, um die Mittelschicht auf die grüne Wiese hinauszulocken, insbesondere diejenigen, die es verstanden hatten zu sparen und die zahlungskräftig genug blieben, um ihren Verpflichtungen auch unter den verheerenden Auswirkungen der Arbeitslosigkeit noch nachzukommen. Marc und Anabel waren Seite an Seite aufgewachsen, hatten Jahr für Jahr dieselbe Grundschule besucht, dann dasselbe Collège. Ihre Eltern waren eng miteinander befreundet, sie fuhren sogar gemeinsam in Urlaub. Sie waren sozusagen nie voneinander getrennt. In ihrer Jugend wurde dann aus der Freundschaft wie von selbst eine Liebesbeziehung. Anabel hatte nie einen anderen Jungen gehabt als Marc, und umgekehrt war es genauso.

»Als ich ihn tot sah, hatte ich wirklich das Gefühl, als hätte man mich gerade halbiert, verstehen Sie? ... Und das ist keine Floskel, kein bildhafter Ausdruck, ich meine damit ein körperliches Gefühl. Eine Amputation, verstehen Sie?«

»Natürlich verstehe ich«, versicherte Monsieur Jacob und streichelte zärtlich ihre Wange.

Sie nahm seine väterliche Geste als das, was sie war, und schmiegte ihren Kopf in seine Hand.

»Wie dumm von mir, das zu fragen. Sie sind es sicher gewohnt, dass sich die Leute bei Ihnen ausweinen. Das ist in Ihrem Beruf zwangsläufig so. Machen Sie das schon lange?«

»Seit jeher, Anabel, seit jeher.«

Sie erzählte dann von der Zeit, als Marc und sie erwachsen wurden. Sie hatte immer den Wunsch gehabt, Krankenschwester zu werden, um am Ende der Welt den Ärmsten der Armen zu helfen. Als kleines Mädchen hatte sie im Fernsehen Bilder und Berichte über die französischen Ärzte gesehen, die auszogen, um die Leiden in den hintersten Winkeln der Erde zu lindern.

»Ich war dazu berufen … das glaubte ich zumindest. Ich war ein naives Ding. Ich komme mir lächerlich vor, Ihnen das zu erzählen, Sie müssen mich ja für eine dumme Gans halten«, entschuldigte sie sich.

»Nicht im Geringsten. Aber Marc, der fühlte sich zu nichts berufen, stimmt's?«

»Ja, er war ein wenig orientierungslos. Er hing an der Uni rum, bei den Philosophen, aber er schaffte den Abschluss nicht. Er tat so, als würde er drauf pfeifen, spielte das verkannte Genie, wenn Sie wissen, was ich meine … Wir waren zusammengezogen, seine Eltern hatten uns ein kleines Appartement geschenkt. Ich ging jeden Morgen zum Dienst ins Krankenhaus, und er blieb mit seinen Büchern im Bett liegen. Eines Abends brachte er dann Dope und eine Spritze mit. Um diese Erfahrung zu machen, wie er sagte. Wir setzten uns einen Schuss und machten dann damit weiter. Den Rest konnten Sie in der Zeitung lesen. Wir waren schnell kaputt, rannten der Kohle hinterher. Er hielt sich für stärker als die ganze Welt, oder jedenfalls für schlauer als die kleinen Dreckskerle, die er wegen des Stoffs traf.«

»Haben Sie ihm das übel genommen?«

»Manchmal schon, an den Abenden im Knast, in Fleury. Das Gefängnis ist hart, wissen Sie?«

»Ich weiß, Anabel, ich weiß.«

»Ach, Sie glauben vielleicht, Sie wüssten«, feixte sie, »aber das erfährt man nicht aus einem Zeitungsartikel, den …«

»Wenn ich sage, ich weiß, Anabel, dann weiß ich es auch«, unterbrach Monsieur Jacob sie entschlossen.

»Waren Sie … waren Sie schon einmal im Knast?«, fragte sie überrascht. »Ich meine, Sie selbst, als …?«

»Ja, es ist schon lange her, und damals – das können Sie mir glauben – war es um einiges härter als heute. Ich möchte nicht herunterspielen, was Sie durchgemacht haben, aber …«

Für einen kurzen Moment schloss er die Augen. Diesmal nahm Anabel seine Hand.

»Komisch, es tut mir gut, mit Ihnen zu reden, Ihnen von Marc zu erzählen.«

»Na, sehen Sie, es war richtig, darauf zu bestehen.«

»Zu Hause habe ich neben meinem Bett ein Foto von ihm an die Wand gepinnt. Ich hatte es an einem Wochenende in Étretat aufgenommen, bei der berühmten Felsnadel, wissen Sie, dem Kreidezahn, der vor der Steilküste aus dem Wasser ragt. So ist Marc immer bei mir, bis in alle Ewigkeit!«

Loulou brachte den Kaffee. Während Anabel ihn trank, warf sie einen Blick auf die Uhr. Es war höchste Zeit, ins Studio zurückzukehren.

✡

Von nun an trafen sich Anabel und Monsieur Jacob in jeder Mittagspause. Sie vertraute sich ihm vollkommen an, berichtete ausführlich über ihre Inhaftierung, ihren Selbstmordversuch. Es war reiner Zufall gewesen, dass sie überlebte. Sie hatte sich von einer Mitgefangenen, einer abgebrühten Gewaltverbrecherin, die schon öfter gesessen hatte, zu einem hohen Preis eine Rasierklinge besorgt. An dem Abend, als sie sich umbringen wollte, führten die Schließerinnen nach einem Medikamentendiebstahl im Krankenrevier eine überraschende Zellendurchsuchung durch. Um zweiundzwanzig Uhr schrillte die Alarmanlage durch die Gänge. Anabel lag in einer riesigen Blutlache auf dem Fliesenboden ihrer Zelle. Sie wurde mit dem Notarztwagen ins Krankenhaus gefahren, wo sie Bluttransfusionen bekam. Ein oder zwei Abende früher, und sie wäre in der Zelle liegen geblieben.

»Als ob mich der Tod nicht gewollt hätte«, sagte sie mit einem Lächeln.

»Hat er nicht«, bestätigte Monsieur Jacob, »und normalerweise handelt er nicht leichtfertig.«

✡

Nach zwei Monaten wusste er nahezu alles von ihr. Und sie fast nichts von ihm. Er antwortete bereitwillig auf ihre Fragen nach seinem Geschäft, wich aber aus, sobald sie ein wenig persönlicher wurde. Monsieur Jacob war Junggeselle und bewohnte ein großes Haus in Nogent am Ufer der Marne. Punkt. Von seiner Arbeit als Besitzer eines Bestattungsinstituts blieb ihr nichts verborgen, sie wusste nun darüber Bescheid, wie man Trauerfeierlichkeiten organisierte, wie teuer die Auspolsterung des Sarges kam, wie man Trockeneis verwendete, um den Verwesungsprozess des Leichnams zu verzögern usw. Aber über diese rein beruflichen, quasi technischen Angaben hinaus teilte Monsieur Jacob praktisch nichts von sich mit. Während er in ihr wie in einem offenen Buch las, blieb er selbst ungreifbar. Inzwischen war sie überzeugt, dass die große Fürsorge, die er ihr gegenüber zeigte, ohne Hintergedanken war: Als er sie über ihr Liebesleben nach ihrer Entlassung aus dem Gefängnis ausfragte und sie ihm gestand, dass in dieser Hinsicht vollkommene Flaute herrschte, wurde er sehr streng.

»Also wirklich, Anabel, das ist nicht sehr vernünftig. Sehen

Sie sich mal im Spiegel an: Seit wir zusammen zu Mittag essen, haben Sie ein paar Kilo zugelegt, Sie sehen zum Anbeißen aus! Jetzt sagen Sie bloß nicht, dass sich die Jungen in Ihrem Alter nicht nach Ihnen umdrehen!«

Es stimmte. Die gute Hausmannskost im *Chez Loulou* hatte ihr wieder zu einer Figur verholfen. Nichts erinnerte mehr an die kleine Vogelscheuche, die sie noch acht Wochen zuvor gewesen war. Aus heiterem Himmel begann sie Kosmetikprodukte zu kaufen und, ohne zu wissen, was sie dazu trieb, auch neue Kleider, von denen sie eines in blühenden Farben besonders mochte. Bevor sie morgens zur Arbeit ging, aalte sie sich auf einer Bank am Ufer des Bassin de la Villette in der Sonne. Durch diese Kur wurde sie bald so braun wie in einem Urlaub am Meer. Die überraschenden Veränderungen in ihrem Verhalten waren Brad ein Rätsel.

»Ich weiß natürlich, dass Sie seit Marcs Tod großen Kummer leiden«, fuhr Monsieur Jacob fort, »aber glauben Sie mir, Sie sollten nicht so streng mit sich sein. In Ihrem Alter hat man gewisse Bedürfnisse, und es ist nicht gut, sie nicht zu befriedigen. Ich meine, Sie schaden damit Ihrer Gesundheit!«

Zum ersten Mal seit langer Zeit musste Anabel schallend lachen. Als sie an diesem Abend zu Hause war, schrieb sie einen Brief an Cécile, eine Fixerin aus ihrer Nachbarzelle in Fleury-Mérogis. Cécile hatte fünf Jahre ohne Bewährung aufgebrummt bekommen, aber sie hielt weiter die Fahne hoch, komme, was da wolle. Anabel schrieb ihr von Monsieur Jacob, dem komischen Totengräber, der ihr die Lust am Leben zurückgab.

Der einzige Punkt, in dem sie sich ihm gegenüber nicht sehr redselig gezeigt hatte, war ihre Beschäftigung als Assistentin bei Brad. Sie schämte sich etwas, auf diese Weise ihren Lebensunterhalt zu verdienen. Sie zweifelte nicht an Monsieur Jacobs

Nachsichtigkeit, hielt sich aber lieber bedeckt, was diese Seite ihres Lebens betraf, obwohl ihr klar war, dass er auf seinen Spaziergängen durch das Viertel früher oder später zwangsläufig dahinter kommen würde. Monsieur Jacob kannte alle Geschäfte und Händler in der Umgebung, den ganzen Klatsch des Viertels, alles, was die Concierges im Umkreis von dreihundert Metern tratschten. Nichts entging ihm. Deshalb warf Anabel jedes Mal, wenn sie das Studio von Brad betrat oder verließ, einen flüchtigen Blick in die Runde aus Furcht, Monsieur Jacob könnte sie sehen.

2

Jeden ersten Montag im Monat findet in der Haftanstalt Darnoncourt im Département Oise eine Versammlung statt, auf der über die Situation der – freizulassenden oder neu aufzunehmenden – Häftlinge gesprochen wird. Die Teilnehmer sind nicht sehr zahlreich: der Gefängnisdirektor, der Oberaufseher, der Haftprüfungsrichter, die Sozialarbeiterin, der Arzt und nicht zu vergessen, ein vom Gericht bestellter Psychiater. Eine langweilige Veranstaltung.

Im Dschungel der französischen Strafanstalten nimmt Darnoncourt tatsächlich eine Sonderstellung ein. Baufällig wie viele andere auch – hundertzwanzig der hundertachtundsechzig Gefängnisse des Landes stammen aus dem 19. Jahrhundert –, ist dieses Gefängnis dazu bestimmt, Langzeitgefangene am Ende ihrer Knastkarriere aufzunehmen, wenn sie von den Jahrzehnten in der Zelle krank, gebrochen und geschwächt sind. Darnoncourt beherbergte einen Großteil der dreihundertsiebenunddreißig Strafgefangenen, die nach einer statistischen Erhebung in der zweiten Jahreshälfte 2001 älter als siebzig, und der einundzwanzig, die älter als achtzig waren. Aber dieses Sterbehaus soll in naher Zukunft abgerissen werden. Einige Gebäude sind bereits verfallen, Gefängnismauer und Stacheldraht leicht zu überwinden, die sanitären Einrichtungen entsprechend schlecht. Die internationale Gefängnisaufsicht betrachtet Darnoncourt als ein echtes Elendsquartier, gerade noch dazu gut, ein paar Greise und Gebrechliche aufzunehmen. Obgleich man aufpassen muss, denn zwei Insassen, einem gewissen Stan

Ercovicz, wegen seines Kehlkopfkrebses auch »der Stumme« genannt, und dem Schönen Angelo, einem Zuhälter alter Schule, war noch im kanonischen Alter die Flucht gelungen!

Aus all diesen Gründen verlassen Darnoncourt nur wenige Gefangene aufrecht und schreiten mit ihrem Bündel über der Schulter durch das Gefängnistor. Die meisten verabschieden sich vielmehr im Leichenwagen von ihrer letzten Sommerfrische hienieden. Sie sterben an Altersschwäche, Krankheit, Vereinsamung, nachdem sie so lange von der Welt abgeschnitten waren, dass ihre Rückkehr ins normale Leben einfach nicht mehr vorstellbar ist. Mörder, Gewaltverbrecher, Unterweltbosse kauen im Gemeinschaftsraum auf ihren zerfressenen Gebissen herum, während sie auf dem Bildschirm Bilder betrachten, die sie nicht mehr verstehen können. Sollten sie Kinder haben, so sind diese längst selbst alt, ihre Frauen hässlich geworden. Einige, die nach einem Straferlass vorzeitig hätten freikommen können, lehnten es sogar ab, von ihrem Recht Gebrauch zu machen, aus Angst, wehrlos einer feindlichen Umwelt ausgesetzt zu sein. In Darnoncourt gibt es nur wenige Besucher, die Besuchszimmer sind fast immer leer, die Atmosphäre ist die eines Altersheims.

✡

Am 14. Mai 2001 beschäftigte man sich mit dem Fall des Strafgefangenen Nummer 2057 C, einem gewissen Jacques Ruderi, der am 18. August 1961 in Untersuchungshaft kam und fünf Jahre später, am 26. Januar 1966, vor dem Schwurgericht von Douai verurteilt wurde. Angesichts der besonderen Schwere seiner Taten – Beihilfe zum Einbruch in ein Privathaus, Beihilfe zu schwerer Körperverletzung in mehreren Fällen, in einem Fall mit Todesfolge, Beihilfe zu unmenschlicher Folterung eines Kindes mit schwerwiegenden Folgen – wurde Ruderi zu einer hohen Haftstrafe verurteilt: dreißig Jahre Zuchthaus. Der Guillotine beziehungsweise einer lebenslangen Freiheitsstrafe entging er nur dank der Fähigkeiten seines Verteidigers, der es verstand, die gewissenhaften Geschworenen in Zweifel zu stürzen. Ruderi hatte sich fraglos der Beihilfe zu den Folterqualen schuldig gemacht, die die Opfer erdulden mussten, aber eben nur der Beihilfe; er war an den Verbrechen nur passiv beteiligt, hatte sich nicht selbst die Hände schmutzig gemacht.

Der Prozess gegen ihn verlief nahezu unbemerkt. Man muss wohl annehmen, dass die Neugier der Öffentlichkeit in Bezug auf Kindesmisshandlung reichlich befriedigt und in puncto Horrorgeschichten anspruchsvoller geworden war, dass man gelernt hatte, diese nach einer Art Richterskala für Ungeheuerlichkeiten einzuordnen. Im Jahr 1964 füllte ein entsetzliches Verbrechen die Titelseiten der Zeitungen. Der kleine Luc Taron, ein elfjähriger Junge, war von einem Psychopathen getötet worden, der die Kripo neununddreißig Tage lang unter dem Pseudonym »Der Würger« mit Botschaften auf eine unheimliche Schnitzeljagd schickte, bevor er endlich gefasst wurde. Er hieß Lucien Léger. Und noch immer erregte die Gemüter ein anderer unvergessener Prozess aus dem Jahr 1957 gegen Guy Desnoyers alias der Pfarrer von Uruffe. Er war zu lebenslanger Haft verurteilt worden, weil er ein neunzehnjähriges Mädchen getötet und zerstückelt hatte, das »durch sein Verschulden schwanger« war, wie der übliche Ausdruck lautet. Bei der Gerichtsverhandlung in Nancy wurde folgender Dialog zu Protokoll gegeben:

»Was ist dann geschehen?«, fragte der Vorsitzende Richter und meinte damit den Augenblick, in dem der Priester seine Geliebte umbrachte.

»Ich habe zu ihr gesagt: ›Ich werde dir jetzt die Absolution erteilen.‹ Und dann habe ich gefragt: ›Kannst du mir verzeihen?‹ Sie meinte: ›Ja, ich verzeihe dir. Aber ich will deine Absolution nicht.‹ Dann machte sie einige Schritte weg von mir und drehte mir dabei den Rücken zu. Als ich schoss, war sie einen Meter von mir entfernt. Sie ist auf den Rücken gefallen, die Arme ausgebreitet wie zu einem Kreuz.«

»Sind Sie niedergekniet?«

»Ja.«

»Sie haben sich also über ihren Körper gebeugt, sie entkleidet und mit Hilfe eines Messers einen monströsen Kaiserschnitt durchgeführt, durch den Sie das Kind aus dem Leichnam seiner Mutter holen konnten ...«

»Ja ...«

»In welcher Verfassung war das Kind?«

»Es hat nicht geschrien, es hat mich nur mit großen, offenen Augen angestarrt.«

»Dann haben Sie es getauft und mit einem Messerstich in den Rücken getötet, schließlich sein Gesicht zerschnitten, um es zu entstellen, weil Sie befürchteten, es könne Ihnen ähnlich sehen?«

»Ja ...«

In gewisser Weise bezahlte Ruderi *in memoriam* für den Pfarrer von Uruffe und für Lucien Léger. Alles in allem war er im Vergleich zu diesen beiden Monstern nur ein gewöhnlicher Krimineller, ein Amateur. Was die Geschworenen zwar widerwillig, aber mit einer gewissen Einsicht einräumten. Nach einem erbärmlichen Fluchtversuch, an dem er sich 1970 in Clairvaux beteiligte, erhöhte sich sein Strafmaß um zehn weitere Jahre. Mit seinen drei Zellengenossen hatte er einen äußerst riskanten Plan ausgeheckt, bei dem der entscheidende Trick darin bestand, den Schließer des Nachtdienstes gefangen zu nehmen. Ein Komplize simulierte einen epileptischen Anfall auf so überzeugende Weise, dass der Aufseher alle gewöhnlichen Vorsichtsmaßnahmen außer Acht ließ und allein in die Zelle ging, um sich über die Lage Klarheit zu verschaffen. Er wurde gefesselt und geknebelt, dann nahmen ihm die vier Männer seinen Schlüsselbund ab und versuchten das Unmögliche, nämlich, die Sicherungstüren eine nach der anderen zu öffnen, die den Zugang zum Gefängnishof versperrten. In einer angrenzenden Straße warteten Komplizen mit Seilen und Haken. Die Ausbrecher wurden auf der Mauer von den Scheinwerfern überrascht und von den Posten auf den Wachtürmen unter Beschuss genommen. Drei kamen in die Arrestzelle, einer hatte weniger Glück und landete im Krankenhaus, denn er hatte den Schützen als Zielscheibe gedient, als er rittlings auf der Gefängnismauer saß, bereit, auf der anderen Seite in die Freiheit zu fallen.

Die Crux bei der Sache war, dass der Schließer, von den Stoffstreifen, die sie aus den Bettdecken geschnitten hatten, eingeschnürt wie ein Würstchen, einen Herzinfarkt erlitt und starb. Aus dem einfachen Fluchtversuch wurde so Freiheitsberaubung und schwere Körperverletzung mit Todesfolge. Die Ausbrecher wurden ein Jahr später vom Schwurgericht von Loudun verurteilt, und Ruderi bekam vom Vertreter der Staatsanwaltschaft erneut eine gesalzene Rechnung präsentiert. Außer den Angehörigen des Opfers trat auch die Gewerkschaft der Strafvollzugsbeamten als Nebenkläger auf. Die äußerst empfindliche Waage der Justiz neigte sich zur Höchststrafe: Wie die anderen Ausbrecher kassierte Ruderi zehn Jahre. Mit der ersten Verurteilung machte das vierzig Jahre Haft, eine runde Summe, die er gänzlich zu bezahlen hatte.

✡

Da Ruderi gemäß einer höheren Logik, deren Geheimnisse allein die Strafvollzugsbehörden verstehen, mehrfach von einem

Gefängnis ins andere überstellt wurde – so vom Zentralgefängnis ins Untersuchungsgefängnis und wieder zurück –, lernte er in seiner langen Knastlaufbahn einige Haftanstalten kennen: La Santé, Clairvaux, Bapaume, Saint-Martin-de-Ré und schließlich, seit Anfang der neunziger Jahre, Darnoncourt. Wie dem auch sei, Ruderi hatte seine Strafe nun fast abgesessen und sollte am 16. Oktober 2001 entlassen werden. Bei seiner Verhaftung war er fünfunddreißig Jahre alt gewesen, zumindest laut Personalausweis. Bei seiner Freilassung würde er also fünfundsiebzig sein.

»Ein mustergültiger Häftling«, brummte der Gefängnisdirektor, während er in der Akte blätterte ...

Oberaufseher Tierson, der Ruderi gut kannte, nickte zustimmend. Er konnte dem nicht widersprechen. In Darnoncourt fürchten die Aufseher keine Angriffe von inhaftierten Junkies, deren Unbeherrschtheit manchmal in Gewalt ausartet, auch keine Bisse von Aids-Infizierten, von denen Kollegen in anderen Haftanstalten ein Lied singen können. Das Gewerkschaftsblatt spart nicht mit Horrorberichten über den Stress, dem das Vollzugsbeamtentum ausgesetzt sei, das so ermuntert wird, Zulagen und Gehaltserhöhungen als gerechten Ausgleich für die Beeinträchtigungen zu fordern, die es hinnehmen muss. Nein, am schwersten auszuhalten ist in Darnoncourt – außer der Baufälligkeit der Anstalt – die Zerrüttung der Häftlinge. Ob inkontinent, verkalkt oder senil, verbringen sie ihre Zeit mit endlosem Gefasel und bieten ihren Aufsehern Tag für Tag das Schauspiel des Alterns, dem auch jene nicht entgehen werden, Bildnisse erschlaffter Körper, die, von vielerlei Gebrechen geplagt und von tausenderlei Schmerzen wie gelähmt, vorzeitig zerschlissen und *ante mortem* schon halb verwest sind. Tierson hatte nur noch drei Jahre bis zu seiner Pensionierung, und diese schauerliche Komödie erfüllte ihn mit Schrecken. Am meisten fürchtete er sich allerdings vor den Hautkrankheiten, davor, sich anzustecken bei den flüchtigen Berührungen mit dem Pöbel, für den er verantwortlich war. Die schwitzenden, salpetrigen Wände bildeten einen wunderbaren Nährboden für dermatologische Erkrankungen. Das Duschen, zu dem die Inhaftierten einmal wöchentlich alle nackt zusammenkamen, war das reinste Festival der Pilze, Schorfe, Flechten, Furunkel, Eitergrinde, eine Orgie von Pusteln, Warzen und roten Flecken.

»Ruderi? Der ist wirklich ein mustergültiger Häftling«, wiederholte Tierson.

Wenn er einmal zu einer Auffassung oder etwas Ähnlichem gelangt war, klammerte sich der Oberaufseher daran und zögerte nie, sie nach reiflicher Überlegung zu äußern. Seit er mit Ruderi zu tun hatte, war er um gewisse Beobachtungen nicht herumgekommen. Das war sein Job. Als rangältestem Häftling war Ruderi einige Monate zuvor eine bevorzugte Behandlung zuteil geworden: Man hatte ihn aus einem der Schlafsäle geholt, die sich in der Regel zwanzig Inhaftierte teilen mussten, und ihm eine jener Einzelzellen zugestanden, die normalerweise für die Gebrechlichen oder Bettlägerigen reserviert waren. Und diese war stets sauber, denn Ruderi reinigte sie regelmäßig mit Javellauge. Er wusch seine Kleidung mit peinlicher Sorgfalt, und dank des Guthabens, das er seit Beginn seiner Inhaftierung angesammelt hatte, konnte er sich Aerosolbomben besorgen und damit einen entschlossenen Feldzug gegen Wanzen und Kakerlaken führen. Bis vor kurzem hatte Ruderi ohne Unterbrechung in den Knastwerkstätten gearbeitet. Küche, Waschküche, Garten, Tischlerei, Kartonfalzen, er brachte in allen Haftanstalten, in denen er einsaß, die Zeit durch Arbeit herum. Er war so fleißig, dass er nach all den Jahren der Inhaftierung über einen kleinen Sparstrumpf verfügte: fast fünfzigtausend Francs.

Der Haftrichter – ein junger Mann, dessen Karriere gerade erst begonnen hatte und der keinen Wert darauf legte, vor den alten Haudegen, die hier versammelt waren, den Schlauberger zu spielen – hatte zum Gefangenen Nummer 2057 C, den er übrigens noch nie gesehen hatte, nicht viel zu sagen. Die letzten erkennungsdienstlichen Fotos, frontal und im Profil, die seiner Akte beilagen, waren zehn Jahre alt und stammten von Ruderis Aufnahme in Darnoncourt. Nach Durchsicht der Unterlagen war die Sache für den Haftrichter klar. Der Häftling hatte seine Strafe abgebüßt, seine Schuld gegenüber der Gesellschaft war beglichen, blieb nur noch, ihn auf freien Fuß zu setzen und endlich loszuwerden. Der Nächste bitte! Einen Stempel auf ein Formular, und Schwamm drüber. Bei dem Alter müsste es schon mit dem Teufel zugehen, wenn er es darauf anlegte, seinen Zeitgenossen das Leben noch einmal mit solchen Possen zu vergällen, wie er sie in der Vergangenheit getrieben hatte.

Tierson hatte seine Meinung kundgetan, der Richter ebenso, blieb noch der Arzt. Der Gefängnisdirektor wandte sich mit einem Stirnrunzeln an ihn. Doktor Chevelot gehörte zu der Sorte von Ärzten, die bei der Diagnose so unsicher sind, dass sie sich mit ihrer Praxis in der Stadt nicht halten könnten, denen die Strafvollzugsbehörden jedoch ein sicheres Einkommen bieten, weil sie nicht in der Lage sind, ihre fachkundigeren Kollegen für diesen Dienst zu gewinnen.

»Topfit, er ist topfit«, brummte er und zeigte auf die Ergebnisse der letzten Blutuntersuchungen. »Für einen Mann seines Alters ist das erstaunlich. Cholesterin gleich null, Blutzucker normal, Blutdruck ebenso, das Herz eines Zwanzigjährigen. Seine Zähne sind vollkommen in Ordnung, was bei Strafgefangenen wirklich äußerst selten ist. Der einzige Schatten auf dem Bild ist ein leichter Rheumatismus im rechten

Knie, wie könnte man in dem Alter auch der Arthrose entgehen? Davon abgesehen glaube ich, der macht es noch bis hundert!«

Die Nächste in der Runde war die Sozialarbeiterin. Auch sie hatte nichts beizutragen. Ruderi schickte sie bei jedem ihrer Besuche zum Teufel. Aufgrund seiner Ersparnisse musste er tatsächlich nicht um die Almosen betteln, die sie zu verteilen hatte.

»Hat er eine Bleibe, Familie oder so etwas?« Der Gefängnisdirektor ließ nicht locker. »Bei uns kommt keiner mit fünfundsiebzig raus, ohne zu wissen, wohin!«

Die Sozialarbeiterin machte eine ausweichende Geste. Ihres Wissens hatte Ruderi seit seiner Ankunft in Darnoncourt noch nie Post bekommen. Keinen einzigen Brief, nicht das kleinste Päckchen. Ruderi war ein Einzelgänger, ein Gefühlskrüppel wie so viele andere arme Teufel, die ein langer Aufenthalt hinter Gittern zu Wracks gemacht hat, zu Zombies, die von der Welt vergessen wurden.

»Gut, letztendlich geht uns das nichts an, wir haben unsere Arbeit erledigt ...«, schloss der Direktor. »Soll er zusehen, wie er die paar Jahre oder Monate zurechtkommt, die ihm noch bleiben. Er kommt im Oktober frei, und sofern niemand von Ihnen etwas dagegen einzuwenden hat, ist die Sache abgehakt.«

Der Psychiater erlaubte sich ein Hüsteln. Alle Blicke richteten sich auf ihn. André Goldstayn war dabei nicht wohl. Er hatte seine vier wöchentlichen Gerichtspausen à drei Stunden ergattert, weil er bei den Bewerbungsgesprächen, die nach einer kleinen Anzeige im Amtsblatt des Justizministeriums – in gewisser Weise eine öffentliche Ausschreibung – eine Entscheidung unter den Kandidaten herbeiführen mussten, rund zwanzig andere Anwärter ausgestochen hatte.

»Nun, Sie möchten noch etwas beitragen?« Der Direktor klang plötzlich gereizt. »Im Fall Ruderi scheint mir eigentlich alles klar zu sein, keine Probleme, eher … oder täusche ich mich?«

Im Gegensatz zu den anderen Teilnehmern der Versammlung glaubte Goldstayn noch ein wenig, ein ganz klein wenig, an die Aufgabe, die ihm übertragen war: Er wollte die Leiden der Häftlinge mildern. Er war nicht als bloßer Statist zu einem erbärmlichen Rollenspiel nach Darnoncourt gekommen, nur um Rentenpunkte zu sammeln oder die Monatsraten für das Reihenhäuschen bezahlen zu können wie die Schließer, die er bei jedem seiner Besuche in der Anstalt traf. Die wohnten alle in den Dörfern der Umgebung, führten ein geruhsames Landleben, schickten ihre Blagen mit einer Blechkanne zu den Bauern, um Milch zu holen, und bevor sich die lieben kleinen Blondschöpfe wieder zu Hause vor ihre Play Station setzten, machten sie sich in den Kuhfladen, die überall herumlagen, ihre Nike-Schuhe schmutzig.

»Ich … leider konnte ich die Akten noch nicht einsehen«, stammelte er, nachdem er sich abermals geräuspert hatte. »Als Beispiel für die Anpassung an das Gefängnisleben scheint mir der Fall Ruderi allerdings ziemlich interessant zu sein.«

Goldstayn wusste, wovon er redete. Die verschiedenen Psychiater, die den Häftling 2057 C untersucht hatten, waren alle zum selben Schluss gekommen: Ruderi verhielt sich die ganze Zeit so, als wäre er schon im Jahr vierzig seiner Inhaftierung angekommen. Als hätte er die Strafe, zu der er verurteilt worden war bereits abgesessen. Er trug sein Unglück buchstäblich mit Geduld, und wenn er zu Mitteilungen bereit war, so, um freudig an den Tag seiner Freilassung zu erinnern, ohne einen Gedanken daran zu verschwenden, dass ihm dann nur noch wenige Jahre bleiben würden, nach der durchschnittlichen Lebenserwartung höchstens noch zwei oder drei, wenn überhaupt …

»Worauf wollen Sie hinaus, Monsieur Goldstayn?«, fragte der Direktor.

»Ich würde mich gern mit ihm unterhalten, ich meine, etwas ausführlicher, ich habe den Eindruck, wir könnten aus seiner Geschichte etwas lernen. Eines ist klar: Eine langjährige Haftstrafe und die Gewissheit, dass das Leben keine Vergnügen mehr für einen bereithält, führt bei Strafgefangenen zu einer ganzen Reihe von unterschiedlichen somatischen und psychosomatischen, sprich psychischen Erkrankungen. Nichts dergleichen bei Ruderi. Er scheint die Strafe mit stoischer Ruhe, mit einer a priori unerklärlichen Gleichgültigkeit auf sich genommen zu haben. Er ist heiter. Ja, das ist der richtige Ausdruck, *heiter*. Sieht man von der Affäre um den Fluchtversuch einmal ab, gibt es seit Beginn seiner Inhaftierung keine Anzeichen für irgendeine Störung. Da kommt der Mann mit fünfunddreißig ins Gefängnis, er weiß, er wird erst mit fünfundsiebzig wieder rauskommen, und das alles scheint von ihm abzugleiten wie die Tropfen eines Gewitterregens vom Gefieder einer Ente!«

Die mitleidigen Blicke, mit denen er bedacht wurde, ließen Goldstayn erstarren. Er verstummte. Seine Spinnereien interessierten niemanden, schlimmer noch, er machte sich durch sie nur verdächtig, irgendetwas im Schilde zu führen. Der Gefängnisdirektor zuckte barmherzig mit den Schultern. In seiner langen Laufbahn hatte er im riesigen Heer der Elenden, das die Kostgänger der Strafvollzugsbehörden bildeten, mehr als einen Knastbruder gekannt, der sich dem Gefängnisleben bestens angepasst hatte. Schwere Jungs, die ihre Mitgefangenen terrorisierten, kleine Sultane, umgeben von einem Harem unterwürfiger Schwuchteln, das war das Abc, das auch die geistig beschränktesten Professionellen nach einigen Jahren Übung verstanden hatten.

»Sich mit ihm unterhalten«, gluckste der Direktor, »aber selbstverständlich, Monsieur Goldstayn, dafür werden Sie schließlich bezahlt, und das vom Steuerzahler! Nur zu, mein Lieber, nur zu, so oft Sie wollen, quetschen Sie ihn aus wie eine Zitrone, pressen Sie so viel Saft aus ihm heraus, wie Sie können, und dann teilen Sie uns Ihre Ergebnisse mit, wir werden sie bestimmt berücksichtigen!«

Gekränkt und gedemütigt steckte Goldstayn seine Nase in die nächsten Akten. Nummer 4097 D, verurteilt wegen bewaffneter Raubüberfälle, litt an Prostatakrebs und konnte unter Auflagen freigelassen werden; Nummer 8578 C, ein Zuhälter, der an einer Syphilis mit neurologischen Befunden litt – wenigstens einer, den die gerechte Strafe auf dem Gebiet ereilte, auf dem er gesündigt hatte, höhnte der Direktor; Nummer 6098 F, ein Fassadenkletterer, der von seinem Hehler verpfiffen worden war, mit dem er sich nicht über die Aufteilung der Beute einigen konnte, litt an Kehlkopfkrebs. Damit er in Frieden bei seiner Familie sterben konnte, hatte seine Schwester einen Anwalt eingeschaltet, der Haftverschonung beantragte. Nach der Stellungnahme des Haftrichters wurde dem Antrag von der Kommission stattgegeben. Nach etlichen weiteren Fällen ging man zu den Neuaufnahmen über. Gegen Mittag wurde die letzte Akte geschlossen. Der Direktor grunzte zufrieden; die Versammlung war reibungslos verlaufen, keine Probleme, keine Schwierigkeiten. Gute Arbeit.

Die Sitzung endete mit einem Essen. Für die Kommissionsmitglieder wurde auf dem kleinen Ehrenhof des Gefängnisses gegrillt. Der Rasen grenzte an die Fläche für den Hofgang der Häftlinge. Goldstayn hatte Kartoffelchips auf seinen Pappteller gehäuft und musterte die Gefangenen hinter der Umzäunung. Doktor Chevelot kam zu ihm und klopfte ihm kollegial und freundlich auf die Schulter.

»Ruderi steht da hinten neben dem Brunnen, an dem großen Kastanienbaum«, sagte er.

Goldstayn ging näher an den Zaun heran und kniff die Augen zusammen. Der Hofgang war vollkommen ruhig. Eine Gruppe von Häftlingen, darunter die rüstigsten, hatte sich zu einer Runde Boule versammelt, andere spielten Karten oder unterhielten sich auf einer Bank. Ohne die Wachtürme im Hintergrund hätte man glauben können, man befinde sich in einem Altersheim. Einige gingen, gestützt auf dreibeinige Stöcke, schwerfällig den Rasen auf und ab, die Hosen von den Windeln aufgebläht, die dazu dienten, die kleinen Katastrophen einzudämmen, zu denen Schließmuskelschwächen unaufhaltsam führten. Manche Häftlinge wiederum zitterten in ihrer Ecke vor sich hin, die Hände zuckten unkontrolliert, das Kinn glänzte vom Sabber.

Neben diesen bemitleidenswerten Kreaturen nahm Ruderi sich bei weitem besser aus. Mit geschlossenen Augen und leicht durchgebogenem Rücken, den Kopf in den Nacken geneigt und das Gesicht zur Sonne gewandt, so wartete er, die Hände über seinem Stock verschränkt, geduldig die Zeit ab, wie er es die ganzen vierzig Jahre über getan hatte. Goldstayn beobachtete ihn aufmerksam. Er ging den Zaun entlang in Richtung Kastanienbaum, bis er keine zehn Meter mehr von Ruderi entfernt war.

Wie sollte man Ruderi beschreiben? Sah er ganz gewöhnlich aus? Sicher. Er war klein, ziemlich klein sogar, knapp einen Meter sechzig, gedrungen, untersetzt, unauffällig. Wie die anderen Häftlinge trug er einen Trainingsanzug in zerschossenem Blau und war mit einem Paar Espadrilles beschuht, deren geflochtene Sohlen zerfaserten. Sein von Falten zerfurchtes Gesicht wies keine besonderen Kennzeichen auf, durch die man ihn sofort hätte erkennen können, keine Warze oder Narbe, keine Geschwulst, keinen Bart oder Schurrbart. Sein Schädel war rasiert. Viele Häftlinge trugen eine polierte Glatze, um sich vor Läusen zu schützen, von denen es in der Anstalt trotz der zahlreichen Versuche zu ihrer Ausmerzung nur so wimmelte. Seine Gesichtszüge waren zum Verzweifeln regelmäßig, fein, die Nase gerade, die Augenbrauen buschig, die Augen von einem glanzlosen Braun. Nur sein wuchtiger, kantig hervorspringender Unterkiefer erregte Goldstayns Aufmerksamkeit. Doch der Eindruck von Grobschlächtigkeit und Brutalität wurde sogleich von einem überaus sanften Lächeln korrigiert.

»Täuschen Sie sich nicht«, wisperte Chevelot, der sich anscheinend entschlossen hatte, seinem Kollegen nicht mehr von der Seite zu weichen, »auf den ersten Blick sieht er so aus, als könne er kein Wässerchen trüben, aber er ist ein Raubtier, zumindest war er eins. Sie werden verstehen, was ich meine, wenn Sie seine Akte durchgegangen sind. Ich meine nicht seine Kranken- oder Gefängnisakte, sondern die Ermittlungsunterlagen!«

Der Gefangene schien bemerkt zu haben, dass er beobachtet wurde. Er öffnete die Augen, fixierte die beiden Ärzte einen Moment, machte dann auf dem Absatz kehrt und ging langsamen, aber selbstsicheren Schrittes ans andere Ende des Hofs. Dabei stützte er sich auf seinen Stock und hinkte ein wenig auf dem rechten Bein. Eine leichte rheumatische Entzündung des Knies, wie Chevelot diagnostiziert hatte.

✡

Am nächsten Morgen machte Goldstayn einen Abstecher in die Verwaltungsbüros, in denen die Akten der Anstaltsinsassen archiviert wurden. Er setzte sich in die Bibliothek und blätterte in dem dicken Stoß von Durchschlägen, auf denen die Verhandlung vor dem Gericht von Douai protokolliert war. Die Tatsachen lagen klar auf der Hand, und der Angeklagte hatte nie versucht, sie zu leugnen, weder im Laufe der Untersuchung noch während des Prozesses. Ebenso wenig hatte er bei seinem zweiten Erscheinen vor dem Richterstuhl nach dem glücklosen Fluchtversuch in Clairvaux irgendwelche Anstalten gemacht, seine Schuld herunterzuspielen.

✡

Begonnen hatte die ganze Geschichte am 18. August 1961. Ruderi und zwei Komplizen, ein Mann und eine junge Frau, drangen gegen zweiundzwanzig Uhr in die Villa des Ehepaars Moedenhuik in Rueil-Malmaison ein. Zuerst fesselten sie den Butler und die Haushälterin, dann brachten sie Wilfried Moedenhuik, einen Diamantenhändler, der zwischen Paris, Antwerpen und New York tätig war, in ihre Gewalt und misshandelten ihn. Seine Frau Clara erfuhr dieselbe Brutalität: Faustschläge, Fußtritte, Schläge mit dem Schürhaken, es blieb ihnen nichts erspart. Ziel Ruderis und seiner Komplizen war es, die Zahlenkombination des Safes zu erfahren, den es in der Villa gab und in dem sich eine kleine Anzahl von Steinen befand, die in die Vereinigten Staaten gebracht werden sollten.

Wilfried Moedenhuik starb nach einer Viertelstunde mit eingeschlagenem Schädel. Die Verbrecher wendeten sich seiner Frau Clara zu, die Stein und Bein schwor, dass sie die Zahlenkombination nicht kenne, doch es nützte alles nichts. Ruderis Komplize brachte die fünfjährige Tochter der Moedenhuiks, Margaret, ins Wohnzimmer, deren Geburtstag man gerade gefeiert hatte. Die Überreste der Geburtstagstorte und die heruntergebrannten Kerzen standen noch auf dem Tisch. Vor den Augen ihrer Mutter begann er, das kleine Mädchen systematisch zu foltern.

Nach Aussage Clara Moedenhuiks rührte Ruderi das Kind nicht an. Auch die junge Frau, die die beiden Männer begleitete, enthielt sich jeder Gewalt gegenüber dem Mädchen. In ihrer Aussage vor Gericht legte Clara besonderen Nachdruck auf diesen Punkt. Ruderi und seine Begleiterin versuchten sogar, ihren Komplizen davon abzubringen, Margaret zu quälen. Jede Mühe war umsonst. Der Mann, der der Boss des Trios zu sein schien, ließ nicht von ihr ab und misshandelte sie mit wilder Brutalität. Er brach ihr Hände und sämtliche Glieder, zertrümmerte Schultergelenke und Beckengürtel mit dem Schürhaken, drückte den Brustkorb mit Fußtritten ein und verätzte das Gesicht mit Natronlauge, die zur Pflege der Rohrleitungen in der Villa diente und im Kühlschrank aufbewahrt wurde.

Während des Martyriums der Kleinen gelang es der Haushälterin, die sie im Vestibül zurückgelassen hatten, sich von ihren Fesseln zu befreien und die Polizei anzurufen. Wenige Minuten später traf ein Streifenwagen ein. Aber nur Ruderi konnte verhaftet werden. Dem »Boss« und der jungen Frau gelang die Flucht. Während Ruderi auf die Polizisten schoss, um sie aufzuhalten, bis das Magazin seiner Pistole leer war, nutzten die beiden anderen die wertvollen Sekunden, um im Garten auf einen Schuppen zu klettern und dann über die Mauer zu springen, die das Grundstück umgab. Anschließend ging Ruderi mit erhobenen Armen ganz ruhig auf die uniformierten Männer zu und ließ sich Handschellen anlegen.

✡

Goldstayn wischte seine feucht gewordenen Hände mit einem Kleenex ab und setzte die Lektüre fort. Aus den Krankenakten der kleinen Margaret ging hervor, dass es besser für sie gewesen wäre, sie hätte die Misshandlungen nicht überlebt. Während der gerichtlichen Untersuchung weigerte sich Ruderi hartnäckig zu sagen, wer seine Komplizen waren. Der Personalausweis, den er bei sich hatte, war offensichtlich gefälscht, die Nummer verwies auf einen Handlungsreisenden, der fünfunddreißig Jahre zuvor in Caen geboren und sechs Monate vor dem Verbrechen bei einem Eisenbahnunglück umgekommen war. Ruderi hieß in Wirklichkeit also gar nicht Ruderi. Aber er weigerte sich standhaft, seine wahre Identität preiszugeben.

Clara Moedenhuik erzählte dem Richter, dass sich die drei Gewaltverbrecher, während sie ihren Mann, sie selbst und ihre Tochter folterten, die ganze Zeit über in einer fremden Sprache unterhielten, die sie nicht erkennen konnte. Und sie hatte allen Grund, darauf hinzuweisen. Während ihres Philologiestudiums hatte sie nämlich etliche Sprachen studiert; sie konnte fließend Niederländisch, Französisch, Italienisch, Spanisch, Deutsch, Russisch sowie einige andere slawische Sprachen. Zudem verfügte sie über gute Kenntnisse des Arabischen und Chinesischen, des Sanskrit und einiger afrikanischer Dialekte – Ful, Wolof, Bambara und andere. Obwohl sie immer wieder darauf hinwies, schenkte der Untersuchungsrichter diesem Aspekt – sicher, nur ein Detail – wenig Aufmerksamkeit. Clara Moedenhuik beschrieb die junge Einbrecherin als ein Kind der Natur, eine Wilde, die ein halb zerrissenes Kleid trug und barfüßig war. Eine Art Zigeunerin. Der Folterer ähnelte in jedem Gesichtszug Ruderi. Wie ein Zwillingsbruder. Dieselbe Größe und Statur, dasselbe glatte Gesicht mit hervorstehendem Kinn. Nur dass sich eine schwulstige, verhärtete Narbe quer über den Hals zog, vom Kehlkopf bis zum Schlüsselbein, als hätte man ihm schon einmal die Kehle durchgeschnitten und er nur durch ein Wunder überlebt. Der Untersuchungsrichter ließ ein paar grobe Phantombilder anfertigen, die man mit den Aufnahmen aus den Verbrecherkarteien der verschiedenen Polizeidienste verglich, aber umsonst. Auch ein Aufruf in der Presse, insbesondere in *France Soir*, dass sich Zeugen bei der Polizei melden sollten, führte zu nichts. Im Innersten war der Untersuchungsrichter zu der Schlussfolgerung gelangt, dass der vorgebliche Ruderi und seine Komplizen nur primitive Landstreicher mit einer mehr als undurchsichtigen Vergangenheit seien und dass es der Sache nicht dienlich wäre, wenn man den Einzigen, der sich hatte erwischen lassen, mit Samthandschuhen anfasste.

Trotz der wiederholten Warnungen des Untersuchungsrichters wegen seines Schweigens blieb Ruderi beharrlich stumm. Er verstand alle Fragen bestens, die ihm gestellt wurden, und sein Französisch hatte einen leichten, unbestimmbaren Akzent. Sein Anwalt, ein bestellter Pflichtverteidiger, verbrachte viele Stunden mit dem Versuch, ihn zum Reden zu bringen, doch nach einiger Zeit gab er auf. So seltsam es erscheinen mag, aber Ruderi nahm an seinem eigenen Schicksal einfach keinen Anteil.

Nach fünf Jahren Untersuchungshaft kam er endlich vor Gericht. Am zweiten Verhandlungstag wandte sich Madame Moedenhuik mit einer pathetischen Rede an die Geschworenen. Sie erinnerte an die endlosen Leiden der kleinen Margaret – ein hübsches, aufgewecktes Kind voller Lebensfreude –, die von einem Krankenhaus ins andere verlegt, von einem Operationssaal in den nächsten transportiert worden war. Die vielen Folgeerscheinungen ihrer Knochenbrüche waren so schwerwiegend, dass das Wachstum davon ernsthaft beeinträchtigt wurde. Sie würde nie mehr gehen, ja, sich nicht einmal auf ihren unteren Gliedmaßen aufrichten können, denn ihr Knochenbau war völlig deformiert. Sie würde den Rest ihres Lebens im Rollstuhl verbringen. Die Natronlauge hatte schreckliche Verheerungen in ihrem Gesicht angerichtet. Es ist überflüssig, darauf hinzuweisen, dass die plastische Chirurgie in den sechziger Jahren noch in den Kinderschuhen steckte. Margarets rechtes Auge war zerstört, das Gewebe der Wangen und die Lippen von der Lauge tief verätzt. Mit Grabesstimme malte Clara Moedenhuik das Schreckensbild aus und ersparte den entsetzten Geschworenen nichts. Das Plädoyer der Staatsanwaltschaft war vorbildlich. Ruderi gähnte dabei mehrmals. Als das Urteil verlesen wurde, nickte er nur teilnahmslos mit dem Kopf. Die Reporter, die über den Prozess berichteten, zeichneten das Profil eines Psychopathen, den die Schmerzen anderer nicht rühren konnten, der nicht mehr resozialisierbar war.

✡

Bedrückt klappte Goldstayn den Aktendeckel zu. Automatisch zog er die Schleife fest, die er mit den Enden des Leinenriemens gebunden hatte, der um die dicken, grauen Aktendeckel gewickelt war, und wog das Ganze in der Hand. Ein Leben, ein ganzes – oder fast ein ganzes – Leben wurde in diesem Papierstoß gefangen gehalten, in Papieren, die von einer allmählich ausbleichenden, verblassenden, erlöschenden Tinte getränkt und von unbedeutenden Bakterien zerfressen waren, von winzigen Kreaturen, die alles schluckten und verdauten, die sich daran gütlich taten und daraus die Kraft schöpften, sich fortzupflanzen und zu vermehren. Die Akte Ruderi siechte dahin, und Ruderi selbst würde bald sterben. Nichts würde von ihm bleiben bis auf diesen Stapel vergilbter Blätter einerseits, diese niederträchtige, schändliche Spur, die er im Andenken seiner Zeitgenossen leider hinterlassen hatte, und andererseits ein paar Kilo Fleisch in einer Holzkiste, die zwei Meter unter der Erde auf irgendeinem Friedhof zur Fäulnis verdammt waren. Der Vorgang des Verschwindens, die Auslöschung des Verbrechers Ruderi, dessen Taten in den Annalen des Justizministeriums vermerkt waren, würde also mit der Verwesung seines Doppelgängers aus Fleisch und Blut einhergehen, dem schemenhaften Leichnam eines *Homo sapiens*, untergegangen in der unüberschaubaren Masse seinesgleichen, eine leichte Beute für die Kohorte von Insekten, die sich an ihm laben würden, für die mikroskopischen Organismen, die im Laufe der Zeit immer winziger werden, Stufe für Stufe gemäß einer umgekehrten Evolution, bis sie unendlich klein sind, bis ins Unendliche.

✡

Schon am nächsten Morgen traf sich Goldstayn mit Ruderi. Nicht in dessen Zelle, sondern im Archivraum des Gefängnisses, wo er ihn hinbestellt hatte. Ein schmerbäuchiger Schließer führte den Gefangenen herein und machte Anstalten, sich auf einen Stuhl im Zimmer zu setzen. Goldstayn redete ihm das wieder aus. Er legte Wert auf ein Gespräch unter vier Augen, nur so glaubte er Ruderis Vertrauen gewinnen zu können. Fügsam ging der Schließer vor die Tür. Ruderi saß zusammengekauert auf seinem Stuhl, beide Hände auf seinen Stock gestützt, die Augen halb geschlossen. Seine Mütze hatte er über das rechte Knie gelegt. Goldstayn stellte sich vor, inklusive Titel und Berufsangabe.

»Ich bin nicht verrückt«, erklärte Ruderi sogleich mit Bestimmtheit.

»Das hat auch niemand behauptet«, erwiderte Goldstayn. »Ich möchte nur mit Ihnen sprechen, um zu erfahren, wie Sie Ihre Inhaftierung erlebt haben, diese lange Zeit … Wissen Sie,

Sie sind einer der dienstältesten Häftlinge im Land. Ich würde gern von Ihnen hören, ob Sie gelitten haben – und das haben Sie sicher, glaube ich –, vor allem aber, wie Sie dieses Leiden überwunden haben.«

»Ach ja?«, murmelte Ruderi. »Und Sie wollen nicht wissen, ob mich mein Gewissen plagt? Das hat man mich bisher jedes Mal gefragt, wenn ich zu einem Psychiater gerufen wurde. Ob in Clairvaux, Bapaume oder Saint-Martin-de-Ré, immer haben sie mir diesen Streich gespielt. Es ging ihnen nur um die Kleine. Margaret Moedenhuik. Sie fragten, ob ich manchmal von ihr träumen würde … Ob es mich quälen würde, was sie alles erleiden musste, dieses ganze Zeug – was sie immer noch erleidet, denn ich glaube, die Kleine lebt noch!«

»Nein, das interessiert mich alles nicht«, wandte Goldstayn ein, »ich beschäftige mich nicht mit diesem Aspekt der Dinge. Sie standen vor Gericht, sind verurteilt worden, und damit basta. Ich habe nicht vor … will Sie kein zweites Mal verurteilen.«

»Sind Sie sicher?«

»Ganz sicher.«

»Haben Sie meine Akte gut gelesen?«

»Ja …«

Verblüfft richtete sich Ruderi auf. Er war stutzig geworden. Der Archivraum badete in der Sonne. Zahllose Staubteilchen schwebten in der stickigen Luft, nur leicht bewegt von einem schwachen Luftzug.

»Bei dieser Hitze geht man ja ein, wir könnten doch ein Fenster aufmachen, oder?«, fragte der Gefangene.

Goldstayn zögerte. Ruderi hatte nicht Unrecht. Ihm selbst lief der Schweiß in Strömen herunter. Das Problem war, dass die Fenster des Verwaltungsgebäudes nicht vergittert waren.

»Wovor haben Sie Angst?«, höhnte Ruderi. »Davor, dass

ich in den Hof hinunterspringe? Es sind gut zehn Meter, ich würde einfach liegen bleiben, aber stellen Sie sich vor, ich habe nicht das geringste Verlangen danach. In fünf Monaten komme ich raus, vergessen Sie das nicht. Also, lassen Sie uns ein wenig Luft schnappen …«

Goldstayn erfüllte ihm den Wunsch, fest entschlossen, auf die Karte Vertrauen zu setzen. Sollte Ruderi auch nur die geringste verdächtige Bewegung machen, fühlte er sich stark genug, ihn festzuhalten, bis der Schließer vom Flur bei ihnen wäre. Während seiner Praktikantenzeit in den psychiatrischen Notstationen war er schon mit viel gefährlicheren Situationen konfrontiert gewesen. Bald strömte eine frische, sanfte Brise in den Raum. Ruderi schloss die Augen, seine Nasenflügel weiteten sich.

»Heiliger Strohsack, der Frühling tut einfach gut!«, brummte er. »Riechen Sie es? In der Nähe liegt ein Rapsfeld, ich bin mir ganz sicher, und Weizen und ein paar Hektar Tannenwald und Klatschmohn, ah, das riecht gut … Sie wollen wissen, woran man im Gefängnis leidet? Am Gestank … Hier, wo die Alten alle in die Hose pissen oder scheißen, schimmelt man in Kresolschwaden vor sich hin, sie sind überall, überall. In den Fluren, auf den Zellen, sogar beim Hofgang stinkt es nach Desinfektionsmittel, nach Javel, das man natürlich bei dem ganzen Ungeziefer braucht, und mit der Zeit vergisst man zwangsläufig, man vergisst einfach …«

»Monsieur Ruderi, ich …«

»Eine Minute noch, lassen Sie mich noch eine Minute durchatmen! Was im Knast von Saint-Martin-de-Ré so toll war – ich habe fünfzehn Jahre dort verbracht –, das war der Meeresgeruch, das Salz, die Algen, das Geschrei der Möwen. Hier in Darnoncourt könnte es auch ganz schön sein, Landgerüche, das Muhen der Kühe, aber Pech gehabt, weit gefehlt!

Alles, was man hier hört, ist das Gehupe von der Nationalstraße, von diesen Scheißlastwagen, die endlos unser Leben verpesten. Was meinen Sie dazu, Monsieur Goldstayn?«

»Ich verstehe, ich verstehe …«, murmelte der Psychiater ernst.

»Nichts kapieren Sie, Sie haben doch keinen blassen Schimmer!«, lachte der Häftling hämisch. »Aber macht nichts, Sie wollen reden, also reden wir! Zuerst über Sie! Ich muss doch wissen, mit wem ich es zu tun habe, stimmt's? Dann sehen wir weiter. Wo wohnen Sie eigentlich?«

»Rue Frochot in Paris, im neunten Arrondissement«, antwortete Goldstayn gedankenlos. Als ob das wichtig wäre.

»Ja, ist denn das die Möglichkeit!«, platzte Ruderi heraus. »Rue Frochot … Pigalle! Nettes Eckchen! Wie geht es den Huren heutzutage?«

Die Erinnerung an das Pariser Viertel schien den Häftling in einen Abgrund von Nostalgie zu stürzen. Zweifellos war er häufiger dort gewesen.

»Es gibt dort kaum noch welche, Monsieur Ruderi, nur ein paar Bars mit Animierdamen und die Sex-Shops …«

»Ah ja, davon habe ich gehört, ich habe sogar welche gesehen, in irgendwelchen Fernsehreportagen. Sind doch völlig bekloppt, diese Sex-Shops, oder?«

Goldstayn konnte nicht verhindern, dass er rot wurde. Um Haltung zu bewahren, klopfte er mit der Spitze seines Kugelschreibers leicht auf den Tisch, hinter dem er saß.

»Mein Gott, Rue Frochot, mehr braucht man gar nicht zu sagen! In den fünfziger Jahren – Sie waren noch nicht auf der Welt, Doktor – wimmelte es dort von Frauenzimmern, süße Dinger auf Männerfang, die mit ihren Hintern wackelten und diese Röcke anhatten, die bis zur Möse geschlitzt waren, o Mann! Das hat dich umgehauen. Und ihre Möpse erst –

ganz gleich, wo man hinsah, sie sprengten alles! Ich habe einige gekannt, das kann ich Ihnen sagen, und ich bereue es nicht! Die Augen der Mädchen blitzten frech und herausfordernd, die waren wirklich scharf. Weiß der Geier, was aus denen geworden ist, wie sie heute drauf sind, ich meine, rein äußerlich, ich kann es mir kaum vorstellen. Aber was erzähle ich Ihnen da für einen Stuss, die Zeit vergeht und vergeht und hört gar nicht mehr auf zu vergehen. Die Zeit, was anderes zählt nicht mehr, wer's glaubt, wird selig, und wir, wir müssen mitspielen!«

Er schwieg einen Moment lang, gedankenverloren, kopfschüttelnd. Goldstayn hatte Mitleid mit dem Mann, der ihm gegenüber saß.

»Was werden Sie in fünf Monaten tun, Monsieur Ruderi, wenn Sie hier herauskommen?«

»Was ich tun werde? Spazieren gehen. In Paris. Ich mag Paris sehr, hab es immer gemocht, immer. Ich denke, es hat sich viel verändert.«

»Haben Sie dort eine Bleibe? Einen Freund oder Verwandte?«

Ruderi musterte ihn misstrauisch.

»Seit ich im Knast hocke, sind ein paar Kumpels freigekommen, die helfen mir schon weiter. Machen Sie sich keine Sorgen um meine Wenigkeit, Doktor, lassen wir die Dinge auf uns zukommen.«

»Sie haben keine Einkommensquelle, keine Rente, Pension, nichts. Mit der kleinen Rücklage, die Sie durch die Arbeit in den Gefängniswerkstätten angespart haben, konnten Sie sich hier gut versorgen, aber draußen werden Ihre Ersparnisse schwinden wie ein Chagrinleder!«

»Fünf Millionen sind ein ordentliches Polster«, wandte der Häftling ein.

Goldstayn runzelte die Stirn. Wenige Wochen vor Einführung des Euros rechnete Ruderi immer noch in alten Francs? Er war nicht der Einzige in seinem Alter. Goldstayn klärte ihn kurz über die aktuellen Verhältnisse auf, sagte ihm, was ein Métro-Fahrschein, ein Kaffee in einem Straßencafé, eine Hose, ein Hemd und eine Übernachtung in einem Hotel kosteten. Der alte Mann nahm es zur Kenntnis, ohne sich sonderlich erschüttert zu zeigen, und versicherte, man brauche sich auf keinen Fall Sorgen um ihn zu machen, er würde sich schon durchschlagen, er habe sich schließlich immer durchgeschlagen. Wenn nicht mit seinen fünf Millionen, dann eben mit seinen fünfzigtausend Francs, darauf komme es doch nicht an. Goldstayn vermutete, dass es für arme Schlucker wie ihn irgendwelche Gelder von der Sozialhilfe gab. Zweifellos würde er hier und da ein paar Essensmarken und Übernachtungsgutscheine fürs Obdachlosenheim bekommen, aber eines Tages würde er, wenn er nicht vor einem Métro-Eingang betteln und in einer Dezembernacht an Unterkühlung sterben wollte, zwangsläufig in einer Sterbeklinik der Caritas landen, wo er wie im Gefängnis seine letzte Zuflucht in der Tagesroutine finden würde, eine Essensausgabe nach der anderen, ein Hofspaziergang nach dem anderen und dann der große Sprung ins Massengrab.

»Machen Sie sich um mich keine Sorgen, Doktor«, wiederholte Ruderi.

Goldstayn beobachtete ihn mit wachsender Neugier. Vielleicht hatte der Häftling die Welt ganz schön hinters Licht geführt. Wer so viel Unbesorgtheit zeigte, konnte gut und gerne einen Haufen Geld angesammelt und an einem sicheren Ort versteckt haben. Wer weiß? Vielleicht in Scheinen, die längst ungültig waren? Die Schließer kannten solche Geschichten vom Hörensagen und erzählten sie sich untereinander. Manch hartgesottener Verbrecher hatte die Strafvollzugsbehörden jahrelang verhöhnt, und als er rauskam, musste er feststellen, dass der Sparstrumpf, der ihm auf seine alten Tage ein schönes Leben verschaffen sollte, nur noch wertloses Papier enthielt.

Mit der leicht sadistischen Absicht, sein Gegenüber zu überrumpeln, öffnete Goldstayn seine Brieftasche und zog einen Hunderter, einen Zweihunderter und einen Fünfhunderter hervor … alles knisternde, nagelneue Scheine, die er diesen Morgen an einem Geldautomaten der Société Générale in der Rue Blanche gezogen hatte. Ruderi fasste die Scheine mit den Fingerspitzen an. Lächelnd und kein bisschen erregt gab er sie ihrem Besitzer zurück. Nach dieser Reaktion dachte Goldstayn, Ruderi müsse seine Rücklagen wohl auf eine solidere Grundlage gestellt haben, vielleicht bestanden sie aus Schmuck, Edelsteinen, die man immer zu Geld machen konnte. War das nicht auch die Beute, auf die er es bei dem Überfall auf das Ehepaar Moedenhuik abgesehen hatte? Die Gedanken des Psychiaters erratend, kniff Ruderi mit spöttischer Miene die Augen zusammen. Er hatte vierzig Jahre lang geschwiegen, hartnäckig geschwiegen, da würde er doch nicht heute, wenige Wochen vor seiner Freilassung, auspacken. Der Einbruch bei den Moedenhuiks hatte jedenfalls mit einem völligen Fiasko geendet. Wenn er tatsächlich Rücklagen gebildet hatte, dann konnte dieser Einbruch nicht Ruderis erster gewesen sein. Das war natürlich nur eine rein polizeiliche Hypothese, und wenn Goldstayn vom Steuerzahler bezahlt wurde, wie der Gefängnisdirektor so feinfühlig angemerkt hatte, dann sicher nicht, um hier den Spürhund zu spielen.

»Was hat Ihnen geholfen, die lange Zeit der Inhaftierung zu ertragen?«

»Ich habe mein Ungemach geduldig auf mich genommen«, seufzte Ruderi.

»Ihr … Ihr Ungemach?«, wiederholte Goldstayn ungläubig. »Aber letztlich ist es doch Ihr Leben, Ruderi, Ihr ganzes Leben!«

»Mein Leben?«, brummte Ruderi und wurde plötzlich ernst. »Was ist das Leben denn für Sie? Was wissen Sie schon davon? Wie alt sind Sie?«

»Fünfunddreißig.«

»Fünfunddreißig Jahre? Na, davon können Sie sich auch nichts kaufen. Mein Leben? Nun, es gab eins davor, und es wird eins danach geben …«

Der Häftling sah zum Fenster. Ein Schmetterling flog gerade ins Zimmer. Er setzte sich auf ein in Leder gebundenes Buch, ein altes, zweifellos überholtes Strafgesetzbuch. Ruderi stand auf und hielt dem Schmetterling seinen Zeigefinger hin, dabei zitterte seine Hand kein bisschen. Das Insekt zögerte einen Moment, bevor es sich auf dem Fingernagel niederließ. Ruderi drehte sich langsam um und hielt seine Hand zum Fenster hinaus in den blauen Himmel. Der Schmetterling schlug mit den Flügeln und flog in Richtung der Gärten davon.

»Sehen Sie, für ihn hat es dreißig Sekunden gedauert, für mich vierzig Jahre. So einfach ist das.«

»Ich verstehe Sie nicht, Ruderi …« Goldstayn gab nicht auf.

»Ab dem Augenblick, wo man eingelocht ist, nützt es nichts mehr, sich zu winden, man muss sein Unglück mit Geduld ertragen. Der Beweis: Ich habe versucht zu türmen und dafür noch mal zehn Jahre bekommen.«

Der Psychiater fuhr sich mit der Hand übers Gesicht. Wenn man es genau überlegte, war Ruderi keineswegs ein Musterfall für die Anpassung an das Gefängnisleben, wie die Kollegen hervorhoben, die sich vor ihm mit der Akte beschäftigt hatten. Seine Inhaftierung hatte einfach zum Verlust der wesentlichen Bezugspunkte geführt: Jugend, Alter, die Aussicht des nahen Todes. Er hatte das Gefängnis irgendwann als unausweichliches Schicksal akzeptiert, eine Norm, der er sich letztendlich fügte, ohne noch ein anderes Lebensende ins Auge fassen zu können. Zeit und Dauer gehörten für ihn nicht mehr zusammen, die Zeit erstreckte sich nicht auf eine mehr oder weniger unbestimmte, nebulöse Zukunft, sondern nur auf die unmittelbare Gegenwart, eine Gegenwart, die von den verschiedenen Ritualen gegliedert wurde, die ihm die Anstaltsordnung aufzwang, vom Aufstehen bis zum Schlafengehen, vom Hofgang bis zu den Mahlzeiten und so weiter. Das Gefängnis war in seinen Kopf geschlüpft, hatte sich dort im Innersten der Neuronen festgesetzt. Das mustergültige Verhalten des Häftlings Ruderi war nur eine Form von Realitätsverlust, entsprang einem Konstrukt der Einbildungskraft, um nicht dem Wahnsinn zu verfallen – zumindest keinem Wahnsinn, der sich in auffälligen Erscheinungsformen zeigte wie Tobsucht, Raserei, aggressivem Verhalten gegen andere oder sich selbst. Er hatte sich einfach eine dicke Bleihaube der Resignation und Unterwerfung unter ein erdrückendes Leben überstülpen lassen, das von einer Gefängnismauer, Wachtürmen und, schlimmer noch, von den unergründlichen tiefen Gräben der Zeit begrenzt war. Als man ihm das Urteil verkündete, beschlagnahmte man zugleich sein Leben mit dem Versprechen, es ihm zurückzugeben, wenn es zu nichts mehr nütze wäre.

»Sie haben nicht einmal versucht, einen Straferlass zu bekommen oder auf Bewährung freigelassen zu werden?« Goldstayn war halsstarrig. »Viele Strafgefangenen, die für ähnliche Taten verurteilt wurden, haben ihr Glück versucht. Und manchmal mit Erfolg!«

Ruderi zuckte die Schultern. In der Tat konnten sogar Kindermörder trotz einer in dieser Hinsicht extrem strengen Öffentlichkeit ein paar Jahre Straferlass herausholen. Warum nicht er, wo Margaret Moedenhuik doch nicht einmal tot war?

»Haben Sie schon einmal von einem gewissen Guy Desnoyers gehört?«, fragte Goldstayn.

»Der Pfarrer von Uruffe?«, rief Ruderi laut. »Ich war zehn Jahre sein Zellennachbar. Ein komischer Kerl.«

»Er ist '78 freigelassen worden.«

»Ich weiß, er hat sich in ein Kloster in der Bretagne zurückgezogen, arbeitet dort in der Bibliothek. Muss heute weit in den Achtzigern sein, der alte Sack.«

»Warum haben Sie keinen Straferlass gefordert? Warum haben Sie resigniert?«

»Wozu?«, murmelte Ruderi nur.

Der Häftling hatte die letzte Antwort mit einer solchen Gleichgültigkeit, ja Gefühlskälte hervorgebracht, dass Goldstayn den Schweiß gefrieren spürte, der ihm den Rücken hinunterlief. Er fröstelte. Bevor er sich bei den Strafvollzugsbehörden um diese wenigen Dienststunden beworben hatte, hatte er sich durch eine umfangreiche Dokumentation über das Gefängnisleben gequält. Er konnte nicht unbedingt behaupten, dadurch eine erschöpfende Kenntnis erlangt zu haben, aber er glaubte doch, er habe gewisse, äußerst grausame Realitäten begriffen. Aber niemals hätte er gedacht, dass ein Mensch durch das Gefängnis so vollständig ausgehöhlt werden konnte.

»Ruderi – oder wie Sie heißen, ich weiß nicht einmal, wie ich Sie nennen soll, Sie haben sich ja immer geweigert, Ihre wahre Identität preiszugeben«, seufzte der Psychiater. »Nicht nur hier in Darnoncourt, sondern auch in der Santé, in Bapaume, Saint-Martin-de-Ré, überall, wo Sie inhaftiert waren, haben Sie die ganze Zeit gelogen. Seit Ihrer Verhaftung! Sie haben die Polizei belogen, die Untersuchungsrichter, die Schließer, vielleicht sogar sich selbst. Also, Ruderi, wer sind Sie? Wer sind Sie wirklich? Ihre Papiere waren gefälscht, darüber konnten Sie niemanden täuschen. Sagen Sie mir, woher Sie kommen, was Sie früher erlebt haben. Das hat doch jetzt keinerlei Konsequenzen mehr für Sie, alles, was man Ihnen noch vorwerfen könnte, ist längst verjährt!«

Der Häftling schwieg eine Zeit lang und knetete die Mütze auf seinen Knien. Schließlich brummte er:

»Ich bin der Strafgefangene Nummer 2057 C. Ich habe meine Strafe abgesessen und komme in fünf Monaten raus. Ich verdufte hier am 16. Oktober 2001, kapiert?«

»Haben Sie denn alles andere vergessen? Wer Sie waren, wer Sie wirklich waren?«

»Ich bin der Strafgefangene Nummer 2057 C und komme in fünf Monaten raus. Ich habe meine Strafe abgesessen, Mann! Sind Sie schwerhörig oder was? Wenn Sie gestatten, Monsieur, möchte ich jetzt in meine Zelle zurück. Siesta!«

Er stand auf, setzte mit einer schnellen Bewegung seine Mütze auf und klopfte an die Tür, hinter der der Schließer wartete. Goldstayn schloss entmutigt die Akte. Weitere Unterhaltungen würden vollkommen nutzlos sein.

3

Freitag Abend, also morgen zähle ich auf dich«, kündigte Brad an. »Wir haben eine Privatveranstaltung, da können wir nicht auf dich verzichten! Du kriegst die Überstunden bezahlt, und der Kunde wird dir sicher noch eine Kleinigkeit zustecken, wirst dich nicht beklagen können. Die Sache ist schon geritzt.«

Anabel schnitt eine Grimasse. Einen solchen Termin hatte Brad ihr schon öfter aufgedrückt. Fünfunddreißig Stunden regelmäßig Dienst im Studio und dazu ein paar Extras. Brad gab ihr ein Post-it, auf dem er die näheren Angaben zu Ort und Zeit notiert hatte.

»Wirf dich ein bisschen in Schale«, forderte er sie auf, »wie üblich, du weißt schon, was ich meine. Ich verlass mich auf dich. Der Kunde macht echt viel Kohle locker, wir sollten ihn nicht enttäuschen, also streng dich an. Friseur, Maniküre, drück auf die Tube! Du bereitest das Material vor, ich bringe es dann selbst mit. Vergiss nicht, dir für Friseur und Taxi eine Rechnung ausstellen zu lassen. An der Rezeption zeigst du unsere Visitenkarte, dann wirst du in das Appartement geführt, kapiert?«

Anabel nickte, fügte sich in ihr Schicksal. Wie üblich … Tatsächlich hatte Brad sie schon kurz nach ihrer Anstellung in einen Sex-Shop geschleppt, um ihr das entsprechend »feierliche« Outfit zu kaufen – schwarzer Lederminirock, Bustier, Netzstrümpfe und dazu passende High-Heels –, wobei er die Rechnung sorgfältig aufbewahrte, um sie bei der Steuererklärung unter den Werbungskosten aufzuführen. Sie wusste, was diese Abende bedeuteten, sie hatte schon mindestens an zehn solcher »privaten Soireen« bei Kunden teilgenommen. Sie zwang sich, nicht mehr daran zu denken.

Es war einer der ruhigeren Vormittage. Um elf Uhr kam ein äußerst gut betuchtes Paar ins Studio. Madame war bei Brad in Behandlung. Sie ließ sich die Schamlippen piercen. Zwei kleine Ringe sollten durch ein winziges silbernes, mit eingefassten Rubinen verziertes Vorhängeschloss verbunden werden. Ein kleines Meisterwerk. Monsieur hatte den Schmuck bei einem Juwelier an der Place Vendôme erstanden und trug – schon jetzt – den passenden Schlüssel an einem Kettchen um den Hals. Er würde das Schloss nach Belieben anbringen oder abnehmen können. Während seine Frau mit gespreizten Beinen auf dem Behandlungstisch lag, konnte er nicht umhin, den kleinen Gegenstand vorsichtig zu streicheln und ihn zwischen den Fingern hin und her zu drehen.

Nach drei Vorbereitungssitzungen war Brad mit der Arbeit schon weit fortgeschritten. Als er begann, sich an ihr zu schaffen zu machen, verdrehte Madame gefügig die Augen. Das Setzen der Ringe hatte sie gut verkraftet. Sie ließen sich jetzt ohne Nebenwirkungen durch ihre Schamlippen führen, das heißt, ohne diese zu verletzen. Brad richtete sich wieder auf, warf Monsieur einen verschwörerischen Blick zu und rief Anabel. Die widmete sich dem gewohnten traurigen Ritual des Desinfizierens. Madame schlüpfte wieder in ihren Slip, machte sich zurecht, kletterte vom Behandlungstisch, ging zu ihrem Mann und küsste ihn mit geschlossenen Augen voll auf den Mund.

✡

Eine halbe Stunde später traf Anabel in dem kleinen Park am Canal Saint-Martin ein. Monsieur Jacob wartete dort lächelnd auf sie. An diesem Tag war es eine Ausgabe der algerischen Tageszeitung *Al Watan*, in der er blätterte. Gemeinsam machten sie sich auf den üblichen Weg zu *Chez Loulou*. Wie für Monsieur Jacob lag dort jetzt auch für Anabel ein Serviettenring mit ihrem in gotischen Lettern geschriebenen Namen auf dem Tisch: Mlle Anabel. Loulou ließ für jeden seiner Stammgäste einen solchen Serviettenring fertigen und den Namen einbrennen. Anabel war ganz gerührt von dieser Geste, denn sie bedeutete, dass sie in dieser kleinen, sehr herzlichen Gemeinschaft aufgenommen war, die sie wenige Wochen zuvor noch als verstaubt abgetan oder mit noch verächtlicheren Adjektiven bedacht hätte. Heute gab es Cervelatwurst, Boudin aux Pommes und abschließend Käse: Chaource. Als das Essen serviert wurde, beschloss sie, Monsieur Jacob wenigstens über seine erstaunlichen Sprachkenntnisse auszufragen. Seitdem sie ihn all diese Zeitungen mit exotischen Titeln und Schriftzeichen hatte lesen sehen, hatte sie sich das vorgenommen.

Er kniff die Augen zusammen und lächelte nachsichtig. »Ich bin viel gereist und habe wahrscheinlich eine, sagen wir, gewisse Gabe …«

»Sie … Sie waren schon in all diesen Ländern?«, hakte Anabel nach.

»Ja, überall. So lange, dass ich die Sprachen zwangsläufig gelernt habe. Es war einfach notwendig. Was hätte ich sonst tun sollen? Um sie nicht zu vergessen, lese ich seither Zeitungen. Und versäume nie eine Gelegenheit, mich mit den Ausländern zu unterhalten, zu denen ich gerufen werde. Sie haben sicher bemerkt, dass Paris eine kosmopolitische Stadt ist; es gibt also nichts Leichteres, als Fremdsprachen zu üben, und es regt die Neuronen an. Man muss doch etwas gegen seine geistige Trägheit tun, meinen Sie nicht?«

Anabel nickte bewundernd. Auf dem Gymnasium hatte sie,

insbesondere im Deutschunterricht, meistens geschlafen. In den Englischstunden war sie etwas aufmerksamer gewesen, so dass ihr rudimentäre Sprachkenntnisse geblieben waren, die gerade reichten, um einige Banalitäten auszutauschen. Monsieur Jacob zündete sich eine Zigarre an und bestellte einen Cognac, den Loulou ihm sogleich brachte.

»Wie Sie sehen, habe ich auch ein paar Laster«, murmelte er mit demselben Lächeln wie zuvor.

Anabel rührte eifrig den Zucker in ihrer Kaffeetasse um. Monsieur Jacobs Erklärungen überzeugten sie nicht. Zweifellos hatte er noch nicht einmal die fünfzig überschritten, und selbst wenn man davon ausging, dass er seit seiner Jugend ständig unterwegs war, blieb das Ergebnis doch sehr erstaunlich. Sie erinnerte sich, dass er ihr kurz nach ihrer ersten Begegnung einmal gesagt hatte, er übe den Beruf des Leichenbestatters seit jeher aus. Seit jeher. Das genau waren die Worte, die er gebraucht hatte. Doch dann zuckte Anabel, ganz in Gedanken versunken, mit den Schultern. Warum sollte sie an seinen Worten zweifeln? Durchaus möglich, dass Monsieur Jacob seine Fähigkeiten schon in aller Herren Länder eingesetzt hatte, bevor er sich in diesem alten Pariser Viertel niederließ und dort sein wenig gefälliges, doch absolut nützliches Geschäft eröffnete.

Anabel kannte diesen Nutzen nur allzu gut. Nach Marcs Tod standen seine Eltern völlig hilf- und ratlos vor den sterblichen Überresten ihres Sohns, den sie in der Gerichtsmedizin identifizieren mussten. Die Angestellten der Leichenhalle hatten einen guten Draht zu einigen Bestattungsunternehmen, deren Inhaber keine Skrupel kannten. Der gewalttätige Tod ihrer »Kunden«, der dramatische Charakter des Ereignisses veranlasste diese, ihrem Zynismus freien Lauf zu lassen und die zutiefst getroffenen Angehörigen auszunehmen, die von der Begegnung mit den Gerichtsmedizinern, Polizisten und Untersuchungsrichtern völlig niedergeschmettert waren. So war es ein Leichtes, die Rechnungen aufzublähen und gezielt die Bankkonten der vor Kummer gelähmten Familien zu plündern. Bei anonymen Leichen, die von niemandem identifiziert wurden, brauchte man nur ein wenig mit den städtischen Angestellten zu verhandeln und konnte so auch dort, wenn man es geschickt anstellte, die Rechnung nach oben aufrunden.

Anabel war so in Gedanken versunken, dass sie immer noch ihren Kaffee umrührte.

»Ich glaube, ich bestelle Ihnen einen neuen, der da ist bestimmt schon kalt«, sagte Monsieur Jacob.

»Entschuldigung, ich dachte gerade an …«

»… Sie dachten an Marcs Tod«, erriet Monsieur Jacob.

»Wie kommen … woher wissen Sie das?«, stammelte Anabel.

»Eine einfache Schlussfolgerung, liebe Anabel. Sie haben mich nach meiner Vergangenheit gefragt und feststellen müssen, dass ich überhaupt nicht der Vorstellung entspreche, die Sie von jemandem hatten, der meinen Beruf ausübt. Da ist es nur logisch, wenn Sie nach vergleichbaren Ereignissen suchen, und die einzige ähnliche Erfahrung, die Sie geprägt haben kann, war sicher der Tod Ihres Freundes Marc. Stimmt's?«

Anabel nickte. Dabei standen ihr Tränen in den Augen. Monsieur Jacob nahm ihre Hand, während Loulou einen frischen Kaffee brachte.

»Verzeihen Sie bitte, ich wollte Ihnen nicht wehtun«, murmelte er. »Manchmal stelle ich mich wirklich ungeschickt an. Ich fühle mich dann irgendwie … primitiv! Ich muss mich wirklich entschuldigen, verzeihen Sie bitte …«

Anabel nahm einen Schluck Kaffee und verbrannte sich die

Lippen. Monsieur Jacob hatte bemerkt, dass sie während des Essens oft auf die Uhr sah.

»Sie sind heute wohl etwas nervös«, fuhr er fort und zündete sich von neuem seine Zigarre an. »Scheint in dem ›Studio‹ nicht besonders gut zu laufen, oder?«

»Nein, nicht besonders«, gab sie unwillkürlich zu.

»Das wundert mich nicht. Es ist doch eine etwas seltsame Tätigkeit ... Solche ›Studios‹ schießen derzeit ja wie Pilze aus dem Boden, zweifellos ein Zeichen der Zeit. Die Leute fühlen sich verloren, langweilen sich tödlich, flüchten sich in Praktiken, die man für längst überholt gehalten hat. Sie befürchten, ihr Leben könnte in Eintönigkeit versinken, sie würden in einer anonymen Masse untergehen, die von einer Obrigkeit gelenkt ist, der sie sich nicht entziehen können, und weil sie das wissen, sind sie zu allem bereit, auch zu leiden, besonders zu leiden, um herauszufinden, ob sie wenigstens noch Herr einer kleinen Parzelle ihres jämmerlichen Schicksals sind. Ihr Körper ist tatsächlich das Letzte, was ihnen gehört, zumindest glauben sie das. Alles andere ist ihnen schon vor langer Zeit genommen worden.«

Anabel betrachtete Monsieur Jacob mit offenem Mund. »Seit ... seit wann wissen Sie von dem Studio?«, stotterte sie.

»Loulou ... Jeden Morgen zwischen zehn und elf, nach der Anlieferung der Lebensmittel und bevor er sich an den Herd stellt, geht Loulou mit seinem Hund Gassi in der Rue Juliette-Dodu. Er hat Sie schon vor Monaten bei diesem ... Brad, bei *Scar System* – so heißt es doch, oder? –, hineingehen sehen. Hier im Viertel wird viel darüber geklatscht, seit dieses ›Studio‹, wie Sie es nennen, aufgemacht hat.«

»Ihnen entgeht aber auch gar nichts!«, stammelte Anabel. »Leider ist das der einzige Job, den ich nach meiner Entlassung aus dem Gefängnis und ein paar Monaten stumpfsinniger Arbeit im Rahmen eines Wiedereingliederungsprogramms kriegen konnte. Stolz darauf bin ich nicht. Doch mit meinem Strafregister nimmt mich keine Klinik und keine Arztpraxis mehr. Tut mir Leid, wenn ich Sie enttäusche. Aber von irgendwas muss ich ja leben.«

»Sie brauchen sich vor mir nicht zu rechtfertigen. Woher sollte ich das Recht nehmen, über Sie zu urteilen? Ich glaube einfach nur, dass es Zeit für Sie wird, ein Kapitel Ihres Lebens abzuschließen.«

Anabel stand auf. Sie war wütend. Monsieur Jacob lehnte sich bequem gegen die Rückenlehne der Bank, auf der er saß, und blies eine neue Rauchwolke aus.

»Ein Kapitel abschließen?«, wiederholte sie. »Was wollen Sie damit sagen?«

»Sie werden sehen, Anabel, es ist bald so weit, ich spüre es. Machen Sie sich keine Sorgen, ich habe Vertrauen zu Ihnen.«

Mit langen, hastigen Schritten eilte sie zum Ausgang. Loulou hielt ihr wie gewöhnlich mit einem gutmütigen Lächeln die Tür auf.

»Petzer!«, zischte sie.

Loulou zog gekränkt die Tür hinter ihr zu und drehte sich zu Monsieur Jacob, der ein reumütiges Gesicht machte und ratlos die Hände hob.

✡

Als es draußen gegen zweiundzwanzig Uhr dreißig kurz hupte, ging Anabel zum Fenster ihres Appartements und sah auf die Straße. Das Taxi, das Brad für sie bestellt hatte, war pünktlich. Sie hatte seine Empfehlungen für ihre Garderobe befolgt und betrachtete sich nun im Standspiegel auf dem Flur. Jetzt, da ihr die Kur bei *Chez Loulou* wieder zu einer Figur verholfen hatte, fand sie den Lederrock und das Bustier viel zu knapp, die sie zu solchen Anlässen für gewöhnlich trug. Brad wäre ein abgezehrter, magersüchtiger *Look* lieber gewesen, aber jetzt musste er sich eben mit ihren Rundungen anfreunden. Dafür saß ihr Haarknoten perfekt. Sie hatte über anderthalb Stunden bei Maniatis am Boulevard Saint-Germain, zugebracht. Das Mädchen, das sie bedient hatte, war durch die Aussicht auf ein saftiges Trinkgeld mit Leib und Seele bei der Sache gewesen und hatte Farbe und Gel mit der Fingerfertigkeit eines Taschenspielers benutzt. Dasselbe galt für die Maniküre, die ihre Fingernägel lackierte. Schwarz, natürlich. Es gab nichts auszusetzen. Um nicht aufzufallen, warf sie den üblichen Parka über ihre »Abendtoilette«. Da sie wusste, dass der Abend unerquicklich werden konnte, schluckte sie noch zwei Tabletten Maaloxan und steckte zwei weitere in ihre Handtasche, bevor sie das Appartement verließ.

✡

Auf den Champs-Elysées sorgten Fußballfans, die aus dem Stadion am Prinzenpark kamen, für ein Verkehrschaos, und so war es schon nach elf, als das Taxi sie bei der Adresse absetzte, die Brad ihr gegeben hatte, ein Hochhaus an der Seine neben dem Hotel Nikko. Am Ende der langen Eingangshalle konnte sie einen Wachmann ausmachen, der in seiner kitschigen Uniform aussah, als hätte es ihn aus irgendeiner Bananenrepublik hierher verschlagen. Der Kerl versteckte sich hinter einer Batterie von Bildschirmen, die auf einer breiten Theke standen und an Überwachungskameras angeschlossen waren. Sie durchquerte die lange Eingangshalle und musste sich dabei durch einen Kakteenwald mit üppigen Pflanzen schlängeln, die den Weg versperrten und durch sandfarbene Betonhügel voneinander getrennt waren. Auf halbem Weg kam sie an einem Springbrunnen vorbei, dessen bläuliche Fontäne in ein rosa Marmorbecken plätscherte. Und als ob das noch nicht genug wäre, zeigte ein kolossales Fresko an der Wand über dem Eingang zu den Aufzügen eine Szene aus der Savanne, Afrikaner bei der Sorgho-Ernte, vom Sonnenuntergang in ein purpurrotes Licht getaucht. Mit einem Blick in die Runde erfasste Anabel diese innenarchitektonische Katastrophe, und der Anblick schmerzte.

Der Wachmann war aufgestanden. Wie vereinbart, überreichte sie ihm die Visitenkarte des *Scar System*-Studios. Der Typ gab etwas in einen Computer ein. Knapp eine Minute später öffnete sich die Schiebetür eines der Aufzüge. Ein Schwarzer im Smoking mit der Schulterbreite eines Gewichthebers wartete in der Kabine und bedeutete dem neuen Gast, sie möge eintreten. In einem Ohr trug er den Stöpsel eines Ohrhörers, und aus dem Kragen seines Jacketts schien ein winziges Mikro herauszuspringen, das auf einem durchsichtigen Plastikstiel steckte.

»*Scar System*-Assistentin eingetroffen«, kündigte er hyperprofessionell an, bevor er auf den Knopf zum siebzehnten Stock drückte.

Als der Aufzug losfuhr, bekam Anabel leichten Schluckauf. Der Schwarze lächelte sie mit demonstrativem Wohlwollen an. Anabel war beeindruckt. Offenbar gehörte er zu einem privaten Sicherheitsdienst für Höhergestellte. Der Veranstalter des Abends hatte es zweifellos weit gebracht. Als sie im siebzehnten Stock ausstiegen, war sie überrascht: Sie befand sich auf einer Baustelle. Auf dem Boden lagen farbverschmierte Planen, die Decken waren an vielen Stellen aufgebohrt und gaben den Blick auf das Flechtwerk von elektrischen Leitungen und Abwasserrohren frei. Auf den Fersen ihres Zerberus irrte Anabel durch ein Labyrinth von Gängen, die von Gerüsten verstellt waren, auf denen sich Farbtöpfe, Bürsten und Pinsel stapelten, und gelangte schließlich zu einer Tür, vor der zwei weitere Schwarze vom Schlag ihres Begleiters Wache schoben. Auf sein Zeichen traten sie zur Seite und gaben den Weg frei. Einer der beiden nahm ihr den Parka ab.

Auch das Appartement wurde gerade renoviert. Nachdem sie den Eingangsbereich durchschritten hatte, blickte Anabel in ein sehr weitläufiges Wohnzimmer mit einer breiten Fensterfront zur Seine hinaus. Sechzig oder siebzig Meter weiter unten zog sich eine Girlande von *Bateaux-mouches* hin, von tausend Lampionketten hell erleuchtete Ausflugsschiffe, die Scharen von Touristen in Richtung Île de la Cité brachten. Der Raum war in ein fahles Halbdunkel getaucht. Schüchtern und ungläubig musterte ein weiß glänzender Vollmond, dessen vollkommene Scheibe sich vom wolkenlosen Himmel abhob, mit seinem großen runden Auge die Szene, zu der er nicht eingeladen war. Er spendete tatsächlich das einzige Licht, durch das Anabel die rund dreißig Personen erkennen konnte, Männer, Frauen und einige Wesen von unbestimmbarem Geschlecht, die sich um ein Buffet versammelt hatten, hinter dem ein Diener hin- und herlief. In verschiedenen Grüppchen sprach man leise miteinander, eine Champagnerschale oder ein Glas Scotch in der Hand. Ab und zu leuchtete ein Feuerzeug auf. Von nervösen Händen bewegt, glichen die rot glimmenden Zigarettenenden Glühwürmchen, die von einer ebenso frenetischen wie flüchtigen Sarabande mitgerissen wurden. Zwei Diener gingen mit Tabletts von Gruppe zu Gruppe und reichten verschiedenerlei Häppchen. So gut sie konnte, musterte Anabel die Gesichter der Gäste, ihre Kleidung und glaubte, zwei Frauen wieder zu erkennen, die ihr schon einmal im Studio begegnet waren, aber sie war sich nicht sicher. Sie hatte keine Ahnung, wer all diese Leute waren, und sie legte auch keinen Wert darauf, näher mit ihnen bekannt zu werden.

Junge Gäste in Lederklamotten, mit rasiertem Schädel und reichlich gepiercten Lippen, Augenbrauen und Ohren hielten Tuchfühlung zu älteren Semestern in Smoking und Abendkleidern. Den Großteil der Schar bildeten Paare, die auf die Sechzig zugingen oder sie überschritten hatten. Alternde Beaus, die sich noch der Illusion hingaben, dass man ihnen ihr Alter nicht ansah, schielten schamlos und unterschiedslos nach den Jungen und Mädchen, die gerade erst erwachsen geworden waren. Ihre trotz aller Liftings und Schminkarien noch grausamer vom Alter gezeichneten Ehefrauen zeigten dieselben Begierden. Die Körper streiften sich, man gab sich kleine Zeichen mit dem Kopf, lachte verhalten. Bei aller Banalität der Situation – einige Leute hatten sich wie bei irgendeiner Ausstellungseröffnung um das Buffet versammelt – verrieten doch tausend kaum merkliche Anzeichen die fieberhafte Ungeduld der Anwesenden, die es kaum abwarten konnten, dass die Zeit verstrich und man endlich zum Wesentlichen überging. Anabel wusste genau, dass der ganze Aufwand nicht dazu diente, in einem Appartement, das einer Baustelle glich, einen Abend in guter Gesellschaft zu verbringen, Dom Pérignon zu schlürfen, sich Petits fours schmecken zu lassen und die Ausdünstungen des Acrylharzlacks einzuatmen, die sich trotz der angenehm warmen Brise, die die weit geöffneten Fenster hereinließen, durch die ganze Wohnung zogen. Ohne darum gebeten zu haben, hatte sie plötzlich eine Champagnerschale in der einen Hand und ein mit Kaviar belegtes Blini in der anderen. Wie betäubt drehte sie sich einen Augenblick um sich selbst, bis jemand sie am Ellbogen fasste. Vor ihr stand Brad.

»Ich weiß«, murmelte sie, »fast hättest du warten müssen. Das Taxi – ich saß wie auf Kohlen!«

»Macht nichts, alles im grünen Bereich«, versicherte er, »was regst du dich immer gleich so auf? Die Sitzung fängt erst in einer halben Stunde an, es werden noch ein paar Gäste erwartet. Entspann dich.«

Er trat einen Schritt zurück, nahm sie vom Kopf bis zum Absatz unter die Lupe. Ein schmeichlerisches Lächeln machte sich auf seinem Gesicht breit. Sie zuckte die Achseln, stellte den Schampus auf ein Tablett und beförderte das Blini mit einem Schnipser in hohem Bogen von sich, ohne sich um seine Flugbahn zu kümmern.

»Wo soll das Ganze stattfinden?«, fragte sie.

»Da oben«, flüsterte Brad und deutete auf eine Wendeltreppe am anderen Ende des Raums. »Eine zweigeschossige Penthousewohnung. Vierhundert Quadratmeter, zweimal zweihundert, und die Terrasse. Hat ein Pärchen von kleinen Wichsern gekauft, die sich mit ihrem *Start-up* die Eier vergoldet haben. Acht Millionen, *cash*! Kannst du dir das vorstellen? Ziehen ein, sobald hier alles fertig ist, diese aufgeblasenen Ärsche. Sollen wir hochgehen und alles vorbereiten?«

Anabel folgte ihm. Auch die obere Etage des Appartements befand sich mitten in der Renovierung und stank nach *White Spirit*. Brad hatte sich eine große Stablampe besorgt und führte sie in einen Salon von ungefähr fünfzig Quadratmetern. In der Mitte thronte ein langer Metalltisch mit Lederriemen, die an jeder Ecke fest vernietet waren. Er legte die Stablampe ab, öffnete eine große Plastiktasche und holte ein großes rotes Satintuch hervor, das er über den ganzen Tisch ausbreitete.

»Das bringt's, oder?«, fragte er und biss sich vor Konzentration auf die Lippen.

Mit einem Blick in die Runde inspizierte Anabel das Zimmer. Ungefähr zwanzig Kandelaber standen gleichmäßig verteilt auf dem Boden. Brad hob einen weiteren Schatz aus der Tiefe seiner Tasche: einen Haufen Kerzen von beträchtlicher Größe, solche, die man nur an wirklich großen Feiertagen anzündete, wie am 15. August in der Heiligen Grotte von Lourdes.

»Los, fangen wir an. Die brennen über drei Stunden, hat das Bistum garantiert, oder es war glatte Hochstapelei«, meinte er höhnisch. »Hilfst du mir mal?«

Er entzündete ein Feuerzeug und warf Anabel ein zweites zu, die es im Flug auffing. Keine fünf Minuten später brannten in allen Kandelabern Kerzen. Brad schloss die Fenster, damit der Wind keine Flamme ausblasen konnte.

»Das bringt's voll«, wiederholte er zufrieden.

In einer Ecke des Raums standen eine Hi-Fi-Anlage und die Boxen. Brad rieb sich nervös die Hände.

»Hier können wir mächtig absahnen«, versicherte er.

»Ich weiß, es geht mich nichts an, aber wer ist der Typ, der das hier veranstaltet?«, fragte sie.

»Ein Bonze aus der Bauwirtschaft. Das Hochhaus hier gehört ihm, deshalb können wir dieses Appartement benutzen, er wollte es nicht bei sich machen. Kommt doch gut, dieses Abriss-Ambiente, etwas *destroyed,* echt eine gute Idee. Man muss sich eben immer was Neues einfallen lassen, darf nicht in Routine versinken, stimmt's?«

Das letzte Mal, als Brad im privaten Rahmen seines Amtes waltete, war das in einem Stadthaus im Marais gewesen, vor einem Areopag von Hosenscheißern, die durch die Mund-zu-Mund-Propaganda der Society zusammengeströmt waren. Es war nicht gerade ein Fiasko gewesen, aber alles andere als ein klarer Erfolg.

»Du wirst sehen, heute Abend haben wir nur begeisterte Fans, Leute, die süchtig danach sind.«

»Kann ich auch wissen, wen du behandeln wirst?«

»Einen jungen Typen, keine fünfundzwanzig, er bumst die

Tochter von dem ... von diesem Baulöwen, aber ich glaube, er treibt es auch mit ihrem Vater. Ein kleiner Schlauberger, einer von den Schwanzlutschern, die wissen, wie sie sich ihren Lift zur Karriere verschaffen, alles klar?«

Brad öffnete einen Wandschrank, holte einen Samsonite-Koffer heraus und legte ihn auf den Tisch. Er enthielt einen Miniaturschweißbrenner, eine Propangasflasche, verschiedene Arzneimittel, Verbandszeug, Latexhandschuhe, eine Reihe von Stempelblechen mit superfeinen Spitzen aus rostfreiem Stahl, dazu ergonomisch geformte, an Handteller und Finger des Benutzers angepasste Kunststoffgriffe. Brad hatte sie von einem Spezialisten in Handarbeit fertigen lassen. Sie waren genau nach der Morphologie seiner Hände geformt, so dass sie von niemand anderem benutzt werden konnten, ohne an Genauigkeit und Qualität einzubüßen.

Anabel beobachtete ihn dabei, wie er äußerst sorgfältig das ganze Werkzeug vorbereitete. Er installierte seinen Schweißbrenner am Fußende des Tischs und zündete ihn versuchsweise ein paar Mal an, schichtete auf einem Edelstahltablett seine Stempelbleche wie Zwiebelringe auf und bestäubte alles sehr gründlich mit einem Desinfektionsspray.

»So«, murmelte er, »nun ist alles okay. Ich muss mich jetzt konzentrieren.«

Er zog sich in eine Ecke des Raums zurück und setzte sich im Lotussitz auf den Boden, die Beine übereinander geschlagen, die Ellbogen auf den Knien, die Handteller zur Decke hin geöffnet. Anabel blieb wie angewurzelt am Tisch stehen, schwankte leicht vor und zurück, denn ihr war plötzlich übel geworden. Sie schluckte eine Maaloxan. Ein Stockwerk tiefer wurden die Stimmen lauter. Der Alkohol und zweifellos auch einige andere Rauschmittel – Poppers, Koks, Liquid Ecstasy – entfalteten allmählich ihre Wirkung.

Zehn Minuten später stiegen die Gäste nacheinander die Stufen zur zweiten Etage hinauf. Brad begrüßte jeden einzeln und wies ihnen den Weg in ein Zimmer nebenan, in dem mehrere Kleiderständer mit Bügeln standen. Einer nach dem anderen zogen sich die Gäste aus und kehrten in den Salon zurück.

Die Flammen über den Kandelabern tauchten die Körper in ein mildes, sehr weiches Licht in allen Spektralfarben, mit einem zarten, orangefarbenen Widerschein. Die Kerzen brannten in einer Höhe von sechzig Zentimetern über dem Boden, so dass die Gesichter der Anwesenden im Dunkeln blieben, während sich Leiber, Geschlechtsteile und Beine den Blicken darboten. Einige drehten sich langsam um sich selbst, um ihr Steißbein oder ihr Hinterteil bewundern zu lassen. Sie schätzten sich gegenseitig ab, und das nicht mit verstohlenen Blicken, sondern mit unverhohlener Begierde. Anabel spürte es, wusste es, obwohl sie ihre Augen nicht sah. Der erste Akt des Schauspiels hatte begonnen, ohne dass die üblichen drei Gongs ertönt waren. Das war auch zweifellos unnötig, denn die Dramaturgie des weiteren Abends, seine zudringliche Inszenierung, sein unerbittliches Crescendo beherrschte hier jeder aus dem Effeff.

✡

»Ich warne dich«, hatte Anabel Brad einige Minuten zuvor noch einmal wissen lassen. »Es kommt nicht in Frage, dass ich mich ausziehe …«

»Das habe ich nie von dir verlangt«, hatte er erwidert, »jedenfalls brauchst du nichts zu zeigen. Du spielst hier die Rolle, sagen wir mal, einer Vestalin, die darauf achtet, dass die Liturgie eingehalten wird. Ehrlich gesagt: Mit so einem Flunsch sieht dir sowieso jeder an, dass du auf Arbeit bist.«

Es war ein echtes Festival des Körperschmucks, jeder stellte sich zur Schau, und mittendrin Anabel. Tätowierungen, Spuren von Verbrennungen, von Einritzungen mit dem Skalpell, Skarifikationen, Piercings der Geschlechtsteile, für jeden Geschmack etwas. Alle Phantasiemuster waren vertreten. Auch Brad hatte sich ausgezogen. Über seinen einstigen Bodybuilder-Torso, den jetzt einige Fettwülste beschwerten, breitete sich ein großes Fresko mit Elfen, Amazonen und Vampiren aus, Motiven, die der Folklore irgendwelcher Fantasy-Stories entlehnt waren. Zwei dünne, am Bauchnabel verankerte Silberkettchen hingen bis zu seinen Hoden herunter, wo sie sich um andere Ketten wanden, die durch Ringe in der Oberhaut der Hodensäcke liefen oder die von den Leisten zum Damm führten und so ein dichtes, vollkommen symmetrisches Netz bildeten. Anabel hatte bereits auf früheren »Privatsoireen« das Vergnügen gehabt, dieses Bild zu betrachten. Die Anatomie des *Scar System*-Inhabers barg keinerlei Geheimnisse mehr für sie.

Brad war trotzdem nur ein Witzbold. Sicher, an der Spitze seiner Eichel hing ein großer Ring, ein *Prince Albert* von mehr als beachtenswertem Umfang. Aber das alles war nur Firlefanz, Tinnef im Vergleich zu dem, was die anderen Gäste vorzuweisen hatten. Einige der männlichen Teilnehmer präsentierten ein Glied, das vom Schambein bis zur Mündung der Harnröhre mit Ringen durchbohrt war. Das geringste Fleckchen Haut, der kleinste noch freie Quadratzentimeter Schleimhaut auf der Eichel, hatte herhalten müssen. Es waren besonders die älteren Gäste, die sich mit großer Entschlossenheit an sich selbst rächten, jenem Körperteil unendliche Schmerzen zufügten, um den armseligen Fleischzipfel zuletzt in eine Art pathetisches Kunstwerk zu verwandeln.

Die Damen standen ihnen in nichts nach. Die Natur ist

grausam, und damit ihre Zustimmung zu solchen Praktiken richtig gewürdigt werden konnte, fanden sie kein anderes Mittel, als sich hinzuknien, mit gebeugtem Nacken und hängenden Schultern das Kinn auf den Boden zu drücken, die Schenkel zu spreizen und die Arme nach hinten zu strecken; dann packten sie ihr Gesäß von beiden Seiten, krallten die Fingernägel in ihre fetten Hinterbacken, um die Spalte ihres Geschlechts, die Dammfläche sowie das dunkle Loch darüber besser zeigen zu können, so viele perforierte Furchen und Hautfalten, die mit Ringen, Sicherheitsnadeln, Vorhängeschlössern und allerlei modischem Schnickschnack derselben Kategorie geschmückt waren.

Von Brad unauffällig ermuntert, wurden die Kandelaber von Hand zu Hand weitergereicht und nach unten geneigt, um diese schlaffen Schamlippen, ausgetrockneten Klitorides und Ani mit geschwollenem Afterrand auszuleuchten. Manchmal tropften die Kerzen, eine davon goss sogar ein paar Milliliter brennend heißes Wachs auf ein dergestalt dargebotenes Körperteil. Es war die Gelegenheit, diesem erlesenen Schmerz durch ein lang gezogenes Röcheln Ausdruck zu geben.

✡

Ohne dass Brad auch nur ein Wort gesagt hätte, nahmen alle ihren Platz ein wie beim Ballett. Die Hi-Fi-Anlage verbreitete schwebende Klänge, die von einer Musik ungewisser, auf jeden Fall aber exotischer Herkunft beeinflusst waren, vielleicht indianischer, darauf gewettet hätte Anabel allerdings nicht. Bald war der Tisch mit den Lederriemen und dem roten Satintuch von den Weibchen mit den hoch gestreckten Hinterteilen eingekreist, die ihn wie ein Fries umgaben. Die Männchen hielten sich im Hintergrund. Einigen stand schon dreist der

Schwanz, andere fummelten bescheiden an sich herum. Die jungen Leute mit den rasierten Schädeln, die wenige Minuten zuvor noch lauthals gelacht und ihren Champagner geschlürft hatten, begriffen, dass es höchste Zeit war, ihre Anwesenheit zu rechtfertigen. Godemichés tauchten auf, Tuben mit Gleitmittel wurden von einem zum anderen weitergegeben. Nachdem sie die Finger mit der klebrigen Creme bestrichen hatten, betatschten die jungen Söldner, die mit den Anforderungen dieses harten Geschäfts bestens vertraut waren, alles, was es in ihrer Reichweite zu grapschen gab, eine Brust, eine Gesäßhälfte, ein von allerlei Gerätschaften beschwertes Glied. Sie rieben ihre hübschen jugendlichen Körper an schlaffen, faltigen Bäuchen und deuteten, ohne sich allzu sehr zu bemühen – der Zeitpunkt dafür war noch nicht gekommen –, die eine oder andere gewagte Penetration an. Aus reiner Sorge um ihre Wirkung machten sich auch ihre Kolleginnen daran, unterschiedslos alles zu saugen und zu lutschen, was sich ihnen entgegenstreckte. Manchmal ergebnislos. Was aber nicht von Bedeutung war. Das Ganze war nur eine Art Einführung, eine erste Inmundnahme. Das versammelte Arsenal an Metallimplantaten wurde hin und her geschüttelt, sprang auf und ab, stieß aneinander, rasselte und schepperte unisono.

Brad führte einen splitterfasernackten jungen Mann zum Tisch und forderte ihn auf, sich mit dem Rücken daraufzulegen, Arme und Beine weit gespreizt. Anabel half, ihm Hände und Füße zu fesseln, indem sie die dafür vorgesehenen Riemen um seine Handgelenke und Knöchel legte. Der junge Mann gab sich bereitwillig. Aber er hatte Angst und schwitzte wie ein Tier. Brad hatte schon damit gerechnet und bat Anabel, seinen Oberkörper, den Unterleib und die Achseln abzutrocknen, die Schweißströme wegzuwischen, die sich auf seiner Haut bildeten. Fügsam nahm sie eine Packung parfümierter Reinigungstücher zur Hand und machte sich an die Arbeit. Um den rechten Arm des Jungen wickelte sie eines jener einfachen, vollautomatischen Blutdruckmessgeräte, die mit einem Elektromanometer ausgestattet sind und die man in jeder Apotheke bekommt. Ein Knopfdruck genügte, um das Ergebnis auf einer kleinen Flüssigkristallanzeige abzulesen.

In diesem Augenblick sah sie Ralph auftauchen, der mit einem breiten Lächeln alle seine künstlichen Fangzähne entblößte und sich dabei mit der rosafarbenen Zungenspitze, die eine Stahlperle schmückte, genüsslich über die Lippen fuhr. Er war ebenfalls nackt und hatte in Sachen Körperschmuck keinen Grund, auf seinen Kumpel Brad neidisch zu sein. Er öffnete ein Etui und packte ein Sortiment von Spritzen und Ampullen aus, die er mit viel Geschick aufzog. Er legte sie auf ein zweites Tablett, welches dem glich, das Brad mit seinen Stempelblechen vorbereitet hatte, drückte nacheinander behutsam auf die Kolben und ließ jedes Mal einige Tröpfchen einer durchsichtigen Flüssigkeit herausspritzen. Dann nahm er den linken Arm des Mannes und setzte eine Kenüle in die Armbeuge.

Brad verkündete, er werde jetzt mit dem Branding beginnen, eine Art Tätowierung der Haut durch Brandzeichen. Dabei würde er mit den zuvor in der Flamme des Schweißbrenners erhitzten Stempelblechen von den Brustwarzen bis zum Bauchnabel eine Rosette auf dem Brustkorb einbrennen, die darauf bereits vorgezeichnet war, so dass er diesen Linien nur treu folgen musste.

Die Arbeit erforderte ein Höchstmaß an Präzision und deshalb eine entsprechend helle Beleuchtung. Da es jedoch schade gewesen wäre, die zauberhafte Stimmung zu brechen, die der Kerzenschein verbreitete, blieb das Licht aus. Deshalb schnallte sich Brad eine Stirnlampe um wie ein Höhlenforscher und schaltete sie ein. Ralph drehte den Schweißbrenner auf. Anabel wurde vom Zuschauen speiübel. Der bläuliche Schein der Propangasflamme, der weiße Lichtkreis, den die Stirnlampe mit ihrem Strahl warf, das Züngeln der Kerzen, die Umzingelung durch die Nackten, die sich allmählich in ein immer dichteres Durcheinander verwickelten, all das schien unwirklich zu sein und hatte doch nichts von einem Traum.

»Anabel? Ralph? Ich bin so weit …«, flüsterte Brad.

Der Oberkörper des jungen Mannes, der das Branding ertragen wollte, war natürlich vollständig rasiert. Anabel wischte ihn mit einem alkoholgetränkten Baumwolltuch ab, rieb ihn dann mit einer hypoallergenen Creme ein und wedelte ein paar Mal mit einem Fön über ihn hinweg. Dann war der Augenblick gekommen. Brad hob das erste, in der extrem heißen Flamme des Schweißbrenners zum Glühen gebrachte Stempelblech hoch, damit jeder der Anwesenden, ganz gleich, welcher Gymnastik er sich in diesem Moment gerade widmete, seine weiß glühenden Konturen erkennen konnte. Beim ersten Auflegen des Metalls machte sich der junge Mann vollkommen steif und ballte die Fäuste. Aus seinen Händen flossen dünne Rinnsale von Blut. Anabel war sauer auf Brad, weil er vergessen hatte, dem Mann zu sagen, er solle sich vor der Sitzung die Fingernägel schneiden.

Die Stempelbleche erkalteten innerhalb weniger Sekunden. Brad legte sie zur Seite, während Ralph ihm schon das nächste in der Propangasflamme erhitzte reichte. Dann bereitete er wieder eines vor, und das ging so weiter, bis die Rosette fertig gebrannt war. Unter die Dämpfe von geschmolzenem Wachs, die betäubenden Ausdünstungen des *White spirit*, die feinen Düfte der Parfüms – Givenchy, Dior, Kenzo usw. –, unter den süßlichen Geruch nach Schweiß, Sperma und sonstigen Ausflüssen sowie den alkoholgeschwängerten Atem mischte sich der animalische, schweinische Geruch der versengten Haut.

✡

Es war fast drei Uhr, als Brad den Schweißbrenner endlich ausmachte. Sein Gesicht triefte. Er war erschöpft. Anabel hatte ihm mehrmals mit Gazetupfern die Stirn abwischen müssen, damit ihm die Grubenlampe nicht auf die Nase rutschte. Zur Überwachung der Systolen und Diastolen drückte sie alle zehn Minuten auf das automatische Blutdruckmessgerät, damit ihr rasender Rhythmus bei dem jungen Mann nicht plötzlich zum Herzstillstand führte. Alle dreißig Minuten ließ Ralph Stempelbleche und Schweißbrenner liegen und injizierte über die Kenüle den Inhalt seiner Ampullen in die Venen des Kandidaten, der so die Schmerzen besser ertragen konnte. Bei jedem seiner Schreie, seines immer schriller werdenden Aufheulens wurde das Magma der Körper, die sich rund um den Tisch auf dem Boden wälzten, von einem kollektiven Krampf geschüttelt, als würden sie wie durch Übertragung an der Marter teilhaben, die der Held des Abends erlitt. Sein blutleeres Gesicht erinnerte an die schlimmsten Bilder christlicher Märtyrer. Sein Kopf schlenkerte hin und her, aus seinem Mund rannen lange, schaumige Speichelfäden, in die sich Blut gemischt hatte, weil er sich so heftig auf die Lippen und in die Backen biss, wenn seine Kiefer zusammenschlugen.

Die Zeit zog sich dahin. Die Leiber ermüdeten. Der Rhythmus des kollektiven Vögelns war Stunde um Stunde, dann Minute für Minute langsamer und ruhiger geworden. Die Pausen wurden immer länger, die Arschficker gingen weniger heftig zur Sache, die erlahmten Schwanzlutscherinnen massierten ihre Kiefer, die vor Krämpfen schmerzten, und hingen an den

Hälsen der Champagnerflaschen, die überall auf dem Boden herumstanden, um sich die Münder auszuspülen. Selbst die Kerzen kannten kein anderes Ziel, als sich aufzuzehren. Nur wenige brannten noch. Das Wachs floss in Rinnsalen kreuz und quer über die Sockel der Kerzenständer. Die Dochte waren abgebrannt und geschwärzt.

Der junge Mann, der das Branding über sich hatte ergehen lassen, wurde von Kollegen der schwarzen Türsteher, denen Anabel am Eingang begegnet war, in einem Rollstuhl hinausgebracht. In den nächsten Wochen würden ihm die Brandwunden entsetzliche Schmerzen bereiten, doch sollte die Vernarbung glatt verlaufen, bliebe die Rosette nach einigen Monaten schön sichtbar auf seinem Brustkorb zurück, als ein Kranz von dunklen Narben, die er bis ans Ende seiner Tage behalten würde …

Die meisten Gäste hatten sich wieder angezogen und davongemacht. Nur die jungen Paare waren noch da. Wie Überlebende auf einem Schlachtfeld warteten sie mit verstörten Mienen, bis sie an der Reihe waren, um im Zimmer nebenan ihre Klamotten von den Gerüsten zu nehmen und sich anzuziehen. Ralph steckte seine Spritzen und Ampullen in eine Mülltüte und warf sie in den Müllschlucker, während Brad sein Werkzeug in den Samsonite-Koffer zurücklegte.

»Okay, ist doch gut gelaufen, oder?«, warf er in den Raum, während er den Deckel schloss.

Als Antwort ertönte vereinzelt ein zustimmendes Brummen. Brad gab das Zeichen zum Abmarsch, und Anabel folgte ihm auf dem Weg in die untere Etage. Jetzt, wo der Abend zu Ende war, beleuchtete eine Schiene mit Halogenlampen das riesige Wohnzimmer. Jeder wartete darauf, dass er sein Honorar ausgehändigt bekam. Anabel hatte keine Gelegenheit gehabt, den Gastgeber zu identifizieren, der zu diesem Abend eingeladen hatte. Zweifellos war er die ganze Zeit über anwesend gewesen, aber anhand seines Verhaltens hatte man ihn nicht erkennen können. Einer der Schwarzen, die vor dem Eingang zum Appartement standen, öffnete einen großen braunen Kartonumschlag, der andere kleinere Umschläge enthielt. Jeder der Anwesenden bekam einen davon. Auf zwei Umschlägen standen dick, mit einem Marker geschrieben, die Namen Brad und Ralph.

Es war das Signal zum Aufbruch. Man verteilte sich auf die vier Aufzüge, die in diesem Stockwerk hielten. Anabel ging mit den beiden Unzertrennlichen, Brad und Ralph. Beide wogen ihre Umschläge in der Hand, betasteten sie gierig. Brad öffnete seinen, zog ein Bündel von zusammengerollten Fünfhundert-Francs-Scheinen hervor, das mit einem dicken Gummi umwickelt war, und reichte es Anabel, die es einsteckte. Jetzt konnten sie nach Hause gehen. Ralph zeigte auf seinen Wagen, der ganz in der Nähe parkte:

»Wenn du willst, können wir dich bei dir rauslassen«, schlug er freundlich vor.

Anabel schüttelte nur den Kopf und hob die Hand, um ein Taxi anzuhalten.

»Okay.« Brad war es recht so. »Dann bis Montag. Du kannst etwas später kommen, ich mache das Studio auf. Schönes Wochenende!«

Auf der Rückbank des Taxis zählte Anabel die Fünfhunderter, die Brad ihr gegeben hatte. Es waren dreißig. Sie wusste nicht, wie hoch die durchschnittlichen Honorare waren, die die anderen Teilnehmer von ihrem Gastgeber erhalten hatten. Die geladenen Gäste waren allerdings um des Spaßes willen gekommen. Nicht zu vergessen die Aufwendungen für den Wach- und Schließdienst. Insgesamt dürfte die kleine Party ein Vermögen gekostet haben.

»Und wohin möchte das Fräulein in dieser feinen Aufmachung?«, fragte der Taxifahrer, während er einen Blick in den Rückspiegel warf.

»Sie haut sich in die Falle. Keine Chance für dich«, rief Anabel nach vorne.

Zu dieser vorgerückten Stunde war Paris fast leer. Das Taxi erreichte die Place de Stalingrad in weniger als einer Viertelstunde. Anabel reichte dem Fahrer einen Geldschein, öffnete die Tür und ging weg, ohne auf das Wechselgeld zu warten. Verdutzt drückte der Fahrer auf die Hupe und streckte den Kopf zum Fenster hinaus.

»Immer zu Diensten, wenn das kleine Fräulein will!«, warf er ihr fröhlich hinterher, bevor er weiterfuhr.

Anabel ging langsam am Kanal entlang. Bei der Schleuse vergnügten sich ein paar angetrunkene Motorradfahrer damit, den Kai in Richtung La Villette entlangzubrettern. Sie ließen die Motoren ihrer Maschinen aufheulen, legten Vollbremsungen hin, rissen das Lenkrad herum, dass die Reifen nur so quietschten, und drehten mit extrem engen Kehren um. Das Scheinwerferlicht blendete Anabel. Sie schloss die Augen. Ihr Magen revoltierte. Sie schluckte die letzte Maaloxan und knetete das Bündel Geldscheine, das sie die ganze Zeit in ihrer rechten Hand hielt. Sie blieb mit einem Schuh in einer Ritze zwischen zwei Pflastersteinen hängen, und der Absatz brach weg. Sie zog ihn aus und setzte ihren Weg schwankend fort, während der Schuh an ihrer linken Hand hin und her baumelte. Es dauerte nicht lange, bis die Strumpfferse vom Kies aufgerissen war. Die Öllachen auf der Wasseroberfläche des Bassin de la Villette irisierten, und in der sanften Strömung trieben Abfälle, leere Plastikflaschen, zertrümmerte Bretter und Kleiderfetzen.

Plötzlich zog sich ihr Magen in einem Krampf zusammen.

Sie beugte sich über die Uferböschung. Da sie seit Mittag nichts mehr gegessen hatte, erbrach sie nur Magensäure, von der ihr die Speiseröhre brannte. Betäubt vom Lärm ihrer Maschinen und mit einem Bein im Grab, schenkten ihr die Motorradfahrer keinerlei Aufmerksamkeit. Wütend knüllte Anabel das Bündel Geldscheine zusammen. Nach wenigen Sekunden hielt sie eine dicke Papierkugel in der Hand, nur ein Fetzen ragte noch heraus. Sie holte aus, um die Kugel so weit wie möglich wegzuwerfen, damit sie langsam von dem schlammigen Gewässer verschlungen würde. Da tauchte in ihrer Erinnerung plötzlich das Bild von Cécile auf, ihrer Freundin und Zellennachbarin in Fleury-Mérogis. Cécile, rauschgiftsüchtig, HIV-positiv, die den Kerlen in den Klohäuschen am Cours de Vincennes für hundert Francs einen blies. Cécile, die, von ihrer Familie verleugnet, vollkommen abgebrannt im Gefängnis verzweifelte und dringend Geld brauchte, um in der Knastkantine einkaufen zu können. Nein, dieses kleine Vermögen einfach in die Abwässer des Bassin de la Villette zu werfen, war wirklich nicht vernünftig.

Anabel fing sich wieder und ging schnell nach Hause, um die zerknitterten Scheine glatt zu streichen. Sie stellte fest, dass der Schaden buchstäblich auszubügeln war. Mit dem Bügeleisen und ein paar Klebestreifen würde sie die Scheine wieder in Ordnung bringen können. Sie zog sich aus, stellte sich eine gute Stunde lang unter die Dusche, rieb ihre Haut unermüdlich mit einem Massagehandschuh ab, setzte sich dann im Scheidersitz nackt auf ihr Bett, geschüttelt von einem heftigen Frösteln, das aber von Minute zu Minute schwächer wurde. Als sie ruhig war, schluckte sie ihre halbe Kapsel Lexomil und schlief im Morgengrauen ein.

4

Wenn er keinen Dienst in der Haftanstalt hatte, schlief Oberaufseher Tierson gewöhnlich jeden Samstagmorgen nach Herzenslust aus und stand erst gegen zehn Uhr auf. Beim letzten Besuch des Amtsarztes hatte man ihm jedoch angesichts seines EKGs dazu geraten – dringend geraten –, ein wenig Sport zu treiben. Seither überwand er seine an sich träge Natur und schwang sich schon um acht Uhr aufs Rad, ein wunderbares Mountainbike, das ihm seine Kinder zum siebenundfünfzigsten Geburtstag geschenkt hatten. Er verließ seine Dienstwohnung neben den Gefängnisgebäuden und trat gut zwei Stunden auf flachem Gelände in die Pedale, fuhr in der näheren Umgebung über Land. Dabei verausgabte er sich nicht zu sehr, legte mehrere Pausen ein, bis er im Ortszentrum von Darnoncourt eintraf und beim Bar-Tabac *Le Balto* hielt, um mit seinen Kumpels ein paar Pastis zu schlürfen und auf die Pferderennen in Auteuil oder Vincennes zu wetten.

✡

Am Samstag, den 16. Juli, stand er noch ein wenig früher auf, achtete darauf, seine Frau nicht zu wecken, schlüpfte in seinen Trainingsanzug, zog die Basketballschuhe an, kippte eine Tasse Kaffee hinunter und ging zur Autobox, in der sein Wagen in einer Reihe mit denen der Kollegen parkte. Er schloss das Eisengitter auf, schob es hoch und ging um seinen Peugeot 306 herum. Tierson war der Marke mit dem Löwenlogo immer treu gewesen. Ein Schwager von ihm war Werkmeister bei Peugeot in Montbéliard, und angesichts der Konkurrenz aus Japan fühlte er sich verpflichtet, ein wenig familiäre Solidarität zu üben. Auch Madame Tierson, die sich aus politischen Dingen immer heraushielt und jedes Mal entgeistert, sprachlos vor dem Fernseher saß, wenn sich ein Kommentator im ersten Programm über die Segen der Globalisierung ausließ, zeigte sich in dieser Hinsicht unnachgiebig. Etwas anderes als Peugeot kommt nicht in Frage, so lautete ihr Credo.

Doch um die Wahrheit zu sagen: An jenem Morgen waren Tierson sein Wagen, der Schwager, sein letztes EKG, die Spekulation auf zusätzliche Rentenpunkte, die Pensionsfonds und der ganze Kram völlig egal. Er schlich sich in die Box, hob eine alte, ölverschmierte Werkzeugkiste an und zog aus einer mit verrosteten Schrauben, Muttern, Federn und Nägeln gefüllten Schublade eine Plastiktüte des Zeitschriftenhändlers von Darnoncourt. Er verstaute sie in einem Rucksack und schwang sich auf sein Rad. Entgegen seinen Gewohnheiten fuhr er über Gauffry und Villers-Saint-Maxence in Richtung Route Nationale 16, um nach Creil zu gelangen. Dreißig Kilometer musste er sich abstrampeln, mehr als sonst, doch um nichts auf der Welt hätte er die Strecke mit dem Auto fahren wollen. Er hätte einen schwammigen Vorwand erfinden müssen, um bei seiner Frau keinen Verdacht zu erwecken, die ihn zweifellos mit Fragen zu diesem Treffen gelöchert hätte, das er unbedingt geheim halten wollte.

Tierson trat vorsichtig in die Pedale und bemühte sich, seine Lungen gleichmäßig zu belasten, so wie die Ärzte es ihm geraten hatten. Einmal lang einatmen und zweimal kurz ausatmen, dabei Arme und Schultern schön locker lassen. Trotz dieses klugen Rats fing sein Herzrhythmus nach etlichen Kilometern an zu rasen, aber nicht wegen der Strecke und der Anstrengung, sondern wegen der zunehmenden Angst, die schon seit einigen Tagen auf ihm lastete.

Die ganze Woche über hatte ihn diese Verabredung verfolgt, ja schlimmer noch, gequält. Während seiner Runden durch die Gänge des Gefängnisses und beim Hofgang, wenn er unter den Gefangenen umherschlenderte, spionierte er unaufhörlich dem Häftling Nr. 2057 C nach, der geruhsam und in vollkommener Einsamkeit seinen kleinen Beschäftigungen nachging, von den Schließern ebenso unbeachtet wie von seinen Mitgefangenen.

✡

An den Lenker seines Mountainbikes geklammert, konnte Oberaufseher Tierson noch immer nicht fassen, was ihm geschah. Das Alter, in dem man noch an Märchen glaubte, hatte er bei weitem überschritten, doch er musste sich gestehen, dass sich eine Zauberfee über seine Wiege gebeugt hatte. Was die Wiege anbelangt, so handelte es sich um ein Ehebett der Marke Conforama, an dem längst nichts mehr glitzerte und das noch von keinem Sternenregen überflutet worden war. Aber völlig unverhofft hatte das Geschöpf bereits damit begonnen, seinen Zauberstab zu schwenken.

✡

Sie hatte ihn vor einem Monat angesprochen, als er nach Darnoncourt geradelt war. Wie üblich hatte er im *Le Balto* mit seinen Kumpels Pastis getrunken und den Wettschein für die Pferdewetten gelocht, Blue Moon im dritten Rennen in Auteuil, eine prächtige Stute, die Wetten auf sie standen zehn zu eins. Als er dann wieder nach Hause fuhr, wurde er auf der

Landstraße kurz hinter der Ausfahrt Buchy-Saint-Éloy von einem Renault Safrane überholt. Die Bremslichter leuchteten mehrmals auf, der Safrane blieb mitten auf der leeren Straße stehen und versperrte ihm den Weg, bevor er auf den Seitenstreifen fuhr. Verblüfft hielt Tierson an und stieg ab. Eine blonde Frau von ungefähr vierzig Jahren, glattes Gesicht, mit einem pflaumenblauen Regenmantel bekleidet, stieg aus und kam zu ihm. Tierson wusste wohl, dass in den umliegenden Wäldern einige professionelle Schwanzlutscherinnen nach Freiern Ausschau hielten, doch ihm war auf den ersten Blick klar, dass es hier um etwas anderes ging.

»Wenn Sie einverstanden sind, würde ich mich gern fünf Minuten mit Ihnen unterhalten«, schlug die Unbekannte vor. »Steigen Sie ein. Im Wagen haben wir es bequemer.«

Sie hatte mit klarer, eiskalter, gebieterischer Stimme gesprochen, einer Stimme, die keinen Widerspruch duldete. Verdutzt, auch ein wenig beunruhigt, dass ein Kollege vorbeikommen und ihn überraschen könnte, ließ Tierson sein Mountainbike auf eine kleine, mit hohem Gras bewachsene Böschung fallen und nahm im Safrane Platz.

»Sie heißen Tierson, Georges Tierson. Sie sind siebenundfünfzig Jahre alt und Oberaufseher im Gefängnis von Darnoncourt, acht Kilometer entfernt von hier«, verkündete ihm die Fahrerin. »Sie leben in einer Dienstwohnung, die Ihnen von den Strafvollzugsbehörden zur Verfügung gestellt wird, aber Sie besitzen auch ein kleines Haus im Perche. Bei den Stürmen im Dezember 1999 ist das Dach Ihres Hauses schwer beschädigt worden, so sehr, dass Sie bei der Filiale der Banque Nationale de Paris in Darnoncourt unter der Kontonummer 615 11 88 06 ein Darlehen aufnehmen mussten, um die Reparaturen ausführen zu können. Zweihunderttausend Francs. Und Ihre Versicherung weigert sich, Ihnen den Schaden zu ersetzen, weil Sie das Dach selbst gedeckt haben und keine Rechnung eines fachmännischen Dachdeckers vorweisen können.«

Tierson schloss für einen kurzen Moment die Augen. Die Frau sagte die Wahrheit. Dieses verdammte Dach. Ziegel für Ziegel, Schindel für Schindel hatte er es drei Jahre zuvor mit seinem Schwager selbst gedeckt. Fast wäre er dabei noch vom Gerüst gefallen und hätte sich wer weiß was gebrochen. Trotzdem war es eine schöne Erinnerung. Die Abende im Garten bei einem guten Rosé, auf dem Grill die Merguez …

»Sie stecken in finanziellen Schwierigkeiten, stimmt's, Monsieur Tierson?«

»Stimmt«, bestätigte er, »aber ich …«

»Ich kann Ihnen helfen. Fragen Sie mich nicht, warum. Stellen Sie keinerlei Fragen.«

Sie beugte sich herüber, um das Handschuhfach zu öffnen.

»Nehmen Sie, es ist nur eine Anzahlung.«

Mit zusammengeschnürter Kehle bemerkte Tierson ein beträchtliches Bündel Banknoten.

»Fünfzigtausend. Nehmen Sie es!«, befahl die Frau. »Sie brauchen es. Das Ende Ihrer Sorgen ist in Reichweite.«

»Kommt nicht in Frage. Ich bin kein …«

Entsetzt über die Lage, in die er sich hatte bringen lassen, schickte er sich an, die Tür aufzumachen, fest entschlossen, sich auf den Sattel zu schwingen und so schnell wie möglich die Flucht zu ergreifen, auch auf die Gefahr hin, dass es ihm die Herzkranzgefäße zerreißen könnte. Doch sein Gegenüber hielt seinen Arm fest und sah ihm unverwandt in die Augen.

»Haben Sie keine Angst, ich werde nichts Außergewöhnliches von Ihnen verlangen, im Grunde genommen nichts, was man Ihnen vorwerfen könnte. Hören Sie mir zu?«

Oberaufseher Tierson holte tief Luft. Geschichten über

korrupte Gefängniswärter, die so dumm waren, sich bestechen zu lassen, hätte er haufenweise erzählen können. Die Disziplinarkommissionen hatten alle Hände voll damit zu tun, und sich wenige Monate vor der Pensionierung auf so etwas einzulassen, wäre vollkommen bescheuert gewesen. Die kurze Rede der blonden Frau deutete allerdings darauf hin, dass sie sich eingehend über ihn erkundigt hatte. Sie oder ein Komplize, Geschäftspartner, Verbündeter, wer auch immer. Jedenfalls war es in gewisser Weise ein Zeichen von Seriosität. Er hatte es nicht mit Spaßvögeln, kleinen Ganoven oder Amateuren zu tun. Im Gegenteil.

»Was ... was wollen Sie?«, rutschte es ihm unwillkürlich heraus.

»Na also. Kommen wir zur Sache«, erwiderte die Unbekannte mit einem blassen Lächeln. »Ruderi, der Häftling Nummer 2057 C, wird doch bald freigelassen. Richtig?«

Ruderi? Es ging also um Ruderi. Der Mistkerl war ihm nie ganz geheuer vorgekommen, aber sich deshalb vorzustellen ... ja, was eigentlich? Ruderi war nur noch ein Gespenst, ein Kandidat für den Friedhof.

»Richtig, er kommt bald raus. Aber ein Fluchtversuch in seinem Alter wäre wirklich hirnrissig.«

Ein Ausbruch mit fünfundsiebzig? In seiner augenblicklichen Verwirrung konnte er sich den Bestechungsversuch, der auf ihn zielte, nicht anders erklären.

»Wer spricht denn von Flucht?«, erwiderte die Unbekannte mit einem Lächeln, das etwas Verächtliches hatte. »Das wäre doch absurd! In knapp vier Monaten kommt er raus. Was ich von Ihnen will, ist eine Fotokopie seiner Strafakte. Und zwar der ganzen Akte, von Anfang an. Insbesondere den medizinischen Teil. Sie ist Ihnen ohne weiteres zugänglich. Ich gebe Ihnen einen Monat, Sie haben also viel Zeit. Wenn Sie die

Anzahlung annehmen, erhalten Sie noch einmal das Dreifache dieser Summe, zusammen zweihunderttausend Francs in bar, so wie heute. Für ein paar Dutzend Fotokopien. Sie müssen zugeben, dass ich Sie nicht zum Besten halte. Nehmen Sie das Angebot an oder nicht?«

Tierson streckte die Hand zum Handschuhfach aus, streichelte mit immer noch zusammengeschnürter Kehle die Geldscheine mit den Fingerspitzen.

»Nur … nur für die Fotokopien?«, stammelte er mit belegter Stimme.

»Für die gesamte Akte. Wir treffen uns in einem Monat wieder, in exakt vier Wochen, punkt elf Uhr, vor dem Bahnhof von Creil. Sie können jetzt aussteigen. Beeilen Sie sich, sonst werden Sie noch patschnass. Ich glaube, es wird bald regnen. Sie können es gerade noch nach Hause schaffen.«

Die Finger des Oberaufsehers schlossen sich um die Geldscheine, alles neue, knackige Banknoten. Der Pakt war besiegelt.

»Nur Fotokopien«, wiederholte die Unbekannte, »und danach werden Sie nie wieder etwas von mir hören, das schwöre ich Ihnen. Haben Sie es behalten? Samstag, 16. Juli, punkt elf Uhr vor dem Bahnhof von Creil.«

✡

Blue Moon, Opfer einer Sehnenentzündung am Sprunggelenk, kam beim dritten Rennen in Auteuil als letztes Pferd ins Ziel. Tierson hatte seinen Einsatz verloren. In den darauf folgenden Tagen wunderten sich seine Kollegen sehr über seine Stimmung. Er hielt es keine Minute auf seinem Platz aus, ging nervös die Gänge auf und ab, überwachte äußerst pedantisch die Einhaltung der kleinsten Vorschriften, kurz, er ging seiner

Umwelt so gewaltig auf die Nerven, dass die Gewerkschaftsvertreter langsam ärgerlich wurden. Schließlich rief ihn der Gefängnisdirektor zu sich, um ihm seine Besorgnis mitzuteilen.

»Mensch, Tierson«, sagte er zu ihm, »Sie und ich, wir sind doch nun wirklich über das stürmische Alter hinaus, der Laden läuft, bald werden hier die Pforten geschlossen, und weder Sie noch ich können daran etwas ändern. Haben Sie irgendwelche privaten Probleme, Kummer? Das haben wir alle, mein Alter! Alles kein Grund zur Aufregung, wir werden das Rad nicht mehr neu erfinden, nicht wahr?«

Nach dieser Rüge tat der Oberaufseher sein Bestes, um ruhiger zu werden. Er dachte ständig an den kleinen Schatz, der ihm bereits vermacht worden war und den er in der Tiefe seiner Anglerstiefel versteckt hatte. Er benutzte sie nur während seines einmonatigen Sommerurlaubs, wenn er mit seinem unvermeidlichen Schwager zum Fliegenfischen in dem Fluss stand, der an seinem Landhaus, dort unten im Perche, vorbeifloss. Zumindest konnte er sicher sein, dass seine Frau niemals ihre Nase in dieses Versteck stecken würde.

Er hockte jeden Abend stundenlang vor dem Fernseher, um Strategien zu entwerfen, die es ihm ermöglichen würden, das versprochene Manna zu verwenden, ohne dass es dem Finanzamt oder gar seiner Frau auffallen würde. Als Vorsichtsmaßnahme und um zu prüfen, ob man ihn nicht übers Ohr hauen wollte, hatte er bereits einige Fünfhundert-Francs-Scheine in verschiedenen Geschäften der Umgebung gewechselt. Sie waren anstandslos von allen Falschgelddetektoren akzeptiert worden. Er brachte weiterhin einen nach dem anderen heimlich unters Volk, indem er bei den Supermarktrechnungen und bei den Schecks für die Benzinautomaten ein wenig schummelte. Es wäre schon allergrößtes Pech, wenn Madame Tierson irgendetwas bemerken würde. Und das Schlitzohr von Dachdecker, den er mit der Reparatur des Dachstuhls beauftragt hatte, würde entzückt sein, wenn er ihn in bar entlohnte, von Hand zu Hand. Die Fahnder von der Sozialversicherung mit ihrem inquisitorischen Auge hätten dann das Nachsehen.

✡

Vier Wochen waren also vergangen. Achtundzwanzig endlos lange Tage, die Tierson genutzt hatte, um die gesamte Akte des Strafgefangenen Nummer 2057 C, Ruderi, zu fotokopieren, immer jeweils zwanzig Seiten. Niemand hatte sich über seine vielen Besuche in der Archivabteilung gewundert, die gemeinhin nur von Ärzten, Anwälten und angehenden Richtern regelmäßig aufgesucht wurde, oder von Studenten, die an einer Abschlussarbeit über Langzeitstrafen arbeiteten, dem speziellen Auftrag dieser Haftanstalt. Tierson hatte gut nachgedacht. Selbst wenn er erwischt werden sollte, hätte er nicht viel zu befürchten. Es handelte sich nicht einmal um eine verbotene Weitergabe von Ermittlungsergebnissen, denn alle hier niedergelegten Fälle waren seit einer Ewigkeit abgeschlossen. Außerdem hatten so viele Personen Zugang zu den Archivräumen, dass es schon mit dem Teufel hätte zugehen müssen, wenn man ihm hätte nachweisen können, dass er für das Fehlen der Dokumente verantwortlich war.

✡

Er hatte den Aktendeckeln fast ein Kilo Papier entnommen und fotokopiert. Die Kopien schleppte er jetzt, da er auf der Route Nationale 16 in Richtung Creil unterwegs war, in seinem Rucksack mit sich. Er kam fünf Minuten zu früh an,

Zeit, um den Blick über den Bahnhofsvorplatz schweifen zu lassen und einen möglichen Hinterhalt aufzuspüren. Aber nein, die Frau, die ihn einen Monat zuvor auf der Landstraße bei Buchy-Saint-Éloy zum Anhalten genötigt hatte, wartete in aller Ruhe hinter dem Lenkrad ihres Safrane auf ihn. Er öffnete die Beifahrertür und setzte sich neben sie. Sie wechselten keine Grußworte, tauschten nicht einmal ansatzweise Höflichkeiten aus. Tierson machte seinen Rucksack auf und holte die Akte hervor.

»Hier«, sagte er nur, »alles komplett.«

Sie überprüfte dies auf der Stelle. Eine leichte Aufgabe, denn die Dokumente waren in chronologischer Reihenfolge tadellos durchnummeriert. Es fehlte nichts.

»Hier, alles komplett«, erwiderte die Unbekannte wie ein Echo und legte einen Umschlag aus fuchsiarotem Geschenkpapier auf die Knie des Oberaufsehers.

War es eine humorvolle Geste mit einem Hauch böser Ironie oder, im Gegenteil, eine Form von besonderer Aufmerksamkeit, ein Ausdruck von Dankbarkeit? Oder war es reiner Zufall? Hatte sie tatsächlich keine andere Verpackung für das schmutzige Geld gefunden, das er für seinen kleinen, klitzekleinen Verrat am Justizminister bekam, vor dem er seinen Diensteid abgelegt hatte? Tierson musste sich keine Antwort auf diese Frage überlegen, er stellte sie erst gar nicht. Nur das Ergebnis zählte.

»Zählen Sie nicht nach? Ich habe alles überprüft. Sie hätten mir ja auch die falschen Akten liefern können.« Dabei klopfte die Unbekannte mit den Fingern auf den Umschlag, in dem die Fotokopien der Akte Ruderi steckten.

Tierson, der die Sache möglichst schnell hinter sich bringen wollte, war wie versteinert und stammelte: »Ich habe … ich vertraue Ihnen.«

Der Traum schien zu schön, um wahr zu sein, als ob im letzten Augenblick noch eine Katastrophe über ihn kommen und seine jämmerliche Existenz zerbrechen könnte. Abrupt öffnete er die Tür und nahm Reißaus, den in grellem Rot schillernden Umschlag fest an sich gepresst. Er wagte kaum, sich umzudrehen, um zu sehen, wie der Safrane hinter dem Bahnhof verschwand.

Einige Minuten taumelte er über die Gehwege, dann ging er in ein Café und bestellte sich am Tresen einen Cognac. Noch bevor ihm der Cognac eingeschenkt wurde, stürzte er zu den Toiletten. Die Kloschüssel aus weiß geädertem Marmor war ziemlich verschmutzt, und der Geruch, der aus ihr aufstieg, stach heftig in der Nase. Mit zittrigen Händen öffnete er den Umschlag. Verzückt zählte und zählte er, die Fee hatte nicht gelogen. Vor der Tür wurde ein Gast, der Durchfall hatte, langsam ungeduldig und klopfte hemmungslos an die Tür des Verschlags, um die Dringlichkeit seiner Notdurft zu unterstreichen. Mit den Kniffen und Tricks der Geheimhaltung nun schon vertraut, vergaß Tierson nicht, seinen ausgedehnten Aufenthalt an diesem Ort dadurch zu rechtfertigen, dass er die Spülung betätigte, bevor er ihn freigab. Zurück am Tresen, kippte er den Cognac auf einen Zug hinunter, warf dem Kellner ein paar Münzen zu und machte sich aus dem Staub.

5

Die Akte Ruderi war schon über alle Berge. Von Creil aus wurde sie zum Flughafen Roissy gebracht, passierte, ohne Aufmerksamkeit zu erregen – wen hätte sie auch interessieren sollen? –, die Sicherheitskontrollen und nahm an Bord eines Alitalia-Flugzeugs Platz. Kaum vier Stunden nachdem der Oberaufseher der Haftanstalt Darnoncourt sie aus der Hand gegeben hatte, landete sie in Venedig. Wo sie bereits ungeduldig erwartet wurde.

6

An diesem Samstag, dem 16. Juli, wachte Anabel erst am frühen Nachmittag auf. Als sie die Augen aufschlug, wurde sie von den Strahlen der großen Frühlingssonne geblendet, die durch die Glasfront des Appartements direkt in ihr Gesicht schien. Sie hatte gut geschlafen. Die Beruhigungsmittel hatten die Alptraumkiste fest verriegelt, und sie war trotz der von Brad veranstalteten Soiree und des Brandings nicht aufgesprungen. Auch das übliche Erstickungsgefühl spürte sie nicht, diesen Schraubstock, der ihr seit einer Ewigkeit jedes Mal die Brust zusammendrückte, wenn sie nach dem kleinen Tod des Schlafes ins Leben zurückkehrte.

In die Decke gewickelt, räkelte sie sich auf dem Bett und drehte den Kopf zu dem Wandabschnitt, an dem das Foto hing, das sie ein paar Jahre zuvor in Étretat aufgenommen hatte. Marc, lächelnd auf dem Kiesstrand, im Hintergrund das Meer. Anabel schauderte, stürzte ins Badezimmer, hielt ihren Kopf unter kaltes Wasser und kehrte ins Bett zurück. Von ihrem Gesicht und Haar perlten eiskalte Tropfen hinunter. Sie riss die Augen auf. In sechs Jahren waren die Farben des Fotos ausgebleicht, es war immer matter geworden … Sie hatte es nie schützen und hinter Glas stecken wollen, sondern immer damit gerechnet, dass es im Laufe der Zeit, Tag für Tag, unmerklich und unaufhaltsam verblassen würde. Bis der Tag kommen würde, an dem sie Marcs Gesichtszüge nicht mehr erkennen konnte, dann und erst dann würde sie nicht mehr um ihn trauern.

Dieser Tag war da. Marcs Züge waren verschwommen. Oder vielmehr, sie schienen sich wie von einer unsichtbaren Kraft geschluckt in ein unbestimmbares Jenseits verflüchtigt zu haben, irgendwo in das hinter ihm liegende Grau des Meeres, wo sie in den Schaumkronen auf den Wellenkämmen aufgingen. Eine Möwenschar vereinte sich mit ihren ausgebreiteten Flügeln zu einer Art fahlem Heiligenschein um jenen runden Fleck, der nur mehr ein Abdruck, eine Spur war, eine Lücke. Ihr Herz pochte, als Anabel mit dem Zeigefinger über das Bild fuhr, dessen Realität die Zeit ausradiert hatte. Ein Bild, von dem sie geglaubt hatte, es sei für alle Ewigkeit in ihr Gedächtnis gemeißelt.

Völlig durcheinander, kniete sie mehrere Minuten reglos vor dem Foto, das nichts anderes mehr war als eine Reliquie. Genau so lautete das erste Wort, das ihr in den Sinn kam. Eine Reliquie. Wie jene in einem Reliquienschrein verschlossenen Gebeine, die pietätvoll in Kirchen aufbewahrt werden, um das Andenken irgendeines von den höchsten geistlichen Behörden heilig gesprochenen Märtyrers oder Illuminaten zu ehren.

Eine Reliquie. Schon in den ersten Tagen, die auf Marcs Tod folgten, gleich nach ihrer Ankunft in Fleury-Mérogis, hatte ihr dieses lange Verschwinden keine Ruhe mehr gelassen, das in dem Sarg auf dem Grund der Grabhöhle des Friedhofs Père-Lachaise nun in Gang gekommen war. Von den Schließerinnen alarmiert, begnügte sich der Gefängnispsychologe damit – zumal ihm bei aller Sorge nichts anderes einfiel –, zusammen mit Anabel die Kohlezeichnungen zu analysieren, die sie auf großformatigen Blättern Canson-Papier anfertigte und auf denen sie ihre Obsessionen ungeschickt darzustellen versuchte. Im Lauf von Monaten ließ sie sich nach und nach überzeugen, Kreide und Zeichnungen in einem Pappkarton zu verstauen. Seither schlummerten die Obsessionen bedrohlich in einem verborgenen Winkel der Zelle, immer verfügbar, bereit, auf das geringste Zeichen hin wieder hervorzukommen, aus dem Schlupfwinkel herauszustürmen und Anabel in den Wahnsinn zu stürzen.

Nächtelang hatte sie versucht, die Schreckensvisionen von Marcs faulendem Körper zu verscheuchen, von der Verwesung der Innereien, der nachfolgenden Freisetzung von allerlei Gasen und dem Zerreißen der ausgelaugten Kleidung. Eine gespenstische Alchemie, eine Klang-, Farb- und Geruchsorgie, von der ihr Geist einfach nicht loskam. Wie auf einem Bildschirm sah sie das Gesicht ihres Geliebten im Vierfarbdruck verschimmeln, dann unter der verheerenden Wut der Bakterien und des ganzen Ungeziefers, das sich zu diesem Festessen einfand, Bläschen bilden und anschwellen. Fleischfetzen fielen ab, Hautpartien, die sie einst mit Küssen und manchmal mit Tränen bedeckt hatte, lösten sich auf und enthüllten allmählich ein knochiges Relief, sehr pathetisch in seiner Weigerung, seinerseits zu verschwinden, sich mit dem unausweichlichen Schicksal abzufinden und zu vergehen. Von Marc blieb nur ein Skelett. Das Gerippe, ein Grundrest, das Gerüst von zwanzig kurzen Lebensjahren, wie eine Skulptur in Rohform, die niemand mehr modellieren, mit Zärtlichkeiten und Zuneigung bedecken würde. So war er verurteilt, ewig in einer Eichenkiste mit Kupfergriffen eingesperrt zu bleiben, niedergestreckt von einigen Neun-Millimeter-Kugeln, die ihm Drogenfahnder in den Bauch gejagt hatten.

Unfähig, den geringsten Bissen hinunterzubekommen, den Mund voll vom immer wieder aufsteigenden Magensaft, wurde Anabel während der ersten Wochen ihrer Inhaftierung in der Einsamkeit ihrer Zelle jedes Mal von heftiger Übelkeit befallen, wenn eine Schließerin ihr ein Tablett mit dem Essen brachte. Auf ihrem Bett zusammengekauert, sah sie sich von

Marcs Leichnam gepackt, Gefangene einer sich unaufhörlich wiederholenden Umklammerung, sie fühlte die abgezehrten Hände an den Brüsten, ihr Mund war von einer Übelkeit erregenden Flüssigkeit verschmiert, ihre Scheide, diese zartgliedrige Höhle, in deren Tiefen Marc oder das, was von ihm übrig war, unaufhörlich mit großer Verzweiflung rein- und rausrutschte, um Ströme von Jauche darin zu entleeren, wurde von wütenden Stößen aufgepeitscht.

Obwohl sie fix und fertig war, fand sie noch die Kraft aufzuspringen, zum WC zu stürzen und sich rittlings auf den Klositz zu setzen. Die Schenkel weit gespreizt, schöpfte sie mit der hohlen Hand Wasser aus der Kloschüssel, um sich zu reinigen, steckte die Finger so weit wie möglich in sich hinein, kratzte unermüdlich in ihrer Scheide und verletzte sich dabei. Sie brüllte, so laut sie konnte, und handelte sich die Wutschreie ihrer Zellennachbarinnen ein, die großen Wert auf die wenigen Stunden Ruhe legten, die ihnen nachts vergönnt waren.

✡

Es war also vorbei. Marc würde ihr keinen Kummer mehr machen. Mit ihren schwarzen Fingernägeln – der Nagellack von der Maniküre bei Maniatis war immer noch dran – zog sie nacheinander alle Reißnägel aus der Wand, mit denen sie Marcs Foto dort befestigt hatte. Um das Bild war die Wandfarbe schon so sehr nachgedunkelt, dass sich die Stelle, an der das Foto bis zu diesem Moment gehangen hatte, als deutlich helleres Rechteck scharf abzeichnete. Anabel befestigte das Foto Kante für Kante wieder an derselben Stelle und hielt die Ränder des Rechtecks dabei millimetergenau ein, nur zeigte das Bild jetzt zur Wand. Sie wollte das Foto nicht zerreißen, aber so konnte es keinen Schaden mehr anrichten. Diese absurde Geste, wie sie selbst noch im gleichen Moment ohne Zögern zugegeben hätte, war von symbolischem Charakter. Es lag nicht die Spur von einem dummen Aberglauben oder irrationaler Angst darin, es war einfach nur ein Zeichen, die Bestätigung, dass tatsächlich ein neues Kapitel begonnen hatte. Und das sollte doch gefeiert werden. Es war ein stilles Fest, dem sie sich mit großer innerer Andacht widmete und im vollen Bewusstsein der Feierlichkeit dieses Augenblicks.

Anschließend entfernte sie den Nagellack, nahm ein ausgiebiges Bad, streichelte lustvoll ihre Brüste, Schenkel und ihren Bauch, glücklich darüber, ihren befreiten, wie von einer Verhexung erlösten Körper wieder in Besitz zu nehmen, diesen Körper, der nie wieder Marcs siamesischer Zwilling sein würde.

✡

Saïd, dem das Bistro *Soleil de Djerba* eingangs der Rue de Flandre gehörte, konnte es kaum fassen. Das rothaarige Fräulein mit den traurigen Augen, das jeden Morgen auf einen kleinen schwarzen Kaffee hereinschaute und an seinem Tresen ein Croissant kaute, saß seit einer geschlagenen Dreiviertelstunde an einem der hinteren Tische. Sie hatte Couscous royal bestellt, dazu eine halbe Flasche Sidi-Brahim Rosé, und haute so kräftig rein, dass er fast um den Teller fürchtete.

Es war kurz nach fünfzehn Uhr, als sie in sein Restaurant geschneit kam. Normalerweise war die Küche bereits geschlossen, doch bei den flehentlichen Blicken, mit denen sie ihn ansah, konnte er sich einfach nicht widersetzen. Kichererbsen, Gries, Lammspieß, Merguez, sie hatte alles aufgegessen und war mit vollem Bauch und leicht versonnener Miene auf der Bank sitzen geblieben, deren Moleskinbezug mit breiten Rubafix-Klebestreifen ausgebessert war. Saïd hatte ihr einen

Kaffee und eine Boukha spendiert und betrachtete sie nun gerührt von der Kaffeemaschine aus, die er mit einem schmierigen Lappen abwischte.

Bechir, einer der Stammgäste, schielte ebenfalls zu dem rothaarigen Fräulein hinüber. Vor ihm auf dem Tresen stand ein volles Bierglas, das überschäumte, daneben lag eine aufgeschlagene Ausgabe des *Paris-Turf*, und dazu murmelte er ein paar unverständliche Worte. Es ging um Blue Moon, eine prächtige Stute, auf die er einen Monat zuvor einen Batzen Geld gesetzt und verloren hatte.

Der Verfasser des Artikels schwor, sie habe sich wieder von ihrer Sehnenentzündung erholt und setze am nächsten Tag beim dritten Trabrennen in Longchamp zu einem durchschlagenden Erfolg an.

»Blue Moon ist doch kein Traber, taugt gar nicht dazu, das ist doch Quatsch, oder was meinst du, Saïd? Wettest du einen Hunderter mit mir?«

»Ich wette um nichts«, murmelte Saïd. »Beim Leben meiner Mutter, guck dir die Kleine an, keine Ahnung, wozu sie taugt, ob Trab oder Galopp, aber ich würde sie glatt besteigen.«

Bechir nickte zustimmend. Anabel stand auf und kam auf sie zu, um die Rechnung zu begleichen. Aus purer Höflichkeit guckten die beiden Männer weg. Nachdem sie das Restaurant verlassen hatte, hielt Anabel ein Taxi an und ließ sich zum Postamt in der Rue du Louvre bringen, das vierundzwanzig Stunden am Tag und 365 Tage im Jahr geöffnet hat. Sie schickte eine postalische Anweisung an die Bewohnerin der Zelle 34 B von Fleury-Mérogis. Die zweitausend Francs würden Cécile sehr helfen, ohne dass die Gefängnisverwaltung gleich Verdacht schöpfte. Bei höheren Geldsummen würde sich die Neuigkeit unverzüglich von der untersten Schließerin bis zum obersten Haftrichter verbreiten, und der wäre glatt in der Lage, Anabel vorzuladen und über die Gründe ihrer Mildtätigkeit auszuquetschen. Es brachte nichts, Ärger heraufzubeschwören, davon hatte sie schon genug.

✡

Bis zum späten Nachmittag wanderte sie ziellos durch die Straßen und lenkte ihre Schritte nach Lust und Laune erst in den großen Innenhof des Louvre, dann die breiten Kais entlang bis zum Justizpalast. Sie lehnte sich mit den Ellbogen an die Brüstungen, an denen die Auslagen der Bouquinisten befestigt waren, und betrachtete voll düsterer Erinnerungen das riesige Gerichtsgebäude mit seinen Türmen und Fassaden. Ihre Nacht in einer Arrestzelle, als sie mit Handschellen gefesselt war und von einem Gendarmen wie ein Tier mit einer Lederleine durch das unterirdische Labyrinth dieser Mausefalle gezogen wurde, dann ihr Auftritt vor einem Vertreter der Staatsanwaltschaft und die sofortige Überstellung in ein Gefängnis mit einem Gefangenentransporter.

Von einem Gefühl der Leichtigkeit, der Unbeschwertheit ergriffen, das so neu, so wunderbar war, dass sie gar nicht müde wurde, marschierte sie einfach weiter. Von der Place du Châtelet ging sie den Boulevard de Sébastopol hinauf, bog am Gare de l'Est nach rechts ab in die Rue des Récollets und gelangte dann wieder ans Ufer des Canal Saint-Martin.

Wie an jedem Wochenende waren die Uferstraßen für den Verkehr gesperrt. Eine dichte Menschenmenge von jungen Skatern, Radfahrern und Familien mit ihren Bälgern hatte von der Straße Besitz ergriffen. Sie fuhren oder schlenderten gemächlich auf und ab, blieben bei einer Blaskapelle stehen oder nahmen ein Stück weiter im Chor ein Lied auf, das ein Drehorgelspieler mit Gavroche-Schirmmütze angestimmt hatte.

Anabel ließ sich gehen und trällerte bei einem der Gassenhauer ein paar Takte mit:

Comment ne pas perdre la tête,
Serrée par des bras audacieux,
Comment ne pas croire aux doux mots d'amour,
Quand ils sont dits avec les yeux ?
Elle qui l'aimait tant, son bel amour,
Son Amant de Saint-Jean,
Elle restait grisée, sans volonté, sous ses baisers ...

Auf der Flucht hatte sie dieses Lied oft mit Marc zusammen gehört. In dem Landhaus bei Sablé hatten sie beim Stöbern auf dem Dachboden zahlreiche Schätze entdeckt. Zuerst eine Sammlung von Stiefeletten, Schnürmiedern und Seidenstrümpfen, deren Nähte von der Ferse bis zur Mitte des Schenkels liefen. Die Großmutter oder Großtante des Besitzers war offenbar ein frivoles Frauenzimmer gewesen; eine Frau, die wusste, wie sie Männer scharf machte. Hocherfreut bediente sich Anabel aus diesem Arsenal. Vor dem Kaminfeuer aus hell auflodernden Buchenholzscheiten führte sie ein paar schlüpfrige Nummern von prickelnder Obszönität auf, die Marc, der sich mit einem Glas Scotch in der Hand auf einem Sessel fläzte, mit scheinbar unbeteiligter Miene zu würdigen wusste.

In den großen Schrankkoffern, die sie aufbrachen, entdeckten sie auch einen Plattenspieler und eine Sammlung alter 78er Platten, ehrwürdige Antiquitäten von Fréhel, Mistinguett, Damia, Edith Piaf. Die Nadel war abgenutzt, kratzte auf den Schellackplatten, und in den Lautsprechern knisterte es. Mistinguett, Fréhel, Edith Piaf oder Damia, welche von all den Frauenstimmen aus dem Jenseits, die wie durch ein Wunder überlebt hatten, sang von der Sehnsucht nach diesem muskulösen Liebhaber mit Samtaugen? Anabel konnte sich nicht mehr daran erinnern. Die Glut der Leidenschaften, die diesen Chanson ausmachten, waren gerade an diesem Morgen in ihr erloschen, und ihr lag nichts an einer Wiederbelebung.

Sie teilte die Menge, überquerte den Kanal auf der Schleusenbrücke vor der Fassade des *Hôtel du Nord* und passierte den kleinen Platz, auf dem sie Monsieur Jacob kennen gelernt hatte. Dann ging sie die Rue de la Grange-aux-Belles hinauf und zögerte nicht, die Rue Juliette-Dodu zu überqueren. Der Rollladen des *Studio Scar System* war heruntergelassen. Die Tagger hatten sich reichlich daran ausgetobt und den Eisenvorhang mit ihrem abstrusen Gekritzel verschmiert. Auf dem Gehweg rauchte Anabel nachdenklich eine Zigarette bis auf den Filter herunter. Sie hatte keine Ahnung, was Brad an seinen Wochenenden anstellte. Ein Stück weiter hatte das Bestattungsinstitut von Monsieur Jacob ebenfalls geschlossen und war mit ähnlichen Rollläden gesichert. Lag es an irgendeinem Aberglauben, an der Angst vor wer weiß was für einer Bestrafung, jedenfalls waren sie von den Spraydosen der Tagger verschont geblieben … Sie trat näher. Wie an den Schaufensterscheiben von Apotheken war auf einer Tafel die Adresse eines Kollegen angegeben, der den Notdienst versah. Anabel zuckte die Achseln. Es ist idiotisch, dachte sie, aber natürlich sterben Menschen auch in der Nacht von Samstag auf Sonntag, und wie bei rasenden Zahnschmerzen oder einem plötzlichen Hexenschuss durfte man dann keine Zeit versäumen. Das Leben schwindet von einem Wehwehchen zum andern, bis es nötig ist, seine Spuren unverzüglich, in höchster Eile, zu beseitigen.

✡

Montag früh erschien Anabel nicht im Studio. Sie schlief bis zum Mittag, schrieb einige Briefe an ihre Freundinnen aus dem Knast, sowohl an die, die noch immer einsaßen, als auch an die anderen, die jetzt versuchten, ihr Leben draußen, in der so genannten Freiheit, in den Griff zu bekommen. Wie sie erwartet hatte, klingelte schon bald das Telefon. Brad wurde ungeduldig. Sie nahm nicht ab und ließ den Anrufbeantworter die Ansage abspulen.

»Du wirst dich nie ändern, Anabel«, meckerte er, »du musstest nicht pünktlich sein, das habe ich dir ja gesagt, aber jetzt ist es kurz nach drei, der Laden ist brechend voll, und ich habe niemanden am Empfang, verdammt noch mal, nennst du das vielleicht zuverlässig? ... Außerdem habe ich um sechs meinen Saunatermin, du machst mir das Leben schwer, Anabel, anders kann man es nicht ausdrücken!«

Seit Monatsanfang versuchte er tatsächlich abzunehmen und schwitzte deshalb so viel er konnte, dreimal die Woche in einem Hammam an der Place de la République. Er rief jede Viertelstunde von neuem an. Erst drückte er nur seinen Ärger aus, dann ließ er seiner Wut freien Lauf und feuerte Schimpfkanonaden ab. Schließlich drohte er sogar, bei seiner »Assistentin« aufzukreuzen und sie mit Gewalt zur Arbeit zu holen, wenn es sein müsste, auch mit einem Tritt in den Hintern.

Es half nichts. Nach einem langen, müßiggängerischen Tag, an dem sie erneut ziellos durch Paris gebummelt war, folgte die Einsicht in die Notwendigkeit. So begab sie sich am Montagabend in die Rue Juliette-Dodu. Schließlich musste sie die Konsequenzen aus ihrer Entscheidung ziehen. Als Brad sie hereinkommen sah, schloss er die Augen, als ahnte er schon, was sie ihm gleich verkünden würde, und fegte mit dem Unterarm die nahezu leere Flasche Jack Daniels vom Tresen, auf dem verschiedene Implantate ausgestellt waren. An seinem hochroten Kopf konnte sie ablesen, dass er sich zugesoffen hatte. Brad fuchtelte weiter in der Gegend herum, benutzte verschiedene Gegenstände, die sich in seiner Reichweite befanden, als Punching-Ball. Unbeeindruckt von seinem Getue bestätigte Anabel ihm die Neuigkeit. Sie kündigte.

»Aber warum, warum?«, heulte er vollkommen ratlos auf. »Hast du es nicht gut hier? Ist doch ein cooler Job, als Vorbestrafte kannst du von nichts Besserem träumen … Ich brauche dich, ich … hier ist dein Platz, hier!«

»Das habe ich auch lange Zeit gedacht, aber jetzt ist Schluss damit, gib dir keine Mühe, wir haben nichts mehr zu bereden. Ich vermute mal, dass ich das Appartement räumen muss?«

»Genau!«, bestätigte Brad. »Ralph und ich, wir haben dir geholfen, und so dankst du es uns jetzt? Hau ab, mach, dass du wegkommst, du Miststück!«

»Okay, die Sache wäre geregelt«, sagte Anabel. »Was Sozialversicherungskarte, Lohnsteuerkarte und den ganzen Kram angeht, da komme ich schon zurecht.«

»He, warte mal! Was ist mit den fünfzehn Mille, die du Freitagabend kassiert hast? Glaubst du, die sind geschenkt?«

»Auf die kannst du lange warten«, erwiderte sie. »Das Geld habe ich ganz korrekt verdient!«

»Korrekt? Ich glaub, ich träume, die Kohle gibst du gefälligst zurück, und zwar schnell!« Brad versagte fast die Stimme.

»Das werden wir ja sehen«, meinte sie grinsend, »oder soll ich vielleicht zu den Flics gehen? Ich kann deine kleinen Schweißbrenner-Vorführungen bezeugen, und Ralphs Spritzen erst – meinst du, dass das noch im Rahmen des Erlaubten war?«

Brad war kreidebleich geworden. Seine Hände griffen unwillkürlich nach dem Baseballschläger, den er bei der Kasse hinter dem Tresen versteckt hatte. Doch dann ließ er ihn lieber stehen und folgte Anabel auf die Straße hinaus, die bereits einen Lieferwagen erreicht hatte, der am Straßenrand parkte. Sie drehte sich um, lehnte sich mit dem Rücken an die Karosserie und sah ihn herausfordernd an, fest entschlossen, die Tracht Prügel zu parieren, die er ihr gerne verabreicht hätte. Während der drei Jahre in Fleury war sie in einige Schlägereien unter Häftlingen verwickelt gewesen und fürchtete sich kein bisschen vor dem Angriff eines Tölpels wie Brad, der vielleicht spektakulärer, aber längst nicht so schweinisch sein würde wie im Knast. Sollte er es tatsächlich wagen, würde er es bitter bereuen. Sie brannte schon darauf, hielt die Hände krampfhaft geöffnet, die Finger gespreizt, zog die Lippen hoch, um zu beißen und zu kratzen. Sie wusste, wenn sie ihren Gegner zwischen den Beinen zu packen kriegte, würden die Folgen nicht wieder gutzumachen sein. Die Kinkerlitzchen, die an seinen Geschlechtsteilen prangten, würden sich als wertvolle Hilfe erweisen, um Letztere zu zerfetzen.

Der Inhaber des *Scar System*-Studios stand einige Augenblicke schwankend und mit geballten Fäusten da. Neugierig auf die Abwechslung, die ihnen geboten wurde, kamen die vorbeischlendernden Passanten näher. Anabel musterte sie einen nach dem anderen, ohne sich Illusionen hinzugeben. Sollte Brad sich anschicken, sie zu verprügeln, würden diese braven Bürger die Augen abwenden und verduften. Im Moment waren die Blicke der Passanten auf den großen Typen gerichtet, der sein potenzielles Opfer um einen Kopf überragte und ihr haushoch überlegen schien.

»Wir werden hier keine Show abziehen, vor all den Idioten, aber eins kann ich dir versprechen. Wir sind noch nicht fertig miteinander!«, schwor er.

Schließlich beschied er sich damit, den Rückzug anzutreten, und nachdem er ihr noch den gestreckten Mittelfinger gezeigt hatte, schlug er die Eingangstür zum Studio hinter sich zu. Anabel ging weiter und überließ die Schaulustigen ihrer Enttäuschung. Sie hatte keine Minute zu verlieren und beeilte sich, den nächsten Taxistand bei der Métro-Station Goncourt zu erreichen. Das vor ihr liegende Programm war einfach: erstens ihre Sachen in Taschen verstauen, zweitens einen Bekannten auftreiben, bei dem sie sie für einige Zeit unterstellen konnte, drittens für einige Wochen aufs Land ziehen, bis Brad und Ralph sich beruhigt hatten. Doch das war leichter gesagt als getan.

Am Taxistand musste sie sich in eine Schlange stellen und sich gedulden, vor ihr Mütter mit ihren Bälgern, Jugendliche, die laute Selbstgespräche zu führen schienen, das Handy fest an ein Ohr gepresst, sowie ein paar arme Schlucker, die aus dem Hôpital Saint-Louis kamen, aschfahl im Gesicht waren und es eilig hatten, nach einem Krankenbesuch nach Hause zu kommen. Kein Taxi in Sicht. Anabel trat minutenlang nervös von einem Bein aufs andere. Brad hatte Zeit genug, Ralph anzurufen, so dass sie bei ihrer Rückkehr ins Appartement mit einem Empfangskomitee rechnen musste. Sie hatte alles, was sie bei dem Branding verdient hatte, zu Hause zurückgelassen und sah sich schon des Geldes beraubt.

Plötzlich hielt eine große Limousine am Straßenrand. Ein Mercedes mit abgedunkelten Fenstern. Der Fahrer stieg aus und ging um die Motorhaube herum, um die Tür hinten rechts zu öffnen. Anabel brauchte einige Sekunden, bis sie ihn erkannte. Maxime? Jawohl, es war Maxime, der merkwürdige Mann mit der Trauermiene, der im Laden des Bestattungsinstituts Jacob arbeitete und die Kunden in Empfang nahm, wenn sein Chef auf einen Kaffee oder Verdauungsschnaps bei Loulou war oder auf irgendeinem Friedhof zu tun hatte. Maxime forderte Anabel auf, einzusteigen. Monsieur Jacob saß auf der Rückbank.

»Kommen Sie, Anabel«, sagte er, »man hat mir gerade von

dem kleinen Zwischenfall mit Ihrem Chef berichtet. Oder vielmehr Ihrem Ex-Chef … Wenn ich recht verstanden habe, hatten Sie Ärger mit ihm?«

Zuerst blieb sie vor Verblüffung wie angewurzelt auf dem Gehweg stehen. Aber da ertönten schon die Hupen, die den Mercedes aufforderten, die Straße freizugeben. Also gehorchte sie und nahm neben Monsieur Jacob Platz.

»Vielleicht erzählen Sie mir etwas darüber?«

An dem Punkt, wo sie angelangt war, gab es nichts mehr zu verhehlen. Ohne sich in Einzelheiten zu ergehen, erzählte sie von der »Soiree«, dem Branding und davon, was danach passiert war. Von ihrer Entscheidung, bei Brad aufzuhören.

»Ich habe es geahnt«, bemerkte Monsieur Jacob, »erinnern Sie sich?«

Sie zog fragend die Augenbrauen hoch. Dann erinnerte sie sich an ihr letztes Gespräch. Sie hatte das Stammlokal wütend verlassen, nachdem sie gemerkt hatte, dass Monsieur Jacob ihr nachspionierte, und das auch noch durch Loulou! Er war vollkommen auf dem Laufenden über den Charakter ihrer Tätigkeit bei *Scar System*.

»Woher sollte ich das Recht nehmen, über Sie zu urteilen? Ich glaube einfach nur, dass es Zeit für Sie wird, ein Kapitel Ihres Lebens abzuschließen«, hatte er gesagt.

»Ein Kapitel abschließen?«, hatte sie wiederholt. *»Was wollen Sie damit sagen?«*

»Sie werden sehen, Anabel, es ist bald so weit, ich spüre es. Machen Sie sich keine Sorgen, ich habe Vertrauen zu Ihnen.«

Ja, das genau waren die vorausahnenden Worte gewesen, die Monsieur Jacob bei ihrem letzten Zusammentreffen mit halb geschlossenen Augen gesprochen hatte. Der Mercedes reihte sich in den fließenden Verkehr ein. Im Innenraum war von draußen absolut nichts zu hören, weder das Getöse der Stadt noch das Brummen des Motors konnten die Stille in diesem Kokon stören.

»Wenn ich recht verstanden habe«, nahm Monsieur Jacob das Gespräch wieder auf, »müssen Sie Ihre Wohnung aufgeben. Dieser Ralph und dieser Brad behaupten, Sie hätten noch Schulden bei ihnen?«

»Brad ist ein Jammerlappen, aber vor Ralph muss man sich in Acht nehmen. Außerdem habe ich ihm die letzte Miete noch nicht überwiesen. Das erleichtert die Sache nicht gerade ...«

»Gut, machen Sie sich keine Sorgen! Maxime? Ich selbst habe morgen Vormittag viel zu tun. Aber Sie, Maxime, werden diesen Herren einen kleinen Besuch abstatten, haben Sie mich verstanden?«

»Verstanden, selbstverständlich«, erwiderte dieser einsilbig.

Anabel wurde von einem nervösen Lachen geschüttelt. Monsieur Jacob starrte sie ärgerlich an.

»Maxime ist äußerst vertrauenswürdig, das kann ich Ihnen versprechen. Sagen Sie, haben Sie viele Dinge umzuziehen?«

Ohne dass Anabel es bemerkt hatte, war die Limousine geradewegs durch die Straßen und über die Kreuzungen gefahren, die zur Place de Stalingrad führten. Sie umrundeten die Rotonde de la Villette und bogen hinter dem Kino MK2 an der Rive Gauche in den Quai de la Loire ein. Vor Anabels Haus stellte Maxime den Motor ab.

Sie sah Monsieur Jacob mit einer Mischung aus Ungläubigkeit und Schicksalsergebenheit an. »Ah, jetzt verstehe ich, Sie ... Sie kennen auch meine Adresse?«

»Ich weiß nicht, warum, aber irgendwie war ich ein wenig beunruhigt«, gestand er kleinlaut. »Maxime ... sagen wir, er passt schon seit einigen Tagen auf Sie auf ...«

»Er hat mich beschattet, war es so?«

»Man könnte es auch so ausdrücken, in der Tat«, gab Monsieur Jacob zu. »Aber es diente nur Ihrem Wohl. Wie Sie jetzt sehen können.«

Anabel gab sich geschlagen und nickte. Er nahm ihre Hand und drückte sie sanft. Drei Minuten später öffnete sie ihm die Tür zu ihrem Appartement.

»Die Möbel, der Fernseher und die Waschmaschine gehören nicht mir, sondern Ralph. Mir gehören nur die Kleidungsstücke und die Bücher«, erklärte sie.

Sie stopfte ihre Sachen in zwei große Reisetaschen. Maxime nahm sie und trug sie auf den Treppenflur hinaus. Nur der schwarze Lederrock, das Bustier, die High-Heels und die Netzstrümpfe, von denen eine Ferse zerrissen war, blieben auf einem Haufen am Fußende des Bettes liegen. Monsieur Jacob schien sich nicht von Marcs Foto lösen zu können, das noch immer mit dem Bild zur Wand am Kopfende hing. Anabel hatte ihm ausführlich davon erzählt. Zögerlich streckte sie die Hand danach aus.

»Lassen Sie es hängen, hier hat es seinen Platz …«, murmelte er. »Die Zeit hat ihr Werk getan. Kommen Sie, Anabel, gehen wir.«

7

Oleg arbeitete am liebsten mit blanker Waffe. Eine Frage der Berufsehre, Stolz auf die handwerkliche Qualität, Befriedigung darüber, dass das Opfer bei vollem Bewusstsein mitbekommt, was ihm zustößt, welche unerbittliche Gewalt im schicksalhaften Augenblick über es kommt. Sofern man damit umzugehen weiß, sorgt die Blankwaffe dafür, dass der Körper seine Lebenskraft mit aller erforderlichen Langsamkeit verliert und dem Tod in gewisser Weise einen roten Teppich auslegt, auf dem dieser in aller Ruhe näher treten kann. Allerdings hatte Oleg seine Abneigungen schon öfter überwunden und mit eleganteren Methoden vorlieb genommen, je nach Art des Vertrags oder den Gewohnheiten der Zielperson, also der Tarnung, mit der die näheren Todesumstände verschleiert werden sollten, Revolver mit Schalldämpfer, Gift oder Sprengstoff, aber das gefiel ihm nicht, ja, es störte ihn. Er hatte es auf sich genommen, seinen Lebensunterhalt damit zu verdienen, anderen den Tod zu geben, und empfand eine gewisse Freude daran.

Diesmal ging es um den Inhaber und Geschäftsführer einer kleinen Spedition. Ein schlichter Kontrakt, eine Lappalie, unvermeidliche Routine, das gibt es in jedem Beruf. Immerhin dreihunderttausend Francs. Ein paar kleine Rechnungen konnten damit schon beglichen werden. Die Gewohnheiten der Zielperson herauszufinden, stellte Oleg vor keine Probleme. Der Transportunternehmer Le Tallec hatte einige Monate zuvor seine Frau verlassen. Der klassische Fall. Ein Fünfzigjähriger, der vom »Mittagsdämon« heimgesucht wurde, ein merkwürdiger Ausdruck, dessen Bedeutung Oleg nie verstanden hatte, ein undurchdringliches Geheimnis, seit er versuchte, sich mit den Feinheiten der französischen Sprache vertraut zu machen, seit seinem ersten Paris-Aufenthalt also. Das war im Frühjahr '91 gewesen. Am 26. April 1991, auf den Tag genau fünf Jahre nach der Katastrophe, war er als Betreuer einer sonderbaren Ferienkolonie in Paris angekommen. Er hatte Kiew verlassen, um eine kleine Gruppe von Kindern zu begleiten, die im Rahmen eines internationalen Hilfsprogramms im Hôpital Necker behandelt werden sollten. Man hatte ihn mit dieser Aufgabe betraut, weil er Französisch auf dem Gymnasium gelernt und gute Noten in diesem Fach bekommen hatte. Ein Nachbar, ein Ingenieur des Kernkraftwerks, der in den siebziger Jahren selbst einmal in Paris studiert hatte, hatte ihm damals geholfen, die Aufsätze zu schreiben und Übersetzungen anzufertigen, er war ihm eine ständige Ermutigung gewesen.

Doch es nützte nichts, seinen Erinnerungen nachzuhängen. Er musste sich mit der Akte Le Tallec beschäftigen. Also »Mittagsdämon«. Warum auch nicht? Oleg war das völlig egal. Und die Akte? Erstens: einige Fotos von Le Tallec. Zweitens: eine topografische Aufnahme, der vergrößerte Ausschnitt einer Landkarte des Institut Géographique National (IGN) von der Insel Groix, die vor Lorient liegt. Das war alles. Ansonsten musste er zusehen, wie er zurechtkam, und seinen *Modus Operandi* wählen. Oleg war die Insel kreuz und quer abgelaufen, vom Hauptort bis zum Hafen von Locmaria, und weil ihm nichts eingefallen war, bis zum Leuchtturm auf der Pointe des Chats. Er hatte sogar ein paar Gläser in der Bar *Ty Beudef* getrunken, einer schäbigen Taverne, die von Matrosen besucht wurde, von echten Seebären, die von Januar bis Dezember bei Wind und Wetter im Schiffsverkehr zu den Inseln Sein und Ouessant ihren Job machten, und den übrigen kleinen Möchtegernen, die sich auf ihren Segelyachten ins Zeug legten, sobald der Wetterbericht Windstille versprach.

Die Zielperson. Le Tallec. Ein netter, hoch aufgeschossener Fünfzigjähriger, an dem es nichts auszusetzen gab. Seinem Erscheinungsbild nach eines jener Topmodels, um die sich die Hochglanzmagazine rissen, deren Leserschaft vor allem aus Männern bestand, die die Stigmen des Alterns ängstigten. Sein Unternehmen – eine Hundertschaft von Kühlwagen, die von Nord nach Süd kreuz und quer durch Europa fuhren – war in Lorient, auf dem Festland, angesiedelt, aber er besaß ein Haus auf der Insel. Jeden Freitagabend ging er an Bord eines komfortablen *Cabin Cruiser,* den er selbst steuerte, und legte im Hafen von Locmaria an, einem Dorf, das sich eng um einen kleinen Fischerhafen drängt, gegen dessen Damm die Wellen schlagen. Seine Geliebte, eine sechsundzwanzigjährige scharfe Brünette, begleitete ihn oft ins Wochenende. Oleg musste sich mehr als einen Monat lang gedulden, bis sie aus familiären Gründen verhindert war und die Zielperson allein auf die Insel fuhr. Der Kontrakt erstreckte sich nur auf Le Tallec. Es handelte sich nicht um den Rachefeldzug einer verlassenen oder, besser gesagt – Wechseljahre verpflichten –, wie ein Kleenex weggeworfenen Ehefrau. Er beschloss, Sonntag, den 17. Juni, in Aktion zu treten, am Abend, wenn Le Tallec an Bord seines *Cabin Cruiser* aufs Festland zurückkehren würde. Das würde seine eigene Rückkehr an Land erleichtern.

*

Le Tallec verließ seine Villa – ein hübsches Reetdachhaus, das hoch über dem Meer lag – gegen einundzwanzig Uhr und ging den Hafendamm von Locmaria entlang. Es war Flut. Er zog den *Cabin Cruiser* mit der Trosse an den Treppenlauf heran, der den Damm entlangführte und es erlaubte, auf die Schiffe zu gelangen. Als er das Ruder ergriff, wusste er nicht, dass sich ein blinder Passagier auf dem Schiff versteckte. Er folgte der Fahrrinne – das Kielwasser blieb schön in der Mitte zwischen den Bojen – und blinzelte in die letzten Strahlen der untergehenden Sonne. Zwei Minuten später brach er unter einem Schlag mit dem bleibeschwerten Gummiknüppel zusammen, den Oleg ihm über den Schädel zog.

Ein eiskalter Wasserschwall aus einem Eimer, den Oleg mit Meerwasser gefüllt hatte, weckte Le Tallec. Er riss die Augen auf, schnappte nach Luft, versuchte sich aufzurichten, merkte aber sehr schnell, dass er gefesselt in der Kabine lag. Die Schnur, die seine Handgelenke und Knöchel umschloss, lief seine Brust, seinen Unterleib und seine Schenkel entlang und zwang ihn, in einer gekrümmten, fötalen Stellung zu verharren. Das Schiff stampfte leicht, der Motor schwieg. Die Kabine war von einer dicken Glühbirne erleuchtet, um die einige Nachtfalter flatterten. Es war nahezu taghell.

Le Tallec starrte seinen Angreifer an. Ein Typ in den Dreißigern mit einem bleichen, abgezehrten Gesicht unter dichtem braunen Haar. Die Augen waren tief in die Augenhöhlen eingesunken, über den Wangen spannte die Haut, und die kleinen dunkelblauen Äderchen an den Schläfen pochten.

»Tut mir Leid, Monsieur Le Tallec, aber ich muss Ihnen mitteilen, dass Sie jetzt sterben werden. Ich persönlich habe nichts gegen Sie, aber ich bin dafür bezahlt worden, Sie umzubringen.«

Le Tallec schüttelte den Kopf, sträubte sich, bäumte sich auf, so gut er konnte, aber nichts ging. Im Gegenteil, jedes Mal, wenn er sich aufrichten wollte, zogen sich die Schnüre, die ihn fesselten, noch straffer zusammen.

»Sie sind wohl total verrückt: Das muss ein Irrtum sein«, stammelte er schwer atmend. »Was soll das? Wer sind Sie? Das ist doch unmöglich, unmöglich …«

»Doch, Monsieur Le Tallec, es ist möglich, es ist sogar unabwendbar. Das … das ist mein Beruf, ich bin professioneller Killer. Sie träumen nicht, es ist kein Alptraum, das kann ich Ihnen versichern. Sie haben gerade ein sehr angenehmes Wochenende verbracht, Sie haben sich zurechtgemacht für das Treffen mit Ihrer Geliebten, mit der Sie heute Abend bumsen wollten, nicht wahr? Sie wartet auf Sie, um diese Uhrzeit hat sie gerade ein Bad genommen, und wahrscheinlich hat sie ihren hübschen kleinen Arsch schon unter die Satinbettwäsche gesteckt. Ihre Haut dürfte gut duften, aber leider, so ein Pech! Sie kommen nicht zur Verabredung, denn … Sie werden tot sein, Monsieure Tallec, tot, verstehen Sie, was das bedeutet?«

Sprachlos schüttelte Le Tallec den Kopf. Er verstand nicht im Geringsten, wie ihm geschah, aber er zweifelte nicht mehr an der Realität, in der er sich befand. Der Typ wollte ihn tatsächlich umbringen.

»Hören Sie«, stammelte er, »wir können doch reden. Wie wäre das? Okay, okay, Sie sind ein bezahlter Killer, ich glaube Ihnen, ich zweifle nicht daran, ich versichere Ihnen, dass ich … ich glaube nicht, dass Sie ein Verrückter sind oder ein krankhafter Lügner. Ein Killer, ein bezahlter Killer, ich weiß, ja, so etwas gibt es! Also … wenn man Sie angeworben hat, um mich … um mich umzubringen, dann hat man Ihnen doch sicher eine bestimmte Summe versprochen. Und wer? Meine Frau? Weil ich sie sitzen gelassen habe? Wie hat diese dumme Kuh es bloß geschafft, mit einem Typen wie Ihnen in Kontakt zu kommen, ich wage kaum, es mir auszumalen, verdammt noch mal, ich will noch nicht krepieren! Hören Sie? Wie heißen Sie? Ich heiße Bernard, Bernard Le Tallec!«

»Ich weiß. Ich bin Oleg.«

»Oleg? Bist du Russe?«

»Ukrainer«, korrigierte Oleg. »Aber das ist völlig egal, oder?«

»Okay, ist egal, ist egal, du sprichst ausgezeichnet Französisch, aber du hast einen Akzent, einen slawischen Akzent, stimmt … Hör zu, Oleg, wir können uns duzen, oder? Ich weiß nicht, wer du bist, aber wenn du Kohle brauchst, dann können wir uns immer …«

»Ts, ts, ts. Mich kaufen? Vielleicht durch eine Verdoppelung der Prämie?«, höhnte Oleg. »Wissen Sie, Bernard, in jedem Beruf gibt es ein Minimum an Regeln, einen gewissen Ehrenkodex, also sehen Sie den Tatsachen ins Gesicht. Ich werde Sie töten, wirklich töten, dazu habe ich mich verpflichtet.«

Le Tallec begann mit den Zähnen zu klappern. Die Wellen schlugen mit einem aufdringlichen Plätschern gegen den Schiffsrumpf. Der *Cabin Cruiser* trieb in der Strömung zwischen den schon nicht mehr sichtbaren Erhebungen der Insel Groix und den bereits gut erkennbaren Lichtern des Hafens von Lorient. Oleg hatte die Seekarten genau studiert und wusste von den Untiefen in diesem Seegebiet. Er musste die Sache beenden.

»Ich sage Ihnen jetzt, wie ich vorgehen werde, Monsieur Le Tallec«, kündigte er an. »Ich werde Ihnen sowohl links als auch rechts die Pulsadern an den Handgelenken aufschneiden, dann warten wir noch ein paar Minuten, höchstens zehn, in denen Sie langsam, aber sicher Blut verlieren. Danach werde ich Sie von Ihren Fesseln befreien und in die Fluten werfen. Das Wasser hat ungefähr fünfzehn Grad, das wird Sie auf Trab bringen. Dann haben Sie die Wahl. Entweder, Sie ertrinken sofort, ohne Zeit zu verlieren. Dazu müssen Sie so schnell wie möglich Ihre Lungen mit Salzwasser füllen. Das wäre am vernünftigsten. Ich kann es Ihnen nur empfehlen. Aber es ist nicht leicht, die Glottis sperrt sich, der Kehlkopf zieht sich zusammen. Sie kennen das ja, der Selbsterhaltungstrieb! Oder, und das ist wahrscheinlicher, Sie schwimmen in Richtung Küste, wenngleich Sie wissen, dass Sie nie ankommen werden. Die Kälte, die Erschöpfung, ich weiß nicht, wie lange Sie durchhalten werden. Tut mir Leid, Bernard, welcher Fall auch eintreten wird, es ist kein sanfter Tod. Der Tod will das Vergnügen auskosten, solange er kann ... Gott weiß, wie er es anstellen wird! Haben Sie das begriffen?«

»Aber warum, warum?«, heulte Le Tallec.

Oleg öffnete seinen Blouson und zog ein Foto heraus. Ein zehnjähriges Mädchen. Strahlendes Lächeln.

»Das ist eine der Klauseln des Kontrakts«, erklärte er, »damit Sie verstehen, damit Sie nicht sterben, ohne zu wissen, warum. Man hat mich bezahlt, damit ich Ihnen dieses Foto zeige. Also zeige ich es Ihnen. Tut mir Leid, Bernard.«

Mit weit aufgerissenen Augen starrte Le Tallec lange auf das Foto. »Die kleine Fabrice? Das ist doch bescheuert, echt bescheuert«, schluchzte er. »Hat ihre Mutter, hat diese Verrückte dich bezahlt? Ich habe den Prozess gewonnen, es hat mehr als zwei Jahre gedauert, mit Gutachten, Gegengutachten ... Es nahm kein Ende, aber ich habe ihn gewonnen! Sie ist übergeschnappt, weil ihre Tochter tot ist, aber ich kann nichts dafür. Der Fahrer ist natürlich verurteilt worden, aber ich habe seinen Anwalt bezahlt, und in dem Jahr, das er im Gefängnis saß, hat er jeden Monat seinen Lohn bekommen. Ich kann doch nichts dafür! Die Gutachter waren sehr streng, der Fahrer hat gebremst, mehr als sechzig Meter, man hat die Fotos von den Reifenspuren ausgewertet! Die gute Frau hätte die Kleine nicht auf der Straße spielen lassen dürfen!«

»Sie behauptet das Gegenteil. Die Kleine lief einem Ball

hinterher, aber das Mädchen hat nicht auf der Straße gespielt. Die Frau hat mir erklärt, wie Sie Ihre Fahrer ausbeuten, dass Sie sie zu Überstunden zwingen, dass sie in Ihren Fünfzehntonnern bis zu sechzehn Stunden am Stück hinter dem Steuer hocken, und derjenige, der das Mädchen über den Haufen gefahren hat, musste zwangsläufig die Kontrolle über seinen Laster verlieren. Er ist gut fünfzehn Meter von der Straße abgekommen und in den Garten gerast, den Garten, in dem die Kleine spielte.«

»Also das ist der Grund, nur deshalb?«, stöhnte Le Tallec.

»Nur aus diesem Grund, ja, nur wegen einem Kind ... weil ein Kind sein Leben verloren hat«, sagte Oleg.

»Diese Gutachter, das ist doch alles Quatsch! Die Richter haben entschieden. Der Fahrer war allein dafür verantwortlich, ich habe doch nicht hinter ihm gesessen und ihn dazu gedrängt, die Strecken so schnell wie möglich runterzureißen. Wenn er das gemacht hat, dann aus freien Stücken, weil er so schnell wie möglich nach Hause wollte, da kann ich doch nichts dafür, nicht das Geringste!«

»Bernard, das Schiff driftet ab, und wenn ich noch den TGV um zweiundzwanzig Uhr zum Bahnhof Montparnasse erwischen will, darf ich keine Zeit mehr verlieren«, sagte Oleg ruhig. »Also, fangen wir an?«

»Was heißt hier ›fangen wir an‹?«, brüllte Le Tallec. »Wie viel willst du, sag mir, wie viel du willst, ich schwöre dir, ich gebe dir alles, was ich habe, meine Wohnung, mein Haus auf der Insel, ich leere mein Bankkonto. Meine Firma geht am Stock, aber auf meinem Privatkonto liegen zwei Millionen. Ich gebe dir alles, verdammte Scheiße, ich will nicht krepieren!«

»Bernard, lassen Sie uns vernünftig sein«, unterbrach Oleg ihn. »Ich habe nicht die Absicht zu feilschen, ich mache meine Arbeit, einfach nur meine Arbeit.«

Er steckte erneut seine Hand in die Innentasche des Blousons und holte ein Rasiermesser heraus. Eines von diesen kurzen Messern, die früher von den Barbieren in den Buden an den Straßenecken benutzt wurden und die man nur noch in den Auslagen der Antiquitätengeschäfte findet, seit Wegwerfklingen auf dem Markt sind. Der Stiel war aus Elfenbein, die Klinge aus reinem Stahl. Bei der Qualität machte Oleg nie Kompromisse.

»Es ist so weit«, erklärte er.

Le Tallec gab es auf, sich zu sträuben. Er spürte zweimal, einmal rechts, einmal links, einen vagen Schmerz, eine leichte Berührung, ein schwaches Brennen. Das Blut floss seine Handflächen hinunter wie warmer Wein.

»So habe ich mir den Tod nie vorgestellt«, heulte er. »Es ist angenehm; angenehm … nein, es ist beschissen, mein Gott, es ist so beschissen, aber es ist angenehm!«

»Täuschen Sie sich nicht, das Schlimmste kommt noch«, warnte Oleg ihn.

Er zündete sich eine Mentholzigarette an, sog in langen Zügen den Rauch ein. Die Ärzte hatten ihm dringend empfohlen aufzuhören, aber er schlug ihren Rat in den Wind. Einige Vögel – Silbermöwen, Lachmöwen, Kormorane – zogen ihre Kreise über dem Schiff. Ihr Geschrei ging ihm auf die Nerven.

»Ich glaube, Sie sind jetzt bereit. Kann's losgehen, Bernard?«, fragte er.

»Hast du kein Mitleid? Lass mich hier verbluten, Oleg, niemand wird etwas erfahren, ich will nicht durch Ertrinken sterben! Sei kein Schuft!«, flehte Le Tallec.

»Geht leider nicht. Auftrag ist Auftrag. Sie müssen Ihren Teil des Leidens bis zum bitteren Ende auf sich nehmen. Dazu habe ich mich verpflichtet.«

»Ich schwöre dir, ich habe diese Göre nicht getötet«, fing Le

Tallec wieder an; und seine Stimme wurde schwächer. »Es war ein Unfall, ein gewöhnlicher Unfall …«

Unbeeindruckt zuckte Oleg mit den Schultern. Zum einen legte er keinen Wert darauf, mehr über die Sache zu erfahren, zum anderen durfte man bei ihm vor allem nicht versuchen, auf die Tränendrüse zu drücken, denn in dieser Hinsicht hatte er schon genug erlebt. Sascha, Anatoli und Mascha, seine Brüder und seine kleine Schwester. Und all die anderen, Boris, Alexeij, Genia, Wladimir, Anton, Swetlana, Lioba, Nikolaj, Natascha, Sergej, die Liste war endlos. Dort, wo er herkam, wo er entwischt war, vergoss kein Mensch mehr eine Träne über den Gräbern der Kinder.

Le Tallec spürte die Hände des Killers kaum noch, die sich an ihm zu schaffen machten, die Fesseln Knoten für Konten mit einem einfachen Schnitt durchtrennten. Als die Zielperson von den Fesseln befreit war, warf der Vollstrecker das Rasiermesser und die Schnüre ins Wasser. Le Tallec brachte ihm nicht mehr den geringsten Widerstand entgegen. In einem Kranz kleiner roter Perlen, die sich an seinen Schnittwunden bildeten, hatten ihn seine Kräfte bereits Tropfen für Tropfen verlassen.

Wie vorgesehen packte Oleg ihn fest um den Leib und hievte ihn über Bord, bevor er den Motor wieder startete. Die Schraube peitschte sofort die träge Wassermasse auf und hinterließ langes, schäumendes Kielwasser, das von den trägen, dunklen Fluten in der Ferne geschluckt wurde.

✡

Le Tallec gelang es nicht, Olegs Rat zu befolgen. Das Meer war sehr ruhig. Er schwamm. Brustschwimmen. Seine Muskeln brauchten den Kreislauf des Blutes, um sich zusammenzuziehen, sich zu entspannen und wieder zusammenzuziehen. Sein Herz pumpte, solange es konnte.

✡

Oleg riss sich seine Perücke herunter und nahm die Kontaktlinsen heraus, die seine Augenfarbe verändert hatten. Der ganze Plunder begleitete nun Le Tallec auf seiner Höllenfahrt zu den dunklen Gründen der Hummer, Makrelen und Seesterne, während er den *Cabin Cruiser* direkt in den Hafen von Lorient steuerte. Zwanzig Minuten später legte er an und sprang auf einen Kai, der den Yachtbesitzern vorbehalten war, ohne sich die Mühe zu machen, das Schiff zu vertäuen, das langsam abdriftete.

Mit seiner Reisetasche in der Hand eilte Oleg zu einer Bushaltestelle. Der Bahnhof war nur wenige Haltestellen entfernt, höchstens zehn Minuten. Die unbekannten Fahrgäste beachteten ihn überhaupt nicht. Nachdem er es sich in seinem Erste-Klasse-Abteil bequem gemacht hatte, versuchte er vergeblich einzuschlafen. Die ersten Anzeichen von Kurzatmigkeit hatte er zwei Tage zuvor gespürt, als er die Insel Groix abgelaufen war und die frische Seeluft seine Lungen füllte. Es war wie eine Verknappung in der Vertiefung des Brustbeins, eine Leere, ein Signal. Er wusste genau, was das bedeutete.

✡

Oleg mochte Paris sehr. Seine erklecklichen Einnahmen hatten es ihm ermöglicht, ein Appartement auf der Île Saint-Louis zu erwerben, ein kleines Schmuckstück von sechzig Quadratmetern im dritten Stock eines Gebäudes am Quai de Béthune mit Blick auf Notre-Dame. Und er hatte vor, bald in Amsterdam oder London zu investieren. Warum auch nicht, selbst wenn die Zukunft mehr als ungewiss war. Er hatte auch eine Einzimmerwohnung im fünfzehnten Arrondissement gemietet, im obersten Stockwerk eines Hochhauses in der Rue de la Convention. Unter dieser Adresse war er gemeldet. Er war nur selten dort, im Durchschnitt zweimal im Monat, um auf Nummer sicher zu gehen: ab und zu den Hausmeister grüßen und nicht vergessen, ihm zu Neujahr ein großzügiges Geldgeschenk in die Hand zu drücken.

Offiziell arbeitete Oleg für einen Reiseveranstalter, der Reisen in alle Länder der Ex-Sowjetunion organisierte, von Besuchen in der Eremitage bis zu Fahrten mit der Transsibirischen Eisenbahn – die großen Reiseklassiker –, nicht zu vergessen die jüngeren Urlaubsideen wie die Rentierjagd in Jakutien oder Wanderungen durch die kasachische Steppe. Die Arbeitsstelle war rein fiktiv, aber die Reiseagentur gab es tatsächlich mit Sitz in der Rue de l'Opéra. Sein Gehalt wurde regelmäßig auf ein Konto bei der Société Générale überwiesen, und da er 1995 die französische Staatsbürgerschaft erworben hatte, verfügte er so über eine ordnungsgemäße soziale Tarnung. Er zahlte sogar in eine ungewisse Zusatzrentenversicherung für Führungskräfte ein! Die Summe seines Gehalts plus einen großzügigen Bonus führte er jeden Monat in bar, von Hand zu Hand, an den Geschäftsführer des Reisebüros zurück, und dieses *Gentleman Agreement* hatte ihn bisher voll und ganz zufrieden gestellt. Und noch nie war jemand bei ihm aufgetaucht, um das Haar in der Suppe zu suchen. Die »Tarnung« funktionierte ausgezeichnet.

✲

Montag, den 18. Juni, faulenzte Oleg den ganzen Vormittag in seinem Appartement am Quai de Béthune und zappte sich durch sämtliche Satellitensender, die er abonniert hatte. Die Possen eines Tom Cruise auf seinen mehr als unmöglichen Missionen entlockten ihm einige Male ein kleines Gelächter, aber sie konnten ihn nicht so weit ablenken, dass er die ersten Anzeichen von Kurzatmigkeit vergessen hätte, die er während seines kurzen Aufenthalts auf Groix gespürt hatte. Gegen Mittag klingelte die Masseuse. Er ließ sie eintreten, bot ihr eine Tasse Tee an, zog sich aus und überließ sich ihr. Wie gewöhnlich enthielt sie sich jedes überflüssigen Geplänkels. Sie hatte sich ebenfalls ausgezogen. Ihre Hände glitten über den abgemagerten Körper ihres Kunden.

»Ja, so ist es gut, das ist gut …«, murmelte sie, den Mund an sein Ohr geheftet, in dem Augenblick, in dem er zum Erguss kam, nachdem er sich lange zurückgehalten hatte.

Um zwanzig Uhr nahm er ein Taxi, um in einer Brasserie bei der Börse zu speisen. Dann kaufte er an einem Zeitschriftenstand an der Rue Montmartre die letzte Ausgabe des *Ouest-France*. Auf Seite acht wurde vom Verschwinden Le Tallecs und dem Auffinden seines Schiffs berichtet.

Oleg ging zu einer Telefonzelle und steckte eine Telefonkarte in den Schlitz.

»Auftrag erledigt«, sagte er einfach, als am anderen Ende der Leitung der Hörer abgehoben wurde. »Sie haben den Beweis, wenn Sie die Zeitung aufschlagen, Sie wissen schon, welche.«

»Hat er gelitten?«, fragte sie. »Ist er sich darüber im Klaren gewesen, was ihm passiert?«

»Ich glaube, ich kann das bestätigen«, bejahte Oleg die Frage. »Es hat sich alles so abgespielt, wie Sie es gewünscht haben.«

»Perfekt. Die Überweisung erfolgt wie verabredet. Ich danke Ihnen.«

Oleg legte auf. Die Untersuchung hatte bereits begonnen. Sollte die Flut je in den kommenden Tagen die sterbliche Hülle Le Tallecs an irgendeinen Strand spülen, würde der mit der Untersuchung befasste Gerichtsmediziner die Schnitte an den Handgelenken bemerken und zweifellos auf Selbstmord infolge einer depressiven Anwandlung schließen. Eine mehr als berechtigte Hypothese. Die kürzliche Trennung von seiner Ehefrau, seine Beziehung zu einer Geliebten, die seine Tochter hätte sein können, der Stress als Geschäftsführer eines Transportunternehmens, die ganzen Umstände konnten mit einem Siegel versehen werden: MLC, Midlife-Crisis, ein Syndrom, das man bei vielen Männern feststellen kann, die gerade die Fünfzig überschritten haben, und das sie zu den größten Dummheiten verleitet. Für das Schiff gab es eine einfache, sehr einfache, ja hoffnungslos einfache Erklärung: Nachdem der Besitzer sich ins Wasser gestürzt hatte, um Schluss zu machen, war es von den Strömungen wie durch ein Wunder bis zum Hafen zurückgetrieben worden.

Oleg ging mit langen Schritten die Rue Montmartre auf und ab und versuchte, nicht mehr an die arme Frau zu denken, mit der er soeben gesprochen hatte, die der Kummer nach dem Tod ihres Kindes abgestumpft hatte. Der Prozess gegen Le Tallec, den sie geführt hatte, könnte die Schnüffler stutzig machen, und so wie Oleg die Sachlage einschätzte, wäre sie durchaus in der Lage, aus reinem Trotz alles zu gestehen. Die Spur bis zum Vollstrecker weiterzuverfolgen wäre allerdings ein anderes Paar Stiefel ...

Die dreihunderttausend Francs, die sie ihm garantiert hatte – die Hälfte bei der Auftragserteilung, die andere Hälfte nach der Ausführung –, waren ihre ganzen Ersparnisse. Sie hatte alles auf jene Waage der Justitia gelegt, die Oleg nach Belieben handhabte, indem er auf die eine oder die andere Schale drückte. Das Urteil war vollstreckt. Für ihn war die Angelegenheit abgeschlossen. Zeit, zur nächsten überzugehen.

✡

Mit einem professionellen Killer in Kontakt zu treten, ist nicht einfach. Man muss Geduld aufbringen und eine große Beharrlichkeit an den Tag legen. Vor allem aber muss man darauf setzen, dass man Glück hat. Es genügt, in der Treibhausatmosphäre einer anrüchigen Bar ein paar Worte zu flüstern, auf irgendeinem Bahnsteig eine vertrauliche Bemerkung fallen zu lassen oder eine gekonnt pervertierte Website zu entschlüsseln, und alles ist gesagt. Die Anwerber liegen auf der Lauer. Manchmal geht eine Information auch fehl, nimmt schmierige, verschlungene Wege, geht verloren oder löst sich auf. In anderen Fällen hingegen wird sie wild herumgeworfen wie die Stahlkugel unter der Glasplatte eines Flippers. Ob Schicksal, Verhängnis, Zufall oder Notwendigkeit, wer weiß das schon? Von einem Kontakt zum andern prallt die Kugel immer wieder ab, stößt auf Hindernisse, hüpft ständig hin und her und so weiter. Bis die Nachricht von kundigen, empfänglichen Ohren vernommen wird. Und auf einmal, *game over*, ist das Spiel gewonnen.

Dann setzt sich ein ganzes Ballett in Bewegung. Die Mittelsmänner laufen sich die Hacken ab. Der Auftrag gelangt unerbittlich bis zu seinem Adressaten, dem Henker, denn so und nicht anders muss man ihn nennen. Nun liegen die Karten auf dem Tisch. Leidenschaftslos nimmt Gevatter Tod den Ablauf des Spiels unter die Lupe, beobachtet jede Regung im Gesicht der Spieler, ergründet noch den leisesten Herzschlag, fühlt ihnen den Puls, ohne dass sie etwas davon merken. Von dem Schauspiel bezaubert, leckt er sich genüsslich die Lippen. Man wird ihm die Arbeit abnehmen, jemand wird das dreckige Geschäft für ihn erledigen, was will man mehr?

Oleg oder vielmehr die Handlanger, die er dafür bezahlte, nahmen die Witterung des Geldes schnell auf. Die Schildfische, die nur ihrem Instinkt folgten, saugten sich an dem Hai fest und führten ihn in mehr als trübe Gewässer, allem Anschein nach in die besonders verschmutzte Lagune von Venedig. Oleg reiste in der Nacht vom 18. auf den 19. Juni dorthin. Eine ruhige Nacht im Schlafwagen. Er vermied Flughäfen, so gut es ging, denn dort wimmelte es nur so von Flics und Kameras, dem ganzen Überwachungsapparat, der alles weiträumig durchkämmte und dessen Netze sich als verhängnisvoll erweisen konnten.

✡

Er war noch nie in Venedig gewesen. Nachdem er aus dem Zug gestiegen war, gab er sein Gepäck einem Reisebetreuer von der Agentur, über die er ein Hotelzimmer gebucht hatte, und nahm in einem Vaporetto Platz, einem dieser asthmatischen Motorschiffchen, die unablässig den Canale Grande auf und ab fahren. Für einen Jungen, der eine armselige Kindheit in seiner ukrainischen Heimat erlebt hatte, war es ein echtes Entzücken. Die Rialto-Brücke, das Schaukeln der Gondeln unter der Seufzerbrücke, die Fassade des Dogenpalasts, er gönnte sich einige Augenblicke der Entspannung. Dann zog er durch die Innenstadt, sparte dabei mit seinen Kräften und achtete auf eine schonende Atmung.

Er hatte eine Verabredung um sechzehn Uhr. In der Strada Nuova, nahe der Ca'd'Oro. Oleg betrachtete diese wunderschöne Fassade im Stil der Spätgotik, ohne ihre Reize wirklich schätzen zu können. In Sachen Architektur ließ seine Bildung schwer zu wünschen übrig. Bei den Vorgesprächen war man übereingekommen, dass nur ein Buch das Erkennungszeichen sein sollte. Titel und Verlag hatte Oleg während eines Spaziergang auf den Pariser Kais bei einem Bouquinisten selbst ausgesucht. Es war ein recht gewöhnliches Werk, *Der Aberglaube*, Band Nr. 2379 aus der Sachbuchreihe *Que sais-je?*, verfasst von einer gewissen Françoise Askevis-Leherpeux. Ein unbeschriebenes Blatt. Aber warum der Aberglaube? Warum auch nicht? Es hatte keine Bedeutung. Oleg war nicht abergläubisch. Zumindest kaum. Er hatte überprüft, ob der Titel in den Buchhandlungen vorrätig war und seine Geschäftspartner ihn sich ohne Schwierigkeiten besorgen konnten. Er wartete auf einer Bank, das Buch lag in Griffweite neben ihm.

Kurz darauf setzte sich eine blonde, ungefähr vierzigjährige Frau mit glatter Gesichtshaut zu ihm, die einen pflaumenblauen Regenmantel trug. Sie öffnete ihre Handtasche und holte das Sesam-öffne-dich hervor, das kleine, schmale Büchlein, dessen Umschlag wie alle Titel der Buchreihe von einem Kompass geschmückt war. Oleg nickte zufrieden.

»Kommen Sie«, forderte sie ihn auf, »es sind nur drei Minuten von hier.«

Er folgte ihr bis zu einem Gebäude mit halb verfallener Fassade, dessen Tor von einer schweren Holztür mit gewundenen Eisenbeschlägen versperrt war. Hatte man dieses Tor durchschritten, gelangte man in einen Garten, den ein Brunnen mit dionysischen Motiven zierte: Ein dickbäuchiges Wesen männlichen Geschlechts spielte mit aufgeblasenen Backen auf einer Panflöte, aus der klares Wasser sprudelte. Die Beckenränder waren von einer Flechte überwuchert, die am Stein nagte und sich in ihn hineinfraß, bis sie eines Tages, egal, wie viel Zeit sie bräuchte, ihr Ziel erreicht und den Stein kraft ihrer Geduld zersetzt haben würde. Einige Schritte weiter, vor dem Eingang zu einem weitläufigen Salon, dessen Fenster auf den Canale Grande hinausgingen, verabschiedete sich die Frau, die ihn hierher geführt hatte. Der Raum lag im Erdgeschoss, und man konnte von hier aus das Ballett der Gondeln, Vaporettos und Taxi-Boote beobachten, die dort, nur wenige Dutzend Zentimeter unter dem Haus, auf den grünlichen Fluten vorbeifuhren. Beim geringsten Hochwasser, bei jeder Laune der Gezeiten in der Lagune wurde der Marmorboden von pappigem Schlamm überflutet. Hier und da waren kleine Schalen im Raum aufgestellt, in denen Räucherstäbchen brannten. Der süßliche Duft sollte zweifellos den Übelkeit erregenden Geruch bekämpfen, der vom Canale Grande heraufstieg. Oleg erfasste diese Kulisse auf einen Blick, seine Sinne waren geschärft.

✡

Der direkte Kontakt mit dem Auftraggeber ist immer eine heikle Angelegenheit, ein Treffen, das schwer auszuhandeln ist. Bei der geringsten Abweichung von der vorgegebenen Bahn kann das Ankoppeln in einen schmutzigen Kuhhandel abgleiten, folglich scheitern. Oleg, den die Zeit zur Eile antrieb, konnte sich keine Winkelzüge erlauben. Der Kontrakt, grob eingeschalt, kam sofort auf den Tisch, keine Mätzchen, eine Totaloperation ohne jeden Aufschub, das hatte er immer gefordert. An jenem Tag sollte er nicht enttäuscht werden.

»Treten Sie näher, ich erwarte Sie schon seit langem!«

Oleg konnte den Schauder nicht unterdrücken, der ihm über den Rücken lief. Er holte tief Luft, und es gelang ihm, das Zittern seiner rechten Hand zu beherrschen. Diese verdammte Hand, vor allem sie durfte ihm keinen Streich spielen. Die Ärzte hatten ihm bestätigt, dass es keinesfalls eine Nebenwirkung seiner Behandlung sein könne. Sie tippten auf eine gewöhnliche psychosomatische Erscheinung, die der Angst zuzuschreiben sei. Oleg wusste nicht so recht, ob er ihnen glauben sollte.

»Treten Sie näher!«, wiederholte die Stimme.

Noch nie hatte Oleg eine solche Stimme gehört. Eine gebrochene, gequetschte, krächzende, wunde Stimme. Eine unsagbar hässliche Stimme, von Wut erfüllt, von Kummer verheert, eine Stimme, die voller Hass war, als wäre sie an der Mutterbrust damit gestillt worden und hätte sich daran satt gegessen. Und trotzdem eine Frauenstimme, daran war nicht zu zweifeln. Es lag noch ein Hauch von Sanftmut, eine jämmerlich kleine zärtliche Schwingung in ihr, um diesem galligen Ausfluss, den sie verströmte, ein wenig von seiner Bitterkeit zu nehmen. Eine Stimme, die nicht mehr von dieser Welt war, die sich, schon in die Finsternis gehüllt, aus dem Jenseits erhob.

»Treten Sie näher, ich kann Sie noch immer nicht sehen!«

Der Befehl wurde erneut wiederholt. Gott weiß, mit welchen Schreien des Leids Oleg sein Gedächtnis schon gespeist hatte, mit welch inständigem Flehen, einer ganzen Symphonie der Klagen und des Jammers, die endlos in seinem Schädel dröhnte, sobald er sich gehen ließ und an die Vergangenheit dachte. An Sascha, Anatoli, Mascha. Seine Brüder. Seine kleine Schwester. Und all die anderen, Boris, Alexeij, Genia, Wladimir, Anton, Swetlana, Lioba, Nikolaj, Natascha, Sergej, die Liste war endlos, würde nie enden. Und der Sensenmann hatte noch nicht genug. Aber eine solche Stimme – selbst wenn er an seine schlimmsten Alpträume dachte – hatte er nie gehört, und auch nichts, was damit vergleichbar gewesen wäre.

»Treten Sie näher!«, drängte die Stimme ungeduldig.

Ganz hinten im Saal erhob sich ein Gestrüpp üppiger Pflanzen. Ihre Wurzeln reichten durch den Boden und schöpften ihre unbändige Kraft aus einer mit dem öligen Schlamm des Canale Grande getränkten Erde. Bei einem der Fenster saß eine Silhouette zusammengekrümmt in einem Rollstuhl. Eine von Kopf bis Fuß in Schwarz gehüllte Gestalt. Selbst das Gesicht war hinter einem dicht gewobenen Schleier verborgen, der von einem Hut, einer Toque aus Satin, herabhing. Der Körper musste sehr klein sein, vielleicht war es eine Zwergin. An den Füßen, die sie auf die Trittbretter des Rollstuhls stützte, trug sie hohe orthopädische Schuhe. Die Frau bewegte kaum merklich ihr Becken, schwellte die Brust. Oleg vernahm deutlich das Ächzen eines Korsetts, wahrscheinlich eine dieser Schalen aus Leder oder Plastik, in die man den Oberkörper bestimmter Schwerstbehinderter einschloss. Oleg dachte an die Glasknochenkrankheit, jenes Leiden, das jedes normale Wachstum verhindert und furchtbare Verformungen des Knochenbaus hervorruft. Er hatte solche Behinderte bei seinem ersten Besuch mit seinen kleinen Schützlingen in Paris 1991 im Hôpital Necker gesehen.

»Nehmen Sie Platz«, sagte die Frau und deutete auf einen nahen Stuhl.

Die Stimme hatte sich besänftigt. Sie zitterte noch immer vor Zorn, aber einen Ton tiefer. Die ausgestreckte Hand, mit der die Frau auf den Stuhl gedeutet hatte, schien von Arthritis verkrümmt zu sein. Dennoch zeigte die Haut keine einzige Falte, keinen einzigen Leberfleck. Oleg kam der Aufforderung nach und setzte sich. Sein Gesicht lag voll in der Sonne. Er hatte sich nicht geschminkt, nicht verstellt, trug keine Perücke. Jetzt fühlte er, dass er eingehend gemustert wurde, geprüft von dem Blick, der hinter dem dunklen Schleier funkelte. Sein Gegenüber konnte seine eingefallenen Wangen sehen, seine extreme Blässe feststellen.

»Sie sind also das, was man einen bezahlten Killer nennt?«, fuhr sie fort. »Wenn ich die Angaben richtig einschätze, die ich über Sie erhalten habe, dann sind Sie vertrauenswürdig und effizient?«

Oleg bestätigte dies mit einem einfachen Nicken. In den wenigen Jahren, die er den Beruf ausübte, hatte er diesen Ruf erworben und gefestigt. Die Hand der Behinderten bewegte sich erneut und zeigte auf ein Beistelltischchen, auf dem eine schwarze Ledermappe lag.

»Ihr nächstes Ziel«, verkündete die Stimme. »Die erste Überweisung auf das Konto, dessen Nummer Sie mir angegeben hatten, ist erfolgt. Wissen Sie das?«

Vor seiner Abreise hatte Oleg im Internet eines der zahlreichen Bankkonten überprüft, auf die er seine Gutschriften verteilte, in diesem Fall bei einer luxemburgischen Bank. Alles war in Ordnung. Die Mittelsmänner hatten nicht zu viel versprochen, der Kontrakt war äußerst einträglich und würde es auch dann noch bleiben, wenn er die kleine Armee von Parasiten ausbezahlte, die sich nie selbst die Hände schmutzig machten, sondern sich damit begnügten, ihn auf die dunklen Pfade des geplanten und bezahlten Mordes zu führen. Nachdem diese Frage geklärt war, schickte er sich an, die Unterlagen aus der Ledermappe zu holen.

»Warten Sie«, unterbrach ihn die Frau. »Ich lege Wert darauf, Ihnen zuerst mein Gesicht zu zeigen.«

Ihre Hände hoben den Schleier an. Oleg wandte die Augen nicht ab. Der Anblick war grauenhaft, aber er hatte schon Schlimmeres gesehen, viel Schlimmeres. Die Frau fixierte ihn mit dem einzigen Auge, dem linken, das noch intakt war; bei ihrem rechten Auge dienten die Lider nur noch einem weißlichen, cremigen Augapfel als Fassung. Zahlreiche Narben zogen sich über Stirn und Wangen. Die Erhebungen des Gesichts, die Konturen der Wangenknochen und des Oberkiefers waren vollkommen zerstört. Die Unterlippe fehlte, die Zähne lagen frei. Die Frau senkte langsam den Schleier. Mit den Händen strich sie sich mit einer fast zärtlichen Geste über Oberkörper, Bauch und Schenkel.

»Ich werde Ihnen nicht noch mehr davon zumuten«, murmelte sie, »das wäre unverschämt. Sie sollen nur wissen, dass der Rest dem entspricht. Der Mann, der mir das angetan hat, denn es handelt sich nicht um eine Krankheit, sondern um die Folgen einer langen Folterung, dieser Mann sitzt seit vierzig Jahren im Gefängnis. Er hat seine Strafe verbüßt, das behauptet zumindest die Justiz. Aber ich, was ich seit vierzig Jahren erleide, das Leben, das ich führen musste …«

Sie brachte den Satz nicht zu Ende. Ihre Stimme wurde von Schluchzern unterbrochen. Und plötzlich verlor diese vor wenigen Augenblicken noch so furchtbare Stimme ihre ganze Bitterkeit und wurde wieder zur Stimme eines kleinen Mädchens.

✡

Margaret Moedenhuik erzählte ohne Auslassungen, was sich am Abend des 18. August 1961 in der Villa in Rueil-Malmaison abgespielt hatte. Wie Ruderi und seine beiden Komplizen, ein Mann und eine junge Frau, die aussah wie eine kleine Wilde, zuerst auf ihren Vater eingeschlagen hatten, bis er starb. Wie sie sich dann Madame Moedenhuik zuwandten, bevor einer der beiden, ihr Anführer, mit größter Brutalität über das kleine Mädchen herfiel in der Hoffnung, der Mutter so die Zahlenkombination für den Safe zu entlocken, in dem einige wertvolle Edelsteine lagen.

»Mehr als fünfzehn Jahre lang habe ich nur in Krankenhäusern und Reha-Kliniken gelebt«, fuhr sie fort. »Ich wurde unzählige Male operiert. In Frankreich, Deutschland, den Vereinigten Staaten. Es hat nichts gebracht. Ich habe nie gehen oder mich auch nur auf meinen Beinen halten können. Die Ärzte, die Chirurgen verfolgten hartnäckig dieses eine Ziel. Aus reinem Stolz. Manchmal waren ihre Mittel noch schlimmer als das Übel selbst. Im letzten Jahrhundert hätte man mich im Zirkus oder auf den Jahrmärkten vorgeführt. Meine Mutter ist vor Kummer gestorben. Aber trotz allem habe ich beharrlich daran gearbeitet zu leben, ich habe sogar Jura und Wirtschaft studiert. Ich hatte ein beträchtliches Vermögen geerbt, an Mitteln fehlte es mir nie. Außerdem habe ich einige einträgliche Geschäfte gemacht. Sehr, sehr einträgliche. Sie können sicher mühelos begreifen, dass ich eine ziemlich furchtbare Geschäftspartnerin war … zumindest eine ziemlich gefürchtete! Es war mir ein Vergnügen, zahlreiche Leute an den Bettelstab zu bringen. Welches Vergnügen hätte ich sonst in meinem Leben haben können? Bevor ich mich vor gut zehn Jahren hierher zurückgezogen habe, bin ich viel gereist. Ich habe nicht die geringste Lust am Leben, sofern man das überhaupt ein Leben nennen kann … Venedig ist eine Stadt, die stirbt, eine kranke, behinderte Stadt. Sie verfault in ihren Fundamenten, wird trotz aller Bemühungen von Architekten, sie in Schuss zu halten, vom Wasser der Lagune zersetzt. Diesen Ort habe ich ausgewählt, um meine Tage zu beschließen. Etwas Besseres könnte ich mir nicht vorstellen.«

Sie war außer Atem und legte ein kurze Pause ein, um ein paar Mal tief Luft zu holen. Jedes Mal, wenn sich ihre Brust hob, quietschte das Korsett. Oleg wartete geduldig. Man musste den Auftraggeber sprechen lassen, damit er sich rechtfertigen konnte. Den meisten lag an einer Entschuldigung dafür, dass sie das dreckige Geschäft nicht selbst erledigten. Manche gestanden bisweilen ein vages Schuldgefühl wegen des Auftrags ein. Bei Margaret Moedenhuik war das vollkommen anders.

»Sie können ja mal versuchen, sich mein Leben vorzustellen«, fügte sie an, »aber es wird Ihnen nicht gelingen. Manchmal war ich verliebt, in mehrere Männer sogar wahnsinnig verliebt. Aber natürlich ...« Sie hob mit einer viel sagenden Geste die Hand und ließ sie auf ihre Knie zurücksinken.

»Einmal habe ich mit einem Mann geschlafen, einmal in meinem ganzen Leben. Mit einem jungen, sehr hübschen Mann. Er war ein armer Schlucker, den das, nennen wir es einmal ›Honorar‹, angelockt hat, das ihm versprochen wurde. Er hatte sich ein wenig Mut angetrunken, und es gelang ihm, seinen Ekel zu überwinden. Er hat mich befriedigt. Es war gut. Als er aufstand, stürzte er ins Badezimmer, um sich zu erbrechen. Ich höre noch die Geräusche, das Hochwürgen, das Gurgeln der Spülung. Das wollte ich Ihnen nur gesagt haben, bevor wir uns dem Kern der Sache zuwenden. Jetzt können Sie sich meinetwegen die Unterlagen ansehen.«

Oleg öffnete die Ledermappe, die einige wenige Auszüge aus der Strafakte des Häftlings Nummer 2057 C seit den sechziger Jahren enthielt. Das erste Blatt zeigte nur Ruderis erkennungsdienstliches Foto bei seiner Verlegung nach Darnoncourt, als er fünfundsechzig war. Das Gesicht zeigte kein einziges besonderes Merkmal: Warze, Geschwulst, Narbe, Bart, Schnurrbart, nichts, was ihn unterschieden hätte. Die Gesichtszüge waren zum Verzweifeln regelmäßig, fein, die Nase gerade, die Augenbrauen buschig. Nur der wuchtige, kantige, hervorspringende Unterkiefer weckte Olegs Interesse. Die Grobschlächtigkeit, die Brutalität, die von ihm hätte ausgehen können, wurde jedoch von einem überaus sanften Lächeln korrigiert. Aus anderen Seiten ging hervor, dass Ruderi trotz seines fortgeschrittenen Alters bei bester Gesundheit war.

»Gut«, brummte er. »Ruderi wird nach vierzig Jahren Haft bald entlassen. Warum haben Sie so lange gewartet? Sie hätten ihn schon viel früher beseitigen lassen können. Im Gefängnis ist jemand leichter zu liquidieren als draußen.«

Margaret Moedenhuik bediente den Hebel, mit dem der Elektromotor ihres Rollstuhls geführt wurde. Die Gummiräder quietschten auf den Marmorplatten. Sie kehrte ihm den Rücken zu.

»Erlauben Sie mir, auf diese Frage nicht zu antworten. Ich wusste, dass Sie sie stellen würden. Ehrlich gesagt, liegt mir nicht daran, dass Sie ihn umbringen. Zumindest nicht gleich. Sie werden ihn eines Tages töten, hier, vor mir. Ich werde sogar von Ihnen verlangen, dass Sie ihn leiden, grauenhaft leiden lassen, dass der Tod ganz langsam über ihn kommt. Ich werde ein großes Vergnügen bei diesem Schauspiel haben. Das ist der Grund, warum ich Sie angeworben habe. Doch zuerst möchte ich, dass Sie sich an seine Fersen heften, sobald er aus dem Gefängnis kommt. Bereiten Sie sich darauf vor, ihm überallhin zu folgen. Wo auch immer er hingehen wird. Ich will wissen, wen er trifft, wohin er sich begibt, wer …«

Sie unterbrach sich für einen Moment. Oleg hörte sie schlucken. Ihre Hände zitterten, sie versteckte sie ungeschickt unter der seidenen Stola, die auf ihren Beinen lag.

»Sehen Sie, nach seiner Festnahme fanden die Untersuchungsbeamten schnell heraus, dass er unter einer falschen Identität lebt. Darüber schweigt er sich seit vierzig Jahren aus. Bevor er stirbt, will ich aber gerne wissen, wer er *wirklich* ist.«

Sie betätigte erneut den Schalthebel des Rollstuhls, um ihre ursprüngliche Position vor Oleg wieder einzunehmen. Der fuhr sich unschlüssig übers Gesicht. Komplikationen hasste er.

»Was Sie von mir wollen, ist ziemlich ungewöhnlich«, sagte er. »Diese Form der Beschattung – denn darum handelt es sich ja – könnte ich sicher nicht allein bewerkstelligen, ohne das Risiko einzugehen, bemerkt zu werden. Voraussetzung wäre, eine kleine Mannschaft von vertrauenswürdigen Leuten zu haben. Die müsste man zuerst einmal anheuern. Das kostet Geld, sehr viel Geld. Ich übe vielleicht einen äußerst riskanten Beruf aus, aber ich lege Wert darauf, in völliger Sicherheit zu arbeiten. Und dann müsste man ihn hierher bringen, also noch mehr Schwierigkeiten, und eine Möglichkeit finden, den Leichnam verschwinden zu lassen.«

»Wenn das alles ist, kein Problem. Nennen Sie mir Ihren Rechnungsbetrag. Und ich meine wirklich den Rechnungsbetrag, nicht die voraussichtlich anfallenden Kosten«, meinte Margaret Moedenhuik kichernd.

Oleg warf auf gut Glück eine Zahl in den Raum, eine astronomische Zahl, in der Überzeugung, seine Gesprächspartnerin würde es aufgeben. In den nächsten Sekunden würde er aufstehen, die Gegend um die Ca'd'Oro ohne Bedauern hinter sich lassen und den Weg, den er gekommen war, wieder zurückgehen bis zur Strada Nuova. Der kleine Ausflug nach Venedig wäre also für die Katz gewesen. Ein Schlag ins Wasser. Berufsrisiko.

»Wunderbar«, rief Margaret, »Sie bekommen morgen die Hälfte auf das Konto überwiesen, das ich bereits kenne.«

»Abgemacht«, entfuhr es ihm verblüfft.

Er hatte natürlich gemerkt, dass Margaret Moedenhuik ihm irgendetwas verheimlichte. Dass hinter diesem Auftrag, einen gewissen Ruderi umzubringen, noch eine andere Erwartung steckte, die er im Augenblick nicht erkennen konnte. Einen Greis ins Jenseits zu befördern, der gerade aus dem Gefängnis entlassen wurde, war kein Problem für ihn. Es war schon lange her, dass man ihm beigebracht hatte, das menschliche Leben gering zu schätzen. Und jede andere Lebensform außer seiner eigenen. Aber aufs Geratewohl zu arbeiten, sich auf diese Weise manipuliert zu fühlen, gefiel ihm überhaupt nicht. Das arme, von Schmerz zerstörte Wesen vor ihm war allerdings eine wahre Goldgrube, die ihn von allen finanziellen Sorgen bis ans Ende seiner Tage befreien würde.

Margaret Moedenhuik steckte erneut eine Hand unter die Seidenstola. Sie holte ein Glöckchen hervor, klingelte energisch. Einige Sekunden später erschien die junge blonde Frau wieder, die ihn hergebracht hatte.

»Bringen Sie uns eine Flasche Grappa«, befahl Margaret Moedenhuik. »Wir wollen auf unsere Vereinbarung anstoßen!«

Oleg betrachtete das Glas aus klarem, fein ziseliertem Kristall mit der durchsichtigen Flüssigkeit, das ihm die blonde Frau kurz darauf reichte. Er ließ es langsam zwischen seinen Fingern kreisen. Margaret hielt ihr Glas, das größer und wesentlich dicker war, mit beiden Händen fest umklammert. Ihre ungenauen, ruckartigen Bewegungen erlaubten es nicht, dass sie ein so empfindliches, zerbrechliches Glas wie seines in die Hand nahm. Mit ihrer linken Hand schlug sie den Schleier hoch, während die rechte den Rand des Glases zu ihrem Mund oder zumindest zu der Öffnung führte, die von ihm übrig geblieben war. Oleg hörte ein Schlürfen. Er tauchte seine Lippen in den Grappa, befeuchtete seine Zunge ein wenig damit und stellte das Glas dann höflich auf den Beistelltisch zurück.

✡

Noch am selben Abend nahm er den Zug zurück nach Paris. Er war allein in seinem Schlafwagenabteil. Die Beleuchtung ließ zu wünschen übrig, doch als er die Ärmel hochschob, um die Haut seines Unterarms zu begutachten, sah er klar und deutlich die kleinen rötlichen Flecken, die zu deuten er inzwischen gelernt hatte. Sie versäumten ihren Termin nie. Die

Symptome veränderten sich nicht, verschlimmerten sich nicht. Zuerst Kurzatmigkeit, dann kleine Punkte, leichte Flecken. Weiter nichts. Derzeit nicht.

Zwei Tage später ging er ins Hôpital Saint-Louis. Er wartete geduldig in der langen Schlange vor der Aufnahme zur hämatologischen Abteilung, wartete, bis eine Schwester seine Krankenakte zur Hand nahm und er von einem Assistenzarzt empfangen wurde, der ihn untersuchte, bevor man ihn von einem Raum zum nächsten, von der einen Untersuchung zur anderen schickte. Schließlich wurde sein altes, verdorbenes Blut bei einer Transfusion durch ein paar Deziliter frisches, gesundes Blut erneuert. Dabei, so hatte man ihm einmal beteuert, gebe es nur eine äußerst geringe Komplikationsgefahr. Tatsächlich war eine mögliche Ansteckung mit dem HIV-Virus oder mit einer Hepatitis seine Hauptsorge. Auf einer Liege ausgestreckt, links und rechts mit einer Kenüle in den Armbeugen, beobachtete er den seltsamen Austausch zwischen den beiden Beuteln, bei dem der eine sich mit dem langsamen, aber sicheren Tod füllte, der sich in seinen Adern angesammelt hatte, während der andere seinen Organismus mit der kostbaren blutroten Flüssigkeit füllte, die ihm Leben verhieß.

Er war es gewohnt, sich dieser Prozedur zu unterziehen, und ließ sie teilnahmslos über sich ergehen, als würde ihn der Ausgang des Kampfes gar nicht betreffen. Vor seinen Augen lieferten sich Leben und Tod ein mechanisches Duell, das über gewöhnliche Nadeln ausgetragen wurde, die in seinem Körper steckten. Hier wurde das Blut punktiert, dort injiziert. Zwei antagonistische Vorgänge. Wie seine ganze Existenz, die von den Erfordernissen des Untergrundlebens gespalten wurde, geteilt durch den Einsatz falscher Pässe, falscher Identitäten. Auf der einen Seite ein Oleg aus Fleisch und Blut mit seinen Leiden, ein sehr realer Oleg, auf der anderen Seite der fiktive, seinem eigenen Schicksal gegenüber gleichgültige Doppelgänger, der im leeren Raum hing, eine armselige Marionette, Gefangener einer schizophrenen Situation. Eines Tages würde dieses ganze Kartenhaus einstürzen, wenn ein Polizist es antippte, der etwas klüger wäre, mehr Durchblick hätte und etwas gewissenhafter arbeiten würde als der Durchschnitt seiner Kollegen. Eines Tages? Oleg bemühte sich, keinen Gedanken an die Zukunft zu verschwenden. Von Jahr zu Jahr waren die Intervalle zwischen den Transfusionen unaufhaltsam kürzer geworden. Erst fünf Monate, dann vier, dann drei. Eines Tages würde die Krankheit wirklich ausbrechen, dann wäre es vorbei mit den Vorzeichen, Warnungen, Alarmsignalen. Eines Tages würde der Countdown beginnen.

8

Als Anabel die Augen aufschlug, brauchte sie etliche Sekunden, um sich darüber klar zu werden, wo sie sich befand. Sie fröstelte, schob die Decke beiseite, stand auf und ging zum Fenster. Das Zimmer lag im ersten Stock eines stattlichen Gebäudes aus hellem Mühlsandstein inmitten eines großen Gartens, der an die Marne grenzte. Sie erblickte Ruderer, die in ihrem Skiff hockten und mit schwitzenden, vor Anstrengung verzerrten Gesichtern gegen die Strömung ankämpften. Ein Motorengeräusch schreckte sie auf. Sie war nackt und griff schnell nach den Kleidungsstücken, die sie am Vorabend getragen hatte. Ein Stück weiter die Straße hoch fuhr ein Auto mit quietschenden Reifen davon. Falscher Alarm. Anabel ging ins angrenzende Badezimmer und duschte kurz. Neben der Badewanne lag ein Stapel nach Lavendel duftender Handtücher in unterschiedlichen Größen. Monsieur Jacob hatte wirklich an alles gedacht.

✡

Sie hatte keine Einwände erhoben, als er mit größter Selbstverständlichkeit verkündete, dass er sie zu sich nach Nogent mitnehmen würde. Er würde sie dort beherbergen, solange es notwendig wäre, hatte er kurzerhand verfügt, nachdem sie sich aus Ralphs Appartement davongestohlen hatten. Bis sich die ganze Aufregung gelegt und sie wieder zu sich gefunden hätte. Bis sie ein Sprungbrett gefunden hätte, um nach ihrem jahrelangen Galeerenleben in eine normale Existenz zurückzukehren. Auf wen sonst hätte sie zählen können? Nach ihrer Inhaftierung hatten sich alle oder fast alle Freunde von ihr abgewandt. Und ihre Eltern? Die schämten sich zu Tode, waren blind vor Wut und verleugneten sie quasi in ihrem tiefen Groll. Sie hatten es nicht einmal fertig gebracht, zu ihrem Prozess zu kommen. Blieben also nur noch die gefallenen Mädchen, die sie in Fleury-Mérogis kennen gelernt hatte. Doch selbst wenn sie zu einigen von ihnen Kontakt hielt, war sie überzeugt, dass sie bei ihnen nicht den Rettungsring finden würde, den sie so dringend brauchte. Also nahm sie die Einladung an. Ihre Zukunft stand in den Sternen. Klar war nur: Sie musste wieder bei null anfangen. Aber wie? Es war noch zu früh, um irgendwelche Zukunftspläne zu schmieden.

✡

Sie öffnete eine der Reisetaschen, die Maxime in den Kofferraum des Mercedes verfrachtet hatte und die nun auf einer Kommode standen, holte eine Unterhose, eine Jeans und ein sauberes T-Shirt heraus und schlüpfte in ihre Sachen, bevor sie das Zimmer verließ. Sie bog in eine Art Galerie ein, von der mehrere Türen abgingen und die einen Raum von beeindruckender Größe überragte, der gut hundert Quadratmeter maß, wenn nicht noch mehr, und stieg barfuß die mit einem weichen roten Teppich belegten Treppenstufen hinab. Alles war ganz still. Der Raum, in dem sie eine Runde drehte, war sehr streng eingerichtet. Die Mitte nahm ein langer Eichentisch ein, an der einen Wand stand ein Buffet mit Geschirr, an der angrenzenden eine schwere Standuhr, ihr gegenüber befand sich ein großer Kamin, in dem noch ein wenig Glut rötlich schimmerte. Etwas weiter, in einer verglasten Veranda, die zum Garten hinausging, bildeten mehrere Lederkanapees ein U. Anabel betrachtete den Fernsehapparat, die Hi-Fi-Anlage und die umfangreiche Sammlung von CDs, aber auch alten Schallplatten und verstaubten 78er Schellackplatten. Jazz, klassische Musik, Barockmusik, alte Musik, Lieder aus aller Welt, aus arabischen Ländern ebenso wie aus China, Peru oder Neuguinea – rasch hatte sie eine Bestandsaufnahme gemacht. Neben der Anlage stand ein großer Erdglobus auf einem Dreifuß aus lackiertem Holz. Sie ließ ihn mehrmals in der Halterung kreisen und beobachtete den Lauf der Kontinente, der Ozeane, das Vorbeiziehen der Längenkreise, das Kreisen der parallelen Breitengrade.

Dann durchmaß sie den Raum der Länge wie der Breite nach. Ihre Füße hinterließen einen feuchten Abdruck auf den Terrakottafliesen, der durch Verdunstung allmählich wieder verschwand. Die kahlen Wände waren mit grobem Rauputz verputzt. Ein Tablett mit einem Frühstück, das nicht mannigfaltiger hätte sein können, wartete nur darauf, dass sie sich an den großen Esstisch setzte: Kaffee, Tee, Kakao, Orangensaft, eine große Auswahl verschiedener Marmeladen, Croissants, frische Brotscheiben, eine Schale mit exotischen Früchten. Erst jetzt bemerkte sie den Umschlag neben dem Tablett. Sie riss ihn auf, entnahm ihm ein Blatt Papier und faltete es auseinander. Die Schrift war fein, sehr deutlich, mit vielen Auf- und Abstrichen:

Liebe Anabel, meine Freundin,
ich hoffe, Sie haben gut geschlafen. Fühlen Sie sich ganz wie zu Hause. Packen Sie aus, machen Sie einen Rundgang durchs Haus, und sehen Sie sich alles in Ruhe an. Ich werde erst am frühen Abend zurück sein.

Ergebenst, Ihr Monsieur Jacob

In der angrenzenden Küche, einfach, aber mit allen ultramodernen Elektrogeräten ausgestattet, wärmte sie den Kaffee im Mikrowellenherd auf. Dann setzte sie sich an den Tisch, aß einige Butterbrote zum Kaffee, knabberte an einem Pfirsich und einer Melonenscheibe. Sie war neugierig auf das Haus. So nahm sie die Besichtigung oder vielmehr die Inspektion wieder auf. Im Erdgeschoss gab es sonst nur noch eine Waschküche und eine Garage. Blieb der erste Stock. Diese Galerie, von der zehn Türen abgingen. Sie öffnete eine nach der anderen, trat in die Räume, die dem glichen, in dem sie die Nacht verbracht hatte. Sie waren nur weniger gut möbliert. Monsieur Jacob hatte ihr das schönste Zimmer gegeben, denn es war neu eingerichtet. Die anderen waren allem Anschein nach unbewohnt. Sie rochen nach Mottenkugeln, und über den Ritzen zwischen den Holzdielen blühten ein paar Staubflocken. Etwas verschämt schlich sie in die beiden letzten Zimmer. Dort roch es nicht nach Naphthalin, im Gegenteil, sie verströmten den Duft von Bohnerwachs und Möbelpolitur.

Im ersten der beiden öffnete Anabel den Kleiderschrank. Maxime war fast ein Meter achtzig groß. Die Anzüge und Hemden, die auf den Bügeln hingen, gehörten offensichtlich ihm. Er wohnte also ebenfalls hier, in diesem Haus, in diesem Zimmer, neben dem von Monsieur Jacob. Angestellter der Firma, Chauffeur, Hausdiener – wer war Maxime eigentlich? Er schien sich für Militärisches zu interessieren. Verschiedene Zeitschriften für Waffentechnik – von leichten Waffen wie Pistolen und Revolvern bis hin zu den schwersten, wie Haubitzen und Sturmpanzern – lagen lose auf seinem Nachttisch. Die Bettdecke war zu einem Rechteck gefaltet, und auf dem Boden war kein Staubflöckchen zu sehen. Als sie die Schranktüren wieder schloss, quietschten die Scharniere.

Legte man dieselben Kriterien zugrunde, Anzuggröße, Kragenweite der akkurat gefalteten Hemden, handelte es sich beim zweiten Zimmer ohne jeden Zweifel um das von Monsieur Jacob. Außerdem erkannte sie einige der Krawatten wieder, die er in der Zeit, seit sie sich kennen gelernt hatten, abwechselnd Tag für Tag getragen hatte. War es also wirklich sein Zimmer? Schlief er in diesem Bett? Es gab kein einziges Foto, keine Erinnerungsstücke auf dem Nachttisch, es gab nicht die kleinste Grafik an den Wänden. Sie waren mit einer mattgrauen Tapete beklebt, die erste Abnutzungserscheinungen zeigte. Nichts, was irgendeinen Bezug zu einer Vergangenheit gehabt hätte, zu Erinnerungen, die ein Leben begleiten, nichts dergleichen verleitete dazu, dieses Leben anhand einiger Anhaltspunkte zu skizzieren, mit unschlüssiger Hand kleine Kreuze auf eine Karte seines Schicksals zu zeichnen, um seine Scheidewege, Abkürzungen, Einbahnstraßen und Sackgassen zu markieren. Es gab nichts. Anabel ging rückwärts wieder hinaus.

Zurück im Erdgeschoss, blieb sie vor den obersten Stufen einer Treppe stehen, die am anderen Ende des Zimmers, gegenüber vom Kamin, in den Keller führte. Wie bei der in den ersten Stock lag ein roter Teppich auf den Stufen, nur dass er diesmal in die Tiefe eines Untergeschosses ging. Es gab keine Brüstung vor dem Treppenausschnitt, so dass ein unaufmerksamer Besucher leicht hinunterstürzen konnte. Der Zugang zum Keller war einst mit einer Falltür verschlossen gewesen. Zwischen der Umrandung und den Terrakottafliesen waren noch die Türangeln einzementiert. Anabel stieg ungefähr vierzig Stufen hinab, was mindestens zwei Stockwerken entsprach, und gelangte zu einer Tür, die einen Spalt breit offen stand. Sie zögerte einen Moment, erinnerte sich dann aber der Worte aus dem Brief, den sie neben ihrem Frühstück gefunden hatte: *Fühlen Sie sich ganz wie zu Hause. Packen Sie aus, machen Sie einen Rundgang durchs Haus, und sehen Sie sich alles in Ruhe an.* Sie stieß die Tür auf, tastete mit den Fingerspitzen die Wand ab auf der Suche nach einem Lichtschalter, fand tatsächlich einen und schaltete das Licht an. Eine ganze Kette von Neonröhren begann zu knistern, und nachdem sie zuerst einige Male schüchtern aufgeblitzt hatten, erstrahlten sie schließlich in voller Stärke.

Vor Anabel lag ein unglaubliches Kapernaum. Der unterirdische Raum erstreckte sich über mindestens dreißig Meter. Ein Keller, der in den Kalkboden gegraben war. Die Neonschienen hingen mehr oder weniger gleichmäßig aufgereiht in der Mitte des Gewölbes unter der Decke, waren durch Stromkabel untereinander verbunden und knisterten eine nach der anderen in einer Art Dominoeffekt. Spinnennetze hatten die Leitungen überzogen, die von Schimmel, Fliegendreck und Staubfäden bedeckt waren.

Ein Keller, der mit wackligen Regalen voll gestellt war, in denen Stapel von sorgfältig geordneten Büchern lagerten. Etliche davon waren auch aus den überfüllten Fächern herausgefallen, so dass sich eine Flut von Büchern über den Boden ergoss, die offensichtlich nicht mehr eingedämmt werden konnte. Anabel hob die Augen zur Decke, die ihr gut zehn Meter hoch schien. Platz, um viele tausend Bände unterzubringen. Über Leitern und Tritthocker konnte man die obersten Regalfächer erreichen.

In regelmäßigen Abständen brummten elektrische Geräte, Klimaanlagen, die einen lauwarmen Luftzug erzeugten, der die Feuchtigkeit bekämpfen und für ein trockenes Klima sorgen sollte. Anabel stieg über kleinere Bücherberge, die sich auf dem Boden angesammelt hatten, über Ordner voller Papierkram, der von Milben zerfressen, verblasst und zerknüllt war. Während sie darauf achtete, nicht auf einzeln herumliegende Blätter zu treten, drang sie weiter vor bis ans Ende des Kellers, wo auf einem Schreibtisch ein Computer neueren Datums stand, der über einen starken Rechner verfügte. Rund um den Bildschirm klebte ein Vielzahl von Post-it-Zetteln, ebenso in den Zwischenräumen der Tastatur, und alle waren mit einem unleserlichen Gekritzel beschrieben.

Anabel machte kehrt und wandte sich den Büchern zu. Einige waren sehr alt, um nicht zu sagen antik. Schriften, die nicht zu entziffern waren. Ihre Einbände verkümmerten, zerbröselten. Sie verzichtete darauf, einige Stufen der verschiedenen Leitern oder die Tritthocker zu erklimmen, um sie sich näher anzusehen. Andere Exemplare, die anscheinend aus jüngeren Epochen stammten, befanden sich in einem weniger beklagenswerten Zustand. Anabel konnte sie zeitlich überhaupt nicht einordnen, nicht einmal ungefähr. Nur eines war klar, es handelte sich um einen echten Schatz. Monsieur Jacob musste sein ganzes Leben damit verbracht haben, eine solche Menge von Büchern anzusammeln. Und damit, sie zu lesen, sie mit Notizen zu versehen. Denn in jedem von ihnen steckten Lesezeichen, Blätter, auf denen Kommentare standen. Hefte, die mit gewöhnlichen Bindfäden an den Regalen hingen, enthielten offenbar Verweise und stellten Zusammenhänge her, dienten, kurz gesagt, als Gebrauchsanweisung, als Führer durch dieses Labyrinth.

Fassungslos glitt ihr Blick die Regalreihen entlang. Erst die oberen, dann die unteren. Je weiter sie nach unten kam, desto neueren Datums waren die Werke. Etwa ein Meter sechzig über dem Boden, der mit grauem Linoleum bedeckt war, landete man geradewegs im neunzehnten Jahrhundert. Anabel überflog die Titel auf den Lederrücken, dann die auf den kartonierten Exemplaren, und gelangte schließlich, je weiter sie in der Chronologie fortschritt, zu den satinierten Einbänden in den untersten Regalfächern, also bis in die Gegenwart der Jahre 1999 und 2000. Es gab Bücher in allen Sprachen und

Schriften. Arabische, kyrillische, hebräische, chinesische, griechische ... und natürlich auch lateinische Buchstaben, die einzigen, die sie entziffern konnte.

✡

Mors, Muerte, Morte, Tod, Death, Smierc. Wie Anabel feststellte, drehte sich dieses ganze kolossale Archiv um ein einziges Thema: den Tod. In all seinen Formen. In jeder nur denkbaren Deklination. In allen religiösen oder profanen bildhaften Darstellungen. Mit den Fingerspitzen strich sie über die Bildbände zur Geschichte der Begräbniskunst, über philosophische Abhandlungen, Lexika, medizinische Fachbücher, sogar über einfache Hefte, Kopien von Doktorarbeiten zu dieser oder jener besonderen Krankheit. Der Verlauf einer Epidemie, die Biografie eines Arztes, der den Nobelpreis bekommen hatte, oder eines anderen, der unbekannt geblieben war, dessen Arbeit ein Forscher trotzdem gewürdigt wissen wollte ... Anabel stöberte hier, stöberte dort und achtete darauf, nichts durcheinander zu bringen. Fotokopien aus einer englischen Zeitschrift über die pathologischen Erscheinungen – Schilddrüsenkrebs und Leukämie – bei den Überlebenden der Tschernobyl-Katastrophe. Bücher über jüngere Krankheiten wie Aids, den Ebola-Virus und andere hämorrhagische Fieber, nicht zu vergessen das mysteriöse Golfkriegssyndrom. Den Rechnungen nach zu urteilen, die fast überall zusammen mit Einlieferungsscheinen und Empfangsbestätigungen mit Reißzwecken an die Regale geheftet waren, hatte Monsieur Jacob auch zahlreiche Zeitschriften abonniert. Auf Letzteren klebten manchmal noch Post-it-Zettel mit der einfachen handschriftlichen Notiz: »Dringend überweisen, Maxime daran erinnern«.

In den untersten Regalfächern direkt über dem Boden stapelten sich außerdem Videocassetten über eine Länge von fünf Metern, Dokumentarfilme, die alle vom selben Thema handelten. Anabel zündete eine Zigarette an und atmete den Rauch in langen Zügen aus, während ihr die unterschiedlichsten Gedanken durch den Kopf schossen. Als sie zurückging, steckte sie ihre Hände tief in die Hosentaschen und kaute auf dem Filterstück ihre Zigarette. Sie stieg wieder ins Erdgeschoss hinauf und ging in den Garten hinaus. Barfuß trat sie auf das weiche Gras. Von außen sah das Haus nicht anders aus als die in der Nachbarschaft. Die gleiche stattliche schneeweiße Fassade, das gleiche graue Schieferdach, die gleichen Zinkbleche, die gleichen moosbedeckten Dachrinnen. Wenige Schritte vor dem Ufer der Marne stand eine Schaukel neben einer Trauerweide.

Anabel setzte sich darauf und schaukelte langsam, indem sie sich mit den Fersen leicht vom Boden abstieß. Das große Haus, die Limousine, der Chauffeur und Hausdiener, die riesigen Summen, die Monsieur Jacob ausgegeben haben musste, um den Bücherschatz im Keller zu erwerben, all das weckte ihre Neugier. Das Geschäft des Leichenbestatters mochte einträglich sein, doch um sich einen solchen Lebensstandard leisten zu können, musste ihr Gastgeber nichtsdestotrotz besondere Erfolge darin haben. Vielleicht hatte er eine große Erbschaft gemacht? Eine Ente kam angeschwommen und starrte sie mit ihren glänzenden Knopfaugen an, in denen eine tiefe Stumpfsinnigkeit schimmerte. Sie schnippte den glimmenden Zigarettenstummel nach dem Tier und verscheuchte es. Beleidigt schwamm die Ente davon, durchpflügte mit ihren Schwimmfüßen in einem Halbkreis das schlammige Wasser und kehrte zurück, um dem Wesen zu trotzen, das sie so schnöde angegriffen hatte.

»Eigentlich hast du Recht«, murmelte Anabel. »Ich werde genauso hartnäckig sein wie du. Warum sollte ich abhauen? Warten wir es ab!«

✡

Sie war kurz nach elf Uhr aufgestanden. Monsieur Jacob würde laut seiner Ankündigung erst am frühen Abend zurückkommen. Also brach sie zu einem Spaziergang auf. Im Vestibül hing ein Zweitschlüssel für das Haus. Sie verstaute den Schlüsselbund in einer der großen Taschen ihres Parkas und ließ die Tür einfach zufallen, als sie ging. Langsam schlenderte sie die Gehwege entlang, die man am Ufer der Marne angelegt hatte, erst in Richtung Champigny, dann weiter nach Chennevières. Sie begegnete Anglern, Joggern, einem Liebespärchen, das es sich auf einem kleinen Rasenstück bequem gemacht hatte und sich schamlos befummelte, Gymnasiasten, die den Unterricht schwänzten und einen Joint rauchten … Gegen vierzehn Uhr aß sie in einem Restaurant bei der Brücke von Chennevières zu Mittag. Das Bündel Fünfhundert-Francs-Scheine, das Brad ihr überlassen hatte, beulte ihre Hosentasche aus. Mit einem der Scheine bezahlte sie die Rechnung, steckte das Wechselgeld ein und überschlug in Gedanken, wie viel Geld sie noch hatte: knapp dreizehntausend Francs. Ihr Postscheckkonto war überzogen, und es war nicht damit zu rechnen, dass Brad ihr nach der überraschenden Kündigung noch irgendwelche Geschenke machen würde. Und sie war viel zu froh, dem dumpfen Universum des *Scar System*-Studios entflohen zu sein, als dass sie das restliche Gehalt einfordern würde, falls ihr überhaupt noch etwas zustand. In den nächsten Tagen würde sie sich arbeitslos melden.

Sie kehrte auf demselben Weg zurück und begegnete den

gleichen Müßiggängern wie auf dem Hinweg. Es war nach achtzehn Uhr, als sie beim Haus von Monsieur Jacob ankam. Da sie nun einmal hier war, konnte sie sich getrost wie zu Hause benehmen. Sie steckte ihre schmutzige Wäsche in eine Waschmaschine, räumte ihre restlichen Sachen in den Kleiderschrank in ihrem Zimmer sowie ihre Toilettenartikel und Kosmetika in die Regale des angrenzenden Badezimmers. Dann ging sie hinunter und streckte sich auf dem Kanapee aus. Sie hatte die Fenstertüren zur Veranda geöffnet, hörte ein paar Schallplatten und versuchte, an nichts mehr zu denken. Ein Gewitter kündigte sich an. Es war sehr schwül, und es wehte ein warmer Wind. Kleinere Wellen kräuselten die Marne.

Kurz vor zwanzig Uhr hörte sie, wie das Tor zum Grundstück geöffnet wurde. Der Mercedes bog in den Kiesweg ein, der zur Garage führte. Monsieur Jacob stieg aus. Als er ins Haus kam, lächelte er wie gewöhnlich, nahm in einem Sessel Platz, streckte die Beine aus und gab einen tiefen Seufzer der Zufriedenheit von sich wie jeder x-beliebige Vorstadtbewohner, der nach einem langen Arbeitstag nach Hause kommt.

»Ist bei Ihnen alles gut gegangen?«

Anabel bejahte seine Frage mit einem bloßen Kopfnicken. Gleich darauf erschien Maxime mit einem Tablett und zwei Cocktailgläsern auf der Veranda.

»Gegen eine Piña Colada haben Sie doch sicher nichts einzuwenden?«, fragte Monsieur Jacob.

Mit geschlossenen Augen genoss er das Getränk in kleinen Schlucken.

»Das Problem mit Ralph und Brad ist geregelt, ich kann Ihnen garantieren, dass sie Ihnen keinen Ärger mehr machen werden«, fuhr er fort. »Mein Gott, was für eine Hitze heute Abend, das Gewitter wird nicht mehr lange auf sich warten lassen. Ach, bevor ich es vergesse: Ralph hat Maxime die Post übergeben, die noch für Sie gekommen ist. Und dann wäre da noch Ihr Wohnungswechsel, Sie müssen sich doch ummelden, nicht wahr?«

Er reichte ihr einige Umschläge, aber sie öffnete sie nicht gleich. Kontoauszüge, ein Schreiben der Krankenversicherung und ein Brief von Marcs Eltern – sie erkannte die Handschrift seiner Mutter.

»Mein Wohnungswechsel?«, fragte sie verdutzt.

»Aber ja, Sie wohnen doch jetzt hier. Und zwar so lange, wie Sie wollen. Wenn Sie wieder ausziehen möchten, sagen Sie uns einfach Bescheid, in Ordnung? Bis dahin muss Ihnen die Post natürlich hierher nachgesendet werden.«

Anabel blickte in ihr Glas, um nicht antworten zu müssen. Bevor sie eine kleine Wohnung mieten, zwei Monatsmieten Kaution aufbringen und ein paar Möbel, die Minimalausstattung, kaufen könnte, müsste sie zuerst eine Weile arbeiten und nebenher sparen.

»Ich habe … ich habe einen Rundgang durchs Haus gemacht, wie Sie mir empfohlen haben«, verkündete sie, und nach einer kurzen Pause fügte sie hinzu: »Ich war auch im Keller …«

»Ach, diese Bibliothek macht mir große Sorgen«, sagte Monsieur Jacob betrübt. »Man müsste das viele Papier besser vor Feuchtigkeit schützen, aber das ist nicht einfach, es kostet ein Vermögen. Wirklich ein Vermögen. Aber, sagen Sie … interessiert Sie das?«

»Ich habe nur einen kurzen Blick darauf geworfen. Das sind ja viele Schätze, aber leider kann ich nur Französisch, ein bisschen Englisch noch …«

»Ich bin sicher, Sie werden dort auf Ihre Kosten kommen. Sehen Sie, Anabel, der Tod ist ein seltsamer Forschungsgegenstand. Die Menschen haben nie etwas davon begriffen. Oder sie wollten nichts davon begreifen. Alles ist in den Lauf der Zeit eingebettet, es handelt sich um ein unvermeidliches Ereignis wie der Wechsel der Jahreszeiten, der Lauf unseres Planeten um die Sonne, und trotzdem bleibt er unannehmbar, wir sträuben uns gegen ihn. Ich meine nicht einen Unfalltod, einen gewaltsamen Tod wie den, der Ihnen Ihren Freund Marc entrissen hat, oder den Tod eines Kindes, nein, ich spreche vom natürlichen Tod, der einen schleichend erfasst, mit einem kleinen, unmerklichen Kratzer beginnt, seine Furchen im Körper zieht und ihn entstellt, bis man ihn eines Morgens nicht mehr übergehen kann. Man stirbt, und fertig. Das Bewusstsein, das ein Individuum von sich selbst hat, erlischt abrupt mit dem letzten Herzschlag, allerdings hat es seinen eigenen Körper schon während des Alterungsprozesses mit Argwohn betrachtet. Und niemand findet sich damit ab. Das hat mich immer gewundert. Immer. Es gehört zu meinem Beruf, und der begeistert mich immer wieder. Ich versuche ganz bewusst, ihn so gut wie möglich auszuüben. In den letzten Jahren war mir die Informatik eine große Hilfe. Besonders das Internet, verstehen Sie? Ich versuche, mich weltweit mit Leuten auszutauschen, die sich für dasselbe Thema begeistern. Damit verbringe ich meine Nächte. Ich schlafe wenig, wirklich wenig. Die Natur hat mich mit einem Organismus gesegnet, der mit einer sehr bescheidenen Menge Schlaf auskommt.«

In diesem Augenblick erschien Maxime wieder auf der Veranda. Er verneigte sich leicht und bat Monsieur Jacob zu Tisch. Auf dem großen Eichentisch war für zwei Personen gedeckt. Anabel nahm ihrem Gastgeber gegenüber Platz. Maxime servierte einen Gang nach dem anderen, dazu eine Flasche Bordeaux, dessen Etikett Anabel sich nicht ansehen wollte, da es ihr nichts nützen würde, so wenig, wie sie von Wein verstand. Maxime trug auf, räumte ab und war dabei effizient, schweigsam, zurückhaltend. Erstaunt, ja fast beunruhigt beobachtete Anabel sein Hin und Her.

»Ich muss Ihnen noch etwas zu Maxime sagen«, flüsterte Monsieur Jacob, »nur damit Sie Bescheid wissen. Er arbeitet seit über zehn Jahren an meiner Seite. Ich habe seiner Frau geholfen, den … nun, den großen Schritt zu tun, von dem ich eben gesprochen habe. Sagen wir, dass ich ihre Leiden ein wenig lindern konnte. Maxime mag ein wenig schroff sein, aber Sie müssen wissen, dass auf ihn absolut Verlass ist. Bevor er für mich zu arbeiten begann, hatte er eine Menge Verdruss. Viel Pech im Leben, das kann jedem passieren. Fremdenlegion und so weiter, alles Dinge, über die man besser den Mantel des Schweigens deckt … Aber Ihre ehemaligen Bekannten, Brad und Ralph, haben vollkommen verstanden, dass er zum Äußersten fähig ist, als er heute Vormittag mit ihnen sprach, wenn Sie mir noch folgen können, liebe Anabel?«

✡

Nach dem Essen setzte sich Anabel wieder auf die Veranda hinaus, während Monsieur Jacob in die Bibliothek hinunterging. Sie legte eine neue Schallplatte auf, diesmal eine besonders wehmütige Aufnahme von Chet Baker, doch dann entlud sich das Gewitter, das so lange auf sich hatte warten lassen. Der Regen prasselte mit solcher Gewalt auf das Glasdach, dass Anabel befürchtete, es könnte zerbrechen. Inzwischen war es dunkel geworden, Blitze sausten mit blendendem Licht über den Himmel, die Nacht wurde taghell. Das Gewitter dauerte ungefähr eine Viertelstunde, dann war es wieder vollständig dunkel. Maxime hatte sich zurückgezogen. Anabel durchquerte das Esszimmer, blieb einen Augenblick vor der Treppe ins Untergeschoss stehen. Die Kellertür war halb offen, die Neonröhren brannten, und zweifellos saß Monsieur Jacob noch vor dem Computerbildschirm und war mit Nachforschungen beschäftigt.

»Kommen Sie nur, Anabel, seien Sie nicht so schüchtern«, rief er mit lauter Stimme, als er sie auf der Treppe bemerkte. »Ich bin gerade auf eine erstaunliche Website gestoßen. Ein echter Zufallstreffer. www.distéfano.com. Werfen Sie mal einen Blick darauf.«

Anabel stieg die Treppenflucht hinunter, umkurvte die Bücher, die sich auf dem Boden stapelten, und kletterte über Berge lose herumliegender Akten, bis sie Monsieur Jacob erreichte, der am anderen Ende des Raums vor dem Computer saß. Auf dem Bildschirm sah man Fotos von verwesten Leichen.

»Ein erstaunlicher Realismus, nicht wahr? Dennoch sind sie nicht echt«, erklärte er, »nur gewöhnliche Puppen aus Pappmaché, Karton und Wachs. Schauen Sie, eine Puppe kostet 650 Dollar. Die Leute kaufen sie, glaube ich, um sie als eine Art Gag in ihrem Wohnzimmer aufzustellen, oder für eine Party. Für weitaus weniger Geld, für 20 Dollar, kann man sich auch eine Anleitung zum Selbermachen kaufen. Warten Sie, es kommt noch besser …«

Anabel sah Monsieur Jacobs Finger über die Tastatur huschen. Kaum eine Minute später war er mit einer anderen Website verbunden, die von den Leistungen eines Kollektivs chinesischer Künstler namens *Kadaver* berichtete, das die sterblichen Überreste des Menschen als künstlerisches Material für »Installationen« verwendete, die öffentlich ausgestellt werden sollten.

»Wie abstoßend …«, seufzte Anabel.

»Natürlich, aber ist es nicht seltsam? Der Tod kommt in Mode. Ihre Zeitgenossen beknien mit großer Ausdauer die

Ärzte, ihr Leben zu verlängern, man verspricht ihnen bereits, den schicksalhaften Moment um einige Jahrzehnte hinauszuschieben, hundertzwanzig Jahre und älter zu werden! Innerhalb dieser Bewegung inszeniert eine Hand voll Schwärmer einen veritablen Kult um den Leichnam. Sicher, noch ist das eine Randerscheinung, aber …«

»Meine Zeitgenossen?«, wunderte sich Anabel. »Sind das nicht auch Ihre …?«

»Richtig, manchmal neige ich dazu, es zu vergessen«, räumte Monsieur Jacob ein.

Anabel blieb noch ein bisschen bei ihrem Gastgeber und sah zu, wie er geschickt von einer Website zur nächsten surfte. Schließlich nahm sie leichte Kopfschmerzen als Vorwand, um sich etwas verlegen in ihr Zimmer zurückzuziehen. Es war ihr schon richtig vertraut geworden. *Sie wohnen doch jetzt hier. Und zwar so lange, wie Sie wollen. Wenn Sie wieder ausziehen möchten, sagen Sie uns einfach Bescheid, in Ordnung?* Monsieur Jacobs Stimme hallte noch in ihrem Kopf nach. In ihre Bettdecke gewickelt, versuchte sie einzuschlafen und schlief entgegen aller Erwartung tatsächlich ein, ohne irgendwelche Beruhigungsmittel genommen zu haben.

✡

In den nächsten Tagen wiederholte sich stets derselbe Ablauf. Anabel faulenzte den ganzen Vormittag, ging nachmittags am Ufer der Marne spazieren, schlug mit Musikhören die Zeit tot, bis Monsieur Jacob mit dem unumgänglichen Maxime nach Hause kam. Das Wetter war ausgesprochen mild, und so schlüpfte sie mehrmals in ihren Badeanzug, setzte sich in einen Liegestuhl und gönnte sich eine Siesta in der Sonne, als wäre sie in den Ferien. Sie unternahm auch einige Streifzüge durch die unterirdische Bibliothek, um bestimmte Werke zu überfliegen, mit denen sie sich einen raschen Überblick verschaffen konnte. Sie verweilte bei einem Band mit Reproduktionen von Gemälden. Auf dem Schutzumschlag war das Bild *Tod und Totengräber* von Carlos Schwabe abgebildet. Es zeigt einen alten Mann, der mit einer Schaufel in der Hand auf dem Boden eines Grabes zusammengesunken ist, das er ausgehoben hat, während sich neben ihm am Grabrand ein seltsames Wesen niedergelassen hat. Eine Art geflügelte Fee mit durchscheinendem Gesicht, ganz in dunkles Grün gekleidet, die mit heuchlerischer Nachsicht die Hand nach dem armen Mann ausstreckt, um ihm den letzten Atemzug seines Lebens zu entreißen. Der Tod – nicht der übliche Sensenmann, sondern eine Frau mit überaus sanftmütigem Blick und feinen Gesichtszügen – verspottet gewissermaßen seinen Diener, seinen Söldner. Anabel nahm den Band sehr vorsichtig in die Hand. Einige Seiten lösten sich bereits. Je nach Kapitel waren die Darstellungen des Schnitters klassischer oder moderner Natur. *Der Totentanz,* ein Holzschnitz aus der Schedel'schen Weltchronik *(Liber chronicarum mundi)* von 1493, zeigte eine Hand voll fröhlicher mumifizierter Leichen, von denen eine die Schalmei bläst, um einen Verstorbenen zum Tanz aufzufordern. Auf Dürers Holzschnitt *Der Tod und der Landsknecht* hält ein fröhliches Skelett einem Soldaten in Rüstung die Sanduhr hin, um ihm zu zeigen, dass sein letztes Stündlein geschlagen hat. Ähnliche Motive von Holbein, Rembrandt … Rowlandson lieferte ein ausgefallenes Bild, das den Tod auf Schlittschuhen zeigt, der die armen Kreaturen auf einem gefrorenen See ummäht wie eine Kugel beim Kegeln. Max Klinger hatte eine noch gewalttätigere, grauenhaftere Vision: Sein Tod bombardierte erbarmungslos eine Menge von Passanten mit Pflastersteinen von gigantischen Ausmaßen. Alfred Kubin zeigte auf einer Lithografie eine unter Rauch und Qualm *Versunkene Stadt*, durch deren Straßen eine gespenstische Gestalt irrt. Mit der Radierung *Das Mädchen und der Tod* gab Edvard Munch der unheilvollen Szene eine erotische Bedeutung. Der Tod umarmt eine junge Frau mit üppiger Figur und prallem Hintern. Die Schöne gibt sich hin, küsst ihren Geliebten, doch schon bahnt sich sein verdorrter Oberschenkelknochen – ob sie es überhaupt bemerkt? – einen Weg zwischen ihre Schenkel.

Anabel überlief ein Schauder, und sie blätterte um. Es gab in diesem Band nur eine Episode, wo der Tod mit leeren Händen von seinen finsteren Jagdausflügen zurückkehrte. Es war ein Bild von Hans Baldung Grien, *Der Ritter, das Mädchen und der Tod*. Man sieht darauf eine blühende grüne Landschaft. Ein mit einem Federbusch geschmückter Ritter in rotem Waffenrock entreißt dem Tod eine in festliches Rosa gekleidete Frau. Er zieht sie hinter sich aufs Pferd, nachdem er sie den Klauen eines höhnisch lachenden Skeletts entrissen hat und dieses, zu Boden gestoßen, jämmerlich auseinander fällt. Der Tod weigert sich zwar hartnäckig, das Spiel verloren zu geben, und hält die junge Frau noch an einem Zipfel ihres Kleides fest. Doch vergeblich. Das Paar ist bereits entflohen.

✡

Zwischen zwei Siestas zum Bräunen im Garten, zwischen zwei Spaziergängen an der Marne kehrte Anabel immer wieder in den Keller zurück und vertiefte sich in alle möglichen Werke oder medizinischen Fachzeitschriften mit ebenso farbenprächtigen wie abstoßenden Illustrationen und statistischen Erhebungen von großer Gefühllosigkeit, in denen seit der Zeit, da spezialisierte Behörden sich die Mühe machen, makabre Ziffern in Spalten aufzulisten, Kontinent für Kontinent Bilanz gezogen wird aus den verschiedenen Epidemien und Hungersnöten, die diese oder jene Region verheert haben. Und inmitten dieses Ozeans von Unglück erregte ein Gedichtband ihre Aufmerksamkeit. Gedichte? Sie wunderte sich sehr darüber, doch sobald sie die ersten Seiten überflogen hatte, begriff sie, dass dieses Werk hier wirklich an seinem Platz war. Der Dichter, Gottfried Benn, ein Gerichtsmediziner, der in der Leichenhalle eines Berliner Krankenhauses seines Amtes waltete, war auf dem Gebiet der Dichtung ein Autodidakt und erlangte in den zwanziger Jahren großen Ruhm mit seinen Gedichten. Benn schöpfte seine Inspiration aus dem täglichen Anblick der Leichen, die ihm auf dem Seziertisch unter seine Augen und Hände kamen.

Schöne Jugend
Der Mund eines Mädchens, das lange im Schilf gelegen hatte,
sah so angeknabbert aus.
Als man ihr die Brust aufbrach, war die Speiseröhre so löcherig.
Schließlich in einer Laube unter dem Zwerchfell
Fand man ein Nest von jungen Ratten.

Schöne Jugend? Nun ja. Nach einigen Tagen des Nichtstuns, wenn nicht der Trägheit, spürte Anabel, dass es an der Zeit war, wieder in die Gänge zu kommen. Genau eine Woche nach ihrer Ankunft in der Villa in Nogent teilte sie Monsieur Jacob mit, dass sie sich entschieden habe, am nächsten Tag das zuständige Arbeitsamt aufzusuchen, um wieder eine Beschäftigung zu finden. Sie verkündete ihm die Neuigkeit nach dem Abendessen, als Maxime den Tisch abräumte. Monsieur Jacob befeuchtete eine Zigarre, zündete sie langsam an, holte zwei Gläser und eine Flasche Cognac, goss ein und reichte Anabel ein Glas.

»Hören Sie, Anabel, ich habe über diese Frage nachgedacht. Was für eine Anstellung könnten Sie finden? Sie haben mir selbst gesagt, kein Krankenhaus und keine Privatklinik würden Sie bei Ihrem Strafregister einstellen, sie dürften es ja nicht einmal. Und Sie wollen sicher nicht einem Kollegen von Brad in die Hände fallen. Hingegen … also, ich hätte Ihnen einen Vorschlag zu machen. Denken Sie darüber nach, solange Sie möchten, es eilt nicht. Wissen Sie, Maxime leistet ungeheuer viel, aber ehrlich gesagt sind wir im Bestattungsinstitut völlig überlastet. Schon bevor ich Sie kennen gelernt habe, hatte ich mir vorgenommen, für den Empfang und die Erledigung des Papierkrams – undankbare, aber leider unumgängliche Aufgaben – einen Assistenten einzustellen. Wenn Sie wollen, können Sie diese Arbeit übernehmen.«

Anabel konnte einen kurzen Lachanfall nicht unterdrücken. Sie nahm einen kräftigen Schluck Cognac, musste husten und prustete wieder los, obwohl sie genau wusste, dass sie Monsieur Jacob vor den Kopf stieß und er gekränkt sein könnte.

»Selbstverständlich würden Sie einen ordnungsgemäßen Arbeitsvertrag erhalten. Ein Gehalt von ungefähr zehntausend Francs netto, fünf Wochen Urlaub im Jahr und ein dreizehntes Monatsgehalt. Was sagen Sie dazu?«

Sie dachte, dass der Konjunktiv eigentlich überflüssig war.

»Ich weiß, ich weiß«, fuhr er fort, »es ist natürlich ein merkwürdiger Beruf, ganz im Ernst, und diejenigen, die ihn gewählt haben, üben ihn nicht immer frohen Herzens aus. Ich selbst …«

»Sie selbst?«, fragte Anabel nach, als er den Satz in der Schwebe ließ, sein Blick ins Leere ging und sich ein Schleier von Traurigkeit über seine Augen legte.

»… ich selbst bin durch sonderbare Umstände zu diesem Beruf gekommen. Aber das erzähle ich Ihnen vielleicht ein anderes Mal. Also, was sagen Sie dazu? Zögern Sie nicht. Wenn sich Gelegenheiten im Leben bieten, sollte man sie nutzen und die Hand ergreifen, die einem gereicht wird. Außerdem sind Sie ja nicht dazu verurteilt, ad vitam aeternam als Assistentin bei mir zu arbeiten. Sie können jederzeit kündigen, wenn Sie es für richtig halten, und dann sagen wir uns auf Wiedersehen. Einfach auf Wiedersehen. Und ich werde sehr glücklich sein, dass ich Ihnen geholfen habe. Ich verhehle nicht, dass ich eine ziemlich eintönige, um nicht zu sagen öde Existenz führe. Wenn sich mir also die Gelegenheit bietet, jemandem einen Gefallen zu tun, lasse ich diese nie ungenutzt. Die Entscheidung liegt ganz bei Ihnen.«

Verwirrt stand Anabel auf und ging mit dem Cognacglas in der Hand langsam im Zimmer auf und ab. Das Lachen war ihr vergangen. Vollständig vergangen. Sie setzte sich vor dem Kamin hin, wo Maxime einige Holzscheite angezündet hatte. Es war völlig überflüssig: Das Wetter blieb gewitterig, war schwül und feucht. Aber Monsieur Jacob verbrachte jeden Abend einen Moment vor der Feuerstelle, bevor er in die Bibliothek hinunterging. Er schien großes Vergnügen am Kaminfeuer zu haben und konnte sich bei der Betrachtung der Flammen offenbar gut entspannen. Anabel sah, wie sein Gesicht vor Hitze rot anlief. An seinen Schläfen bildeten sich Schweißtropfen.

»Okay, ich sage ja!«

»Das ging ja schnell! Ach, ehe ich es vergesse, ich habe noch eine Bedingung.«

»Was für eine Bedingung?«, rief Anabel und wurde plötzlich misstrauisch.

»Dass Sie bald einen Freund finden. Ich möchte, dass Sie ausgehen, ins Kino, in die Disco – das ist es doch, was junge Leute machen? Knüpfen Sie Kontakt zu Gleichaltrigen! Das

Leben ist kurz, Anabel, vergessen Sie das nicht. Und die Jugend geht so schnell vorbei … Ich weiß, Sie werden mir vorhalten, das sei Geschwätz, das Gefasel eines alten Mannes. Ich würde reden wie Leute, die den Punkt überschritten haben, an dem die ihnen noch verbleibende Lebenszeit kürzer ist als die, die sie hinter sich haben. Aber glauben Sie meiner großen Erfahrung, Anabel. Solange Sie noch geradeaus nach vorne blicken können, sollten Sie sich nichts versagen! Wenn man erst einmal auf sein Leben zurückschauen muss, kann man das Versäumte nur noch bedauern! An dem Tag, an dem man von seiner Jugend zum ersten Mal in der Vergangenheitsform spricht, spürt man ein seltsames Unbehagen.«

Er stand auf, kam zu ihr an den Kamin, ergriff ihre Hand und öffnete sie behutsam. »Erlauben Sie …«, murmelte er, bevor er einen Kuss darauf hauchte. Er hatte dazu den Kopf gebeugt und richtete sich jetzt wieder auf, um Anabel für einen kurzen Moment direkt in die Augen zu sehen. »Verzeihen Sie mir, wenn ich Sie jetzt verlasse, aber ich muss noch arbeiten«, sagte er, während er schon zur Kellertreppe unterwegs war. »Einen schönen Abend noch. Morgen beginnt ein neuer Tag.«

Anabel ließ ihn nicht aus den Augen, bis seine Gestalt, die sie nur noch von hinten sah, Stufe für Stufe langsam im Treppenausschnitt verschwunden war. Sein Rücken war gebeugt wie unter der Last einer ungeheuren Erschöpfung. Sie hatte ihre Hand wieder geschlossen, um die Spur des Kusses, den Abdruck von Monsieur Jacobs Lippen in ihrer Faust festzuhalten, auf dem Schnittpunkt der Lebens- und der Glückslinie. Natürlich glaubte sie nicht an Albernheiten und faulen Zauber, wie sie von den Zigeunerinnen in der Métro oder auf den Straßen feilgeboten wurden. In Fleury hatte sie eine dieser armen Irren häufig abblitzen lassen, eine junge Bosnierin, die ihre Mitgefangenen im Gefängnishof bedrängte und ihre Gutgläubigkeit und Verzweiflung ausnutzte, um ihnen für ein paar schäbige Francs oder eine halbe Zigarette den Himmel auf Erden zu versprechen – baldige Freilassung oder den mehr als unwahrscheinlichen Besuch ihres Geliebten im Sprechzimmer.

An diesem Abend schlief sie friedlich ein. Beim Aufwachen hielt sie ihre Hand immer noch fest verschlossen. Noch betäubt vom Schlaf und mit steifen Gliedern, erinnerte sie sich an die herzliche Geste von Monsieur Jacob. Als sie ins Esszimmer hinunterkam, stand wie an jedem Morgen ihr Frühstückstablett auf dem Tisch, daneben lag ein großer Umschlag. Er enthielt einen ordnungsgemäßen Arbeitsvertrag.

9

So tauchte Anabel erneut im Viertel des Hôpital Saint-Louis auf. Das Geschäft Monsieur Jacobs erforderte es freilich, dass sie Jeans, T-Shirts und Parka beiseite legte und in einem etwas strengeren Look zur Arbeit ging. Monsieur Jacob hatte sie zum Kaufhaus Printemps begleitet, um die nötigen Einkäufe zu tätigen.

»Nun übertreiben Sie mal nicht«, hatte er gesagt, als sie sich anschickte, sich ausschließlich in Schwarz einzukleiden. »Sicher, Sie sprechen mit unserer Kundschaft, und wer zu uns kommt, will keine Party feiern, aber wissen Sie, in solchen Momenten schätzen die Leute ein wenig Frische, glauben Sie mir, darin habe ich viel Erfahrung.«

Sie gingen alle Regale und Kleiderständer ab. Anabel traf ihre Auswahl,

Monsieur Jacob bezahlte die Rechnung mit seiner Kreditkarte. Sie protestierte, wollte einen Teil übernehmen, aber das lehnte er entschieden ab.

»Das ist Ihre Berufskleidung, es gibt keinen Grund …«

Anabel nickte. Im Gegensatz zu Brad hatte ihr neuer Arbeitgeber bei den Ausgaben nicht mit der Wimper gezuckt, ja, er hatte ihr eine komplette neue Garderobe geschenkt. Schwer mit Paketen beladen, standen sie auf dem Bürgersteig des Boulevard Haussmann. Maxime parkte ein Stück weiter weg in zweiter Reihe.

Monsieur Jacob war sehr zufrieden mit sich: »Es ist schon eine Ewigkeit her, dass ich mit einer Frau zusammen einkaufen gegangen bin. Auch wenn allgemein das Gegenteil gesagt wird, ich finde es wirklich angenehm!«

✡

Die Grundzüge ihres neuen Metiers lernte Anabel sehr schnell: Den Familien Gehör schenken, darauf achten, was sie erzählen, den Vertrag für die Beerdigung aufsetzen. Sie machte sich mit den Preisen für die verschiedenen Artikel des Grabschmucks vertraut und beherrschte schnell das Buchhaltungsprogramm. Das Ladengeschäft war mit knapp sechzig Quadratmetern nicht sehr groß. Im Schaufenster lag ein Sortiment von Kruzifixen und kleinen, in Marmor gehauenen Büchern mit Inschriften wie *Unserem unvergessenen Vater* oder *Meiner geliebten Gattin* usw. Gegenüber vom Eingang stand ein Schreibtisch, an dem Anabel oder Maxime saßen, je nachdem, wer gerade da war. Im hinteren Ladenbereich befanden sich zwei Räume: ein Büro, in dem sich die Akten und das Computersystem befanden, und ein Ausstellungsraum mit verschiedenen Typen von Särgen und Graburnen.

Anabel entdeckte bald, dass es in ihrem neuen Beruf auch kuriose Momente gab. Ein notorischer Hypochonder kam regelmäßig zweimal wöchentlich in den Laden, um seine neuesten Untersuchungsergebnisse vorzuzeigen und sich versichern zu lassen, dass man die Trauerzeremonie minutiös einhalten würde, die er sich für den Fall seines Ablebens ausgedacht hatte.

Er legte großen Wert darauf, eingeäschert zu werden. Dazu sollten seine Angehörigen im Krematorium ein Konzert von Vivaldi hören. Dann würde man seine Asche in der Urne auf den Gipfel des Mont Blanc bringen und dort verstreuen. Eine alte Dame aus der Nachbarschaft kam ebenfalls häufig in den

Laden, um lachend zu verkünden, sie habe einfach eine Bärennatur …

✡

So ging der Juli im Eiltempo vorüber. Anabel hatte sich an ihr neues Leben gewöhnt, diese wundersame Wiedergeburt, an die sie einen Monat zuvor noch keinen Gedanken verschwendet hätte. Und sie fühlte sich pudelwohl mit ihrer neuen Aufgabe. Manchmal ließen Maxime und Monsieur Jacob sie alleine im Bestattungsinstitut zurück, wenn sie zu einem kurzen Aufenthalt von ein oder zwei Tagen in die Provinz fuhren, um dort ihre Arbeit zu verrichten. Obwohl es sie ein wenig beunruhigte, stellte sie keine Fragen. Vielleicht gab es ja eine Niederlassung irgendwo in der Bretagne oder im Pas-de-Calais? Eine Art Filiale?

Manchmal reisten sie auch mitten in der Nacht überstürzt ab, verließen auf einen Anruf hin eilig die Villa in Nogent, um erst am frühen Morgen erschöpft zurückzukommen. Es gab allenthalben Überraschungen, aber sollte sie sich deshalb in etwas einmischen, das sie nichts anging?

Jeden Mittag aß Anabel bei Loulou, wo sie immer ihren Serviettenring aus Holz vorfand. Und anschließend schnappte sie ein wenig Luft in der kleinen Grünanlage am Kanal. Der Sommer brachte Scharen von Touristen, deren Busse das *Hôtel du Nord* anfuhren. Bisweilen begegnete sie auch Brad, aber der wich ihrem Blick aus und wechselte den Gehweg, sobald er sie bemerkte.

Mitte August verletzte sich Maxime beim Heckenschneiden im Garten. Eine schlimme Schnittwunde an der rechten Hand mit Komplikationen durch eine Fraktur des zweiten Mittelhandknochens. Durch eine brüske Armbewegung, mit der er eine Wespe verscheuchen wollte, die um ihn herumschwirrte, hatte er die Kontrolle über die Heckenschere verloren. Es war nichts wirklich Schlimmes, aber bis zur endgültigen Vernarbung würde er nicht mehr Auto fahren können. Man musste mit einer Rekonvaleszenz von mindestens einem Monat rechnen. Was Monsieur Jacob schwere Sorgen machte.

»Ich ... ich kann leider nicht Auto fahren, bin unfähig dazu. Ich habe versucht, es zu lernen, doch sobald ich ein Lenkrad in den Händen halte, zittere ich vor Angst, nicht wegen mir, sondern wegen den anderen!«, gestand er Anabel. »Ich muss wohl oder übel einen Aushilfsfahrer einstellen.«

Sie hielt mit ihrer Verwunderung nicht hinter dem Berg. Wenn Monsieur Jacob in der Provinz unterwegs war, ging sie morgens etwas früher aus dem Haus und nahm am Bahnhof von Nogent die S-Bahn.

An der Métro-Station Nation stieg sie in die Métro Richtung Dauphin um. Dann stieg sie an der Station Colonel-Fabien aus, von wo sie zu Fuß keine fünf Minuten bis in die Rue Bichat brauchte. Von Tür zu Tür war sie nicht länger als eine Dreiviertelstunde unterwegs.

»Das ist nicht das, was mich bekümmert«, erklärte er. »Der springende Punkt ist der, dass Maxime auch den Leichenwagen fuhr.«

Es handelte sich um einen Lieferwagen mit dunkelgrauer Karosserie, der zum Transport der Särge diente und in dem es auch zwei Bankreihen mit je drei Sitzplätzen für die Angehörigen der Verstorbenen gab.

Der Wagen war in der Box einer Tiefgarage in der Nähe des Beerdigungsinstituts abgestellt.

»Aber ich habe auch einen Führerschein!«, protestierte Anabel. »Ich kann sowohl den Mercedes als auch den Lieferwagen fahren!«

»Das würden Sie für mich tun?«, rief Monsieur Jacob aus. »Das ist ja wunderbar! Prima, eine Sorge weniger!«

✡

Anabel erreichte die nächste Stufe in diesem Beruf. Jetzt begnügte sie sich nicht mehr damit, die Kunden zu empfangen und den Papierkram mit ihnen zu erledigen. Sie half direkt bei der Vorbereitung und beim Ablauf der Trauerfeierlichkeiten und ging Monsieur Jacob auch beim Transport der sterblichen Hülle zur Hand. Sie war bei der Einsargung dabei und musste mit zugreifen. Sie empfand keinerlei Ekel beim Anfassen der Leichen und gewöhnte sich ohne Schwierigkeiten daran. Alles in allem hatten ihr die armen Kerle, die zu Brad kamen, um an sich herumschnippeln zu lassen, weit mehr Abscheu eingeflößt.

Meistens handelte es sich um Todesfälle aus dem Hôpital Saint-Louis, bei denen die Männer aus der Leichenhalle die halbe Arbeit bereits erledigt hatten. Sie hatten die Leichenwäsche vorzunehmen, die Verstorbenen anzuziehen und in die Aussegnungshalle zu überführen. Für den Leichentransport, zu dem man starke Arme brauchte, um den Sarg zu tragen, griff Monsieur Jacob auf freie Mitarbeiter zurück, die für ihn und seine Kollegen je nach Bedarf arbeiteten.

Allerdings musste sie Monsieur Jacob mehrmals bei Hausbesuchen begleiten. Dabei eilte es immer, denn das Trockeneis musste schnell an Ort und Stelle gebracht werden. Die Familien hatten kaum Zeit, sich für diesen oder jenen Sarg, diese oder jene Polsterung zu entscheiden, und die Preisspanne war bei beiden groß. Es konnte passieren, dass sich eine Schar von Brüdern und Schwestern über die Höhe der Ausgaben stritt, während Vater oder Mutter reglos im Nebenraum lag und zu verwesen begann. Monsieur Jacob hatte immer ein Köfferchen mit verschiedenen Kosmetikprodukten bei sich, kleine Puderquasten, Pülverchen, Pinsel und Kämme. Er bat die Angehörigen, ihn allein zu lassen. Dann kümmerte er sich um das Gesicht des Verstorbenen, bestrich es mit Cremes und Lotionen, massierte sehr gekonnt das Hautgewebe und schminkte es abschließend. Anabel wurde Zeuge, wie er den vom Todeskampf häufig schmerzverzerrten Gesichtern einen Ausdruck von großer Heiterkeit zurückgab. Sie war fasziniert von seinem Wissen, seiner unfehlbaren Technik. Ob im Gespräch mit den Familien oder im Umgang mit dem Leichnam, nie sah sie ihn den geringsten Fehler begehen.

✡

Anfang September, als sie zum Mittagessen bei Loulou zu Tisch saßen, hielt sie es nicht mehr aus vor Neugierde und überfiel ihn mit zahlreichen Fragen zu den Produkten und Techniken, die er benutzte. Er betrachtete sie mit einem Lächeln, hob sein Glas *Cuvée du Patron* und forderte sie auf, mit ihm anzustoßen.

»Ich habe mich nicht in Ihnen getäuscht. Seit ich Sie das erste Mal auf dem kleinen Platz gesehen habe, weiß ich, dass Sie für diesen Beruf wie geschaffen sind. Man muss dem Tod sehr nahe gekommen sein, um das zu spüren, was Sie im Augenblick empfinden. Sie haben vollkommen verstanden, dass man den Angehörigen über das Geschehene hinaus noch helfen kann. Man kann es so einrichten, dass der letzte Anblick des Toten, den die Angehörigen in Erinnerung behalten, friedlich und sanft ist. Man hat Ihnen Marc auf brutale Weise entrissen, und die Vision seines Körpers oder vielmehr dessen, was nach und nach aus ihm wurde, hat Sie lange Zeit Tag für

Tag, Woche für Woche verfolgt und gequält, nicht wahr? Sie waren versucht, sich vorzustellen, wie er aussah, wie er wirklich aussah.«

Die Kehle zugeschnürt, stimmte sie mit einem Kopfnicken zu. Er nahm ihre Hand.

»Wie Sie sehen, bin ich, der bescheidene ›Totengräber‹, nicht nur ein gewöhnlicher Händler von Särgen und Grabsteinen ... Man muss den Tod achten, Anabel. Man muss ihm mit Hochachtung begegnen, wissen, wie man mit ihm umgeht, sich mit ihm vertraut machen, denn er ist nicht so unzugänglich, wie man meint. Wollen Sie das ›lernen‹?«

»Ja«, hauchte sie.

»In meinem langen Leben hatte ich etliche Schüler, aber ich glaube, dass Sie zu den begabtesten gehören werden. Dieses Gefühl habe ich, seit Sie mir aufgefallen sind. Auf den ersten Blick. Sie haben das *Feeling* dafür, das ist nicht von der Hand zu weisen.«

»Wollen Sie damit sagen, dass Sie ... dass Sie das alles geplant haben? Dass Sie mich eingestellt und mir zuerst diese Arbeit im Laden vorgeschlagen haben, weil Sie genau wussten, dass wir eines Tages ... diesen Schritt machen würden?«

Monsieur Jacob brach in Lachen aus. Ein aufrichtiges und fröhliches Lachen. Die übrigen Gäste des Lokals drehten sich nach ihnen um.

»Nein, geplant habe ich gar nichts. Mit der Zeit habe ich allerdings herausgefunden, dass Sie in Teufels Küche gekommen waren, und da habe ich Ihnen eben geholfen. Aber den Rest des Weges haben Sie schon allein zurückgelegt ... Bei diesem Brad wären Sie ständig mit dem Schmerz in Kontakt, Sie kämen fortwährend mit Perversen in Berührung, Sie würden unaufhörlich an schmerzenden Wunden – entschuldigen Sie den Ausdruck – herumpfuschen. Was suchte dieser armselige Typ eigentlich, der das Branding über sich ergehen ließ, von dem Sie mir erzählt haben? Wollte er seinen Körper verändern oder einen anderen Körper haben, ihn in einer Art Jenseits sehen? Dem Körper Schmerzen zufügen, darauf versessen sein, die Haut zu zerfetzen, bedeutet das in letzter Konsequenz nicht, die Arbeit nachzuahmen, die unser Freund, der Tod, verrichtet, ihn nachzuäffen? Eine Kostprobe dessen einzufordern, was er anrichten kann? Ich werde also Ihr Lehrer sein, Anabel. Ein Leichnam leidet nicht. Das ist der entscheidende Unterschied.«

✡

Den ganzen September über erhielt Anabel eine Einführung in angewandter Thanatopraxis. Sie war eine fleißige Schülerin. Sie lernte die Gesichtsmassage und die richtige Handhabung verschiedener Kosmetika. Monsieur Jacob erwies sich als einzigartiger Pädagoge. Er machte alle Gesten vor, gab Anweisungen, achtete auf die sorgfältige Ausführung. Seine sanfte, salbungsvolle Stimme betonte beim Herrichten des Leichnams jeden Handgriff. Wenn die Angehörigen in das Zimmer zurückkehrten, in dem der Verstorbene ruhte, zeugten ihre Blicke von ihrer Verwunderung, mehr noch aber von ihrer Dankbarkeit. Die Stigmata des Leidens waren ausgelöscht. Der Vater, Großvater oder Ehegatte, der seine Seele ausgehaucht hatte, zeigte nicht mehr diese hässliche Maske – verkrampfte Kiefer, vorstehende Augen, aschgraue Hautfarbe –, sondern schien, mit seinem Schicksal versöhnt, friedlich zu schlafen.

Wenn es Abend wurde, setzte sich Anabel ans Steuer des Mercedes und fuhr mit Monsieur Jacob zurück nach Nogent. Dabei saß er nicht wie sonst auf der Rückbank, sondern auf dem Beifahrersitz. Trotz der Behinderung durch seine Verletzung bereitete Maxime weiterhin das Abendessen zu und schürte das Feuer im Kamin. Während des Essens sprachen Anabel und Monsieur Jacob über die kleinen Vorfälle, die sich tagsüber ereignet hatten. Anschließend sah sie sich einen Film an, hörte Musik oder studierte die Bücher, die er ihr gab. Bald war sie unschlagbar in allen Fragen des Umgangs mit dem Leichnam und der ersten Hygienemaßnahmen, die den langsamen Prozess der Verwesung hinausschieben sollen. Aber auch auf anderen Gebieten: Leichenfliegen *(Curtoneura)*, Fleischfliegen *(Sarcophagidae carnaria)*, Speckkäfer *(Coleoptera)*, Käsefliegen *(Phiophilidae casei)*, Aglossa *(Aglossa pinguinalis)*, Fellkäfer *(Corynetidae)*, Lanzenfliegen *(Lonchaeidae)*, Güllefliegen *(Ophyra aenescens)* – bis zu kleinsten mikroskopischen Milben lernte sie die Namen der verschiedensten Insektenfamilien auswendig, die sich ab der ersten Minute ihrer Reise ins Jenseits auf alle vom Leben verlassenen Körper stürzen und sich an ihnen weiden, und zwar bis viele Jahre nach dem letzten Herzschlag. Buttersäuregärung, Milchsäuregärung, ammoniakalische Gärung … so viele Wörter, die beschrieben, wie sich Marcs Körper verwandelt hatte, und das mit einer kühlen Distanz, einer Losgelöstheit, der nicht mehr der geringste Affekt innewohnte.

✡

Am 29. September wurde sie mitten in der Nacht vom Klingeln des Telefons in Monsieur Jacobs Zimmer geweckt. Sie hörte den dumpfen Widerhall seiner Worte. Zehn Minuten später klopfte er an ihre Zimmertür. Sie stand auf, schlüpfte in ihren Morgenmantel und öffnete. Monsieur Jacob stand in Schlafrock und Pyjama und mit ernster, besorgter Miene da.

»Anabel, es gibt ein Problem«, erklärte er. »Soeben bekam ich einen Anruf von der Ehefrau eines Kunden. Er ist … verstehen Sie? Ich muss sofort zu ihnen. Leider wohnen sie in

Troyes, doch es ist sehr eilig. Würden Sie mich vielleicht hinfahren?«

✡

Es war halb drei, als der Mercedes durch die Toreinfahrt der Villa in Nogent hinausfuhr. Am Steuer saß sehr konzentriert Anabel. Kurz vor der Abfahrt hatte sie Monsieur Jacob zwei schwere Metallkoffer im Kofferraum verstauen sehen.

»Der Kunde, zu dem wir unterwegs sind«, erklärte er, während sie über die Autobahn fuhren, »war Diplomat. Alter Adel ... Seine Geschwister, Neffen, Nichten leben über die halbe Welt verstreut. Die Beerdigung kann erst in vier oder fünf Tagen stattfinden, damit alle Anverwandten benachrichtigt werden können und noch genug Zeit haben, um nach Frankreich zu kommen. Der letzte Wille des Kunden ist völlig klar, und seine Frau will es ebenso. Er hat großen Wert darauf gelegt, dass jeder von seiner sterblichen Hülle Abschied nehmen kann. Und das gilt nicht nur für die Familie; der Trauerzug dürfte mindestens hundert Personen versammeln.«

»Habe ich Sie richtig verstanden, Sie meinten vier oder fünf Tage?«, wunderte sich Anabel

»Richtig. Ihnen ist klar, was das bedeutet. Wenn man nichts unternimmt, endet es in einer Katastrophe.«

»Ein ... ein Kühlraum? Das ist hier wohl die einzige Lösung, oder?«, schlug Anabel vor.

»Nein. Ganz und gar nicht. Bis jetzt haben Sie mich nur einfache Konservierungs- und Wiederherstellungsmaßnahmen durchführen sehen, aber es gibt andere, viel bessere Mittel. In Frankreich spielen sie noch keine große Rolle, aber in einigen Ländern ist die Technik weit verbreitet ...«

»Welche Technik?«

»Das Einbalsamieren, meine Liebe, das Einbalsamieren … In Frankreich gibt es nur wenige Spezialisten dafür, und einer bin ich. Wollen Sie mir dabei assistieren?«

In diesem Augenblick begriff sie, warum Maxime und Monsieur Jacob manchmal nachts so überstürzt in die Provinz aufgebrochen waren. Sie nickte, um ihre Zustimmung zu signalisieren. Sie musste sich aufs Fahren konzentrieren und aufpassen, dass die Scheinwerfer der entgegenkommenden Fahrzeuge sie nicht zu sehr blendeten, deshalb schwieg sie für einige Augenblicke.

»Einbalsamierung …«, nahm sie den Faden wieder auf, nachdem sie sich geräuspert hatte, »so wie bei den Ägyptern?«

»Nein, so nicht«, antwortete Monsieur Jacob. »Die Ägypter wussten natürlich sehr viel darüber. Sie waren echte Fachleute. Aber es handelt sich nicht um das gleiche Verfahren. Wir sind bei weitem nicht so anspruchsvoll. Unser Ziel ist es, das Gewebe für zwei oder drei Wochen zu konservieren, nicht für Jahrtausende … Machen Sie sich keine Gedanken, vor Ort werden Sie es bald verstehen.«

✡

Um vier Uhr morgens steuerte Anabel den Mercedes in den großen Hof eines kleinen Stadtpalais in der Innenstadt von Troyes. Eine ungefähr sechzigjährige Frau wartete auf der Freitreppe, die von einer schmiedeeisernen Laterne beleuchtet wurde. Monsieur Jacob öffnete den Kofferraum, nahm seine Koffer, eilte die wenigen Stufen hoch und stellte Anabel kurz vor. Die Witwe hatte gerötete Augen und gab ihr zitternd die Hand.

»Wenn Sie einverstanden sind, wollen wir keine Zeit verlieren«, schlug Monsieur Jacob vor.

Anabel widmete der Möblierung und der Ausstattung des

Hauses keine Aufmerksamkeit. Jedes Mal, wenn sie sich später, sehr viel später, als sie alt war, an diese Nacht erinnerte, kam ihr schlichtweg nur das Bild von Monsieur Jacobs Händen in den Sinn, die die Griffe des schweren Metallkoffers umfassten.

Im ersten Stock blieb die Frau vor einer Tür stehen. »Er liegt hier ...«, flüsterte sie kaum hörbar.

»Gut! Lassen Sie uns allein, gehen Sie sich ausruhen«, ordnete Monsieur Jacob an.

Anabel sah der Frau nach, die sich schluchzend entfernte. Monsieur Jacob hatte die Tür schon geöffnet, und sie folgte ihm ins Zimmer. Auf dem Bett lag ein Greis in einem blauen Pyjama. Es hing ein ranziger Geruch im Zimmer, den auch eine Räucherpfanne auf dem Nachttisch nicht vertreiben konnte. Anabel bemerkte daneben eine Ansammlung von Medikamenten – Ampullen, Tabletten, Kapseln, Säfte –, die nun zu nichts mehr dienten. Der Verstorbene war erheblich älter als seine Frau. Das ausgetrocknete, abgezehrte Gesicht war so tief im Kopfkissen versunken, dass es beinahe darin verschwand.

Für ein paar Sekunden hatte Anabel das verweinte Gesicht seiner Frau wieder vor Augen und stellte sich den Roman ihres Lebens vor, wie sie sich kennen lernten, das idyllische Bild eines temperamentvollen Vierzigjährigen, der ein zwanzig Jahre jüngeres Mädchen bezauberte. Ein paar verliebte Blicke, und die Sache war geritzt, vielleicht war schon etwas Kleines unterwegs. Schnell wurde die Trauung angekündigt – waren sie zuerst auf dem Standesamt und dann in der Kirche oder umgekehrt? –, die Familien vereint auf einem Dorfplatz, die Schwüre, sich in allen Lebenslagen beizustehen, das ganze Tralala einer gewöhnlichen Hochzeit. Und dann die Sanduhr, die unaufhaltsam rieselte, die Tages-, Wochen- und Jahreskörner. Zwei ineinander verwobene Schicksale.

»Er war zweiundachtzig«, sagte Monsieur Jacob, als hätte er

die Fragen geahnt, die Anabel sich stellte. »Er hatte ein schönes, glanzvolles, weltläufiges Leben, und wahrscheinlich hatte er eine Vielzahl von Geliebten. Woran er gestorben ist? An allem und nichts. Einfach an Müdigkeit und Erschöpfung. Letzte Woche rief er mich an, weil er ahnte, dass der Zeitpunkt gekommen war. Das ist häufig so, glauben Sie mir. Und jetzt ist es vorbei. Beeilen wir uns.«

Er stellte die Koffer am Fußende aufs Parkett, öffnete sie und packte das mitgebrachte Material aus: abgepackte Verbandwatte, Heftpflaster, Alkohol- und Ätherfläschchen, Müllsäcke, Operationshandschuhe und Mundschutz, sorgfältig gebügelte Kittelschürzen, Katheter, vor allem aber einen seltsamen Apparat – eine Art Pumpe mit Elektromotor, dazu zwei Glasbehälter, die durch Gummischläuche mit ihr verbunden waren – sowie mehrere Plastikkanister einer goldbraunen Flüssigkeit. Er nahm sich eine der Kittelschürzen und reichte Anabel eine andere. Beim Auseinanderfalten stellte sie fest, dass sie viel zu groß war.

»Leider die Größe von Maxime, aber …«, seufzte Monsieur Jacob missmutig, »gleich morgen werden wir welche für Sie bestellen. Man benutzt sie nur einmal. Mundschutz und Handschuhe müssten aber passen, da gibt es nur Einheitsgrößen.«

Anabel schlüpfte in Kittel und Handschuhe, krempelte die Ärmel der Schürze hoch, knöpfte sie zu und legte den Mundschutz an. Sie musterte Monsieur Jacob, der sie mit dem weißen Mundschutz vor dem Gesicht an einen Chirurgen erinnerte. Dann sah sie sich selbst in dem vergoldeten Spiegel an einer Wand des Zimmers und stellte fest, dass sie genauso aussah.

»Würden Sie mir helfen, ihn auszuziehen?«, bat Monsieur Jacob.

Der Leichnam war noch schlaff. Sie erinnerte sich an das, was sie gelesen hatte. Die Leichenstarre tritt im Allgemeinen zwischen zwei und sechs Stunden nach dem Ableben ein. Sie beginnt am Kopf und breitet sich von dort über den Körper aus. Durch ihr rasches Handeln, die nächtliche Fahrt von Nogent nach Troyes, waren sie der Leichenstarre zuvorgekommen. Anabel und Monsieur Jacob machten sich mit flinken Händen am Leichnam zu schaffen, bis er vollkommen entkleidet war. Sie betrachtete den abgemagerten, verkümmerten, besiegten Körper. Die Brust war dicht behaart, das Haar weiß, die Rippen traten unter einer gelblichen Haut hervor, Glied und Hoden, umgeben von einem ebenso farblosen Flaum, schienen eigenartig zusammengeschrumpelt.

»Geben Sie mir die Mullpakete und den Alkohol, ich … ich werde jetzt die Körperöffnungen reinigen und verschließen. Gehen Sie so lange ins Badezimmer, öffnen Sie die Wasserhähne der Badewanne und prüfen Sie, ob die Abflüsse frei sind. Gehen Sie, Anabel, gehen Sie, es eilt!«

Sie gehorchte, drehte die Wasserhähne auf, steckte den Stöpsel hinein und zog ihn wieder heraus. Das Wasser stürzte gurgelnd das Abflussrohr hinunter. Als sie ins Zimmer zurückkam, reichte Monsieur Jacob ihr einen Müllsack voll dreckigen Verbandsmulls sowie einen langen Gummischlauch, der mit der Pumpe verbunden war.

»Bringen Sie das ins Bad«, befahl er. »Nehmen Sie den Schlauch und stecken Sie ihn tief in den Badewannenablauf hinein. Falls nötig, üben Sie Druck aus. Kleben Sie ihn mit dem Pflaster am Wannenboden fest, damit er nicht rausgleiten kann. Dann kommen Sie zurück.« Er bewegte den reglosen Körper, betastete sehr konzentriert Drosseladern, Armbeugen und Kniekehlen, bevor er sich dem Sortiment von Nadeln und Kathetern zuwandte, die er vorbereitet hatte.

»Sehen Sie gut zu, Anabel, im Grunde genommen ist es sehr einfach. Man muss ins arterielle Gefäßsystem gelangen, und zwar in der Richtung, in der das Blut im Kreislauf fließt. Halten Sie seinen Kopf leicht nach rechts. Achten Sie beim Anfassen unbedingt auf jede Geste, der kleinste Kratzer kann verhängnisvoll sein, ein Leichnam ist wie eine Bombe von Bakterien und Giften, vergessen Sie das niemals … Ja, genau so, und jetzt heben Sie seinen Schenkel an, ich muss in die Oberschenkelschlagader treffen … So, ich hab's!«

Geschickt stach er die Nadeln ein, setzte die Katheter und schloss sie an die Pumpe an. Dann musste diese nur noch in Gang gesetzt werden. Er steckte den Stecker in eine Steckdose an der Wand und drückte den Schalter, der die Pumpe in Gang setzte. Der Motor begann zu surren. Die Pumpe entzog dem Körper das Blut und ersetzte es durch eine Lösung auf der Basis von Formalin aus den Plastikkanistern, die in einem der Metallkoffer lagen. Die beiden Glasbehälter, die an der Pumpe hingen, wirkten zusammen: Über den einen wurde das Blut abgepumpt, über den anderen die Lösung injiziert, die nach und nach über die Blutgefäße ins Gewebe eindrang und den Verwesungsprozess aufhielt. Eine Art äußerliche Herzprothese. Durch die Glaswände der beiden Behälter sah Anabel, wie sich der Austausch vollzog. Je mehr Lösung Monsieur Jacob aus den Kanistern in den einen Glasbehälter leerte, desto mehr füllte sich der andere mit Blut. Das abgepumpte Blut wurde über den Schlauch, den sie in den Abfluss der Badewanne gesteckt hatte, ins Abwasser eingeleitet.

»So«, meinte Monsieur Jacob, »jetzt müssen wir nur noch warten.«

Die Pumpe surrte weiter. Nach und nach straffte sich der ausgemergelte Körper wieder. Der Tag brach an. Monsieur Jacob zog die Vorhänge zur Seite und öffnete die Fenster weit. Frische Morgenluft strömte ins Zimmer. Anabel war sprachlos. Die Haut des Leichnams hatte am ganzen Körper wieder einen rosigen Teint. Monsieur Jacob entfernte die Katheter und legte an jedem Einschnitt einen kleinen Verband an. Auf einem Sessel, der neben dem Bett stand, lag ein Stoß Kleidungsstücke, Unterhose, Socken, Hemd, Krawatte, Anzug und natürlich ein Paar glänzender Lackschuhe auf dem Boden, nichts fehlte.

»Jetzt ziehen wir ihn an. In Ordnung?«

Es dauerte kaum fünf Minuten, dann war auch das erledigt. Monsieur Jacob massierte geduldig das Gesicht des Toten, rieb es mit einer Salbe ein, schminkte es, kämmte sorgfältig das graue Haar, knöpfte den Hemdkragen zu und band die Krawatte um. Der Verstorbene schien zehn Jahre jünger geworden zu sein. Monsieur Jacob verschwand mit der Pumpe und den Ätherfläschchen im Badezimmer. Anabel hörte, wie er die Geräte ausspülte. Er kam ins Zimmer zurück, räumte alles wieder in die Koffer, auch die Formalinkanister und die leeren Ätherfläschchen. Dann legte er Kittelschürze, Handschuhe und Mundschutz ab, ermunterte Anabel, dasselbe zu tun, steckte alles in einen Müllsack, schloss die Fenster und zog die Vorhänge wieder zu.

»So, hier sind wir fertig«, verkündete er dann. »In ein oder zwei Stunden wird ein Kollege aus der Gegend kommen und den Leichnam einsargen … Und wenn man die Vorschriften beachtet, wird er mit einem Glasdeckel geschlossen, damit die Angehörigen ihn ein letztes Mal betrachten können. So, wie er ist. Oder vielmehr so, wie er war. Gehen wir hinunter, unsere Aufgabe ist erledigt.«

Er trug die beiden schweren Koffer, Anabel packte die Müllsäcke, und sie stiegen die Treppe hinab. Unten fand sie in einem kleinen Schuppen am Haus eine Mülltonne. Sie entledigte sich der Säcke, kehrte zum Mercedes zurück und setzte sich hinters Steuer, während sich Monsieur Jacob lange von der Witwe verabschiedete.

10

Oleg machte sich an die Arbeit. Für den Kontrakt Moedenhuik musste er eine kleine Mannschaft von maximal vier oder fünf Männern rekrutieren. Es eilte nicht. Und das war gut so. Er hasste es, unter Zeitdruck zu arbeiten. Anwerben, auswählen, entscheiden. Unter seinen Landsleuten? Nein, auf keinen Fall. Dieses Milieu, in dem jeder bereit war, für eine Hand voll Rubel irgendwen um die Ecke zu bringen, ließ er besser außen vor. In Moskau, Kiew, Rostow, überall in den Großstädten suchte ein Heer von Lumpenproletariat die Müllkippen nach Essbarem ab. Verarmte Frauen, menschliche Wracks, die sich mit gepanschtem Wodka volllaufen ließen, nachdem sie auf frischer Tat dabei erwischt worden waren, wie sie ihr Baby meistbietend zum Verkauf anboten. Welches Schicksal hatten ihnen die Käufer wohl zugedacht? Eine kleine Nebenrolle in einem Snuff-Video, oder wurden sie in einem privaten Rahmen, einer Familie, aufgenommen? Es waren Tausende, die immer der Nase nach durch ein riesiges Land streiften und bei der Aussicht auf Geld sofort Blut leckten. Der Zusammenbruch des sowjetischen Reiches hatte eine Unterwelt freigesetzt, die in seinen Elendsvierteln Jahrzehnt für Jahrzehnt auf fruchtbarem Boden herangewachsen war. Der Vulkan hatte seine Lava ausgespien, und die Lavaströme waren in alle gesellschaftlichen Zwischenräume geflossen, hatten sich dort festgesetzt, abgelagert. Al Capone, Meyer Lansky, Lepke Buchalter, Lucky Luciano, Bugsy Siegel, Dutch Schultz, die Stars der Verbrechersyndikate *made in USA*, deren Legenden die

Hollywoodstudios in unzähligen Schwarz-Weiß- und Technicolor-Filmen glorifiziert hatten, würden bald verblassen im Vergleich zu ihren slawischen Kollegen. Man musste nur abwarten, um sich davon zu überzeugen. Oleg war sich völlig im Klaren darüber, dass er selbst nur eine kleine Bakterie unter zahllosem anderen Ungeziefer war, das an einer völlig verrotteten Gesellschaft nagte. Ihm war es gelungen, abzuhauen, sich vom Epizentrum der Infektion zu entfernen, er konnte jetzt als Freischärler agieren, konnte in der Verbannung einem Fremdkörper auflauern und ihn unschädlich machen wie ein Phagozyt in einem neuen Organismus. Paris, Venedig, New York, Amsterdam oder Berlin, was spielte das schon für eine Rolle?

Er brauchte einen ganzen Monat, um den kleinen Stab an Mitarbeitern zu versammeln, die Ruderi nach seiner Entlassung aus dem Gefängnis mit ihm zusammen beschatten und ausspionieren würden, wie Margaret Moedenhuik es verlangt hatte. Die ihn nach Venedig bringen würden, sobald Oleg das Signal dazu erhielt, um ihn dort vollends zu erledigen. Letzteres würde er alleine besorgen. Er traf sich mit einer Menge Leute, kontaktierte seine bewährten Mittelsmänner, setzte das Gerücht in die Welt, man würde für ein Geschäft im ganz großen Maßstab rekrutieren. Von seinen künftigen Mitarbeitern verlangte er unter allen Umständen ein blütenweißes polizeiliches Führungszeugnis. Sie durften nicht im Milieu verkehren, keinerlei Beziehungen zum normalen Ganovenpack haben. Außerdem war es unerlässlich, dass sie fließend französisch sprachen. Aufgrund all dieser Kriterien schieden viele Interessenten von vornherein aus. Mit etwas Geduld gelang es ihm dennoch, fünf Männer zu finden. Alles Profis der Nahaufklärung oder Nahsicherung mit Mafia-Methoden. Eine kosmopolitische Mannschaft, wie sich herausstellte. Ein Deutscher, zwei Engländer, ein Spanier und ein Rumäne, ein ehemaliger Abhörspezialist der Securitate. Oleg versorgte diese kleine Welt mit gefälschten Pässen von hervorragender Qualität, kaufte einen kleinen Fuhrpark, schnelle, aber unauffällige Limousinen, Motorräder, Lieferwagen, außerdem eine ganze Kollektion höchst unterschiedlicher Kleidungsstücke, und er mietete etliche Garagenboxen, um die gesamte Ausrüstung unterzustellen.

Jedes Mitglied der Gruppe erhielt einen soliden Vorschuss auf sein künftiges Honorar mit der Maßgabe, sich für den Zeitpunkt der Freilassung Ruderis bereitzuhalten. Ab dem 16. Oktober und auf unbestimmte Dauer würde jeder unbegrenzt vierundzwanzig Stunden am Tag zur Verfügung stehen. Der Job könnte aufreibend werden. Sie würden wenig und sehr unregelmäßig schlafen. Jeder sollte sich einen Vorrat an Amphetaminen besorgen. Nachdem Oleg ihre Ausstattung mit hoch entwickelter Abhörtechnik, Fotoapparaten, Ferngläsern usw. vervollständigt hatte, waren alle Vorkehrungen getroffen. Zuletzt gab er seinen Leuten Decknamen nach der einfachsten Methode: Nummer eins bis Nummer fünf.

11

Sobald Maximes Verletzung ausgeheilt war, übernahm er es wieder, Anabel und ihren Chef jeden Morgen mit dem Mercedes zum Bestattungsinstitut zu fahren. Er konnte feststellen, dass Anabel bei der Arbeit an Sicherheit gewonnen hatte und dass Monsieur Jacob sie zu immer mehr Selbstständigkeit anhielt. Es gab drei weitere Aufträge zur Einbalsamierung, vergleichbar mit dem, den sie in Troyes erledigt hatten. Dabei bewies sie jedes Mal eine große Gelassenheit, handelte stets vollkommen beherrscht.

»Maxime möchte schon seit geraumer Zeit aufhören«, eröffnete ihr Monsieur Jacob eines Tages, als sie bei Loulou zu Tisch saßen. »Er hat bisher darauf verzichtet, weil ich einen Assistenten brauche und er mich nicht im Stich lassen wollte. Aber wenn Sie weiterhin bei mir arbeiten möchten, wird er uns, glaube ich, verlassen. Ich werde dann jemand anderen als Hausdiener und Chauffeur einstellen.«

Anabel sah ihn verwundert an.

»Immer mit der Ruhe! Sie werden nicht Ewigkeiten bei mir bleiben. Auch wenn Sie weiter im Laden arbeiten, früher oder später werden Sie sich selbstständig machen, das ist gar nicht zu verhindern. Eines Tages müssen Sie wieder eine eigene Wohnung haben und ein normales Leben mit einem jungen Mann an Ihrer Seite führen.«

Anabel zuckte die Achseln. Das war nicht von der Hand zu weisen, aber im Augenblick lag ihr nichts daran, die neuen Lebensgewohnheiten wieder über den Haufen zu werfen. So unvorhergesehen ihr Leben bislang auch verlaufen war, und so widersprüchlich die Empfindungen waren, die sie beim Erlernen ihres neuen Berufs hatte, fühlte sie sich doch vollkommen ausgeglichen und hatte ihren inneren Frieden wieder gefunden. Um ihrem Gönner eine Freude zu machen, ging sie an den Wochenenden aus, erfand Verabredungen mit irgendwelchen Freunden, verbrachte ihre Nachmittage und Abende aber allein im Kino, im Restaurant, bei Ausstellungen oder bei einem ausgedehnten Schaufensterbummel. Sie achtete darauf, spät mit dem Taxi nach Hause zu kommen, und jedes Mal sah sie die Tür am Ende der Kellertreppe halb offen stehen. Sie wusste nicht, ob Monsieur Jacob auf ihre kleinen Listen hereinfiel. Ihrer Erfahrung nach würde sie es eher verneinen.

Wie zur Bestätigung ihrer Zweifel wandte er sich an einem Freitagabend Anfang Oktober auf der Fahrt nach Hause an sie, als sie neben ihm auf der Rückbank des Mercedes saß: »Haben Sie an diesem Wochenende schon etwas vor? Falls ja, dann bleibt es dabei. Ansonsten würde ich Ihnen gerne einen Vorschlag machen ...«

Sie zündete sich eine Zigarette an, um Zeit zum Nachdenken zu haben. Die Woche war ziemlich anstrengend gewesen, aber seine Stimme, die sie inzwischen zu deuten gelernt hatte, klang nach neuen Überraschungen.

»Nichts Besonderes, jedenfalls nichts, was man nicht absagen könnte«, antwortete sie. Ihre Neugierde war geweckt.

»Dann sollten Sie heute Abend früh schlafen gehen. Wir verreisen morgen in aller Herrgottsfrühe. Ich nehme Sie mit nach Deutschland. Nach Mannheim. Wir verbringen eine Nacht in einem Gasthof und kehren Sonntag zurück.«

Mehr sagte er nicht. Das ganze Abendessen über schwieg er. Maximes Gesicht war wie immer undurchschaubar. Nach dem Essen rauchte Monsieur Jacob seine Zigarre, betrachtete die

Flammen im Kamin und zog sich dann ins Untergeschoss zurück. Anabel spazierte im Wohnzimmer auf und ab, da sie aber vor Neugier verging, folgte sie ihm schließlich in die Bibliothek. Er saß am Ende des Kellerraums und war in ein großes Buch vertieft, das auf seinen Knien lag.

»Sie schlafen noch nicht?«, fragte er verwundert.

»Ich fürchte, ich kann nicht einschlafen …«

Als sie nahe genug bei ihm war, konnte sie das Buch erkennen, in dem ihr Gastgeber blätterte. Ein sehr altes Werk, das mit Vergoldungen und Miniaturen geschmückt war. Den lateinischen Text konnte sie nicht entziffern, aber die zahlreichen Holzschnitte, die Monsieur Jacob beim Blättern vor ihren Augen vorbeiziehen ließ, bedurften keiner weiteren Erklärung. Es handelte sich um Darstellungen enthäuteter Leichen, die nicht etwa auf dem Seziertisch lagen, sondern in verschiedenen Posen des alltäglichen Lebens dargestellt waren. Auf einer Tafel stützte sich ein Skelett mit dem Rücken zu einer Berglandschaft auf einen Spaten, ein anderes stand nachdenklich wenige Schritte vor einer steil abfallenden Felswand. Ein paar Seiten weiter lehnte ein Gemarterter, halb an einem Strick hängend, der durch die beiden Augenhöhlen ging und am Oberam befestigt war, mit dem Rücken an einer Mauerkante; der Unterkiefer fehlte, die meisten Muskeln des Oberkörpers waren verschwunden, während das Muskelgewebe der Unterarme auf seine abgezehrten Händen herunterfiel. Alle diese hyperrealistischen Darstellungen hatten eine ergreifende, entsetzliche Wirkung.

»Es ist nicht das, was Sie denken«, erklärte Monsieur Jacob. »Es ist ein pädagogisches Werk, eine Abhandlung über die Anatomie. Die *Fabrica* des großen Meisters Andreas Vesalius, dem Begründer der modernen Anatomie. Er lebte im sechzehnten Jahrhundert. Dem Studium der *Fabrica* verdanke ich … einen Teil des Wissens, das ich mir angeeignet habe.«

Anabel nahm den Band, der sehr schwer war, aus seinen Händen entgegen, setzte sich neben ihn und blätterte weiter darin. Nachdem sie den ersten Abscheu überwunden hatte, begann sie den wahren Wert dieses außergewöhnlich begabten Wissenschaftlers zu schätzen. Vesalius hatte die Arbeit des Illustrators bis in die kleinsten Details angeleitet und sich darum bemüht, dass die Darstellungen nach künstlerischen Kriterien »sorgfältig« ausgeführt, aber zugleich wie Saineten behandelt wurden, die dazu dienten, den frevelhaften Charakter des Werks zu entschärfen, das in einer Epoche erschienen war, in der die Medizin noch in den Kinderschuhen steckte.

»Die Kirche passte auf«, erläuterte Monsieur Jacob. »Der heilige Augustinus, um nur einen ihrer Vertreter zu nennen, hielt mit seinem Abscheu vor dem Sezieren nicht hinter dem Berg und wetterte lautstark gegen diejenigen, die auf unmenschliche Weise das Geheimnis des menschlichen Körpers ergründen wollten. Ach, der gute Vesalius … Was hat er darum kämpfen müssen, dass man ihm die Leichen der Gemarterten für seine Forschungen überließ! Er watete durch den Schlamm des Hochgerichts von Montfaucon und stritt mit Hunden und Raben um die sterblichen Überreste.«

Eine Stunde lang hielt Monsieur Jacob ihr aus dem Stegreif eine Vorlesung in der Geschichte der Anatomie, von ihren Anfängen in der Schule von Alexandria mit Herophilus über Diokles, Galen, Mondino dei Liucci bis hin zu Andreas Vesalius.

»Die Vorstellung, der Körper sei nur eine Maschine, deren Geheimnis man durchdringen und deren Mechanismus man zerlegen könne, ist alles in allem ziemlich neu, kaum ein paar Jahrhunderte alt«, schloss er. »Aber sie ist ein großer Wendepunkt in der Geschichte der Menschheit. Eine andere, folgenschwere Sichtweise. Man kann sagen …«

Das Gähnen, das Anabel zu unterdrücken versuchte, war ihm nicht entgangen.

»Wir können ein andermal weiterreden«, sagte er mit einem Lachen. »Gehen Sie schlafen, und denken Sie an all das nicht mehr, wir haben morgen eine lange Strecke vor uns. Um Ihre Neugier zu befriedigen, kann ich Ihnen sagen, dass wir einen fernen Nachfahren von Vesalius besuchen werden!«

✡

Eine riesige Warteschlange zog sich vom Eingang des Landesmuseums für Technik und Arbeit in Mannheim bis zur nahen Museumsstraße. Hunderte von Besuchern traten unter einem feinen, heimtückischen Nieselregen mit den Füßen auf dem Boden und warteten darauf, in die Halle eingelassen zu werden, in der die Ausstellung stattfand. Gut gekleidete Paare in den Vierzigern standen neben Jugendlichen in Jeans und mit rosa gefärbten Haaren: Es war eine bunt zusammengewürfelte Menge. So viele unbekannte Gesichter, in denen Anabel große Ungeduld und starke Neugierde erkennen konnte. Monsieur Jacob hatte schon im Vorverkauf Karten bestellt, und so überholte er mit Anabel all die Neugierigen, die in der Schlange vor der Kasse von einem Fuß auf den anderen traten. In seinem Schlepptau betrat sie die Ausstellung.

Auf der Fahrt von Nogent nach Mannheim war sie zwischendurch eingenickt, aber sie waren lange genug unterwegs gewesen, um aufmerksam den Katalog zu lesen, den Monsieur Jacob ihr gegeben hatte. Er hatte ihn in Frankreich gekauft oder vielmehr über das Internet bestellt. Darin wurde ausführlich beschrieben, auf welchen Wegen Gunther von Hagens nach und nach vom Gebiet der klassischen Medizin abgekommen und in die Welt der Kunst übergewechselt war. Ursprünglich Anatom, lehrte er viele Jahre Anatomie an der Universität, bevor seine Laufbahn 1977 eine ganz andere Richtung nahm.

Als sie die Ausstellung betrat, konnte Anabel feststellen, dass der Katalog nicht zu viel versprach. Die ausgestellten »Werke« waren ausschließlich Leichname, authentische Tote. Gut erhaltene menschliche Leichen in einem Zustand vollkommener Konservierung, der dank eines Verfahrens erreicht wurde, das von Hagens erfunden hatte: der »Plastination«. In Azetonbädern werden zunächst im Gefrieraustausch das Gewebswasser und dann bei Raumtemperatur das Gewebsfett in einem langsamen Prozess durch das Lösungsmittel ersetzt. Dann wird dem Präparat das Azeton im Vakuum entzogen und durch einen härtbaren Kunststoff ersetzt. Der letzte Schritt besteht in einer Vaporisation mittels eines Gasgemischs, das für die Härtung des Gewebes sorgt und dessen Zusammensetzung von Hagens geheim hält. Dank dieses Verfahrens können die von allen verweslichen Substanzen befreiten und im Innern durch den Kunstharz gehärteten Leichen nach Lust und Laune ihres »Regisseurs« ausgestellt werden. Ziel der ganzen Operation war tatsächlich eine »Inszenierung«, wie Anabel anhand der ersten Ausstellungsstücke unschwer feststellen konnte.

Bei einem der gehäuteten Leichname, der in der Haltung eines ganz in die Suche nach den nächsten Spielzügen vertieften Schachspielers an einem Tisch saß, konnte der Zuschauer sein gesamtes Nervensystem bewundern, das vom Nacken bis zu den Fersen herausgeschält war. Kortex, Kleinhirn, Rückenmark und Ischiasnerv waren bloßgelegt. Ein anderer, ebenfalls männlicher Leichnam streckte den Arm aus und hielt seine Haut fest in der Hand wie eine Hülle, die er dem Himmel entgegenstreckte, als wäre er soeben aus seinem Totenschlaf erwacht, um dieses Leichentuch zum Zeichen der Herausforderung zu schwenken. Ein Stück weiter deutete eine schwangere Frau mit offenem Bauch auf den ungefähr fünf Monate alten Fötus, den sie im Leib trug. Die inneren Organe waren gut sichtbar ausgestellt und wurden durch kleine, feste Stahlfasern auseinander gehalten. So vollkommen all die Vorrichtungen gestaltet waren, sie sahen doch künstlich aus. Als handelte es sich um gewöhnliche Wachs- oder Plastikmodelle. Die faszinierten Besucher täuschten sich darin jedoch nicht. Was sie bewunderten, waren echte, authentische Leichname. So hergerichtet, zurechtgemacht und ausgeleuchtet, dass sie ein perfektes Schauspiel boten: den Tod zum Anfassen. Von einem Schwindel erregenden Gefühl erfasst, liefen die Schaulustigen wie magisch angezogen von einem Stück zum anderen.

»Die Plastination stoppt die Verwesung und Vertrocknung so vollkommen, dass das Körperinnere aufhört, Gegenstand von Ekel zu sein. Kein Geruch belästigt die Betrachtung. Das schöne Plastinat als sinnliche Erfahrung, erstarrt zwischen Sterben und Verwesung«, führte von Hagens in seinem Katalog aus.

»Das schöne Plastinat als sinnliche Erfahrung«, stammelte Anabel, »was für eine Unverfrorenheit!«

»In der Tat ein merkwürdiger Kerl«, gab Monsieur Jacob zu. »Ich wollte mit ihm in Verbindung treten, aber er hat jeden Kontakt abgelehnt. Die Entwicklung, die er genommen hat, ist absolut spannend. An der Universität präpariert er anatomische Scheiben zu Studienzwecken für die Studenten. Dabei erfindet er das Verfahren der Plastination. Er entwickelt also die Scheibenplastination, und bei der Betrachtung der Ergebnisse seiner Arbeit fällt ihm eines Abends auf, dass diese, wie soll ich sagen, dass sie ziemlich schön sind … Können Sie mir folgen? Von da an beginnt er seine anatomischen Stücke nicht mehr aus pädagogischen Gründen zu sammeln, sondern unter rein ästhetischen Gesichtspunkten. Er ringt sich zu einer Entscheidung durch. Er entdeckt seine Berufung zum Bildhauer. Nur dass sein Rohmaterial statt aus Stein oder Bronze aus Leichen besteht. Haben Sie seine Erklärungen gelesen? Obwohl er sich dagegen verwahrt, als ›Art-natomist‹ – komischer Neologismus – vorgestellt zu werden, ist seine Vorgehensweise doch ganz und gar künstlerisch. Für ihn ist der Leichnam ein Spiegel. Tatsächlich behauptete er, er tue nichts anderes, als die Autopsie auf ihre etymologische Bedeutung zurückzuführen, nämlich die, sich selbst anzusehen!«

Verwirrt ließ Anabel ihren Blick ein letztes Mal durch die Ausstellungshalle wandern. Biedere Mütter führten lächelnd ihren Nachwuchs durch die Halle. Es gab Gaffer, die sich mit dem Ellbogen anstießen und sich ein paar Gluckser nicht verkneifen konnten, während sie diese Sammlung von Gehäuteten im Licht der Jupiterlampen mit gierigen Augen in allen Einzelheiten betrachteten.

»Seien Sie nicht schockiert, Anabel«, sagte Monsieur Jacob und nahm sie beim Arm. »Erinnern Sie sich an das, was ich Ihnen gestern Abend gesagt habe. Es ist noch gar nicht so lange her, dass Autopsien vor Publikum stattfanden. Die Zuschauer stammten aus dem Adel und schätzten diese Öffnung der Körper in hohem Maße. Unter dem Vorwand, sich zu bilden, kamen hübsche, weiß gepuderte Damen und kleine, in ihr Wams gezwängte Herren, machten Stielaugen und genossen es. Es war eine hoch geachtete Zerstreuung, das Kino der damaligen Zeit, könnte man sagen. Tatsächlich vollzogen sie ein exorzistisches Ritual, wie die Schaulustigen, die Sie heute hier sehen. Der Körper der vor ihren Augen geschlachtet wurde, war nichts anderes als ein Stellvertreter ihres Körpers, es handelte sich um eine Vorwegnahme. Diese Autopsien fanden im Winter statt, und wissen Sie, warum? Es gab damals noch keine Möglichkeiten zum Einfrieren, so dass man bei einer Temperatur um den Nullpunkt arbeiten musste, der Gestank war sonst unerträglich. Rembrandt, aber auch andere, weit weniger bekannte Maler haben uns Bilder von diesen … wenn Sie so wollen, ziemlich drastischen Szenen hinterlassen. Damals kam den Menschen der Tod nicht so schrecklich vor wie heute. Die Mittel, ihn zu bekämpfen, waren sehr beschränkt, die Medizin steckte noch in ihren Anfängen, also war man an ihn als ständigen Begleiter gewöhnt, so dass …«

Monsieur Jacob ließ den Satz in der Schwebe. Über seinem Gesicht lag ein versonnenes Lächeln. Anabel konnte nicht herausfinden, was es ausdrückte. Ein Gefühl, das sich allem entzog, was sie selbst fühlen konnte.

»Heute hingegen hält man ihn auf Distanz, obwohl man weiß, dass die Begegnung mit ihm unausweichlich ist. Wie Sie sehen können, lässt man jedoch keine Gelegenheit aus, ihm verächtlich die Stirn zu bieten, hält man sich für berechtigt, ihn herauszufordern! Man bestaunt ihn ein bisschen wie einen Löwen oder einen Panther im Zoo. Durch die Gitterstäbe können sie nicht beißen! Von Hagens' Ausstellung wird bald die Pforten schließen, aber sie ist schon von mehr als siebenhunderttausend Besuchern gesehen worden. Da konnte die katholische Kirche noch so protestieren und die ehrenwerte Gesellschaft der deutschen Anatomen sich ihr anschließen, von Hagens hat den Sieg davongetragen. Sein Erfolg ist international. In Japan hat seine Show mehr als zwei Millionen Menschen angelockt. Der Tod ist immer ein Kassenschlager. Immer und ewig. Von Hagens kann die Kandidaten für seine ›Plastination‹ nicht mehr zählen, so viele haben Kontakt zu ihm aufgenommen, um auf diese Weise unsterblich zu werden. Ein alter Traum, nicht wahr?«

Sie standen wieder vor dem Museum im Sprühregen. Maxime wartete am Steuer des Mercedes auf sie. Monsieur Jacob hatte in einem Gasthaus im Schwarzwald Zimmer reserviert. Es war geplant, dort den Abend und die Nacht zu verbringen, bevor sie am nächsten Vormittag nach Nogent zurückkehren würden. Sie fuhren in Mannheim los, als sich eine dichte Wolkendecke über die kleine Stadt legte und sie immer mehr in eine kalte und feuchte Dunkelheit hüllte.

✡

Beim Abendessen war Monsieur Jacob zunächst schweigsam. Die Einrichtung des Gasthauses war schön rustikal, die Küche schmackhaft, die Bedienung gut gebaut, und neben dem Tisch, an dem er mit Anabel Platz genommen hatte, knisterte ein großes Kaminfeuer. Maxime, der einen Migräneanfall hatte, war schon auf sein Zimmer gegangen.

»Das war sicher ein schwerer Tag für Sie«, sagte Monsieur Jacob schließlich. »Ich habe Ihnen ein Wochenende genommen und Sie wieder auf ein neues, sagen wir mal, ›berufliches‹ Terrain geführt. Hoffentlich sind Sie mir deshalb nicht böse?«

»Nicht im Geringsten, es war wirklich sehr interessant«, beteuerte sie. »Wissen Sie eigentlich, wie von Hagens zu den Leichnamen kommt?«

»Oh, am Anfang hat er vielleicht den medizinischen Ehrenkodex nicht immer so beachtet, wie es sein sollte, und die Leichen, die ihm anvertraut wurden, auch zu Zwecken benutzt, die er nicht angegeben hat. Aber jetzt und in Zukunft wird er sich darum keine Sorgen machen müssen, denn er kann sich kaum noch retten vor Bewerbern, die ihm ihre sterbliche Hülle anbieten.«

Anabel hatte den Prospekt entdeckt, der in einem weißen Umschlag am Eingang zur Ausstellung verteilt wurde, ein

Prospekt, in dem die Formalitäten erklärt wurden, die von den Freiwilligen erfüllt werden mussten, um ihren Leichnam dem Institut in Heidelberg zu vermachen, das von Hagens führte.

»Wer weiß, vielleicht kann er von einer kurzen Welle der Begeisterung in der Gesellschaft profitieren?«, fuhr Monsieur Jacob fort. »Die Betreiber der Website mit den Pappmaché-Puppen, die ich Ihnen gezeigt habe, müssen sich jedenfalls große Sorgen machen. Denn mit ihren erbärmlichen Nachahmungen sind sie auf diesem Gebiet deutlich ins Hintertreffen geraten. Von Hagens könnte die Grabkunst revolutionieren! Er hat schon Anstöße in dieser Richtung gegeben, indem er eine Schule eröffnet hat, in der seine Technik gelehrt wird. Hier tut sich ein neuer Markt auf. In zehn, zwanzig, dreißig Jahren, also übermorgen, könnte es sich der westliche Durchschnittsbürger in den Kopf gesetzt haben, seinen Leichnam nicht mehr in einem Grab verfaulen oder in einem Krematorium verbrennen, sondern durch die Plastination konservieren zu lassen, um als entsprechend attraktives Schmuckobjekt zu dienen.«

»Der Pharao für zu Hause, zwischen Kamin und Fernseher im Wohnzimmer eines Einfamilienhauses unter den Augen von Kindern und Enkelkindern thronend?«, mutmaßte Anabel.

»Warum nicht? Von Hagens mag ein Verrückter sein, auf alle Fälle ist er aber ein Marketingexperte. Das Erschreckende am Tod ist die Vorstellung der Auslöschung, des Vergessens. Ihr Hinweis auf die antiken Ägypter ist sehr zutreffend, denn genau diese Vorstellung quälte sie. Der mumifizierte Leichnam dagegen widerstand der Zeit und sicherte der Person eine dauerhafte Gegenwart. Und es waren beileibe nicht nur die Monarchen, die verzweifelt versuchten, dem Verfall ihrer Überreste zu Staub zu entgehen! Ab einer bestimmten Epoche hatte sich die Mumifizierung tatsächlich demokratisiert und war in immer größeren Kreisen der Gesellschaft verbreitet. Im

Unterschied zu von Hagens entfalteten die Ägypter allerdings einen ungeheuren Einfallsreichtum, um ihre Mumien zu verstecken, damit sie geschützt vor jedem Blick in vollkommenem Frieden ihre ewige Ruhe finden konnten. Das war sogar der Hauptgrund für den Bau der Pyramiden. Von Hagens sucht das Gegenteil davon. Er will den Tod zeigen. Ihn zum Gegenstand eines Spektakels machen.«

»Und das alles, um nach einigen Dutzend Jahrhunderten zum Ausgangspunkt zurückzukehren?«

»Wer weiß, Anabel? Das wird die Zukunft zeigen. Von Hagens marschiert als Aufklärer voran, er bricht ein Tabu, das des Leichnams, der für gewöhnlich Abscheu hervorruft. Er dagegen macht uns mit ihm vertraut, macht ihn anziehend! Eine Rückkehr zum Ausgangspunkt, genau das ist es. Aber unter anderen Prämissen. Was nicht verwunderlich ist. Die Menschen haben viele Jahrtausende gelebt, ohne auch nur im Geringsten eine halbwegs zutreffende Ahnung von dem zu haben, was ihre sterbliche Hülle ist. Wenn sie nicht verhungerten oder im Krieg umkamen, starben sie im Allgemeinen an einer Krankheit. Sie verfügten über keine nennenswerten Möglichkeiten, Feinde wie Mikroben, Bakterien oder Viren zu bekämpfen: Sie kannten sie nicht einmal. Sie starben einfach, sonst nichts. Erst in jüngster Vergangenheit, seit kaum fünf Jahrhunderten, haben sie angefangen zu verstehen und sich auf verhängnisvolle Weise daran gewöhnt, dass ihr Gerippe kein Gefährte ist, der seine Aufgabe erfüllt, so gut er kann, und den man mit größter Nachsicht behandeln muss, sondern ein potenzieller Verräter, der damit droht, vorzeitig die Segel zu streichen, sie hinter der nächsten Wegbiegung im Stich zu lassen. Nun, das ist vorbei. Jetzt können sie ihn getrost zur Rechenschaft ziehen und ihn rund um die Uhr überwachen, während sie darauf warten, ihn sich gefügig zu machen! Die

Anatomen haben ihn genauestens seziert, anfangs noch ein wenig ungeschickt, dann aber mit immer größerer Genauigkeit, die Ärzte haben begonnen, mit immer höher entwickelten Geräten – Mikroskopie, Röntgenstrahlen, Endoskopie, Computertomographie und was weiß ich noch alles – seine Geheimnisse zu durchdringen. Und was ist die Folge davon? Endlich werden wir diesen störrischen Körper in den Griff bekommen, der darauf beharrt, sich im Lauf der Jahre zu verschleißen, sich mit Zucker und Fett anzureichern, und dessen Räderwerk oxydiert wie irgendein gewöhnliches Uhrwerk auf einem alten Speicher. Wir werden ihn mit verjüngenden Hormonen bombardieren, ihn durch Xenotransplantationen regenerieren oder, anders herum, mit Hilfe von embryonalen Stammzellenkulturen ein Ersatzteillager für Leber, Herz und Nieren schaffen, oder auch ihm Prothesen einsetzen, die wir erst ansatzweise erahnen! Insulinpumpen für Diabetiker, Mikrokameras, die mit dem Sehnerv verbunden werden, um gewisse Formen von Blindheit zu beseitigen, winzige Reinigungsroboter, die durch das System der Herzkranzgefäße reisen und es von Atheromen und Plaquen befreien. Aber das alles ist noch nichts gegen das, was man mit dem edelsten Organ – zumindest gilt es als solches – anstellen wird, dem Gehirn. Man wird es mit dem Computer zusammenkoppeln! Das sind keine Phantastereien, Anabel, ein amerikanisches Forscherteam von der Emory University in Atlanta hat bereits Elektroden auf den Kortex eines Querschnittsgelähmten implantiert, der auch sein Sprechvermögen verloren hatte. Dadurch versetzten sie ihn in die Lage, durch Impulse des Gehirns den Cursor auf dem Bildschirm zu bewegen. Er konnte wieder mit ihnen kommunizieren, indem er mit dem Cursor auf Buchstaben zeigte. Wort für Wort auf einen Buchstaben nach dem anderen. Bis er einen Satz fertig hatte. Das Erstaunlichste war jedoch, dass die Neuronen des armen Kerls nach einigen Monaten eine Art osmotische Verbindung mit dem Implantat aus hohlen Glaskegeln von der Größe einer Kugelschreiberspitze eingegangen sind. Die umliegenden Nervenzellen bildeten neue Fortsätze aus, die in die Kegel hineingewachsen und dort mit den Elektroden in Verbindung getreten sind. Die ›Kommunikation‹ oder vielmehr die Osmose zwischen dem Gehirn der Probanden und der Festplatte hat sich dann immer schneller entwickelt. Die Initiatoren dieses Versuchs betreten hier Neuland, aber man verspricht sich unendlich viel davon. Es ist der erste Schritt zu einer endgültigen Verschmelzung von Mensch und Maschine zum Cyborg. Ein Wesen, dessen geistige Fähigkeiten verzehnfacht werden könnten! Vom Klonen gar nicht zu reden: Das ist keine Zukunftsmusik mehr, das ist die Gegenwart. Die Trennung von Fortpflanzung und Sexualität, nicht mehr und nicht weniger. Eine unerhörte Transgression in der Evolutionsgeschichte. Die Entwicklung sprengt unerbittlich, Tag für Tag, alle festen Bezugspunkte, Anabel. Da können die Ethik-Kommissionen aller Art noch so viel murren, warnen und die Nase rümpfen. Was möglich und machbar ist, das wird auch gemacht werden, zum Besten wie zum Schlimmsten. Von Schurken oder von Genies. Von genialen Schurken oder von Genies, die zwar von Gewissensbissen geplagt werden, letzten Endes aber doch nicht widerstehen können, weil die Versuchung zu groß ist. Es wäre ja absurd, vor dem Eingang zum dunklen Tunnel stehen zu bleiben, ohne herausfinden zu wollen, was sich in ihm verbirgt. Hier kehren wir tatsächlich zum Ausgangspunkt zurück, von Hagens' Provokationen können da nur lächerlich erscheinen. Er stellt Leichen aus wie Maschinen? Sogar in Einzelstücken, wie Ersatzteile? Na und? Ob Getriebe, Pleuelstangen, Federn oder Sehnen, Zellen und Organe, wo liegt da der Unterschied? Er ist nur ein gewöhnlicher

Mechaniker, der alle Teile jederzeit und beliebig austauschen kann. Ihre Kinder und Enkelkinder, Anabel, die wiederum Kinder und Enkelkinder haben werden und so weiter, die werden, darauf können Sie jede Wette eingehen, vollkommen anders sein als wir. Sie werden nicht nur eine viel längere Lebenserwartung haben, sondern darüber hinaus ihr Leben auch, wie soll man sagen, besser nach ihren Wünschen und den Erfordernissen ihres Berufs einrichten können, indem sie diese oder jene Fähigkeit mehr als eine andere entwickeln: Sie werden einen schärferen Blick haben, werden je nach Wohnort und Arbeitsstelle Kälte oder Hitze besser widerstehen können, und auf Forschungsreisen, die sie in große Ferne von ihrem Heimatplaneten führen, werden sie ihren Knochenbau und ihre Muskeln an das Leben in der Schwerelosigkeit anpassen können. Sie werden aus einem Grund stark und widerstandsfähig sein: Man wird sie ab der ersten Lebenswoche einer Selektion unterziehen! Und diejenigen, deren Gene auf ernsthafte Krankheiten hinweisen, wird man gnadenlos eliminieren …«

Hier brach Monsieur Jacob abrupt ab. Anabel sah ihn fasziniert an. Die Zukunft, die er ausmalte, war ebenso erschreckend wie anziehend.

Sanft drückte er ihre Hand: »Sie sind jung, Anabel, aber Sie werden nur die ersten Vorzeichen dieser tief greifenden Veränderungen erleben. Und das wird Sie schon schwindelig machen. Mal werden Sie sich fürchten, mal verlockt werden. Und Sie werden es bedauern, das Ende dieses Abenteuers nicht mehr zu erleben, das sich vor Ihren Augen abzuzeichnen beginnt. Der Zufall wollte, dass Sie in eine Übergangszeit hineingeboren wurden. Leider ein bisschen zu früh. Ein kleines bisschen zu früh.«

12

In Übereinstimmung mit den Vorschriften gebührte Oberaufseher Tierson die Ehre, den Häftling Nummer 2057 C am 16. Oktober 2001 bis zum Tor des Gefängnisses von Darnoncourt zu begleiten. Als er kurz vor zehn Uhr zur Zelle unterwegs war, den schweren Schlüsselbund in der Hand, war er angespannt und unruhig. Als ob er befürchtete, eine Katastrophe könnte in letzter Minute seine krummen Geschäfte aufdecken. Ohne ihm das tatsächliche Motiv seiner Ängste zu gestehen, war er zu einem Arzt in der Stadt gegangen, der ihm eine ganze Batterie von Arzneimitteln, darunter auch Beruhigungsmittel, verschrieben hatte. Er hatte Madame Tierson nichts davon gesagt und den ganzen Pillenvorrat in der Fußspitze seiner Anglerstiefel versteckt, wo schon sein geheimer Geldschatz ruhte. Von dort holte er sich seine tägliche Ration, sobald seine Frau das Haus verließ, um bei einer Tupperparty Plastikschüsseln unter die Hausfrauen der nahe gelegenen Ortschaften zu bringen. Ein kleiner Job, den sie ergattern konnte, nachdem sie von der Armaturenfabrik in Creil, bei der sie über zwanzig Jahre gearbeitet hatte, entlassen worden war. Monat für Monat, Jahr für Jahr hatte Madame Tierson frühmorgens den ersten Bus nach Creil genommen und sich an einem Montageband bei der Wiederholung derselben mechanischen Handbewegungen kaputt gearbeitet. Wenn er diesen unförmig, schwerfällig gewordenen Leib betrachtete, die Zellulitis, die Krampfadern an den steifen Beinen, die schlaffen Brüste und die von hellen Striemen überzogenen Hüften, fühlte sich Tierson von Mitleid und Wut überwältigt. Er hatte sich nicht als ein tüchtiger Mann erwiesen. Aber jetzt war es zu spät, um daran noch etwas zu ändern. Das Schicksal hatte es nicht gut mit ihm gemeint, weder mit ihm noch mit seiner Angebeteten. Ihr Leben war nicht auf Rosen gebettet. Blieben Zärtlichkeit und Nachsicht. So viel damit auszurichten war.

✡

Auch Ruderi zeigte seit mehreren Tagen Anzeichen von Nervosität. Er weigerte sich, am Hofgang teilzunehmen und in den Speisesaal hinunterzugehen, er verbrachte den ganzen Tag in der Abgeschlossenheit seiner Zelle und tigerte dort unermüdlich hin und her. Der Rheumatismus im rechten Knie schien ihn nicht mehr zu plagen. Tierson brachte ihm seine Mahlzeiten und sah ihm durch das Guckloch beim Essen zu. Wenn man den Wachen in seinem Trakt Glauben schenken konnte, stand Ruderi früh am Morgen auf und machte über eine Stunde lang Gymnastik. Kniebeugen, Liegestützen, verschiedene Lockerungsübungen, er schonte sich nicht, setzte seinem greisen Körper unverschämt hart zu, bis er mit ausgestreckten Armen völlig erschöpft auf dem Steinboden der Zelle lag. Nach dem Mittagessen hielt er eine ausgedehnte Siesta, und vor dem Abendessen unterzog er sich nochmals seinem Programm, Kniebeugen, Liegestützen, Lockerungsübungen. Armer Ruderi! Er hoffte, den Lauf der Zeit zu besiegen. Bei dieser Lebensführung fürchtete Tierson, er könne ihm noch vor seiner Freilassung unter den Händen wegsterben. Doch das war weit gefehlt.

Am 16. Oktober 2001 hielt sich der Häftling Nummer 2057 C bereit. Um zehn Uhr stand er wie eine Eins neben seinem Bett, sein Bündel unter dem Arm, ein Lächeln auf den

Lippen, gierig, seine Freiheit wiederzugewinnen. Er trug einen alten, leidlich abgewetzten Nadelstreifenanzug und ein zerknittertes, nach vier Jahrzehnten der Aufbewahrung in einer Schublade völlig verschossenes Hemd und hatte sich sogar einen Schlips um den Hals gebunden, eine mit Flecken übersäte grellbunte Krawatte. Auch seine Schuhe zeugten von jahrelangem Verschleiß, am rechten Fuß klafften Oberleder und Sohle auseinander. Die Aufmachung war ergreifend. Er sah aus wie ein Clown, der zu einem letzten Auftritt gezwungen war.

»Werden Sie klarkommen, Ruderi?«, brummte Tierson mit einem Kloß im Hals.

»Darauf können Sie sich verlassen, Chef! Das ist ein großer Tag für mich!«, erwiderte Ruderi in aufgeräumter Stimmung.

»Und ... hast du mir nichts zu sagen?« Tierson ließ nicht locker.

»Es gab sicher üblere Schließer als Sie, Chef! Vor allem in Bapaume, aber das alles ist Vergangenheit, besser, man denkt nicht mehr daran, oder? Wissen Sie, Chef, alles, was ich Ihnen wünsche, ist ein glückliches Rentnerleben. Kapiert? Hoffentlich wird Ihnen das Alter nicht allzu beschwerlich. Es ist hart zu spüren, wie man langsam, aber sicher hinübergeht, verstehen Sie, Chef?«

Tierson konnte einen Schauder nicht unterdrücken. Er starrte den Gefangenen mit großen Augen an, bevor er ihn zur Verwaltungsstelle brachte, wo Ruderi verschiedene Formulare zu seiner Haftentlassung unterschreiben musste. Er übergab ihm einen neuen, mit Kunststoff überzogenen und fälschungssicheren Personalausweis. Mangels Besserem trug er neben einem aktuellen Passfoto den Namen Ruderi. Mit großer Feierlichkeit reichte er ihm dann einen Umschlag, der das Jahr für Jahr angesparte Guthaben enthielt, die fünfzigtausend Francs, die den Psychiater Goldstayn so sehr beschäftigt hatten. Ruderi befühlte gierig die Scheine und steckte sie lachend in eine Innentasche seines Jacketts. Dann gingen sie durch den Gefängnishof zum Tor. Der Häftling Nummer 2057 C hatte seinen Stock in der Zelle zurückgelassen. Ein paar Gefangene, die damit beschäftigt waren, den Hof zu kehren, grüßten ihren Leidensgenossen und wandten gleich wieder den Blick von ihm ab. Für sie war der 16. Oktober kein Feiertag. Der Schließer, der am Gefängnistor Wache schob, genannt Popeye – ein Spitzname, der sich von selbst erklärt –, entriegelte nacheinander die verschiedenen Schlösser. Das Wetter war sehr milde. Als sich die Torflügel öffneten, musterte Ruderi stumpfsinnig das welke Laub, das, von einer leichten Brise aufgewirbelt, draußen auf dem Gehweg herumflog. Dann richtete er seinen Blick auf den wolkenlosen, graublauen Himmel. Wenige Zentimeter vor der Freiheit blieb er einen Augenblick lang reglos stehen und atmete einmal tief durch, bevor er durch das Tor trat und davonging.

»Alles Gute, Ruderi, und lass dich hier nicht mehr blicken!«, warf Tierson ihm lachend hinterher.

»Armer Alter!«, seufzte Popeye und rückte seine Mütze zurecht, die ihm in die Stirn gerutscht war.

Von Neugier getrieben, gingen die beiden Männer in einen an die Mauer grenzenden Büroraum, der ein Fenster nach draußen hatte. Sie sahen Ruderi die Nationalstraße überqueren. Das Gefängnis lag auf dem flachen Land, weit entfernt von jeder Ansiedlung. Auf der anderen Straßenseite wartete eine junge Frau, die mit dem Rücken an einem Taxi lehnte: ungefähr Mitte zwanzig, mit Minirock und Stöckelschuhen. Unter der leuchtend rosa Bluse wölbte sich ein praller Busen. Über ihren Schultern hing eine Samtjacke, aber sie war nicht in die Ärmel geschlüpft. Dichtes, wirres braunes Haar umrahmte ihr sommersprossiges Gesicht. Sie hatte nicht an

Make-up gespart, das sprang dem Oberaufseher sogar aus dieser Entfernung ins Auge. Ihre ganze Haltung und Aufmachung, auch die Art, wie sie den Kopf hielt, war eine einzige Herausforderung. Eine Rebellin, eine ganz Wilde. Ein Stück weiter hinten schraubte ein Motorradfahrer mit Integralhelm an der Kette seines auf dem Seitenstreifen abgestellten Boliden herum. Ruderi ging schnurstracks auf das weibliche Wesen zu, ließ sein Kleiderbündel fallen und nahm sie in die Arme.

»Chef, wussten Sie, dass er eine Enkeltochter hat?«, wunderte sich Popeye. »Oder eine Großnichte? Sie hätte ihn doch mal besuchen können, wenigstens ab und zu!«

Tierson brummte ein paar zustimmende Worte.

»Also, wissen Sie, Chef«, fuhr Popeye fort, »also angenommen, ich wäre eines Tages Großvater, ich würde meine Enkeltochter nicht so rumlaufen lassen, da können Sie aber sicher sein, Chef! Sehen Sie sich die mal an, Chef, ich brauche Ihnen wohl nicht zu sagen, nach was die aussieht, hä? Ich sehe Ihnen an, dass Sie dasselbe denken! Also, Chef, wussten Sie, dass Ruderi noch Familie hat?«

Nein, das wusste Tierson nicht. Popeye ging ihm auf die Nerven. Auf der anderen Straßenseite umarmte der Ex-Häftling Nummer 2057 C noch immer seine Großnichte. Sie streichelte ihm zärtlich das Gesicht, doch plötzlich küsste sie ihn voll auf den Mund.

»Ich glaub, ich träume. Dieser Dreckskerl!« Popeye versagte beinahe die Stimme.

Tierson schüttelte den Kopf. Sein Mund stand offen, Speichel rann über sein Kinn, und er wischte ihn mit dem Ärmel seiner Jacke ab. Ruderi küsste das Mädchen noch immer und begann sogar, sie munter zu befummeln. Sie entzog sich liebevoll und öffnete ihm die Taxitür. Ruderi verschwand im Fond. Sie folgte ihm nach, dann fuhr das Fahrzeug in Richtung Creil davon. Der Motorradfahrer hatte seine Kette repariert und bestieg sein Gefährt, um in dieselbe Richtung davonzubrausen. Verdutzt schlug sich Popeye auf die Schenkel, dass es klatschte.

»Der alte Bock! Haut seine ganzen Ersparnisse auf den Kopf, um sich am Tag seiner Entlassung eine Nutte zu leisten. Und das Luder ist nicht im Geringsten angewidert. Natürlich haben Sie Recht, wenn Sie sagen, das ist schließlich ihr Job. Ruderi will sich einen glänzenden Abgang verschaffen, aber wenn Sie mich fragen, Chef, ich glaube, in seinem Alter schafft er es höchstens noch, sie ein bisschen zu befummeln, oder was meinen Sie?«

Es gab kein Mittel, Popeye zum Schweigen zu bringen. Gar keines. Tierson ging schweren Schrittes in sein Büro. Über diese Anekdote würde in der kleinen Gemeinschaft von Darnoncourt bald herzhaft gelacht werden. Man konnte Gift darauf nehmen, dass ein gewisser Popeye sie in Schallgeschwindigkeit überall herumerzählen würde. In spätestens einer Stunde würden alle auf dem Laufenden sein. Auch die Häftlinge. Und abends würden viele von ihnen Ruderis dadurch gedenken, dass sie in der Einsamkeit ihrer Zelle vergeblich zu masturbieren versuchten. Unter dem Vorwand, die Urlaubsplanung bis zum Jahresende machen zu müssen, verbat sich der Oberaufseher für den restlichen Tag jede weitere Störung. Hin- und hergerissen zwischen Ratlosigkeit und Wut, tigerte er in seinem Verschlag auf und ab.

Ratlos war er, weil die Szene, der er beigewohnt hatte, ganz klar verdächtig war. Ruderi hatte seit Jahrzehnten keinen Kontakt zur Außenwelt mehr gehabt. Nie hatte er auch nur das kleinste Kärtchen in die Post gegeben, ebenso wenig hatte er jemals etwas geschickt bekommen. Stets misstrauisch im Umgang mit ihren Schützlingen, überwachten die Strafvollzugsbehörden sorgfältig alle Briefe, die in den Gefängnissen ankamen oder abgeschickt wurden. Auch in Darnoncourt. Und die Sprechzimmer? Gut, das war denkbar. Vielleicht hatte Ruderi einen seiner Mitgefangenen dazu bringen können, ihm ein Mädchen zu besorgen … In Darnoncourt saßen einige alte Gangsterbosse ein, die noch – warum auch nicht? – über Verbindungen zum Zuhältermilieu verfügen könnten. Wenngleich seit den frühen sechziger Jahren einige Tornados über diese kleine Welt hinweggefegt waren, die ihr Unwesen an der Pigalle getrieben hatte. Die Mädchen aus Osteuropa und Afrika, die an der Spritze hingen oder vom Crack abgestumpft waren, gingen im Jahr 2001 in den Außenbezirken auf den Strich und hatten mit den Straßenmädchen von einst nichts mehr gemein. Mit etwas Phantasie und Nachsicht konnte Tierson dem Häftling Nummer 2057 C immerhin zugestehen, dass er genügend Hartnäckigkeit und Schläue besessen hatte, um sich ein letztes Feuerwerk zu genehmigen, bevor er den Hut nehmen würde.

Und wütend? Der Oberaufseher war ein plumper Kerl, dessen IQ keine Rekorde brach, und das wusste er selbst am besten. Obwohl es ihm schwer fiel, seine Gedanken zusammenzubringen, oder das, was man ersatzweise dafür halten könnte, merkte er doch, dass er sich ganz schön über den Tisch hatte ziehen lassen, als er auf den Vorschlag eingegangen war, für zweihunderttausend Francs eine Kopie der Gefangenenakte Ruderis hinauszuschmuggeln. Das Kilo Papier, das er der Auftraggeberin nach ihrem Treffen an der Route Nationale 16 vor vier Monaten übergeben hatte, war zweifellos mehr wert, viel mehr. Und jetzt, wo der Häftling Nummer 2057 C sich aus dem Staub gemacht hatte, würde Tierson nie erfahren, wozu die Kopien dienten.

Am späten Nachmittag flog die Tür zu seinem Büro auf. Er

sprang auf. Die Hände in die Hüften gestemmt, stand der Gefängnisdirektor vor ihm und lachte.

»Also, Tierson, das ist ja eine tolle Geschichte, die ich da gehört habe. Ruderi soll Sou für Sou zur Seite gelegt haben, damit er nach seiner Entlassung eine letzte Nummer schieben kann? Ich muss schon sagen, in diesem Saustall bin ich immer der Letzte, der so etwas erfährt! Da soll uns noch einer vorwerfen, wir würden für unsere Pensionäre nicht sorgen! Wir päppeln sie doch richtig auf! Ruderi ist der Beweis. Jetzt ziehen Sie doch nicht so ein Gesicht, Tierson, kommt schließlich nicht jeden Tag vor, dass wir in unserem Laden was zum Lachen haben ...«

13

Von Darnoncourt bis Paris brauchte das Taxi, in das Ruderi und das Mädchen eingestiegen waren, knapp anderthalb Stunden. Die Männer, die Oleg zu Ruderis Beschattung angeheuert hatte, konnten seine Bleibe ohne Schwierigkeiten ausfindig machen. Nummer eins am Lenker seines Motorrads hatte sie nicht aus den Augen gelassen … Ruderi und das Mädchen betraten Arm in Arm ein Wohnhaus in der Rue Clauzel Nr. 17, zwei Schritte von der Place Pigalle entfernt. Die Beschatter erkannten die Frau, als sie im siebten Stock direkt unter dem Dach die Fenster schloss und die Vorhänge zuzog.

»Das reinste Himmelfahrtskommando für den armen Kerl«, höhnte Nummer eins, als er Oleg traf, der auf einem Platz in der Nachbarschaft auf einer Bank saß und einer kleinen alten Frau beim Taubenfüttern zusah. »Wahrscheinlich wird er in ihren Armen den Geist aufgeben. In seinem Alter …«

»Abwarten …«, seufzte Oleg.

*

Gegen zwanzig Uhr verließ das Paar die Wohnung und machte einen Bummel durch das Viertel. Place Pigalle, Rue Fontaine, Rue des Martyrs, Rue Victor-Massé … Ruderi hatte seinen alten Anzug aus vergangenen Tagen abgelegt und trug nun eine offensichtlich neue Kombination von sehr nüchternem Schnitt. Er bot seiner jungen Begleiterin den Arm. Durch die bloße Tatsache, seine alten Klamotten los zu sein, schien er wie verwandelt. Sein Gang wirkte sicherer, weniger ruckartig, nicht mehr so schleichend. Das Paar blieb vor den Schaufenstern von Sex-Shops, Peep-Shows, Reizwäscheläden und Striptease-Lokalen stehen. In der Rue des Martyrs wechselten sie ein paar Worte mit den Transvestiten, die den Gehweg vor *Chez Michou* auf und ab gingen. Anschließend setzten sie sich etwas weiter oben in einer Brasserie an der Place des Abesses zu Tisch. Oleg wurde von Nummer vier minütlich über ihren Weg unterrichtet.

In der Rue Clauzel war die Luft rein. Nummer zwei und Nummer fünf drangen in die Wohnung ein. Drei Dienstmädchenzimmer mit Dachschrägen, die zusammen – nachdem man die Zwischenwände herausgebrochen hatte – in ein Appartement von gut vierzig Quadratmetern umgewandelt worden waren. Nummer zwei hatte nicht die geringsten Probleme mit der Tür. Ruderi und das Mädchen hatten sie einfach nur zugezogen und sich nicht die Mühe gemacht, abzuschließen. Nummer zwei steckte ein Stück Röntgenfilm in den Türstock, ließ das Schloss durch leichtes Hämmern mit der Faust erzittern und zog den Film langsam nach oben, bis dieser auf den Riegel stieß, der sich ohne jeden Widerstand schieben ließ. Aber selbst wenn Ruderi sein Refugium mit drei Vorhängeschlössern gesichert hätte, würde ihm das nichts genützt haben. In solchen Dingen war Nummer zwei ein Virtuose. Der gebürtige Liverpooler hatte miterlebt, wie sein Vater, ein ehrlicher Schlosser, in den finsteren Jahren der Thatcher-Regierung dem Alkohol verfiel und regelmäßig seine Kinder verprügelte, bis er eines Abends im Vollsuff ihrer Mutter die Kehle durchschnitt und dafür eingelocht wurde. Sein alter Herr hätte auch eine glänzende Karriere im Einbrecher-Handwerk machen und so für den Unterhalt seiner kleinen Familie aufkommen können, doch die Nachwehen seiner religiösen Erziehung – du sollst nicht stehlen! – hatten es ihm nicht gestattet, diesen Königsweg einzuschlagen. Bevor Oleg sich entschloss, den Liverpooler in seine Mannschaft aufzunehmen, hatte er ihm während der ersten Rekrutierungsgespräche geduldig zugehört, als er seine beklagenswerte Geschichte erzählte.

Nummer zwei filzte das Appartement also nach allen Regeln der Kunst, während Nummer fünf ihm auf Schritt und Tritt folgte und mit einer Digitalkamera Fotos von fast jeder seiner Gesten schoss. Mit Handschuhen öffnete Nummer zwei nacheinander die Schubladen der Kommode, durchstöberte den ganzen Wandschrank, alle Regale, den Arzneimittelschrank im Badezimmer, ohne auf irgendetwas Interessantes zu stoßen. Die Frau schien die Wohnung nur vorübergehend zu benutzen, als wäre sie auf der Durchreise. Sie fanden keinen Nippes, keine Fotos, keinerlei Erinnerungsstücke, die sich in einem Leben normalerweise ansammeln und Anhaltspunkte auf seinen Verlauf geben, nichts, was auf irgendeine persönliche Vergangenheit hindeutete … Ganz auf seine Aufgabe konzentriert, erstellte Nummer zwei mit peinlicher Genauigkeit ein Inventar sämtlicher in der Wohnung befindlichen Gegenstände. Die Möbel waren funktionell, achtlos zusammengestellt. Das Bett war nicht gemacht, die Laken zerknautscht. Die Kleidungsstücke, die Ruderi bei seiner Entlassung getragen hatte, lagen auf einem Haufen in einer Ecke des Zimmers. Die Digitalkamera blitzte diese erbärmliche Einrichtung unaufhörlich. Tisch, Stühle, Kommode, Sofa, Gasherd und ein paar ganz gewöhnliche Haushaltsgeräte. Das Appartement entsprach einem vollkommen anonymen Hotelzimmer. Das Arzneimittelschränkchen – normalerweise voller Geheimnisse – barg eine verschwenderische Fülle von Kosmetika, aber seltsamerweise kein einziges Arzneimittel. Lidschatten, Cremes, eine Sammlung von Lippenstiften, Nagellacke, das alles gab es in großer Anzahl, aber nichts anderes. Durch leichtes Klopfen mit den Fingern suchte Nummer zwei die Wände und das Parkett ab und machte schließlich unter einem Brett, das man nur anheben musste, ein notdürftiges Versteck aus. Darin lag, in ein Geschirrtuch eingewickelt, ein Bündel stark abgegriffener Zweihundert-Francs-Scheine. Zehntausend Francs insgesamt. Nummer zwei legte alles wieder an seinen Platz zurück. Aus einer Schublade der Kommode zog er einen Ordner in kartoniertem Leinen hervor: Behördenschreiben, Mietvertrag, ein Bußgeldbescheid wegen Prostitution in der Öffentlichkeit, Strom- und Telefonrechnungen. Nummer zwei interessierte sich besonders für einige Briefe des Vermieters, die als Einschreiben angekommen waren und in denen er der Mieterin seine Wut darüber ausdrückte, dass sie ihm seit vier Monaten die Miete schuldig geblieben war. Tatsächlich drohte ihr eine Räumungsklage und der Besuch des Gerichtsvollziehers. Nummer zwei setzte seine Suche fort. Kein Hinweis auf einen Arztbesuch oder einen Zahnarzttermin, keine Kontoauszüge fanden sich unter den Papieren. Auch kein einziger Hinweis auf eine gesetzliche oder private Krankenversicherung. Eine punktuelle Existenz sozusagen, ein Leben über dem Nichts. Die Frau hieß Ava. Ava Durier. Nachdem sie ihre Durchsuchung beendet hatten, verließen Nummer zwei und Nummer fünf die Wohnung, nicht ohne die Räumlichkeiten zuvor mit äußerst leistungsstarken Mikrofonen verwanzt zu haben. Insgesamt hatte die Operation kaum eine Stunde gedauert.

Im Restaurant schlug sich Ruderi den Bauch voll. Ava wachte mit verliebten Blicken über ihn und küsste ihn häufig ohne die geringste Scham, sich in Begleitung eines Mannes, der ihr

Großvater hätte sein können, so zur Schau zu stellen. Nummer vier hatte sich an die Bar gesetzt und sie nicht aus den Augen gelassen. Ruderi beglich die Rechnung bar mit einem Fünfhundert-Francs-Schein und verließ mit Ava das Restaurant, ohne auf das Wechselgeld zu warten. Um dreiundzwanzig Uhr waren sie wieder zurück in ihrem kleinen Liebesnest.

Oleg hatte genügend Zeit, sich die Fotos, die Nummer fünf aufgenommen hatte, auf dem kleinen Monitor der Kamera anzusehen. Nummer vier traf ihn in seinem Auto an, das in der Rue des Martyrs parkte, keine hundert Meter von Avas Wohnung entfernt. Es war Zeit, die Abhöranlage einzuschalten. Die Übertragung war einwandfrei. Oleg lauschte dem Stöhnen und Seufzen, das die Geräusche des grässlich quietschenden Bettes überlagerte.

»Mein Gott, er treibt es wirklich mit ihr!«, rief Nummer vier.

»Aber ich glaube, sie spielt ihm was vor. Ist doch eine Pro…«, erwiderte Oleg. »Wir haben einen Bußgeldbescheid bei ihr gefunden, weil sie auf der Straße auf Kundenfang war.«

»Also, wenn sie ihm was vorspielt, dann spielt sie verdammt gut«, meinte Nummer vier.

Nach zwanzig Minuten hörte das Stöhnen und Seufzen wieder auf. Sie begannen flüsternd ein Gespräch. Oleg konnte die flötende Stimme der Frau und die etwas zittrige Stimme Ruderis deutlich voneinander unterscheiden. Das Dumme an der Sache war, dass er absolut nichts von dem verstand, was sie sagten.

»Das ist weder Französisch noch Englisch oder Spanisch. Und auch kein Italienisch!«, stellte Nummer vier fest.

»Und weder Deutsch noch irgendeine slawische Sprache«, fügte Oleg hinzu. »Verdammter Mist!«

Ab und zu verirrte sich ein französisches Wort in das Kauderwelsch: Auto, Television, Telefon … Nach über einer halben Stunde aufmerksamen Abhörens stellte Oleg fest, dass die verständlichen Worte immer Gegenstände neueren Datums bezeichneten, als ob es in dem Dialekt, den Ava und Ruderi benutzten, kein Äquivalent dafür gäbe. Dann, nach dieser Pause, hob das Stöhnen und Seufzen von neuem an.

Fassungslos fuhr sich Oleg mit der Hand übers Gesicht. Ava hieß Durier? Ein vollkommen durchsichtiges Anagramm von »Ruderi«? Als ein Mann, der sein Leben damit verbrachte, den Grenzgänger zu spielen und sich der unterschiedlichsten Pseudonyme und riskanter Identitäten zu bedienen, konnte er vor einer solchen Dreistigkeit nur den Hut ziehen.

»Ich gehe«, verkündete er. »Du übernimmst die erste Wache. Nummer drei wird dich in zwei Stunden hier ablösen. Bleibt mit dem Wagen nicht immer an derselben Stelle stehen, sondern fahrt ein bisschen im Viertel herum, geht spazieren, die Abhöranlage reicht gut einen Kilometer weit.«

Er stieg aus und sprang in ein Taxi, das auf der Suche nach Fahrgästen langsam durch die Straßen kurvte.

✡

»Es ist verrückt«, erklärte ihm Nummer drei, mit dem er sich am nächsten Morgen um acht Uhr in einem Café an der Place Pigalle traf, »aber es ging jede Dreiviertelstunde von vorne los, und das bis zum Morgengrauen! Dann hat Ruderi eines der Fenster aufgerissen und mit nacktem Oberkörper eine Zigarette geraucht. Es war ziemlich frisch, schien ihm aber nichts auszumachen. Erst danach ist er wirklich schlafen gegangen. Man konnte ihn schnarchen hören.«

»Geh und ruh dich aus«, befahl Oleg schulterzuckend. »Wir lassen sie nicht mehr aus den Augen. Weder ihn noch

Ava. Aber wenn du meine Meinung hören willst: Wenn sie genug hat von der Komödie, wird sie ihn hinauswerfen. Er hat ungefähr fünfzigtausend Francs bei sich, die er auf den Kopf hauen kann, aber sie wird ihn schnell geschröpft haben.«

Ava verließ das Haus in der Rue Clauzel am späten Vormittag. Laut Nummer zwei hatte Ruderi sie noch einmal gebumst, bevor sie gegen elf Uhr das Weite suchte. Nummer eins folgte ihr in die Métro. Sie stieg an der Haltestelle Arts-et-Métiers aus, ging ein Stück die Rue Réaumur entlang, überquerte den Boulevard de Sébastopol und gelangte in die Rue Saint-Denis. Nachdem sie ein paar Mädchen gegrüßt hatte, die in der Gegend auf den Strich gingen, postierte sie sich vor dem Schaufenster eines Sex-Shops. Nummer eins rief sogleich Oleg auf seinem Handy an. Ava war Prostituierte. Das wäre also geklärt. Sie ging übrigens gerade mit einem Freier nach oben.

Am frühen Nachmittag meldete Nummer drei, dass Ruderi nun ebenfalls die Wohnung in der Rue Clauzel verließ. Nummer vier hängte sich an ihn. Der Ex-Häftling streifte durchs Viertel, immer der Nase nach. Vor einzelnen Gebäuden, gewissen Passagen legte er häufig Pausen ein, aber nicht aus Müdigkeit, sondern zweifellos, um das Ausmaß der Veränderungen zu betrachten, die die Stadt in den langen Jahren seiner Inhaftierung erfahren hatte. Er verbrachte viel Zeit damit, den Verkehr zu beobachten, die zahlreichen Autos, deren Karosserien ihm ziemlich fremd vorkommen mussten, und sich in den Schaufenstern die für ihn ebenso neue Kleidung anzusehen. Allmählich führte er Nummer vier in Richtung Sacré-Cœur und Montmartre. Die Hände in den Hosentaschen, flanierte Ruderi über die Place du Tertre. Er drehte sich häufig um und schielte mit Kennerblicken nach Busen, Beinen oder Hintern hübscher Touristinnen, von Zeit zu Zeit erlaubte er sich sogar ein leises Pfeifen. Die Beschattung war ein Kinderspiel. Ruderi legte keinerlei Misstrauen an den Tag, keine Besorgnis, als ob ihm nicht im Geringsten einfiele, dass sich jemand für ihn interessieren könnte. Um vierzehn Uhr aß er in einer Brasserie beim Pont Caulaincourt zu Mittag. Nummer vier stellte endgültig fest, dass der Alte ordentlich reinhauen konnte. Das Dutzend Schnecken und das Sauerkraut, das man ihm anschließend servierte, waren schnell verdrückt, und zum Nachtisch machte er sich über ein Stück Apfeltorte mit Schlagsahne her. Dazu trank er drei Gläser Bier, und zum Schluss bestellte er einen Verdauungsschnaps. Dann schlenderte er wieder offensichtlich ziellos durch die Stadt. Am späteren Nachmittag rief er sich am Boulevard des Batignolles ein Taxi. Nummer eins und Nummer fünf machten sich sogleich an die Verfolgung.

Sein Ziel war kein geringeres als der Vorort Rueil-Malmaison. Er stieg dort im Zentrum aus und lief aufs Geratewohl durch die Straßen. Allmählich wurde allerdings klar, dass er nach einem Weg suchte. Er bog in einen Ortsteil ein, der sehr ruhig, fast abgelegen war. Es gab kaum noch Passanten. Ruderi schien sich nicht sicher zu sein, überquerte eine Kreuzung, ging ein Stück und machte gleich wieder kehrt, bevor er eine etwas breitere, noch ruhigere Straße nahm, die von stattlichen Villen in parkartigen Gärten gesäumt wurde. Große Trauerweiden, Eichen, deren Stämme von Flechten bedeckt waren, und kleine Teiche sorgten dort für ein angenehmes Klima. Kein bisschen entmutigt, machte Ruderi wieder kehrt und verfolgte seinen Zickzackkurs weiter, ohne das geringste Zeichen von Ungeduld oder Ärger an den Tag zu legen. Er nahm sich Zeit. Viel Zeit. Oleg, der über seine Wanderschaft auf dem Laufenden gehalten wurde, wusste schon, woran er war. Deshalb nahm er es gleichmütig zur Kenntnis, als Nummer eins ihn davon unterrichtete, dass Ruderi schließlich vor einem verlassenen Haus mit eingestürztem Dach stehen blieb. Gemäß einer alten Weisheit war Ruderi an den Ort des Verbrechens zurückgekehrt.

✡

Natürlich hatte Margaret Moedenhuik die Villa von ihren Eltern geerbt. Ihre Mutter Clara hatte etliche Jahre nach dem Drama weiter dort gewohnt. Als sie jedoch sicher wusste, dass sich ihre Tochter nie mehr von den Folgen der Folterungen erholen würde, denen sie damals ausgesetzt gewesen war, floh sie plötzlich aus der Villa. Sie ließ einfach alles stehen und liegen, die Wäsche, das Geschirr, die Möbel, die Bücherregale, ja sogar die Kleidungsstücke, die ihrem Mann gehört hatten und die in der Tiefe der Schränke verschimmelten, eine willkommene Beute für die Motten.

Das Haus war nie wieder bewohnt worden und allmählich verfallen. Trotzdem konnte sich Margaret, nachdem sie volljährig geworden war, nicht dazu durchringen, es zu verkaufen, obwohl sie über ihren Notar zahlreiche Angebote bekam. Nach ihren ausgedehnten Reisen suchte sie es Mitte der neunziger Jahre ein letztes Mal auf, bevor sie sich endgültig in Venedig niederließ. Es war wie eine Wallfahrt zur Stätte ihrer zerstörten Kindheit. Ihr Wagen hielt vor dem rostzerfressenen Eisenportal an, das mit einem Vorhängeschloss und einer Kette gesichert war, die erst von einem herbeigerufenen Schlosser zersägt werden musste. Die Pflegerin, die sie begleitete, schob ihren Rollstuhl über einen Teppich aus verwelkten Blättern auf dem Weg zur Haustür der Villa. Margaret starrte lange auf die Überreste eines Schaukelpferds, das seit einer Ewigkeit auf der Freitreppe vermoderte. Die Farben waren verblasst, das Holz verfault. In den Überresten des zertrümmerten Ledersattels hatte ein Elsternpärchen sein Nest gebaut und begann bei ihrem Herannahen wütend zu schimpfen, als wäre es beim Brüten gestört worden. Margaret verzichtete darauf, weiterzugehen. Sie wollte nicht mehr wissen, was aus dem Rest – und besonders aus ihrem Kinderzimmer – geworden war. Plünderer hatten viele Jahre Zeit gehabt, das Haus zu durchkämmen, sie hatten den Besitz längst um seine Schätze gebracht.

✡

Ruderi streifte einmal nachdenklich ums Haus. Es war von einer ungefähr zwei Meter hohen Mauer umgeben. Plötzlich trat er ein Stück zurück, holte tief Luft und nahm einige Schritte Anlauf. Am Fuß der Mauer ging er kurz in die Hocke und sprang aus dieser kauernden Stellung hoch. Seine Hände klammerten sich am Mauersims fest. Anschließend stemmte er sich, das Gesicht vor Anstrengung verzerrt, mit einem Klimmzug auf die Mauer und schwang das rechte Bein über das Hindernis, bevor er seinen übrigen Körper nachzog. Verdutzt unterrichtete Nummer eins sofort Oleg.

»Wiederhol das noch mal«, erwiderte der, während er das Handy an sein Ohr presste.

»Ich schwöre dir, er ist über die Mauer geklettert. Es ist ihm nicht leicht gefallen, aber er hat es geschafft. Was soll ich tun? Ihm hinterher?«

»Nein, das wäre zu riskant. Du wartest«, befahl Oleg.

✡

Ruderi ging vorsichtig durch den Garten auf das Haus zu. Langsam schlich er durch das Gehölz und bog die Zweige der wild wuchernden Sträucher auseinander, die ihm den Weg versperrten. Auf der Freitreppe sah er die Überreste von Spielzeug, das einmal Margaret Moedenhuik gehört hatte. Die Fensterscheiben waren alle zerbrochen, und da die Eingangstür von Einbrechern kurzerhand ausgehängt worden war, gelangte er ohne Schwierigkeiten in das riesige Wohnzimmer, in dem keinerlei Möbel mehr standen. Der verschimmelte Parkettboden roch nach Katzenpisse. Eine dichte Vegetation hatte das Haus besiedelt. Ein dicker Efeustrang in goldbraunen Farben überwucherte die Treppe, die in den ersten Stock führte. Den Kamin konnte Ruderi kaum ausmachen. Er ging rückwärts wieder hinaus, setzte sich auf eine Bank, zündete eine Zigarette an und rauchte gemächlich, während er vor diesem Bild der Verwüstung seine Erinnerungen wälzte. Schließlich ging er zu den Überresten eines Anbaus, dessen Mauersteine wackelten, als er sich darauf abstützte, um wieder über die Umfassungsmauer zu klettern.

Nummer eins sah ihn geschmeidig auf dem Asphalt des Gehwegs landen. Ruderi ging pfeifend seines Weges und kehrte mit schnellem Schritt ins Zentrum des Vororts zurück, wo er ein Taxi nahm. Eine Dreiviertelstunde später war er wieder in Avas Wohnung. Die junge Frau traf gegen Abend ein, nachdem sie den ganzen Tag angeschafft hatte, und so begann – Oleg hatte es nicht anders erwartet – erneut das Konzert des Stöhnens und Seufzens. Zwei Stunden später gingen sie aus und aßen in einem Restaurant zu Abend. Ruderi stopfte sich wie gewöhnlich voll und betatschte zwischen zwei Bissen seine Schöne unter den missbilligenden, aber auch ein wenig neidischen Blicken der anderen Gäste. Nachdem die beiden Turteltäubchen in ihr Liebesnest zurückgekehrt waren, übernahmen Nummer zwei und Nummer vier die Nachtschicht. Die anderen Beschatter hatten bereits ihre Zimmer in einem Hotel in der Nähe der Rue Clauzel aufgesucht, in dem sie Quartier bezogen hatten, um ihren Einsatzort schnell zu erreichen und längere Fahrten zu vermeiden.

Oleg besuchte Nummer eins. Er ließ ihn noch einmal berichten, was genau sich bei dem Haus in Reuil-Malmaison abgespielt hatte. Nummer eins konnte nur seine früheren Aussagen wiederholen. Ruderi war tatsächlich mit kurzem Anlauf ohne große Mühe auf die Gartenmauer geklettert. Und ebenso gelenkig war er nach Verlassen der Villa von der Mauer auf den Gehweg hinuntergesprungen, ohne das Gesicht zu verziehen, ohne jedes Anzeichen dafür, dass seine Gelenke einen für sein Alter eigentlich viel zu heftigen Stoß abfedern mussten. Oleg beharrte darauf, mehr Einzelheiten zu erfahren. Nummer eins wusste nicht, was er noch sagen sollte. Oleg war fassungslos.

»Wir machen weiter, aber natürlich, ohne irgendein Risiko einzugehen!«, ordnete er an.

Nummer eins nickte. Er würde es übernehmen, die Anweisung weiterzugeben. Oleg beschloss, ebenfalls schlafen zu gehen. In dringenden Fällen konnte man ihn per Handy erreichen. Er fuhr in seine Wohnung am Quai de Béthune und nahm eine Schlaftablette. Während er auf den Schlaf wartete, der sich erst nach einiger Zeit einstellte, grübelte er wütend über Margaret Moedenhuik nach, die ihn angelogen oder ihm zumindest nicht die ganze Wahrheit gesagt hatte. Sie wollte wissen, wer Ruderi *wirklich* war. Oleg begann gerade zu ahnen, was das »wirklich« bedeutete.

14

Für Anabel und Monsieur Jacob war der 17. Oktober einer ihrer ruhigsten Tage. Seit Beginn der Woche war niemand in den Laden des Beerdigungsinstituts in der Rue Bichat gekommen, als ob der Tod diesem Viertel eine Waffenpause verordnet hätte. Maxime bereitete wie jeden Abend das Essen vor. Doch kurz vor zwanzig Uhr, als sie sich gerade anschickten, am Tisch Platz zu nehmen, erhielt Monsieur Jacob einen Telefonanruf. Während er den Hörer ans Ohr hielt, wurde sein Gesichtsausdruck zusehends besorgter. Er hörte lange zu und nickte dann, bevor er einige Wörter in einer Sprache durch die Leitung schickte, die Anabel mühelos erkannte.

»Liebe Anabel«, wandte er sich ihr zu, nachdem er aufgelegt hatte, »Sie müssen sich mit dem Abendessen beeilen. Anschließend gehen Sie bitte hoch in Ihr Zimmer. In einer Dreiviertelstunde bekomme ich Besuch von Männern, die Ihre Anwesenheit nicht dulden würden. Ich hoffe, Sie sind jetzt nicht schockiert oder gekränkt? Aber in bestimmten Ländern, in gewissen Kulturen misstraut man Frauen leider noch immer …«

Anabel beruhigte ihn und verzehrte ohne Murren das Gericht, das Maxime ihr inzwischen serviert hatte. Dann zog sie sich zurück. Kurz vor einundzwanzig Uhr öffnete Maxime einer großen Limousine die Toreinfahrt. Von ihrem Fenster sah Anabel zwei Männer aussteigen. Der Chauffeur blieb hinter dem Lenkrad sitzen. Das Nummernschild trug die Initialen CD, Diplomatisches Corps. Einer der beiden Männer war westlich gekleidet und trug einen dunklen Anzug, der andere, ältere, trug dagegen eine weiße Dschellaba und um die Stirn einen Schesch. Der erste legte dem zweiten gegenüber eine große Ehrerbietung an den Tag. Sie nahmen auf den Kanapees in der Veranda Platz. Maxime brachte den Tee. Aus Neugier ließ Anabel ihre Tür einen Spalt breit offen und belauschte mit angehaltenem Atem das Gespräch, das sich im Erdgeschoss entspann. Monsieur Jacob saß mit dem Rücken zu ihr, aber seine Gäste konnte sie sehen. Ihre Worte drangen nur sehr gedämpft zu ihr hinauf, aber die Unterhaltung wurde ohnehin auf Arabisch geführt. In Fleury-Mérogis hatte sie zwar ein paar arabische Flüche gelernt, aber mehr nicht …

Plötzlich spürte sie einen Niesreiz, den sie nur mit Mühe unterdrücken konnte. Von Panik ergriffen, gab sie ihren Horchposten auf, legte sich aufs Bett und verbarg vorsichtshalber ihr Gesicht im Kopfkissen. Eine halbe Stunde später verabschiedeten sich die Besucher von Monsieur Jacob, der sie noch bis zu ihrem Wagen begleitete. Der Mann in der Dschellaba verbeugte sich, bevor er die Hand seines Gastgebers schüttelte. Sein junger Begleiter folgte seinem Beispiel, während Maxime das Tor öffnete.

Sobald sich der Wagen entfernt hatte, ging sie wieder ins Erdgeschoss hinunter. Monsieur Jacob stand nachdenklich vor dem Kamin.

»Ich muss für einige Tage verreisen, wahrscheinlich für eine Woche«, verkündete er. »Maxime wird mich begleiten. Würden Sie so lange das Geschäft führen? Sie werden leider allein sein. In dringenden Fällen schicken Sie die Kunden einfach zu einem Kollegen …«

»Kein Problem«, versicherte Anabel.

»Es wird bequemer für Sie sein, wenn ich Ihnen den Wagen überlasse, aber Sie müssen uns morgen früh nach Roissy zum

Flughafen bringen. Maxime und ich werden nach Al-Dawha in Katar fliegen.«

Sie erklärte sich mit allem einverstanden und stellte keine weiteren Fragen. Seit ihrer ersten Begegnung mit Monsieur Jacob hatte sie immer nur auf seine Initiative hin neue Seiten seines Lebens oder vielmehr neue Fähigkeiten aus seinem erstaunlichen Repertoire kennen gelernt. In der ersten Zeit nach ihrer Ankunft in der Villa in Nogent hatte sie sich an die unerwarteten Abreisen gewöhnen müssen, ohne die Gründe dafür gekannt zu haben, und erst nach Maximes Unfall hatte sich Monsieur Jacob entschlossen, sie zur Einbalsamierung eines Leichnams mitzunehmen und ihr die Technik beizubringen. Sie wusste ganz genau, dass diese Arbeit höchstens zwei Stunden beanspruchte, für einen Aufenthalt von einer Woche in jenem Emirat musste es also andere Gründe geben.

Am nächsten Morgen trat Monsieur Jacob die Reise mit nur einer Tasche an und ließ die beiden schweren Metallkoffer zurück, in denen die Geräte lagen – Pumpe, Katheter, Schläuche und Formalinflaschen –, die zu bedienen sie inzwischen gelernt hatte. Anabel war dennoch überzeugt, dass Monsieur Jacob sich nicht auf eine Vergnügungsreise in jene Region der Welt begab. Abwarten und Tee trinken, lautete ihre fatalistische Devise.

✡

Kaum war das Flugzeug gestartet, verließ sie die Flughafenhalle in Roissy und setzte sich ans Steuer des Mercedes, um zum Laden in der Rue Bichat zu fahren. Die nächsten Tage verliefen ziemlich ruhig. Sie empfing einige Rentnerpaare, die für eine würdevolle Bestattung vorsorgen wollten, außerdem Vertreter für Grabschmuck, und in dringenden Fällen empfahl sie einen

Kollegen in der Nähe, wie Monsieur Jacob es ihr geraten hatte. Abends kehrte sie nach Nogent zurück und ging am Ufer der Marne spazieren. Die Einsamkeit machte ihr nicht das Geringste aus. Sie ermöglichte ihr vielmehr, eine Pause einzulegen, eine Art begrenzten Rückzug, der ideal zum Nachdenken war. In der Villa in Nogent war sie nie ängstlich oder unruhig, als hätte sich Monsieur Jacob etwas Besonderes einfallen lassen, um wie durch einen Zauber jeden unheilvollen Einfluss von seinem Besitz fernzuhalten. Sie verbrachte die Abende in der Bibliothek und blätterte aufs Geratewohl in den Büchern, die sie am leichtesten erreichen konnte. Der Tod war ihr eine Art Begleiter, fast ein Freund geworden, der schüchtern und zurückhaltend nichts anderes wollte, als seine Geheimnisse zu enthüllen, vorausgesetzt, man war bereit, ihm Aufmerksamkeit zu schenken. Anabel war auch versucht nachzuschauen, was im Computer gespeichert war, aber sie musste feststellen, dass man nur mit einem Passwort Zugriff auf die Festplatte erhielt.

✡

An einem Samstagmorgen, es war der vierte Tag von Monsieur Jacobs Abwesenheit, lag sie auf einem der Sofas im Erdgeschoss, faulenzte und hörte eine CD, als ein plötzlicher Lärm sie aufschreckte. In null Komma nichts war sie auf den Beinen. Da sie aus dem Bad gekommen war, hatte sie ein Handtuch um das Haar geschlungen und trug nur einen offenen Bademantel, dessen Gürtel nicht zugeknotet war. So stand sie halb nackt vor einem Mann, der sich mitten im Wohnzimmer befand. Sie brauchte einige lange Sekunden, bis sie ihre Brüste und ihren Bauch in den Bademantel gehüllt hatte.

»Tut mir Leid, wenn ich Sie erschreckt habe«, verkündete der Eindringling. »Der Anblick war recht … angenehm!«

Er schien aufrichtig erfreut über den Streich, den er Anabel gerade gespielt hatte, die ihn ebenso wütend wie sprachlos anstarrte.

»Das Eingangstor war verschlossen. Da dachte ich, niemand sei da. Deshalb bin ich über das Nachbargrundstück gekommen, ein Sprung über die Mauer, das war's. Die Tür zur Veranda war angelehnt. Ich dachte, Sie schliefen, als ich Sie ...«

Anabel musterte ihn noch immer, ohne ein Wort herauszubringen. Er hatte gerade einen schweren Rucksack zu Boden fallen lassen, dessen Leinen zerschlissen und voller Flecken – Schmutz und Öl – war. Trekkingstiefel Marke Pataugas, Khakihose, Kampfanzug: Seiner Kleidung nach zu schließen war er ein Söldner, der von einem Kampfeinsatz zurückkehrte.

Doch all das entging Anabel vollkommen. Ihr Blick hing unverwandt an seinem Gesicht. Er ähnelte Monsieur Jacob wie ein Zwilling: Seine Gesichtszüge waren ebenso regelmäßig und fein, die Nase ebenso gerade, auch die Augenbrauen waren gerade und buschig, und er hatte die gleichen mattbraunen Augen. Der starke, kantige, hervorstehende Unterkiefer ließ auf einen etwas ungehobelten Charakter schließen, doch dieser Eindruck wurde sogleich von einem äußerst sanften Lächeln korrigiert. Einen einzigen Unterschied gab es: Er war viel jünger. Er hatte die Dreißig noch nicht überschritten. Sein lockiges Haar, das ährenförmig abstand wie wild wachsende Halme, fiel über den Nacken und in die Stirn. Ein mehrere Tage alter Bart verdunkelte die Wangen.

»Wenn Sie damit fertig sind, mich anzustarren, als ob ich der große böse Wolf wäre, könnten wir uns vielleicht miteinander bekannt machen.«

»Ich ... ich arbeite für Monsieur Jacob«, stammelte Anabel. »Ich ... ich bin seine Assistentin.«

»Ach? Seine ›Assistentin‹? Und wobei assistieren Sie ihm genau?«

»Im Beerdigungsinstitut. Ich arbeite in seinem Geschäft!«

»Natürlich!«, erwiderte der Neuankömmling. »Zweifellos haben Sie es sich deshalb hier im Bademantel bequem gemacht!«

»Nein, natürlich nicht!«, schrie Anabel jetzt fast. »Was glauben Sie denn? Ich wohne hier. Er ist auf Reisen.«

»Soso … ja, er hat immer ein gutes Händchen bei der Auswahl seiner ›Assistentinnen‹ gehabt. Auf Reisen, sagten Sie? Wohin, wenn ich fragen darf?«

»Nach Al-Dawha, Katar. Mehr hat er mir nicht erzählt …«

»Na, dann guten Tag, Fräulein ›Assistentin‹! Ich bin Jacobs Bruder. Sie können Tom zu mir sagen.«

»Ich heiße Anabel.«

Er ließ sich in eines der Kanapees fallen, streckte die Beine aus und holte eine Zigarettenschachtel aus der Brusttasche seines Kampfanzugs. Er zündete sich eine an, nahm einige Züge und kratzte sich dann heftig am Kopf.

»Ist Maxime nicht da?«, fragte er. »Ist er auch verreist?«

Anabel bejahte die Frage und ging dann die Treppe hoch in ihr Zimmer. Nachdenklich zog sie sich an und schminkte sich. Sie fragte sich, warum Monsieur Jacob ihr die Existenz dieses Bruders verheimlicht hatte. Und warum Tom kaum überrascht war, als sie ihm das Reiseziel Monsieur Jacobs mitgeteilt hatte. Eine halbe Stunde später ging sie wieder hinunter. Tom saß noch immer auf dem Kanapee. Er sah sich die Mittagsnachrichten des Senders France 2 an. Mehrmals zuckte er bei den Kommentaren die Achseln, schließlich stellte er den Fernseher ab. Er ging in die Küche und kam mit zwei Gläsern und einer Flasche Scotch zurück. Sie setzten sich einander gegenüber an den Esstisch im Wohnzimmer. Tom lächelte und musterte

Anabel eingehend, ohne Scham, aber auch ohne ordinär zu werden. Einfach nur erfreut über den Anblick, der sich ihm bot.

»Sind Sie auf Reisen?«, fragte sie ihn und zeigte dabei auf den Rucksack in der Mitte des Zimmers.

»So kann man es auch nennen, ja.«

»Sind … sind Sie Journalist?«

»Nein. Ich erkläre es Ihnen später. Vielleicht.«

Als er sich vorbeugte, um sein Glas auf ein niedrigeres Tischchen zu stellen, verzog er plötzlich das Gesicht vor Schmerz und fuhr sich mit der Hand rechts an die Brust.

»Könnten Sie mir einen Gefallen tun und zur nächsten Apotheke laufen, um mir Verbandsmaterial und Desinfektionsmittel für eine offene Wunde zu kaufen? Ich habe mich verletzt.«

»Ich bin Krankenschwester – na ja, ich war es einmal. Wenn Sie wollen, sehe ich mir die Wunde an«, schlug Anabel vor.

»Danke, das ist sehr nett von Ihnen, aber ich komme schon allein damit zurecht … Ah, bringen Sie mir bitte auch ein Mittel gegen Läuse mit. Ich glaube, bei mir hat sich eine ganze Kolonie eingenistet! Ich werde ein Bad nehmen, und wenn Sie einverstanden sind, gehen wir anschließend zusammen essen, ich sterbe vor Hunger. Ich habe einen solchen Appetit auf Steak mit Pommes frites. Seit … Dann können wir plaudern. Ich habe immer ein großes Interesse für die Assistentinnen meines lieben Bruders gehabt!«

✡

Als sie eine knappe Viertelstunde später von der Apotheke zurückkehrte, hörte sie Tom im Badezimmer pfeifen.

»Haben Sie etwas gefunden?«, rief er mit leichter Ironie.

»Sie sind perfekt, ich begreife, warum mein Bruder Sie hierher gebracht hat!«

Sie stieg in den ersten Stock hinauf, öffnete einen Spalt breit die Badezimmertür und legte die Plastiktüte, die sie aus der Apotheke mitgebracht hatte, auf die Fliesen. Das Zimmer war in eine dichte Wolke aus Wasserdampf gehüllt, so dass sie die stämmige Gestalt, die aus der Badewanne kletterte, kaum erkennen konnte. Sie kehrte ins Erdgeschoss zurück. Er hatte seinen Rucksack ausgeleert: löchrige Hemden, zerfetzte T-Shirts, schmutzige Unterhosen, Socken mit einem scharfen Geruch – was da auf dem Boden zerstreut lag, war nicht gerade großartig. Die Kampfanzugjacke hing über einem Kanapee. Aus einer der Innentaschen schaute eine Brieftasche heraus. Anabel atmete tief durch, dann schnappte sie sich die Brieftasche. Selbst wenn Tom in diesem Moment aus dem Bad gekommen wäre, hätte sie genug Zeit gehabt, um sie wieder an ihren Platz zurückzustecken, bevor ihr Besitzer über die Galerie gegangen wäre und sie in flagranti dabei erwischt hätte, wie sie ihre schlimme Neugierde befriedigte. Sie schlug einen Schweizer Pass auf, der auf den Namen Serge Cadier ausgestellt war. Aber natürlich war es Tom, der Bruder von Monsieur Jacob, der sie auf dem Passfoto anlächelte. Außerdem entdeckte sie ein Bündel Geldscheine, Dollars, D-Mark, Rubel, Francs … Sie legte alles wieder zurück und bemühte sich, ihre zitternden Hände unter Kontrolle zu bringen.

»Ich komme gleich, ein paar Minuten noch …«, rief Tom.

Seine Stimme ähnelte der von Monsieur Jacob. Sie war genauso sanft, genauso salbungsvoll, aber mit einem fröhlichen Unterton, der so viel Lebensfreude verbreitete, dass Anabel sich außerstande fühlte, ihm zu widerstehen. Sie lehnte sich mit der Stirn an die Scheibe der Veranda. Ihr Herz schlug immer wilder. Die schweren Wolken am dunklen Himmel zogen ein wenig auseinander, und das graue Wasser der Marne, die in der Nähe vorbeifloss, begann zu glitzern.

»Anabel, bleib jetzt ganz ruhig«, murmelte sie vor sich hin, während sie mit der flachen Hand die Gloriole des Beschlags von der Glasscheibe wischte, die ihr Atem dort hinterlassen hatte.

Versonnen blieb sie für einen langen Moment stehen. Plötzlich legte sich eine Hand auf ihre Schulter. Sie drehte sich um. Tom hatte sich rasiert und einige Locken seines Haars abgeschnitten. Er war in ein sauberes Sweatshirt und eine Jeans geschlüpft. Anabel bemerkte auf der rechten Seite eine Schwellung unter dem Stoff des Sweatshirts, die im unteren Brustbereich begann und bis zur Achsel ging.

»Jetzt bin ich langsam vorzeigbar, oder? Ich habe Hunger. Gehen wir?«

»Und Ihre Verletzung? Wird sie nicht aufbrechen?«, fragte sie und legte dabei ihren Zeigefinger auf die Stelle, wo sie den Verband vermutete.

»Keine Sorge«, versicherte er, »die Wunde beginnt zu vernarben. Entschuldigen Sie, dass ich dränge, aber ich habe wirklich *großen* Hunger. Kommen Sie jetzt mit?«

Sie verließen die Villa und schlugen den Weg ein, der an der Marne entlangführte. Tom hatte einen schnellen Gang und pfiff dazu. Bald saßen sie in dem Restaurant, in dem Anabel oft essen ging. Kaum dass das Steak vor ihm stand, hatte Tom es schon verspeist. Anabel hob immer wieder die Augen von ihrem Teller und wich dabei seinem Blick aus. Er lächelte ihr ständig zu, so wie Monsieur Jacob es immer tat, wenn sie zu zweit zusammensaßen.

»Also, Anabel, erzählen Sie mir ein bisschen von sich?«, forderte er sie auf, nachdem er das letzte Stück Pommes frites gegessen hatte, das noch in der Pfeffersoße lag. »Ich meine, wie sind Sie meinem Bruder in die Hände gefallen? Ich denke, Sie haben eine lange Geschichte zu erzählen. ›Assistentinnen‹ haben immer lange Geschichten zu erzählen …«

Anabel betrachtete ihn und wusste sich nicht zu helfen. Ohne zu begreifen, warum, traten ihr Tränen in die Augen. Sie fühlte sich weder traurig noch unglücklich, im Gegenteil. Vom ersten Augenblick an, als sie Tom gesehen hatte, schmutzstarrend, struppig, lässig, spöttisch, war ihr klar, was mit ihr passierte. Sie hatte nicht die Kraft, dagegen anzugehen. Komme, was wolle, hatte sie bei sich gedacht, während sie Seite an Seite an der Marne entlanggingen.

»Jetzt fängt sie auch noch an zu weinen«, stellte Tom fest und reichte ihr eine Serviette. »Habe ich etwas gesagt, was … was dich schockiert oder verletzt hat? Wenn es das ist, dann bitte ich um Verzeihung.«

Er nahm ihre Hand, ihre Finger verschränkten sich. Anabel streichelte Toms Finger. Sie protestierte nicht, als er das Perlenarmband hochstreifte, das die Narben an ihrem Handgelenk verbarg, die sie von ihrem Selbstmordversuch zurückbehalten hatte. Er nickte nur. Anabel löste ihre Hand aus der Umklammerung. Dann hob sie sie zu Toms Gesicht.

Er kramte in seinen Taschen, holte ein paar zerknitterte Geldscheine hervor und führte Anabel hinaus. Sobald sie aus dem Restaurant getreten waren, legte er einen Arm um ihre Schulter und zog sie an sich.

✲

Seit ihrer Inhaftierung hatte Anabel die Sexualität aus ihrem Leben ausgeblendet. Nach dieser unendlich langen Zeit hatte sie sich damit abgefunden, kein Sexualleben mehr zu haben.

Jedes Mal, wenn ihr Blick das Bild eines nackten Frauenkörpers auf einem Plakat oder einer Anzeige in einer Zeitschrift streifte, nahm sie ihr eigenes Geschlecht als Amputationsnarbe wahr, die zwar verheilt war, die sie aber dennoch spürte wie jene Bein- oder Armamputierten, die weiterhin phantomartige Empfindungen, oft Schmerzen, in dem nicht mehr vorhandenen Körperteil haben. Tom war ein aufmerksamer, phantasievoller und unermüdlicher Liebhaber. Er fand Worte und Gesten, die Anabel wieder mit sich selbst versöhnen konnten.

Später, als sie im Bett neben ihm lag, die Stirn an die Rundung seines Halses geschmiegt, erzählte sie ihm, wie versprochen, mit leiser Stimme ihre beklagenswerte Geschichte. Während dieses Geständnisses streichelte Tom sanft ihr Haar, küsste ihr Handgelenk an der Stelle, wo die Rasierklinge in ihre Venen eingedrungen war. Die Fensterläden waren geschlossen. Anabel stützte sich auf einen Ellbogen und erforschte im Halbdunkel Toms Oberkörper, Schenkel und Arme. Da war natürlich der Verband unterhalb der rechten Schulter, aber ihre Finger stießen bei allen Liebkosungen auf die Spuren anderer Verletzungen.

»Darf ich?«, fragte sie flüsternd, während sie ihre Hand zur Nachttischlampe ausstreckte.

Tom stimmte mit einem Kopfnicken zu. Anabel kniff im Licht die Augen zusammen und entdeckte zahlreiche Narben an ihm, einige sehr tief, andere oberflächlich, aber es waren so viele, dass sie darüber erschrak. Aus Furcht, an vergessene Schmerzen zu rühren, strich sie nur ganz sanft mit den Fingerspitzen darüber.

»Tom … Was ist dir passiert, dass du …?«

Er unterbrach sie, indem er seinen Finger auf ihre Lippen legte, und schnitt alle Fragen ab, die sich ihr aufdrängten.

»Nein! Ich will es wissen!«, protestierte sie. »Das sind Wunden ... Verletzungen wie aus dem Krieg!«

Ihr Blick wanderte erneut über seinen von Kerben und Schnittwunden zerfurchten Körper. Die meisten waren stümperhaft behandelt und vernäht worden und zu schwulstigen Narben verwachsen.

»Ja ... Kriegsverletzungen!«, bestätigte er.

»Aber ... aus welchem Krieg?«, stammelte Anabel. »Wie alt bist du denn?«

»Was schätzt du?«

»Achtundzwanzig, vielleicht dreißig.«

»Stimmt genau, ich bin dreißig.«

»Du weichst mir aus«, protestierte sie.

Er rückte ein Stück von ihr weg, setzte sich auf den Bettrand und zündete eine Zigarette an. Sein Rücken war von denselben Stigmen gezeichnet. In den Mulden der Schulterblätter, entlang der Rippen und in der Lendengegend. Er drehte sich um und legte sich wieder neben Anabel.

»Seit wann kennst du meinen Bruder?«

»Ungefähr seit einem halben Jahr ...«

»Und hast du ihm auch so viele Fragen gestellt?«

Anabel schüttelte den Kopf.

Tom drückte seine Zigarette aus und legte beide Hände um ihr Gesicht. »Wenn ich bleibe, wenn ich mich hier eine Weile aufhalten werde, erkläre ich es dir vielleicht. Aber ich weiß nicht, ob es nötig ist. Weißt du, ich und mein Bruder, wir führen ein Leben, das ... wie soll ich sagen? Das sich von deinem sehr stark unterscheidet. Von mir kannst du nichts erwarten. Ob von ihm, weiß ich nicht.«

Es folgte ein längeres Schweigen. Anabels Herz schlug zum Zerspringen. Seit ihrer ersten Begegnung mit Monsieur Jacob auf dem kleinen Platz am Canal Saint-Martin hatte sie sich von den Ereignissen tragen, wiegen lassen, und sie hatte es bisher keinen Augenblick bedauert. Ihr unstetes Leben hatte wieder eine Richtung gefunden, wenn nicht sogar einen Sinn. Und Tom kam, um das neue Kapitel ihrer langsamen Rückkehr ins Leben zu beschließen. Sie wollte auf keinen Fall, dass der Zauber bräche. Was zählten da schon die absichtsvolle Verschwiegenheit und die seltsame Geheimnistuerei von Tom oder Monsieur Jacob?

»Sag mir wenigstens, woher du kommst«, forderte sie.

»Aus Afrika … Ich bin heute Nacht an Bord eines Frachtschiffs in Le Havre angekommen. Zehn Tage Schiff und vier Stunden Zug, dann der Bahnhof Saint-Lazare am frühen Morgen und die Straßen von Paris.«

»Aus Afrika? Hast du dir dort die Verletzung zugezogen?«

»Ja … bei einer Guerillagruppe, zu der ich gehört habe. In einem Land, das dir nichts sagen wird. An der Seite von Leuten, von denen du nie etwas hören wirst. Sie wollten sich gegen ihr elendes Los erheben. Die erbärmliche Farce, die sich seit Urzeiten unaufhörlich wiederholt. Sie sind alle tot. Gestorben, ohne dass irgendjemand von ihrer Trauer und Verzweiflung weiß. Deshalb bin ich lieber zurückgekommen.«

Anabel nickte verständnisvoll. In irgendwelchen zufällig eingeschalteten Fernsehnachrichten hatte sie schon oft, zu oft, Bilder von grauenhaften Blutbädern und Massakern gesehen. Über Toms Blick lag ein Schleier von Traurigkeit. Anabel streichelte sein Gesicht, dann seinen Oberkörper, dann seinen Schwanz. »Wir haben nicht einmal ein Kondom genommen«, stellte sie ohne jede Beunruhigung fest.

»Hast du Angst? Bei mir hast du nichts zu befürchten.«

»Soso … Das heißt es immer, und dann …«

»Bei mir hast du nichts zu befürchten«, wiederholte er.

»Und du, was weißt du schon von mir? Ex-Knacki, Ex-Junkie …«

Tom zuckte unbekümmert die Achseln, bevor er sie küsste.

✡

Am Abend schlug Tom Anabel vor, ihn nach Paris zu begleiten, wo er noch Besorgungen zu machen hätte, über die er sich nicht näher auslassen wollte. Sie nahmen den Mercedes von Monsieur Jacob, und Anabel parkte in der Rue Oberkampf zwischen zwei Lieferwagen, die mit *Tags* besprayt waren, genau vor der Front einer Tapas-Bar. Die Leuchtreklame blinkte aufgrund eines Kurzschlusses wie ein Stroboskop. Von dem bläulich aufblitzenden Licht geblendet, das die Nacht schraffierte, kniff Anabel die Augen zusammen, dann folgte sie Tom in eine Passage mit moosbedeckten Pflastersteinen, an deren Ende eine winzige Buchhandlung lag. Sie betraten einen Raum, in dem zahllose alte, vergilbte und verblichene Plakate über den spanischen Bürgerkrieg, die Volksfront und die russische Revolution hingen. Auch einige berühmte Fotografien: die kleine, napalmverbrannte Vietnamesin, die nackt auf einer Straße läuft und schreit, der Wahnsinnige, der sich auf dem Tienanmen-Platz ganz allein einer Panzerkolonne in den Weg stellt, oder die schwarzen Athleten, die auf dem Siegerpodest der Olympischen Spiele von Mexiko ihre rächende Faust in den Himmel recken. Das unumgängliche Che-Guevara-Poster – rätselhaftes Lächeln, Zigarre im Mund und den Blick in weite Ferne gerichtet – durfte natürlich nicht fehlen. Junge Leute, die damit beschäftigt waren, Broschüren und Bücher durchzublättern, die sich im allergrößten Durcheinander auf Tapeziertischen stapelten, musterten die Neuankömmlinge mit einer Mischung aus Neugier und Misstrauen. Ein stämmiger Fünfzigjähriger mit Schnauzbart und einem Gesicht voller geplatzter Äderchen kam mit einem Stapel Zeitungen in den Armen aus einem angrenzenden Zimmer: die neueste Ausgabe des *Monde libertaire*. Als sein Blick auf Tom fiel, erstarrte er. Verdutzt blieb er einen langen Moment reglos stehen, bevor er seine Last abstellte. Dann ging er mit einem Schritt auf Tom zu und umarmte ihn. Anabel, die kein Wort Spanisch konnte, verstand nichts von dem, was sie sich anschließend sagten.

»Ja, ist es denn die Möglichkeit!«, rief der Buchhändler und hatte dabei Tränen in den Augen. »Das ist völlig verrückt! Nach so langer Zeit!«

»Ich habe von Freunden erfahren, dass du dich in Paris niedergelassen hast. Es wäre zu viel, jetzt alle Umstände zu erklären«, meinte Tom ruhig. »Und da ich gerade auf der Durchreise hier bin, habe ich mir gedacht, ich muss unbedingt Miguel besuchen.«

Der stand wie versteinert vor Tom, seine Hände zitterten. »Tom, bist du es, bist du es wirklich? Entschuldige bitte, aber ich glaube, ich träume, das ist doch unmöglich!«

»Aber ja doch, mein Lieber, ich bin es, ich bin es wirklich. Ich hatte dir doch gesagt, dass wir da beide rauskommen, ich hatte es dir geschworen … Wie du siehst, habe ich mein Versprechen gehalten. Erinnerst du dich an die Ratte? Wie sie immer ihre Schnauze durch das Fensterloch in unserer Zelle gesteckt hat …?«

»Augusta«, bestätigte Miguel, »das war der Spitzname, den wir ihr gegeben hatten! Augusta, ja, sie war richtig sympathisch, diese Ratte. Wir haben sie mit ein paar Brotkrumen gefüttert. Mensch, Tom, ich kann es kaum glauben! In der Zelle waren nur wir zwei, außer mir und dir kann sich also niemand an Augusta erinnern? Oder?«

»Von wegen sympathisch! Sie ging so weit, unsere Ohren

anzuknabbern. Eines Abends haben wir sie schließlich geschnappt, mit den Absätzen totgetrampelt und ins Becken vom Abtritt gesteckt.«

Miguel starrte Tom noch immer ungläubig an. Plötzlich schüttelte er sich, wühlte in einem Schrank hinter der Kasse herum und brachte eine Flasche Rum sowie zwei nicht gerade saubere Gläser zum Vorschein.

»Also, darauf müssen wir anstoßen!«, rief er. »Siebenundzwanzig Jahre ist das jetzt her, aber ich habe nichts vergessen. Ich war in einem furchtbaren Zustand. Und du auch! Die Dreckschweine haben uns wirklich nichts geschenkt.«

Tom hatte die Ränge des großen Stadions von Santiago de Chile wieder vor Augen, auf denen sich die Gefangenen drängten, die bei den Razzien im September 1973 verhaftet worden waren. Darunter auch Miguel. Wie alle anderen wartete er darauf, dass man ihn zum Verhör, zur Folter abholte. Elektroden an Brust und Penis, 220 Volt, die durch den Körper gejagt wurden, die Schreie, die Knüppelschläge, die Freunde, die sich in die Hose pissten, oder – schlimmer noch –, bevor sie in den Verhörraum abgeführt wurden, der alkoholisierte Atem der Soldaten: All diese Erinnerungen waren für immer in Toms Gedächtnis eingegraben. Mit vielen anderen, die ihnen glichen.

»Und seither … Du … was hast … wo hast du dich rumgetrieben?«, stammelte Miguel.

»Seither? Ich bin ein wenig unterwegs gewesen. Das Übliche. Immer Niederlagen, eine nach der anderen … Irgendwann erzähle ich dir davon. Und du?«

»Du siehst, ich halte mich über Wasser. Verkaufe Bücher an den Nachwuchs, versuche die Flamme hochzuhalten. Man tut, was man kann. Eines Tages wird der Wind wieder drehen, wir können doch nicht immer verlieren, verdammt noch mal!

Tom? Es ist unglaublich! Du hast dich überhaupt nicht verändert! Wie hast du das gemacht? Ich bin auf einen Schlag alt geworden!«

Er zeigte mit einer zugleich fatalistischen und ungenierten Geste auf seinen Schmerbauch, sein Doppelkinn, sein weißes Haar und die Rumflasche, die bereits ein gutes Stück geleert war.

Tom lächelte gerührt. »Miguel, ich bin gekommen, um dich … Kurz, ich brauche Hilfe …«

»Na klar! Alles, was du willst, was glaubst du denn! Tom! Ich kann es nicht fassen … das ist doch unmöglich, völlig unmöglich!«

Miguel schloss ihn erneut in seine Arme, bevor er sich Anabel zuwandte.

»Anabel, eine Freundin«, erklärte Tom auf Französisch.

»Eine Kameradin?«

»Nein, eine Freundin.«

Miguel runzelte die Stirn und gab der jungen Frau die Hand. Anabel hatte Miguels Verwirrung und Verblüffung wohl bemerkt, als dieser Tom erblickt hatte, aber mehr nicht. Der Charakter ihres außergewöhnlichen Wiedersehens war ihr selbstverständlich entgangen. Und das aus gutem Grund.

✡

Anabel wollte die Buchhandlung, in der sie sich ganz und gar nicht wohl fühlte, so schnell wie möglich wieder verlassen. Sie hatte sich nie um Politik gekümmert. Bevor Marc süchtig und kriminell wurde und sie in diese tödliche Spirale hineinzog, hatte er eine Zeit lang für eine Anarchistengruppe geschwärmt. Er brachte Bücher von Proudhon und Bakunin mit in ihr Appartement und begann sie zu lesen, wurde es aber bald überdrüssig. In den endlosen Reden, die er ihr manchmal hielt, tauchten immer dieselben verworrenen Argumente auf: Demnach sollte die marginale Lebensweise, die er gewählt hatte, nichts anderes sein als eine unorganisierte Beteiligung an den revolutionären Ideen, eine radikale Anti-Haltung gegenüber der Gesellschaft, ihren Gesetzen und Ungerechtigkeiten. Bei Tom war das etwas anderes. Die Beteiligung an einem Guerillakampf in Afrika und der Besuch in dieser Buchhandlung zeigten, dass sein Engagement alles andere als oberflächlich war. Im Gegenteil, sein ganzes Leben schien davon bestimmt zu sein.

Die beiden Männer unterhielten sich weiter auf Spanisch. Tom kramte in seiner Brieftasche, holte zwei Passfotos in Schwarz-Weiß heraus und gab sie Miguel.

»Geht es schnell?«

»Eine Woche im Höchstfall«, versicherte ihm Miguel. »Pass du in der Zwischenzeit gut auf dich auf! Machst du immer, ich weiß, aber trotzdem!«

»Was die Kosten angeht … können wir das später regeln?«, fragte Tom.

»Kosten? Welche Kosten?«, lachte Miguel.

Tom schüttelte ihm lange die Hand, bevor er Anabel zum Ausgang zog. Sie setzten sich wieder ins Auto. Tom sprach kein Wort. Er verharrte reglos auf dem Beifahrersitz, die Schultern eingezogen, die Augen weit aufgerissen, als ob ihm plötzlich schlecht geworden wäre. Anabel streckte eine Hand nach ihm aus, doch er winkte ab. Die Neonreklame der Bar blinkte noch immer neben dem Wagen, so dass sie im Halbdunkel den Eindruck hatte, sie würde in rascher Abfolge kurz hintereinander geschossene Fotos betrachten. Drei lange Minuten vergingen, bis er den Kopf schüttelte und wieder zu sich kam.

»Entschuldige bitte, ich war kurz weggetreten, das passiert mir manchmal. Weißt du, worauf ich Lust hätte? Dass du mich spazieren fährst, es ist eine Ewigkeit her, dass ich in Paris war … Fahr einfach aufs Geratewohl los!«

Er klang wieder schwungvoll und begeistert, sein Gesicht hatte sich wieder geglättet und verriet keine Nachwirkungen des kleinen Anfalls, den er soeben erlitten hatte. Anabel fuhr los und bog in Richtung Avenue de la République ab. An der Place de la Bastille gerieten sie in einen Stau, der sich nicht so schnell auflöste. Tom lächelte, das Hupkonzert war ihm völlig egal. Als er die massige, plumpe Silhouette der Oper sah, zuckte er nur die Achseln. Sein Blick irrte über den Asphalt und wanderte die Fassaden hoch, er spähte nach den kleinsten Details auf der Suche nach Erinnerungen, von denen nichts oder fast nichts mehr geblieben war. So fuhren sie über eine Stunde durch Paris, von den Kais an der Seine zum Marsfeld, vom Invalidendom zur Place Vendôme. Unermüdlich nahm Tom die Stadt in Augenschein, verglich sie mit seinen Erinnerungen und war von ihren jüngsten Verwandlungen hin- und hergerissen zwischen Nostalgie und Neugier. Anabel steuerte den Wagen und achtete sein Schweigen. Sie ahnte, dass es sich bei ihrer Tour um eine Art Wallfahrt handelte, deren Liturgie sie auf keinen Fall stören durfte.

»Zu den Buttes-Chaumont, fahr mich zu den Buttes-Chaumont«, ordnete er plötzlich an, als sie, vom Riesenrad kommend, das seit Beginn der Festlichkeiten zum Jahrtausendwechsel gegenüber des Obelisken auf der Place de la Concorde stand, an den Tuilerien vorbeifuhren.

Anabel gehorchte. Sie kannte die Gegend gut. Eine ihrer Tanten wohnte in der Nähe des Parks der Buttes-Chaumont, und in ihrer Kindheit hatte sie den schulfreien Mittwoch oft damit verbracht, mit dem Fahrrad um den See zu kurven und nach einer Vorstellung des von Grünpflanzen umwucherten Kasperletheaters Waffeln mit Schlagsahne zu essen. Fünfzehn Minuten später parkte sie den Wagen an der Place Armand-Carrel, vor dem Rathaus des neunzehnten Arrondissements. Tom nahm sie an der Hand und führte sie zu dem imposanten Eingansportal des Parks, das jedoch verschlossen war. Die Nacht war dunkel, der Platz menschenleer.

»Es ist zu, wir können nicht rein«, stellte sie fest.

Tom gab keine Antwort. Er ging schon mit langen Schritten die Rue Manin hinauf, streifte am Zaun entlang, der weniger hoch war als das Eingangstor. Er war mit senkrechten Spitzen versehen, doch die Abstände zwischen ihnen waren ziemlich groß. Sie dienten nur der Abschreckung. Wer jedoch wirklich rüberklettern wollte, für den bildeten sie kein ernsthaftes Hindernis. Tom legte die Hände ineinander, die Finger verschränkt und die Handteller nach oben gekehrt.

»Los! Ich halte dir den Steigbügel«, flüsterte er. »Pass auf, wenn du auf der anderen Seite landest, dass du den Sprung gut abfederst!«

Anabel zögerte einen kurzen Moment, dann folgte sie ihm. Sie stellte ihren Fuß in seine Hände und umklammerte die Gitterstäbe. Er gab ihr noch einen Schubs nach oben, so dass sie den Zaum ohne Anstrengung überwand. Tom setzte geschmeidig zum Sprung an, zog sich mit einem Klimmzug hoch und landete ebenfalls auf der anderen Seite im Park. Sie liefen die Wege entlang, machten einen Bogen um die Straßenlampen und suchten die Dunkelheit. Der Himmel war klar, das Wasser des Sees, auf dem einige Schwanenpärchen schlummerten, glänzte im Licht der Mondsichel. Tom führte Anabel bis zu der Brücke, die über den See gespannt ist, dann zum Aussichtspavillon, der den ganzen Park überragt. Der in diesem Stadtteil ohnedies geringere Verkehrslärm erreichte ihr

Ohr nur von ferne und vom Bollwerk der Vegetation gedämpft. Oben auf dem Belvedere suchte Tom die weiter unten liegenden Erhebungen des Parks ab. Mit den Ellbogen auf die Balustrade gestützt, füllte er seine Lungen mit einer von Schwefeldioxyd geschwängerten Luft.

»Alles ist so ruhig …«, murmelte er mit bebender Stimme. »Die Zeit hat alles ausgelöscht. Alle haben es vergessen. Du kannst dir nicht vorstellen, was für entsetzliche Szenen sich hier abgespielt haben.«

Anabel blieb an seiner Seite stehen, ohne etwas zu sagen, ohne zu verstehen, was er meinte. Der Platz war so friedlich, die Umgebung so lieblich, die Stille, die ringsum herrschte, so tief, dass ihr seine Bemerkungen völlig unpassend vorkamen. Tom klammerte sich so krampfhaft, mit solcher Kraft an die Balustrade, dass sie die Knöchel in den Gelenken seiner Hände knacken hörte.

»Tausende verängstigter Gefangener, die darauf warteten, dass man sie abführte, um füsiliert zu werden«, fuhr er mit etwas festerer Stimme fort. »Stell dir die Leichenberge vor, die vielen Toten, die dort im See verwesten. Die Pariser Commune … aber das müsstest du doch in der Schule gelernt haben. Oder hast du Geschichte geschwänzt? Nach der Niederlage der Kommunarden häuften sich die Leichen in den Straßen so sehr, dass man sie hierher, nach Belleville oder Ménilmontant brachte, um sie zu verbrennen. Zugleich drängten die Versailler neue Gefangene auf dem Rasen zusammen, wo sie die Leichengruben und Scheiterhaufen betrachten konnten, bevor sie selbst an der Reihe waren und vor das Erschießungskommando geführt wurden. Komm, lass uns gehen.«

Er lief, so schnell er konnte, die Treppen hinunter, die sie auf diesen hoch gelegenen Aussichtsfelsen geführt hatten.

Anabel blieb an seiner Seite, zahllose neue Fragen schwirrten ihr durch den Kopf. Tom schien von der Erinnerung an dieses tragische Kapitel der Geschichte richtig gehend erschüttert zu sein. Seine Beteiligung an Kämpfen in jüngster Vergangenheit, in seinen Augen die Verlängerung jener Ereignisse, erklärte zweifellos seinen erregten Zustand, die große Überempfindlichkeit, mit der er reagierte.

Völlig außer Atem kam sie bei der Umzäunung an, über die sie kaum zehn Minuten zuvor geklettert waren. Tom hielt ihr noch einmal die Hände als Steigbügel hin, und kurz darauf standen sie wieder auf dem Gehweg der Rue Manin. Anabel wollte zum Mercedes gehen, doch Tom nahm sie an der Hand und ging mit ihr ein paar Schritte in die Avenue Laumière.

»Und hier, weißt du, was hier war?«, fragte er. »Viele Jahre, viele Jahrhunderte vor der Commune … Ich wette, mein Bruder hat dir von Vesalius erzählt, seinem guten alten Vesalius?«

Anabel erinnerte sich gut an Vesalius, gestand aber, dass sie sonst nichts weiter wusste. Für sie waren diese breiten Gehwege mit ihren Litfasssäulen, Schaufenstern, Bäckereien oder Metzgereien mit geschlossenen Rollläden eine vertraute, beruhigende Umgebung, die sich quasi seit ihrer Kindheit nicht verändert hatte.

»Du musst dir vorstellen, dass es sich über diesen ganzen Sektor erstreckte«, erklärte Tom und wies mit einer Handbewegung auf einen größeren Häuserkomplex. »Ein riesiger Friedhof und das Hochgericht mittendrin, das Hochgericht von Montfaucon. Die Gehängten schaukelten am Ende des Strangs und wurden von Raben oder Hunden in Stücke gerissen … überall, so weit das Auge reichte, schauten Gebeine aus dem Schlamm oder aus umgegrabenen Erdschollen. Schädel, Oberschenkelknochen, Schienbeine! Ein grauenhafter Gestank! Hier hat sich Vesalius die Leichen für seine Forschungen besorgt. Wusstest du das? Hattest du denn nie Alpträume, als du noch ein kleines Mädchen warst? Als du bei deiner Tante schliefst, hat dich da nachts nie ein Phantom aufgeschreckt? Es wimmelt hier überall davon. Sie sind immer, zu allen Zeiten, in den Kellern und der Kanalisation unterwegs. All diese Gemarterten und Hingerichteten bilden einen endlosen Zug, ein erbärmliches Heer der Elenden und Verzweifelten … hörst du sie nicht?«

Er hatte mit stockender Stimme gesprochen und Anabel schließlich an den Schultern gepackt und heftig geschüttelt. Da begriff sie, dass seine jüngste Verletzung nur ein kleiner Kratzer auf einem Bild mit zweifelsohne viel schwerer zu ertragenden Leiden war.

»Bitte entschuldige vielmals«, sagte er, nachdem er sich wieder beruhigt hatte. »Manchmal führe ich mich auf wie ein Wilder oder ein Primitiver! Mein Bruder hat es mir oft vorgeworfen. Aber man muss sagen, dass ich dort, wo ich die letzten Monate verbracht habe, nicht viel Gelegenheit hatte …«

Anabel legte einen Finger auf seine Lippen, damit er schwieg. »Du hast gesagt, ich solle dir keine Fragen stellen, also stelle ich keine«, sagte sie nachsichtig. »Aber du musst dich entscheiden. Bislang hast du entweder schon zu viel gesagt oder nicht genug. Komm, lass uns nach Hause fahren.«

✡

Nachdem sie in die Villa in Nogent zurückgekehrt waren, entzündete Tom ein großes Kaminfeuer. Anabel sah ihn die Holzscheite und die Reisighölzer sorgfältig, ja mehr noch: mit Vergnügen aufschichten, als ob das Berühren des Reisigs und der schweren Holzklötze, die er aus einem Schuppen geholt hatte, wo sie von Maxime aufgestapelt worden waren, seine

Schmerzen lindern und ihm helfen würde, die Bilder aus seinem Bewusstsein zu verjagen, die ihn quälten. Er legte eine Decke vor den Kamin und zog Anabel an sich.

»Schau«, sagte er, »es gibt nichts Beruhigenderes als ein Feuer. Stell dir vor, du hättest dich nachts in einem tiefen Wald verirrt. Wilde Raubtiere schleichen herum. Sobald ein Feuer aufleuchtet, hast du nichts zu befürchten.«

Sie fröstelte, nahm seinen Kopf in die Hände und streichelte ausgiebig sein Haar. Tom lehnte die Stirn an ihre Brüste und legte seinen Arm um ihre Hüfte.

»Du solltest nicht hier bleiben«, fuhr er fort. »Du hast Glück gehabt, dass du meinem Bruder begegnet bist, er ist immer sehr großzügig gewesen, und er hat dir geholfen, aber glaub mir, es ist besser für dich, du fängst wieder ein normales Leben an und vergisst uns.«

»Aber warum? Warum denn?«

Tom antwortete nicht. Seine Hände strichen über Anabels Hüften, um sich allmählich zwischen ihre Schenkel zu schieben. Sie gab sich hin, fest entschlossen, den Rat, den er ihr gegeben hatte, nicht zu befolgen.

15

In den ersten fünf Tagen nach Ruderis Entlassung aus dem Gefängnis hatte Oleg das Gefühl, allmählich den Verstand zu verlieren. Die Männer seiner Mannschaft reagierten viel gleichmütiger und gelassener als er. Ihr Job war es, einen Typen zu beschatten, der ihnen ansonsten völlig egal war, ihn keine Sekunde aus den Augen zu lassen, alles zu überwachen, was er machte, jede kleinste Geste zu notieren, auch wenn das Bild, das sich daraus ergab, verwirrend war. Sie erledigten ihre Aufgabe sehr sorgfältig, unabhängig von eigenen Stimmungen. Und wenn der Chef das Ende ihrer Mission verkündete, würden sie ohne Bedauern oder Schuldgefühle, aber die Taschen voller Geld, an den heimischen Herd zurückkehren. Für Oleg sah die Sache anders aus.

Ruderi unternahm weiterhin täglich seine Spaziergänge in Paris, immer der Nase nach, während Ava in der Rue Saint-Denis auf den Strich ging. Die Beschatter waren zu Fuß unterwegs, der kleine Fuhrpark mit Limousinen und Motorrädern, der ihnen zur Verfügung stand, erwies sich als überflüssig: Ruderi verließ Paris nicht, bewegte sich nur innerhalb der Stadtmauern. Am späten Vormittag ging er aus dem Haus und spazierte aufs Geratewohl durch die Straßen. Um die Mittagszeit kehrte er in ein Restaurant ein, aß wie ein Scheunendrescher und nahm dann seine scheinbar ziellose Wanderschaft wieder auf. Der Anblick der Stadt, ihrer breiten Straßen und Boulevards, schien ihm zu gefallen, ihn mit Freude zu erfüllen. Was nur zu verständlich war nach den vielen

Jahren, die er zwangsweise in einer Zelle von zwei mal vier Metern verbracht hatte.

Oleg bekam dennoch sehr bald die Bestätigung dafür, dass irgendetwas nicht stimmte. Irgendetwas ging nicht mit rechten Dingen zu, tendierte eindeutig ins Anormale, eigentlich Unmögliche. Wie der Zwischenfall bei seinem Ausflug nach Rueil-Malmaison zum Haus von Margaret Moedenhuiks Eltern, die für einen Fünfundsiebzigjährigen verblüffende Leichtigkeit, ja Gewandtheit, mit der Ruderi allein durch die Kraft seiner Arme auf die Umfassungsmauer des Grundstücks geklettert war. Und dann, nicht zu vergessen, das Liebesgurren, das Luststöhnen, das Oleg in den Ohren widerhallte, sobald seine geliebte Ava zu ihm in das Appartement in der Rue Clauzel zurückkehrte.

Aber das war nichts im Vergleich zu dem, was in den nächsten Tagen von Stunde zu Stunde, ja quasi von Minute zu Minute vor sich ging. Olegs Leute fotografierten Ruderi bei jeder Gelegenheit, die sich bot und bei der keine Gefahr bestand, dass die Zielperson Verdacht schöpfte. Ruderi hatte eine Schwäche für die Straßen von Montmartre, die von Touristen wimmelten, welche alle gern Erinnerungsfotos schossen, und folglich wurde dort andauernd geknipst. Oleg war ständig über alle Bewegungen Ruderis informiert, und durch die visuellen Dokumente, die er geliefert bekam, stellte er verwundert, ja fassungslos fest, wie sich der Pensionär von Darnoncourt verwandelte.

✡

Ruderi verjüngte sich. *Sich verjüngen*, reflexives Verb mit der Bedeutung *jünger werden, in den Zustand der Jugend zurückkehren*. Sich auf der Zeitschiene in umgekehrter Richtung zur natürlichen Entwicklung bewegen, die jeder lebende Organismus durchläuft, ohne dass es jemals möglich gewesen wäre, sich dieser Entwicklung zu widersetzen. Es war nicht zu leugnen, unbestreitbar. Ja, Ruderi verjüngte sich. Sein Gang war nicht mehr stockend, er war vielmehr federnd, und statt leicht trippelnd schritt er nun weit ausholend und leichtfüßig einher! Und es kam noch besser, denn sein von Falten überzogenes Gesicht gewann unaufhaltsam neue Spannkraft, erhielt den frischen, rosigen Teint zurück, den es früher einmal gehabt haben musste. Auch sein Haar begann wieder zu wachsen, lockte sich, fiel über Stirn, Schläfen und Nacken. So unglaublich es erscheinen mochte, dieser Prozess verlief ohne Unterbrechung, langsam und stetig. Die Spuren der Ermüdung, der Abnutzung durch ein ganzes Leben wichen von ihm. Als ob er die vergangenen Jahre mit einem Radiergummi vorsichtig ausgelöscht hätte, um zu seinem ursprünglichen, vier Jahrzehnte alten Aussehen zurückzukehren. Dasselbe galt für seine Stimme, die an jenem Tag, als die Schließer von Darnoncourt ihm das Tor zur Freiheit öffneten, noch zittrig und krächzend gewesen war. Jetzt hatte sie wieder einen klaren, reinen Klang. Fünf Tage, fünf elend kurze Tage, hatten genügt, um diese Veränderungen zu zeitigen.

Am Abend des fünften Tages stieß Ruderi aus Versehen einen Passanten um, entschuldigte sich sogleich, half ihm wieder auf die Beine und entfernte sich mit schnellem Schritt. Die beiden Männer sahen einander zwei oder drei Sekunden ins Gesicht, ohne ein Wort miteinander zu wechseln. Dieser völlig banale Zwischenfall ereignete sich vor einer Filiale der Société générale in der Rue Blanche. Doktor Goldstayn war dabei kurz zusammengezuckt. Er konnte sich des Eindrucks nicht erwehren, dieses Gesicht, in das er für einen kurzen Moment geblickt hatte, irgendwo schon einmal gesehen zu haben. Aber er wusste weder wo noch wann. Oder unter welchen Umständen. Vielleicht war der Eindruck eine Täuschung, einer dieser komischen Streiche, die einem das Gedächtnis manchmal spielte, eine Rutschpartie auf der Zeitspirale. Plötzlich glaubt man beim Betreten eines Kaufhauses oder beim Bummeln in der Stadt, man habe diese Frau oder jenes Kind schon einmal gesehen, man meint, sich an eine frühere Begegnung zu erinnern. Doch es hat sie nie gegeben. Die Logik liefert genügend Argumente, um sich vom Gegenteil zu überzeugen. Und schon verschwindet das flüchtige Gefühl des Déjà-vu, dieser äußerst unangenehme, ja beängstigende Eindruck, dasselbe schon einmal erlebt zu haben, der einige Sekundenbruchteile andauert, um im Durcheinander anderer, diesmal echter, freudvoller oder trauriger Erinnerungen unterzugehen. Die Psychiater haben zwar keine Erklärung für dieses Phänomen, aber einen Namen: Glapion-Effekt. Benannt nach dem ersten unter ihren Kollegen, der dieses Phänomen beschrieben hat. Eine Art neuronaler Kurzschluss, eine Fehlleitung bei der Übertragung in den Synapsen. Mehr nicht.

✡

Oleg saß unentwegt vor den Fotos, die seine Mannschaft ihm lieferte, und betrachtete sie eingehend. Die Verwandlung war eine echte Herausforderung für den gesunden Menschenverstand. Er hatte nie an Wunder geglaubt, an das Übernatürliche oder an all die Albernheiten, die in seiner Heimat von den Babuschkas erzählt wurden, die Märchen, die er in seiner Kindheit gehört hatte. Zauberei, Hexerei, von Generation zu Generation schallte einem immer dasselbe unsinnige Gefasel aus den zahnlosen Mündern der Großmütter entgegen. Und die armen Babuschkas, die jedes bisschen Klatsch immer sofort weiterverbreiteten, hatten nichts kapiert, als in der Nacht zum

26. April 1986 die schlimmste Hexerei über sie hereinbrach, über sie, ihre Kinder und ihre Enkelkinder. In einen Federbusch aus schwarzen Spiralen gehüllt, reckte sich die große Rauchsäule, die auf die Explosion des vierten Reaktorblocks von Tschernobyl folgte, stürmisch in den Himmel. Fünfzig Millionen Radionuklide wurden in die Atmosphäre geschleudert, von denen die meisten – Zirkonium, Strontium – in unmittelbarer Umgebung des Emissionsorts niedergingen, andere hingegen – Jod 131 und 133, Cäsium 134 und 137 –, die vom Wind davongetragen wurden, im Umkreis von vielen hundert, ja mehreren tausend Kilometern. Die Babuschkas sahen seltsame Trümmer in ihren Gärten und Gemüsebeeten landen, bläulich glänzende Rückstände, die sich auf ihren Kohlköpfen oder Futterrüben niederließen oder mitten auf ihren Kirsch- und Nussbäumen. Woher hätten die armen Babuschkas, die sonst beim geringsten Hinweis auf den bösen Blick so leichtgläubig, so vorsichtig waren, auch wissen sollen, dass dieser bösartige Staub den Tod im Schlepptau hatte?

✡

An jenem Morgen des 26. April 1986 nahm Oleg mit vielen hundert anderen Kindern und Jugendlichen an einem »Friedensmarathon« zwischen der Stadt Pripjat und dem Dorf Kopaschi teil, das acht Kilometer von dem zerstörten Reaktor entfernt lag. Sie waren vollkommen ahnungslos. Niemand kümmerte sich darum, sie in Sicherheit zu bringen, sie in dieser größten Not zu evakuieren. In Turnschuhen, mit Shorts und Trikothemdchen bekleidet, auf denen das Stadtwappen prangte, gaben sie alle ihr Bestes, um den Pokal nach Hause zu tragen. Sie liefen unter Spruchbändern durch, auf denen die Überlegenheit der sowjetischen Technologie und Wissenschaft gerühmt wurde, und als sie vor dem Siegerpodest eintrafen, brüllten sie Slogans und atmeten in vollen Zügen die Frühlingsluft mit all den radioaktiven Teilchen ein, die unsichtbar, nicht greifbar und dennoch allgegenwärtig waren. Nichts deutete auf die Gefahr hin. Durch nichts hatte man sie davor gewarnt. Seitdem hatte Oleg gelernt, dem äußeren Eindruck zu misstrauen.

✡

Fünf Tage nach Ruderis Freilassung musste sich Oleg dennoch den Tatsachen beugen: Was auch immer er davon halten mochte, vor seinen Augen hatte sich etwas absolut Außergewöhnliches ereignet. Ein vom Alter gezeichneter und von der Inhaftierung geschwächter Greis hatte sich auf eine Art und Weise gemausert, die jeder Vernunft spottete. Eine Mauser, das war der treffende Ausdruck dafür. Oder eine Häutung nach dem Vorbild der Viper, die ihre abgenutzte Haut abstreift und sich wie neugeboren wieder fröhlich durchs Unterholz schlängelt. Ruderi war ein *neuer Mensch* geworden. Daran konnte kein Zweifel mehr bestehen. Der junge Mann, der mit den Händen in den Hosentaschen über die Place du Tertre oder durch die Gärten von Sacré-Cœur schlenderte, und derjenige, der am 26. Januar 1966 vom Strafgerichtshof in Douai zu vierzig Jahren Haft verurteilt worden war, waren ein und derselbe. Aus der Distanz begriff Oleg die Vorbehalte Margaret Moedenhuiks, die Gründe für den Auftrag genauer darzulegen. Sie wollte wissen, wer Ruderi wirklich war. Was Oleg angesichts der jüngsten Ereignisse vollkommen berechtigt erschien. Er war fest entschlossen, auf schnellstem Weg nach Venedig zu reisen und seine Auftraggeberin zu befragen, sie auszuquetschen – notfalls auch mit schlagenden Argumenten –, bis sie alles erzählte, was sie wusste. Dennoch rang er sich zu einer anderen Vorgehensweise durch, bevor er sich entschied, die Reise anzutreten. Am Morgen des sechsten Tages begab er sich zu den einzigen Personen, für die er ein aufrichtiges Gefühl der Freundschaft und der Zuneigung empfand. Die Einzigen, denen er Anerkennung und Dankbarkeit entgegenbrachte.

✡

Guillaume Monteil wohnte in Chatou in einem weitläufigen Einfamilienhaus, das von tropischen Gewächshäusern umgeben war, auf die er die größte Sorgfalt verwandte. Seit seiner Pensionierung war dies sogar seine Hauptbeschäftigung. Seine sieben Jahre jüngere Frau Nadine arbeitete noch im Hôpital Necker. Bei ihnen hatte Oleg 1991 während seines ersten Frankreichaufenthalts gewohnt. Mit zwei oder drei anderen »Betreuern«, die sich genauso verloren und hilflos fühlten wie er, war er beauftragt worden, die Kinder in ihren Krankenhauszimmern in der Salpêtrière, dem Necker oder dem Trousseau zu hüten, sie zu beruhigen und zu trösten. Außerdem sollte er ihnen die Art der Behandlung erklären, die sie bekamen, und zwar in seinen oder vielmehr in den Worten der Kinder selbst, und ihnen helfen, Briefe an ihre in der Ukraine oder in Weißrussland zurückgebliebenen Eltern zu schreiben. Abends kehrten Oleg und die anderen Betreuer in ihre Gastfamilien zurück, während die Kinder allein, isoliert in ihren Krankenzimmern blieben. Aber dieses Kontingent von Kindern hatte Glück, trotz allem, was ihnen zugestoßen war. Ihre kleinen Freunde, die zu Hause oder vielmehr in Kiew geblieben waren, wo sie nach der Kontaminierung der Zone um Pripjat, jener Schlafstadt, die an das Kernkraftwerk grenzte,

Zuflucht gefunden hatten, würden nie eine Behandlung von der Qualität bekommen wie die kleinen Glückspilze in Paris.

Während der Katastrophe hatten sich die Behörden ganz einfach als unfähig erwiesen, Jodtabletten zu verteilen. Wären diese rechtzeitig über zehn, zwölf Tage verabreicht worden, hätte das die Organifikation von Jod und die nachfolgenden Etappen der Schilddrüsenhormon-Synthese gehemmt und die auf eine Kontamination folgende Verstrahlung spürbar gemindert. In den folgenden Jahren tauchten bei den Kindern die ersten Fälle von Schilddrüsenkrebs auf. Das franko-ukrainische Zentrum in Kiew lieferte die Logistik, um die ständige medizinische Betreuung von fünftausend Kindern zu gewährleisten, die aus der verseuchten Zone evakuiert worden waren. Eine kleine Anzahl davon hatte man ins Ausland geschickt. Die meisten aber mussten zu Hause bleiben, darunter die am schlimmsten Betroffenen, bei denen sich bereits Metastasen in den Lungen oder Lymphknoten gebildet hatten. Mascha, Anatoli und Sascha, die Schwester und die beiden Brüder von Oleg, durften nicht mit auf die Reise gehen. Für sie war es schon zu spät.

✡

Guillaume und Nadine Monteil gehörten von Beginn an zu der kleinen Gruppe von Ärzten, die sich mit Mitteln abmühten, die angesichts des Ausmaßes der Erkrankungen lächerlich waren. Oleg ließ nie eine Gelegenheit aus, sie zu besuchen. Sie wussten natürlich nichts von seinem neuen Leben. Für sie war er immer der hilflose junge Mann mit den traurigen großen Augen geblieben, der sich in ihrem Wohnzimmer vorsichtig wie eine Wildkatze bewegte, aus Angst, gegen eine Nippfigur zu stoßen oder ein Glas Coca-Cola umzuwerfen und Flecken auf dem Teppich zu hinterlassen. Jener Junge, dessen Zutrauen sie geduldig gewannen, indem sie seine Schamgefühle achteten, und dessen zahlreiche Französischfehler sie unermüdlich korrigierten. Nadine und Guillaume hatten ihre Tränen nicht zurückgehalten, als Oleg ihnen von *den Tagen danach* erzählte, so der Ausdruck, den er immer benutzte, ohne dass er erklären musste, um welches Danach es sich handelte. *Die Tage danach.* Drei Wörter, die eng aneinander kauerten, eine Abkürzung für den vertraulichen Bericht über das, *was in den Tagen danach passiert war.*

✡

Kostia, Olegs Vater, war Feuerwehrmann. Die ganze Familie lebte in den Gebäuden der Kaserne von Pripjat. Sie bewohnten eine ziemlich kleine Wohnung mit drei Zimmern und einer Gemeinschaftsküche, die sie mit den anderen Haushalten teilen mussten, aber alles in allem war es recht komfortabel im Vergleich zu den ansonsten herrschenden Verhältnissen in der Sowjetunion. Am 26. April 1986 begannen die Sirenen um Punkt ein Uhr dreiundzwanzig zu heulen. Oleg sah, wie sein Vater sich hastig anzog und zu seinen Kollegen im Kasernenhof eilte. Die Dieselmotoren der Feuerwehrwagen liefen bereits auf Hochtouren.

Kostia und seine Kollegen waren innerhalb weniger Minuten an Ort und Stelle und trafen auf eine alptraumhafte Szene. Aus der Mitte des Reaktors entwich ein riesiges bläuliches Lichtbündel, während der Brandherd tiefrot leuchtete. Sie stiegen auf das Dach des Kernkraftwerks, um das Feuer von oben zu bekämpfen, zogen viele Dutzend Meter Löschschläuche hinter sich her, richteten ihre Spritzdüsen direkt auf das lodernde Feuer und schleuderten tonnenweise Wasser und Schaum darauf. Keiner von ihnen trug besondere Schutzkleidung oder war mit einem Dosimeter ausgerüstet. Kaum meinten sie, die Flammen an einer Stelle erstickt zu haben, da brach an anderer Stelle beim bloßen Kontakt mit einem Stück weiß glühenden Grafit ein neuer Brand aus. Unter ihren Füßen schmolz der Asphalt, verwandelte sich in einen brennenden Schlamm, in den sie bis zu den Knöcheln einsanken. Gegen fünf Uhr früh war der Brand allem Anschein nach unter Kontrolle. Das war kein normaler, gewöhnlicher Brand, etwas Ähnliches, Vergleichbares hatte es noch nie gegeben. Die Flammen waren verschwunden, aber im Innersten des Reaktors brodelte es weiter, das Grafit köchelte sozusagen auf Sparflamme. Die Feuerwehrleute blieben noch zwei Stunden, bis man ihnen erlaubte, ein Kellergeschoss aufzusuchen, wo sie sich waschen und umziehen konnten. Erst jetzt, im Neonlicht, stellten sie fest, dass sie alle eine gebräunte Haut hatten wie nach einem langen Sonnenbad. Einige von ihnen mussten sich erbrechen, spuckten eine Mischung aus Blut und Speichel, mehrere verloren das Bewusstsein. Sie hatten eine unglaubliche Dosis Strahlen aufgenommen – 800 Rem, die doppelte Menge der tödlichen Dosis.

Am Morgen übernahmen die Hubschrauber den Stab. In immer neuen Wellen flogen sie über den Reaktor, um Tausende Tonnen Sand, Lehm, Blei, Bor, Borax und Dolomit auf ihn zu schütten. Fasziniert beobachteten Oleg und die Kinder von Pripjat das Ballett dieser metallenen Monster, Mi-6-, Mi-8- und Mi-26-Helikopter, die in ihren Laderäumen riesige Mengen transportieren konnten und die scheinbar ohne jede Ordnung übers Land flogen, verirrt wie Maikäfer, die ein stürmischer Wind durch die Luft wirbelte. Die Hubschrauberbesatzungen trugen Gummianzüge und Stiefel, dazu Masken und Handschuhe, die sie vor der Strahlung schützen sollten. Sie flogen im Tiefflug über das Ziel und hatten die Anweisung, nur wenige Sekunden darüber zu kreisen. Meistens ließen sie ihre Ladung aufs Geratewohl fallen.

Die Stadt Pripjat wurde schließlich evakuiert. Die Bewohner, die von alldem nichts begriffen, erhielten Anordnungen über das Radio. Man forderte sie auf, warme Kleidung und Turnschuhe bereitzuhalten, es war die Rede von Zeltdörfern, die man im Wald errichten würde. Ein kleiner Ausflug aufs Land zur 1.-Mai-Feier? Kein anderer Tag war der Sowjetunion so heilig wie der 1. Mai, an dem auch der Sieg über die Nazibestie gefeiert wurde. Na denn. Die disziplinierte Bevölkerung gehorchte.

Seinen Möglichkeiten entsprechend, beteiligte sich Oleg ebenfalls am Kampf gegen die Katastrophe. Eine Woche lang füllte er mit einer Brigade jene Sandsäcke, die von den Helikoptern über dem Reaktor abgeworfen wurden. Mit rund tausend anderen eilig rekrutierten Zivilisten schaufelte er in einem nahe gelegenen Steinbruch Sand. Sie alle arbeiteten im Unterhemd oder mit nacktem Oberkörper. In den Pausen holte jeder seine Stullen hervor, und Lastwagen kamen, um die Freiwilligen mit frischem Obst und Gemüse zu versorgen, das in dieser Gegend geerntet worden war. Der Wind blies aus dem Süden, vom Kraftwerk bis zum Steinbruch, und drückte einen Ruß herunter, der sich mit dem von den Schaufeln und Hacken aufgewirbelten Staub vermischte …

Seit der Nacht zum 26. April hatte Oleg keine genauen Angaben über den Verbleib seines Vaters erhalten. Seine Brüder und seine Schwester waren von einer Tante aufgenommen worden, die nicht weit entfernt auf dem Land lebte. Am 2. Mai gelang es ihm, seine Mutter telefonisch zu erreichen. Sie hatte Himmel und Erde in Bewegung gesetzt, um nach Moskau zu fliegen und am Krankenbett ihres Mannes zu wachen. Die Feuerwehrmänner, die den Brand in den ersten Stunden bekämpft hatten, waren alle evakuiert und mit Spezialflugzeugen in die Moskauer Klinik Nummer 6 »Schtschukinskaja«, eingeliefert worden. Oleg traf dort am 4. Mai nach einer chaotischen und erschöpfenden zwanzigstündigen Reise ein. Alle Flugverbindungen waren durcheinander gebracht, die Buchungslisten von den Spezialisten, Ärzten, Biologen, Radiologen, Ingenieuren belegt, die sich von überall her nach Tschernobyl aufmachten und die ein unermüdliches Schöpfrad auf den Flughafen von Kiew spülte. Ganz zu schweigen von den Apparatschiks der Partei, die es gewohnt waren, äußerst bequem zu reisen, und die nun angedüst kamen, um beschwichtigende Reden zu halten. Die Flugzeuge flogen in größter Eile und nahezu leer zurück. Oleg war es dennoch gelungen, sich durch das ganze Wirrwarr einen Weg nach Moskau zu bahnen.

Klinik Nummer 6. »Schtschukinskaja«. Er brauchte nicht lange, um festzustellen, dass das Gebäude, in dem die »heldenhaften Feuerwehrleute« aufgenommen worden waren, von einem Sperrgürtel umgeben war. Er musste seinen Personalausweis vorlegen und dem Milizionär ein Paar Rubel in die Hand drücken, um die Sperren schneller zu überwinden. Er wurde von einem verängstigten Arzt empfangen, dem er seine Geschichte erzählte.

Sein Vater lag da oben, in einem der Zimmer im zweiten Stock. Außer seinem Stethoskop trug der Arzt auch ein Dosimeter um den Hals. Das Gerät knisterte.

»Hörst du? Sogar hier unten im Erdgeschoss schlägt es wie wild aus«, sagte er zu Oleg. »Ich komme gerade aus den Krankenzimmern, in denen sie liegen. Und allein davon habe ich schon eine starke Dosis abbekommen.«

»Aber … meine Mutter ist auch da oben!«, protestierte Oleg.

»Ich weiß«, antwortete ihm der Arzt, »und sie ist nicht die Einzige. Ihre Frauen sind alle da. Niemand hatte den Mut, ihnen den Zutritt in die Krankenzimmer ihrer Männer zu verwehren … aber das ist der reine Selbstmord. Du bist jung, stark, du siehst intelligent aus, und außerdem muss ich endlich mal jemandem die Wahrheit sagen. Also, deinen Vater, den solltest du so in Erinnerung behalten, wie er früher war. Bevor diese Scheiße passiert ist.«

Der Arzt war erschöpft. Oleg musterte ihn, sah seine blutunterlaufenen Augen, seine zitternden Hände.

»Ich will ihn sehen …«, murmelte er.

»Was, glaubst du, wirst du dort sehen, mein armer Junge?«, erwiderte der Arzt ruhig. »Er verliert sein Haar, er verliert seine Haut, es genügt, ihn in seinem Bett zu wenden, und ganze Fetzen lösen sich von ihm ab, sein ganzer Körper ist mit Blasen bedeckt, er spuckt pausenlos, seine Eingeweide hören nicht auf zu … glaub mir, er ist schon auf dem Weg ins Jenseits. Und der einzige Gefallen, den man ihm noch tun kann, besteht darin, zu verhindern, dass er andere kontaminiert. Für deine Mutter ist es schon zu spät. Sie hat zu viel Zeit an seinem Bett verbracht. Und ich, ich gehe seit drei Tagen durch die Gänge und von einem Zimmer ins andere, um ihnen die Hand zu reichen. Nicht zu sehr, weil es ihnen wehtut. Ich kann nichts anderes tun, als ihnen beim Sterben helfen. Auch meine Tage sind gezählt, also versuche wenigstens du, diesen Schicksalsschlag auszuhalten. Widerstehe der Versuchung, dein Mitleid nützt überhaupt nichts. Aber später wird man Jungen wie dich brauchen, damit ihr berichten könnt, es bezeugen könnt!«

Oleg musterte ihn von neuem. Er hätte diesen Typen, den er nie zuvor gesehen hatte und nie wieder sehen würde, am liebsten an sich gedrückt. Er hob die Arme, wollte ihn umarmen, aber das Dosimeter am Hals des Arztes knisterte.

»Los, hau ab!«, befahl er ihm. »Hör diese kurze Musik, hör gut zu, und vergiss sie nie!«

Tick, tick, tick. Tick, tick, tick. Die Röntgen-Melodie. Das Todesmenuett.

✡

Am übernächsten Tag brachte ein Militärkonvoi die Särge in den Sperrgürtel um die Klinik Nummer 6. Olegs Mutter und die anderen Ehefrauen schmückten die sterblichen Überreste der Feuerwehrmänner mit ihren Uniformen. Es war unmöglich gewesen, ihnen die Stiefel anzuziehen, ihre Füße waren über alle Maßen angeschwollen. Auf ihrer Brust lag die Galamütze, die sie bei offiziellen Anlässen und Feierlichkeiten trugen. Die Angestellten der Leichenhalle erfüllten ihre Pflicht, so schnell es nur ging. Bevor sie die Leichen in die Holzsärge legten, steckten sie sie in Schutzhüllen aus Plastik. Die Särge wurden ebenfalls mit Plastik ummantelt und anschließend in weitaus größere Zinksärge gelegt. Dann machte sich der Konvoi, begleitet von der Miliz, auf den Weg zu einem Friedhof am Stadtrand. Dort waren bereits Gräber mit einem Mantel aus Beton und Blei vorbereitet worden.

Während der gesamten Überführung von der Klinik Nummer 6 bis zum Friedhof beobachtete Oleg den Oberst, der die ganze Operation befehligte. Schweiß rann ihm die Schläfen hinunter, und sein Adamsapfel zuckte unablässig. Er drückte sich in die äußerste Ecke der Bank gegen die Karosserie, als ob die wenigen Zentimeter Abstand zu den Witwen, die er dadurch gewann, genügen würden, um eine Art winziges *No Man's Land* zu schaffen, das ihn vor Kontamination schützte. Die Wege auf dem Friedhof waren voll von Milizionären und Polizisten in Zivil. Sie sollten die Neugierigen fernhalten, die es möglicherweise wagen würden, auf den Friedhof zu kommen, aber das war vollkommen überflüssig. Die Trauerzeremonie wurde in großer Eile durchgeführt. Die Witwen und die wenigen Kinder, die zu ihnen gestoßen waren, wurden nach Kiew zurückgebracht, wo man Häuser beschlagnahmt hatte, um die Familien aus Pripjat unterzubringen.

✡

Die Tage danach mit all ihrem Unglück und Leid wollten überhaupt nicht mehr vergehen. In der unmittelbaren Umgebung des Kernkraftwerks setzten die »Liquidatoren« ihre Arbeit fort. Man begann, das Material anzusammeln, mit dem ein vollkommen abgeschlossener Sarkophag über dem Reaktorgebäude gebaut werden sollte. In einem Umkreis von dreißig bis fünfzig Kilometern mussten die Bauern überzeugt werden, ihre Häuser aufzugeben und nur ihre notwendigsten Habseligkeiten mitzunehmen. Einige weigerten sich. Als man kam, um sie abzuholen, zeigten sie auf den blauen Himmel, die blühenden Blumen und das üppig wachsende Gras. Wo soll da eine Gefahr sein?, fragten sie ungläubig. Andere waren weggegangen und heimlich wieder in ihre Dörfer zurückgekommen, nachdem sie festgestellt hatten, dass sich nichts Besonderes mehr ereignete. Überall gab es die widersprüchlichsten Gerüchte. Mal hieß es, die Folgen würden schrecklich sein, mal, alles sei nur ein Witz. Sicher, die Männer, die zu den ersten Löschmannschaften gehört hatten, mussten mit ihrem Leben bezahlen, aber jetzt, da die Situation unter Kontrolle sei, hätte man nichts mehr zu befürchten. Mit ein Paar Jodtabletten sei es doch getan. Die Propaganda-Spezialisten im Fernsehen zogen alle Register und streuten beruhigende Slogans mit patriotischen Refrains unters Volk. In den darauf folgenden Monaten strömten fast 650.000 Menschen in Tschernobyl zusammen. Um die Bäume zu fällen und sie auf riesigen

Scheiterhaufen zu verbrennen. Die Wehrdienstpflichtigen jenes Jahrgangs glaubten, an normalen Manövern beteiligt zu sein. Rund um die Zone marschierten ganze Regimenter auf, aber die Abriegelung war nicht undurchlässig, und man brauchte nur einen skrupellosen Unteroffizier zu schmieren, um in das verbotene Gebiet hineinzugehen oder herauszukommen. Durch die Wälder streiften kleine Rudel Bewaffneter, die den Auftrag hatten, alles Vieh zu erschießen, auch Hunde und Katzen, also dafür zu sorgen, dass kein Tier aus der am stärksten verseuchten Zone entwischte. Man verteilte in großen Mengen Wodka unter ihnen. Auf diesem seltsamen Frühlingsmanöver pflückten sie Pilze, Erdbeeren, Himbeeren, ließen sich das alles schmecken, fielen über die Hühnerställe her, schlürften die Eier aus und feuerten ihre Salven auf das panische Geflügel ab. Die Wege waren stellenweise von Tierkadavern gesäumt, Kühen oder Schweinen, die von Kalaschnikows umgemäht worden waren und deren verwesendes Fleisch Heerscharen von Fliegen anzog.

✡

Auf der Fahrt nach Chatou zu Guillaume und Nadine Monteil erinnerte sich Oleg an die schlimmsten Momente jener *Tage danach*. An die Krankheit seiner Mutter, die sehr schnell, im Herbst '86, ausbrach. Und an die ersten Symptome bei seinen Geschwistern. Diese alptraumhaften Erinnerungen stiegen seit fünfzehn Jahren Nacht für Nacht in ihm auf.

Nadine Monteil war zu einem Ärztekongress in die Vereinigten Staaten gereist. So empfing Guillaume ihn allein am Eingang ihres Hauses. Er schloss ihn in die Arme, drückte ihn lange, bevor er ihn hereinbat und sich nach seinem Gesundheitszustand erkundigte. Oleg belog ihn, was die Häufigkeit betraf, mit der er sich den Bluttransfusionen unterziehen musste, und gab vor, es geschehe immer noch mit einem Abstand von vier Monaten.

»Ich habe ja nie etwas verstanden von diesen Geschichten mit Lymphozyten, weißen Blutkörperchen, Blutplättchen und so weiter. Ich weiß nur, dass ich bald hinüber sein werde.«

»Es ist nicht recht von dir, so etwas zu sagen!«, protestierte Guillaume. »Du musst Geduld haben, mit den Bluttransfusionen kannst du noch lange durchhalten, sehr lange, bis man einen Knochenmarkspender für dich findet. Es wird klappen, ich bin sicher, dass es klappen wird. Wenn es nur von mir abhinge – das weißt du genau –, läge ich schon auf dem Operationstisch, um mich aufschneiden zu lassen!«

Oleg zuckte die Achseln. Seine Brüder waren '94 gestorben, seine Schwester '95, und die Chancen, einen Spender aufzutreiben, dessen Gewebemerkmale nach dem HLA-System (Humane-Leukozyten-Antigene) mit seinen übereinstimmten, waren unendlich gering. Die ihn behandelnden Ärzte hatten seine Daten in eine Datei eingetragen, die laufend mit internationalen Spenderdateien abgeglichen wurde, doch bislang hatte sich kein Spender gefunden.

»Alles wird gut gehen«, nahm Guillaume das Gespräch wieder auf, »ich fühle es. Solange die Leukämie noch nicht offen ausgebrochen ist, hast du alle Chancen! Und selbst wenn das passieren würde, weißt du, dass die Forschung unglaublich schnelle Fortschritte macht. Es ist eine Frage von ein paar Jahren. Schau, seit der Zeit, als du der Strahlung ausgesetzt warst, sind bereits fünfzehn Jahre vergangen. Die Bewohner von Hiroshima und Nagasaki sind häufig erst nach dreißig Jahren erkrankt! Wir wissen noch nicht viel auf diesem Gebiet … Denk nur an all diejenigen, die nicht mehr sind!«

Oleg zuckte wieder bloß die Achseln. Er kannte das Lied auswendig. Diejenigen, die nicht mehr sind? Sie zogen jede Nacht vor seinen Augen vorüber. Die ganze Brigade der Feuerwehrmänner und viele ihrer Ehefrauen, allen voran seine Mutter. Die Nachbarn. Die Schüler und Studenten, die die Sandsäcke füllten, die auf den Brandherd geworfen wurden … Und die Babys, die ein, zwei oder drei Jahre später geboren wurden. Mit entsetzlichen Missbildungen. Leberzirrhosen. Enzephalopathien. Und all diejenigen, von denen zu sprechen verboten war. Die eines Tages plötzlich verschwunden waren, die gänzlich unvermutet von einem Krankenwagen abgeholt und in irgendein Behandlungszentrum gebracht wurden, das niemand kannte.

✡

Die beiden Männer hatten sich ins Wohnzimmer gesetzt. Guillaume servierte Tee und fragte den Besucher nach seiner Arbeit. Oleg antwortete ausweichend. Für solche Situationen hatte er sich ein paar vollkommen plausible Anekdoten ausgedacht, mit denen er eine Berufstätigkeit vortäuschen konnte. Geschichten über das Durcheinander auf Flughäfen, in dem sich seine Touristengruppen verirrten, leicht anzügliche Hotelzimmer-Geschichten … Guillaume war nicht argwöhnisch, außerdem war das Leben seines Schützlings so ungeheuerlich, dass seine Vorstellungskraft dafür einfach nicht ausgereicht hätte. Beide schwiegen eine Weile. Guillaume hatte seine Meerschaumpfeife mit einem aromatischen Tabak gestopft und zog mit geschlossenen Augen genüsslich daran.

»Ich … ich möchte Ihnen eine Frage stellen …«, sagte Oleg schließlich. Guillaume und seine Frau hatten ihn immer geduzt, aber er hatte sich nie zu dieser Vertraulichkeit durchringen können. Seit ihrer ersten Begegnung, als er gerade mal neunzehn war, hatte er sie immer auf einen symbolischen Sockel gestellt und voller Bewunderung die Augen zu ihnen aufgerichtet.

»Ich bin ganz Ohr, Oleg.«

»Gut. Neulich bei der Arbeit habe ich einen Kunden kennen gelernt, der … also, der sich verjüngt hat. Es war höchst erstaunlich. Er war alt, und jetzt sieht er jung aus. Als ob er irgendeine Art Kur gemacht hätte, nur dass er, statt ein paar Kilos abzunehmen, ein paar Jahre verloren hat.«

»Wenn du das Rezept oder vielmehr das Patent dafür hast, dann melde es schnell an, denn eines kann ich dir garantieren: In dem Fall bist du ein gemachter Mann!«

»Sie verstehen mich nicht, oder glauben Sie, ich erzähle Ihnen irgendwelche Geschichten? Nein, ich meine es wirklich ernst. Ich habe einen Mann getroffen, der lange Zeit völlig isoliert gelebt hat. Um Ihnen die Wahrheit zu sagen: Er war im Gefängnis. Er hat seine Strafe komplett abgesessen, vierzig Jahre, und jetzt wird er eine lange Reise unternehmen. Er weiß es noch nicht, eine seiner Freundinnen will ihn damit überraschen. Sie übernimmt die gesamten Kosten. Im Moment dürfte er gerade aufbrechen … Nun, dieser Mann hat sich kurz nach seiner Freilassung … verwandelt. Irgendwie hat er wieder Kraft und Jugendlichkeit bekommen, eine neue Stärke, kurz, er ist … er hat sich verjüngt. Es gibt kein anderes Wort dafür. Gibt es denn so starke Medikamente, irgendwelche vollkommen neuartige Behandlungsmethoden …?«

Die Naivität der Frage verblüffte Guillaume. Er brauchte einige Sekunden, bis er antworten konnte. »Es ist natürlich möglich, dass jemand, der lange Zeit in Gefangenschaft verbracht hat, sich, wie soll ich sagen, zurückbildet, geschmeidiger wird, dass die Rückkehr in die Freiheit seine Stimmung so steigert, dass er sich physisch verändert. Dass er dir den Eindruck vermittelt, sich zu verjüngen. Aber die Jahre lassen sich nicht rückgängig machen, Oleg, sie sammeln sich an. Anfangs merkt man es noch nicht, als ob sie das, was sie anrichten, vor einem verstecken wollten, doch nach und nach, wenn es keinen Grund mehr für Eitelkeiten gibt, wiegen sie allmählich schwer. In den kommenden Jahrzehnten, in den nächsten zwanzig, dreißig Jahren, werden sich die Dinge auf spektakuläre Weise verändern. Es gibt viel versprechende Moleküle, die den Alterungsprozess bremsen könnten. Aber derzeit liegen noch keine konkreten Ergebnisse vor. Und ich wiederhole: Moleküle, die den Alterungsprozess bremsen könnten, aber nicht ihn umkehren!«

Während Guillaume das sagte, war ihm völlig bewusst, dass er damit eine alte Wunde aufriss. Oleg war besessen vom Gedanken an seinen nahen Tod, und er erzählte ihm von einer fast greifbaren Zukunft, die Oleg allerdings höchstwahrscheinlich versperrt bleiben würde.

»Er hat sich verjüngt«, versteifte sich Oleg. »Seine Falten sind verschwunden, sein Gang ... seine Stimme ...«

»Schönheitschirurgie?«, vermutete Guillaume. »Die Ergebnisse können tatsächlich täuschend echt sein, aber nicht für lange Zeit.«

»Nein, darum handelt es sich nicht, es ist viel, viel unerklärlicher. Spektakulärer! Es hat nichts zu tun mit diesen Omas, die sich die Gesichtshaut liften lassen, ich schwöre es Ihnen! Dazu hatte er gar nicht die Zeit ... Ich sehe schon, Sie glauben mir nicht.«

»Und du hast diesen ... diesen seltsamen Kerl bei der Arbeit getroffen?«

»Ja, es ging um einen Vertrag für ihn ... ein dicker Auftrag. Ich bin sein exklusiver *Tour Operator*. Das heißt, ich überwache sämtliche Einzelheiten seiner Reise. Eine sehr lange Reise. Ich muss alle Zwischenstationen organisieren bis zum letzten Zielort am Ende der Welt. Die Mitternachtssonne, das Nordlicht, ein grandioses Spektakel. Alles ist schon vorgeplant.«

Ohne im Geringsten zu ahnen, von welch schwerwiegender

Bedeutung Olegs Ausführungen waren, betrachtete Guillaume Monteil ihn mit einem gewollt nachsichtigen Blick. Er stand von seinem Sessel auf, legte die Meerschaumpfeife auf ein Tablett, nahm sich eine neue und zündete sie an. Er ging ein paar Schritte durchs Wohnzimmer, blieb vor der großen Fensterfront zum Garten hinaus stehen und versuchte sich seine Sorge nicht anmerken zu lassen. Oleg musste seinen Behandlungsplan peinlich genau einhalten, sich allen Untersuchungen, die ihm verschrieben worden waren, mit lückenloser Regelmäßigkeit unterziehen, das war seine einzige Chance – wenn es denn noch eine gab –, seine Haut zu retten. Guillaume wusste, wie es um ihn stand. Es handelte sich um das präleukämische Syndrom. Die Krankheit würde also bald offen ausbrechen. Abrupt und ohne Vorwarnung. Innerhalb weniger Jahre. Fünf? Sechs? Diese Geschichte von der wundersamen Verjüngung roch nach Aberglauben, Scharlatanerie. Schwindel. Man musste sich fragen, ob Oleg so niedergeschlagen war, dass er unter die Fuchtel irgendeines Gurus, Heilsverkünders oder Bauernfängers geraten war. Nadine Monteil behandelte HIV-Patienten, bei denen die Kombinationstherapie nicht zu den erhofften Ergebnissen führte. Viele von ihnen brachen die Behandlungen im Krankenhaus ab und wandten sich in ihrer Verzweiflung denjenigen zu, die ihnen Sand in die Augen streuten und sie durch Handauflegen zu heilen versprachen.

»Ich weiß nicht, wer dein famoser Häftling ist«, sagte Guillaume schließlich. »Aber wenn er nach einem Leben hinter Gittern wirklich die Zeit zurückgespult hat, dann ist es vielleicht ein ferner Verwandter eines Tardigradas!«

»Eines was?«

»Eines Bärtierchens oder, wissenschaftlich gesprochen, Tardigradas! Ein eigenartiges, mikroskopisch kleines Tier, das mit Kräften ausgestattet ist, bei denen der gute alte Doktor

Faustus erbleichen würde. Mit dem Unterschied freilich, dass es dieses Tier wirklich gibt! Wissenschaftler auf der ganzen Welt haben sich ihm verschrieben. Und das ist nicht verwunderlich. Denn es hat wirklich seltsame, sehr seltsame Eigenschaften.«

Guillaume stand auf, streckte seine spindeldürren Gliedmaßen, massierte sein Kreuz, fuhr mit den Händen durch sein dichtes weißes Haar und rückte seine Brille wieder zurecht, die ihm beständig auf die Nase rutschte. Beim Anblick dieses Mannes, der ihn immer an die Gestalt des zerstreuten Professors erinnerte, konnte sich Oleg ein Lächeln nicht verkneifen. Guillaume gab ihm ein Zeichen, er möge ihn in den Garten begleiten, wo er ihn am Arm nahm und die Gartenwege entlangführte.

»Schau, es gibt sie überall«, erklärte er, »Bärtierchen gehören zu unseren treuesten Begleitern, um uns wimmelt es nur so davon, auch wenn wir sie nie sehen können. So ähnlich wie Milben, die unsere Bettdecken besiedeln und von den Überresten unserer Haut, Nägel und Haare leben … Mit etwas Glück kann ich dir vielleicht eines zeigen.«

Am Ende des Gartens beugte sich Guillaume über einen Baumstumpf, den Überrest einer Eiche, die der Sturm zum Jahrtausendwechsel umgeknickt hatte. Mit der Spitze eines Taschenmessers riss er einige Quadratzentimeter grünes Moos ab, das sich in den Schrunden der Rinde des toten, von Pilz befallenen Baums festgesetzt hatte.

»Komm, wir untersuchen das Moos«, rief er und legte seine Beute in die zu einer Kelle geformten Hände.

Oleg folgte ihm in den ersten Stock des Hauses unter das Dach. Während seines ersten Aufenthalts bei den Monteils 1991 war er auch ihrem Sohn Marc begegnet, der genauso alt war wie er. Marc studierte damals Biologie. Ein verschlossener Junge, der den Kopf ständig in seine Bücher gesteckt hatte.

»Zurzeit ist er in Brasilien«, verkündete Guillaume stolz, während er die Treppe hinaufging, die in Marcs Zimmer führte. »Im Urwald am Amazonas. Er nimmt dort an einem Forschungsprogramm über das Leben in den Baumkronen teil. Das scheint wirklich seine Berufung zu sein. Schon als kleiner Junge verbrachte er ganze Tage in einem Baumhaus im Wipfel der Eiche, deren Baumstumpf du vorhin gesehen hast. Seine Mutter kam schier um vor Sorge, er könnte herunterfallen, aber er bewegte sich geschickt wie ein Affe. Und heute springt er in ganz anderen, exotischen Wipfeln herum.«

Oleg schloss für einen kurzen Moment die Augen. Bei aller liebevollen Fürsorge und ohne sich darüber im Klaren zu sein, tat Guillaume Monteil ihm viel stärker weh, wenn er von der Karriere seines Sohnes sprach, als wenn er sich nach dem Verlauf der Krankheit erkundigte. Die Würfel des Schicksals waren gefallen. Marc war in Chatou geboren, Oleg in Pripjat. So radikal konnten Lebenswege auseinander gehen. Der eine flog durch die Wipfel der Bäume, den Blick in den blauen Himmel gerichtet, der andere starrte auf ständiger Suche nach einer Beute in die Nacht.

Als sie im Zimmer seines Sohnes angekommen waren, legte Guillaume das Moos in einen Tiegel und nahm die Schutzhülle von dem Mikroskop ab, mit dem Marc lange Zeit gearbeitet hatte. Es stand in einer Ecke des Zimmers auf einem weiß gekachelten Labortisch, der auch mit einem Waschbecken und einem Bunsenbrenner ausgestattet war, ein richtiges kleines Heimlaboratorium. Das Mikroskop erlaubte eine hinreichende Vergrößerung für den »Anschauungsunterricht«, den Guillaume ihm geben wollte. Oleg sah ihm bei seinen Verrichtungen neugierig zu. Die Vorstellung, dass es einen Zusammenhang zwischen Ruderi und diesen paar Gramm im Garten aufgelesenen Mooses gab, fesselte seine Aufmerksamkeit in höchstem Maße. Guillaume hatte das Moos in dem Tiegel auseinander gerissen, bevor er ein paar Flusen davon mit einer Pinzette auf ein Glasplättchen, den Objektträger, legte. Ein Auge an das Okular geheftet, betrachtete er die entnommene Probe eingehend, während er mit Daumen und Zeigefinger ganz behutsam an der Stellschraube drehte. Er zog seine Probe mehrmals wieder hervor, um sie durch eine andere zu ersetzen, schließlich stieß er ein zufriedenes Grunzen aus.

»Mein lieber Oleg, darf ich dir Monsieur Le Tardigrade, das Bärtierchen, vorstellen?«, rief er und forderte ihn auf, sich über das Mikroskop zu beugen. »Unser Freund ist sehr unscheinbar, er misst nur knapp zwei Zehntel Millimeter.«

Oleg ließ sich nicht zweimal bitten. Er erkannte sehr deutlich eine Art beleibten Wurm, der sich zwischen den verstreuten Moosresten auf dem Objektträger bewegte. Sein Körper war geschwollen, bestand aus einer Reihe von Ringen, von denen jeder einzelne durch winzige Pfoten verlängert wurde.

»Diese kleinen Krallen, die wie Haken aussehen, nennt man Stummelfüße«, erklärte Guillaume. »Die Membran, die ihm als Haut dient, ist so durchsichtig, dass du in seinen Körper blicken kannst ... siehst du? Stell dir vor, dass er einen fast ebenso komplexen Organismus besitzt wie wir: Verdauungsapparat, Bewegungsapparat, Fortpflanzungsorgane. Für gewöhnlich lebt er in feuchter Umgebung. Wir haben Herbst, und es hat in letzter Zeit viel geregnet. Aber sein Biotop kann regelmäßigen und wiederholten Trockenperioden ausgesetzt sein, ohne dass es ihm schadet. Im Gegenteil, genau darin besteht seine Einzigartigkeit. Und das Interesse der Wissenschaft an ihm! Warte, du wirst es gleich verstehen. Sieh!«

Guillaume bog eine Lampe mit schwenkbarem Arm über den Tiegel und senkte sie bis wenige Zentimeter über den Objektträger mit den Wassertropfen, in denen sich das Bärtierchen regte. Oleg konnte zusehen, wie das Wasser unter der Hitze der Glühbirne verdampfte. Die winzigen Moosfasern, die auf dem Glasplättchen schwammen, schlugen allmählich von Grün in Braun um, als wären sie ausgedörrt worden. Alle Feuchtigkeit war verschwunden. Auch dem kleinen Kügelchen, zu dem sich der Körper des Bärtierchens eingerollt hatte, war die Feuchtigkeit entzogen worden.

»Beobachte es gut«, fuhr Guillaume fort. »Es hat sich zusammengezogen, seine Ringe haben sich verhärtet, es sieht jetzt aus wie ein Tönnchen. Als hätte es das kleinste Teilchen Wasser zurückhalten wollen, das es von sich weichen spürte, nicht wahr?«

Oleg stimmte ihm mit einem kurzen Kopfnicken zu.

»Es hat sozusagen seine Organe ›wieder eingepackt‹, um sie vor dem Tod zu bewahren. Es ist eine Wandlung in unendlich kleinem Maßstab, deren Mechanismus, Dynamik und biochemische Prozesse wir noch nicht entschlüsselt haben. Wir wissen bisher nur, dass es eine Substanz absondert, die es ihm ermöglicht, die molekulare Struktur mitten in der Umwälzung aufrechtzuerhalten. Es handelt sich bei dieser Substanz um Trehalose, einen komplexen Zucker. Es sieht so aus, als würde der Zucker den Platz der Wassermoleküle einnehmen, diese ersetzen. Von dem Moment an pfeift das Bärtierchen auf das Jahr vierzig wie auch auf seine unmittelbare Umgebung, selbst wenn diese extrem feindlich für ihn geworden ist, denn es kann alle Mittel, um zu überleben, aus sich selbst schöpfen!«

»Ist es ausgetrocknet, mumifiziert?«

»Wenn du es so nennen willst, warum nicht?«, stimmte Guillaume zu. »Die Biologen verstehen noch nicht sehr viel von diesem Prozess. Es gibt auch keinen festen Begriff, mit dem er bezeichnet wird. Er ist einzigartig, absolut einzigartig.

Dieser wunderbare Zucker, die Trehalose, erlaubt es dem Bärtierchen, durch Austrocknung dem Tod zu entgehen. Es lässt sich sozusagen gefriertrocknen, bewahrt dabei aber die Fähigkeit, diesen Prozess rückgängig zu machen.«

»Es ist also nicht tot, sondern bloß in einer Art Schlaf, macht eine Pause?«

»Es ist nicht wichtig, wie man es bezeichnet, nur das Ergebnis zählt. In ein oder zwei Jahrhunderte alten Herbarien – du weißt, das sind diese Büchlein, in denen romantische junge Mädchen die getrockneten Blüten von den Rosen oder Veilchen aufbewahrten, die ihre Verehrer ihnen schenkten – hat man ›Mumien‹ von diesen Tierchen gefunden. Und stell dir vor, es hat genügt, die vertrockneten Moose mit ein paar Tropfen Wasser zu bespritzen, damit die guten Bärtierchen wieder zu vollem Leben erwachten. Nach zwei Jahrhunderten! Sie haben sich sogar fortgepflanzt, als wäre nichts gewesen. Es gibt Tiere, die Winterschlaf halten, die ihren Organismus monatelang in Schlaf versetzen können, wie beispielsweise Murmeltiere. Ihre Herztätigkeit verlangsamt sich extrem, und sie schöpfen ihre Energie aus den Vorräten, die sie im Frühjahr und Sommer angesammelt haben, um über den Winter zu kommen. Aber das Bärtierchen schafft viel mehr. Während seiner Austrocknung ist es schlichtweg unmöglich, die geringste Spur von Leben an ihm festzustellen; es ist nichts anderes als ein Leichnam. Ein paar Staubkörnchen. Man hat viele Experimente dazu durchgeführt. In diesem Zustand kann es Temperaturen von plus 151 Grad im trockenen, bis minus 272 Grad im flüssigen Stickstoff aushalten, aber auch einen Beschuss mit Elektronen oder mit Röntgenstrahlen und ein relativ starkes Vakuum. Man hat Exemplare wieder beleben können, die aus einem Rasterelektronenmikroskop gekommen sind. Und in jüngster Vergangenheit hat ein japanisches Forscherteam einige Exemplare einem absolut phänomenalen Druck ausgesetzt.«

Oleg klemmte sein Auge von neuem hinter das Okular, ohne die geringste Bewegung auf dem Objektträger festzustellen.

»Jetzt sieh gut zu«, forderte Guillaume ihn auf.

Er griff nach einer Pipette, füllte sie mit Wasser, erwärmte sie in seiner Hand und gab einen warmen Tropfen auf das Präparat. Nach einer Minute begann sich das Bärtierchen wieder zu regen. Seine Stummelfüße zappelten, es streckte die winzigen Klauen hervor wie Katzen die Krallen aus dem Sohlenballen am Ende ihrer Pfoten. Das Minitierchen betastete die pflanzlichen Reste in seiner Umgebung, die starr geblieben waren, für immer ausgetrocknet. Es bewegte sich, rackerte sich in der Flüssigkeit ab, machte sich erneut über seine schmale Kost her, als ob der Tod es nur gestreift und dann verschont hätte.

»Es hat seine molekulare Struktur in ihrer Ursprünglichkeit bewahrt«, erklärte Guillaume, »und kann sie nach Belieben reaktivieren. Wie du siehst, gibt es in der Natur Organismen, die dem Tod spotten können. Keine Schimären oder Märchengestalten, sondern richtige Lebewesen, so klein sie auch sein mögen. Eines Tages, und das könnte sehr bald sein, werden wir wissen, wie wir Gene einer Art mit Leichtigkeit auf eine verwandte Art übertragen, sie kreuzen können. Stell dir einmal vor, man hätte das Geheimnis der Chromosomensätze erforscht, die es dem Bärtierchen erlauben, seinen Organismus in einen Schwebezustand zwischen Leben und Tod zu versetzen, und es wäre tatsächlich gelungen, anderen Arten das Talent ›einzupflanzen‹ – nennen wir es einmal so –, das dieses armselige Tierchen bewiesen hat. Hm? So weit sind wir natürlich noch nicht. Es handelt sich um Szenarien aus … um Science-Fiction. Mit dem Unterschied allerdings, dass dies alles in unserer Reichweite liegt! Bezogen auf einen Zeitraum von drei oder vier Generationen, kann niemand die Grenze vom Möglichen zum Wahrscheinlichen ziehen. Ich ärgere mich manchmal, dass ich nicht ein kurzes Jahrhundert später geboren bin. Die Forschung schreitet schnell vorwärts, sehr schnell. Nimm zum Beispiel die Bluttransfusion: Künstlich hergestelltes Blut ist bereits in der Experimentierphase. Wer weiß, vielleicht müssen wir schon in Kürze nicht mehr an jeder Straßenecke nach Spendern Ausschau halten und um ein paar Zentiliter betteln.«

»Künstliches Blut«, seufzte Oleg, den Blick ins Leere gerichtet. »Mein Problem ist das Knochenmark. Und auf diesem Gebiet ...?«

»Auf diesem Gebiet gibt es noch nichts«, gestand Guillaume mit einem Kloß im Hals. Es nützte nichts zu lügen.

Oleg nickte langsam und bemühte sich zu lächeln.

»Träume nicht, Oleg, lerne, dich mit den Waffen zu schlagen, die dir hier und jetzt zur Verfügung stehen. Und mit etwas Glück wird alles gut gehen!«

Er wischte sich mit der Hand die Stirn ab, bevor er sie auf Olegs Schulter legte und ihm direkt in die Augen sah.

»Ich weiß, ich habe dir wieder einen Schlag versetzt. Du bist gekommen, um dich trösten zu lassen, und ich konnte dir keinen Trost geben.«

Oleg nahm es fatalistisch, mit einem Achselzucken hin. Als er gegangen war, rief Guillaume sogleich den leitenden Hämatologen im Hôpital Saint-Louis an, den er gut kannte, und erkundigte sich, ob Oleg regelmäßig zur Behandlung kam. Das wurde ihm zwar bestätigt, konnte ihn aber nur teilweise beruhigen.

16

Während der Zugfahrt nach Venedig in der darauf folgenden Nacht döste Oleg vor sich hin. Er hatte ab dem Gare du Lyon ein Schlafwagenabteil für sich alleine reserviert. Die Worte Guillaume Monteils, der es bedauert hatte, nicht ein kleines Jahrhundert später geboren zu sein, klangen ihm noch im Ohr. Für Oleg hätte es auch ein halbes oder ein Vierteljahrhundert später getan. Er hatte den Eindruck, in einem tiefen Brunnen mit jäh abfallenden Wänden zu vermodern. Um die blaue Himmelsscheibe zu erreichen, die er über sich heraufziehen sah, begann er den Aufstieg unermüdlich von neuem, doch wenige Zentimeter vor der Befreiung hatte er sich so verausgabt, dass ihm jede Kraft fehlte.

Die Nacht war lang, endlos lang. Er schluckte ein paar Amphetamine, bevor er sich am frühen Morgen im Haus von Margaret Moedenhuik einfand. Die junge Frau mit dem glatten Gesicht, die als Haushälterin oder Sekretärin oder Krankenschwester diente – zweifellos füllte sie abwechselnd alle drei Funktionen aus –, öffnete ihm das Eingangstor, ohne auch nur ein einziges Wort an ihn zu richten. Wie bei seinem ersten Besuch erwartete ihn die Frau mit dem kleinen, von Schmerz und Verzweiflung zerrütteten Körper im Rollstuhl in dem großen Salon. Oleg nahm vor Margaret Platz, die ihn beobachtete. Seine Unruhe entging ihr nicht. Er war hin- und hergerissen zwischen Wut und Neugier und bemühte sich ohne großen Erfolg, das Zittern zu unterdrücken, das seine rechte Hand erfasst hatte.

»Sie haben mich belogen … und das kann ich nicht leiden«, verkündete er zur Einleitung.

Seit Ruderis Entlassung aus dem Gefängnis hatte er zu seiner Auftraggeberin mehrfach Kontakt aufgenommen, ihr aber nichts von der Verwandlung des ehemaligen Insassen von Darnoncourt erzählt. Margaret Moedenhuik gab ein glucksendes Lachen von sich. Sie schien sich über den Zorn ihres Gegenübers nicht sehr zu wundern, als ob sie vorausgesehen hätte, dass die Mission, mit der sie ihn betraut hatte, einige Überraschungen bereithalten würde.

»Ich habe Sie nicht belogen, ich habe Sie gebeten, ihn zu beschatten, um herauszufinden, wer er ist, wer er *wirklich* ist. Wenn ich Sie recht verstehe, dann wird meine Geduld endlich belohnt werden, stimmt's?«

»Sie wussten, was passieren würde«, versteifte sich Oleg, »also haben Sie mich belogen.«

»Vielleicht habe ich Ihnen nicht alles gesagt, aber gelogen habe ich nicht. Was ist denn passiert?«

»Sagen Sie mir, was Sie wissen, *alles*, was Sie wissen! Machen Sie keine Ausflüchte mehr«, herrschte Oleg sie mit einem drohenden Unterton an.

»Ich weiß, dass ich Ihnen ausgeliefert bin. Meine Haushälterin wäre bestimmt nicht in der Lage, sich Ihnen entgegenzustellen. Ich bin wehrlos. Ich habe Ihnen keine Falle gestellt. Ich will einfach etwas wissen. Also, ich höre.«

Die Stimme der Behinderten klang ebenso unerträglich wie zuvor, aber Oleg vernahm darin eine wirklich aufrichtige Schwingung. Er holte tief Atem, öffnete die Ledertasche, die er mitgebracht hatte, und zog einen Stapel Fotos hervor, die in chronologischer Reihenfolge geordnet waren, Tag für Tag, und die er Margaret Moedenhuik nacheinander auf die Knie legte. Sie betrachtete sie ohne jede Eile, schlug ihren Schleier hoch, um sie eines nach dem anderen vor ihr gesundes Auge zu halten. Oleg erzählte ihr die Episode von Ruderis Ausflug zur Villa in Rueil-Malmaison und fasste seine Wanderungen durch Pigalle und um die Place du Tertre zusammen. Aus dem Stoß von Aufnahmen, die er ihr übergeben hatte, zog sie ein Porträt von Ava hervor.

»Ist sie … hat sie ihn wirklich am Gefängnistor abgeholt? Wie heißt sie?«

»Ava … Wir sollten sie im Moment vielleicht außen vor lassen …«

Margarets Hände verkrampften sich zum Zeichen ihrer Verneinung. »Ava, sagten Sie! Oh nein! Sie interessiert mich, sie interessiert mich sogar sehr. Ava … Ava …«, murmelte sie. »Ja, genau so nannten sie sie: Ava! Als sie mich ins Wohnzimmer zum Kamin schleppten, war mein Vater schon tot. Das habe ich damals natürlich nicht begriffen. Ein fünfjähriges Kind kann so etwas nicht begreifen, es braucht Zeit, viel Zeit, um die Wirklichkeit des Todes zu verstehen. Ich sah ihn einfach nur auf dem Teppich liegen, den Kopf in einer Blutlache. Und meine Mutter schrie. Ich verstand nichts von dem, was die anderen redeten. Es war eine Fremdsprache, oder vielmehr eine seltsame Sprache – welche, hat meine Mutter nicht herausfinden können, worauf sie während des Prozesses besonders hingewiesen hat. Alles, was ich davon behalten habe, sind diese beiden Silben, A-VA. Der Name der Frau. Und was ist mit der Stimme? Ruderis Stimme? Haben Sie ein Aufnahme für mich?«

Margaret rutschte unruhig in ihrem Rollstuhl herum. Sie hatte in einem Zug gesprochen und litt deshalb unter Atemnot. Oleg hörte das Korsett knacken und knarren. Er holte einen Kassettenrekorder aus seiner Tasche, steckte eine der zahlreichen Kassetten hinein, die seine Beschatter aufgenommen hatten, und schaltete das Gerät ein. Margaret hörte die Stimme Ruderis und die Avas. Beide sprachen in ihrem Dialekt. Einige Minuten vergingen.

»Spulen Sie zurück, und lassen Sie es noch einmal laufen«, wies Margaret ihn an.

Oleg gehorchte. Margaret rührte sich nicht, atmete kaum, hing an diesen Stimmen, die so klar, so deutlich aus dem Lautsprecher kamen, dass sie mit denen mitschwangen, die sich vierzig Jahre zuvor in ihrem Gedächtnis festgesetzt hatten.

»Das ist er, wirklich er«, murmelte sie schließlich. »Und das Mädchen auch, das ist sie! Ava! Die kleine Wilde.«

»Es könnte auch eine bloße Ähnlichkeit sein. Oder seine Tochter, ein Familienmitglied? Vierzig Jahre sind seither vergangen, und sie soll kein bisschen gealtert sein?«, wandte Oleg ein.

»Ruderi hat sich doch auch verjüngt, Stunde für Stunde, Tag für Tag, und das vor Ihren Augen!«, erwiderte Margaret gereizt. Eine schnelle Handbewegung unterstrich ihren Missmut. Der Stapel Fotos fiel zu Boden. »Ich bin Ihnen tatsächlich einige Erklärungen schuldig«, fuhr sie fort. »Es gibt einen einfachen Grund dafür, warum ich sie Ihnen erst heute geben kann. Hätte ich bei unserem ersten Treffen auch nur eine Andeutung in dieser Richtung gemacht, hätten Sie mich für verrückt erklärt. Sie wären davongelaufen, und ich hätte auf Ihre wertvollen Kenntnisse und Fähigkeiten verzichten müssen!«

Margaret zeigte auf eine kartonierte Aktenmappe, die auf dem Beistelltisch lag, genau wie bei Olegs erstem Besuch. Sie enthielt drei große, wattierte Umschläge. Oleg öffnete den ersten mit Fotos von Ruderi und Phantombildern, die vierzig Jahre zuvor von dem Mann, der Margaret gefoltert hatte, sowie von Ava erstellt und in der Presse veröffentlicht worden waren.

Die Dokumente waren durch Zellophanhüllen geschützt. In

den vier Jahrzehnten waren die Blätter vergilbt und fielen beinahe auseinander. Die Phantombilder waren grob, ungeschickt, wiesen aber unbestreitbar Ähnlichkeiten auf. Oleg ließ die von Ava außer Acht und interessierte sich nur für die des dritten Mannes. Er ähnelte Ruderi in vielem: die Form des Kiefers, die buschigen Augenbrauen, der brutale Gesichtsausdruck, der durch den zwangsläufig karikierenden Charakter dieser Dokumente übermäßig herausgestellt wurde. Oleg lachte oft über die offenkundige Unfähigkeit der Polizisten, sich zuverlässige Unterlagen zu beschaffen – trotz des ganzen technischen Arsenals, über das sie heute durch die Informationstechnologien verfügten. In den sechziger Jahren war es noch schlimmer. Damals musste man auf einen Beamten zurückgreifen, der zum Schulabschluss einen ersten Preis im Zeichnen errungen hatte, um solche Meisterwerke zu erhalten. Um sich der Auszeichnung würdig zu erweisen, konnte der gute Gendarm nicht umhin, die vermeintlichen Züge des »Verbrechergesichts« besonders herauszuarbeiten, und übertrieb deshalb stark. Kurz, man war noch weit entfernt von der Wirklichkeit.

»Sehen Sie ihn sich genau an«, riet ihm Margaret.

Oleg entdeckte die Narbe, die er am Hals trug, ein riesiger geschwollener, wulstiger Schmiss. Entweder hatte schon einmal jemand versucht, dem Typen die Kehle durchzuschneiden, oder er war Opfer eines Strangulationsversuchs geworden. Eigentlich konnte die Haut am Kehlkopf nur durch Hängen so sehr aufgerissen worden sein, nur ein Strick konnte so tief den Hals eingeschnitten haben, dass eine derart auffällige Wulstnarbe zurückblieb. Aber was ihm auch geschehen sein mochte, der Typ hatte die Verletzung oder die Marter überlebt.

»Legen Sie die Phantombilder weg, und öffnen Sie den zweiten Umschlag.«

Oleg tat, wie ihm geheißen, und erblickte eine Schwarz-Weiß-Abbildung mit verschwommenen Konturen. Zwei Porträts des Mannes mit der Narbe, eines von vorne, das andere im Profil. Notdürftige anthropometrische Aufnahmen von äußerst schlechter Qualität. Trotzdem konnte man seine Züge erkennen, die besondere Kieferform und vor allem die Narbe, so dass keine Verwechslung möglich war.

»Es handelt sich um eine sehr, sehr alte Aufnahme«, erklärte Margaret. »Die Suche nach möglichen Zeugen durch die Veröffentlichung der Phantombilder von Ruderi, Ava und ihrem … ihrem Chef in der Presse führte zu keinem Ergebnis. Jahre vergingen. Später, sehr viel später, nämlich vor ungefähr zehn Jahren, erhielt ich eines Tages einen Brief von einem Hobbyhistoriker. Ein verrückter Kerl. Ein pensionierter Polizist, der mit großem Vergnügen Archive nach alten Daguerreotypien und frühen erkennungsdienstlichen Verbrecherfotos durchforstete, die von der Polizei aufbewahrt wurden, lange bevor diese Praxis systematisch und regelmäßig Anwendung fand. Das Porträt, das Sie in der Hand halten, wurde 1878 im Zuchthaus von Cayenne aufgenommen, können Sie das begreifen? Mein Historiker ist bis in diese Zeit zurückgegangen und sogar noch weiter, in aller Ruhe und mit viel Geduld. Er hat die Erkennungsbogen von Hunderten von Gefangenen, Hingerichteten und Bagno-Sträflingen gesammelt und schließlich eine Art Abhandlung darüber im Selbstverlag veröffentlicht, allerdings hat er es nie geschafft, die Auflage von ein paar hundert Exemplaren in den Handel zu bringen. Der Prozess gegen Ruderi war ihm noch in guter Erinnerung, denn er hatte ihn mit großem Interesse verfolgt. Deshalb schickte er mir dieses Bild über den Anwalt, den meine Mutter damit beauftragt hatte, uns beim Prozess als Nebenkläger zu vertreten. Die Übereinstimmung zwischen dem 1961 in der Presse veröffentlichten Phantombild und dieser Aufnahme, die über ein Jahrhundert in der Kiste eines Polizeiarchivs vergraben gewesen war, erschien ihm zu groß, als dass es reiner Zufall sein könnte. Was meinen Sie?«

Oleg meinte nichts. Wie nach jedem Redeschwall gönnte sich Margaret eine kurze Pause, um Atem zu schöpfen, bevor sie fortfuhr.

»Dieser pensionierte Polizeibeamte ist Anfang der neunziger Jahre fast hundertjährig verstorben, ohne dass er mir weitere Auskünfte darüber hätte geben können. Ich weiß nur, dass der Mann, der 1878 bei seiner Ankunft im Straflager von Cayenne fotografiert wurde, ein Jahr zuvor in Le Vigan in den Cevennen verhaftet worden war. Zusammen mit zwei Komplizen, einem Mann und einer jungen Frau, hatte er einen Gasthof in der Gegend überfallen, die Besitzer gefesselt und deren sechsjährige Tochter vor ihren Augen gefoltert, damit die Eltern verrieten, wo sie ihre Ersparnisse versteckt hatten. Können Sie mir noch folgen? Die Kleine starb, und die Komplizen sind nie gefasst worden. Der Mann gab an, er heiße … Marcus Ruder! Und das ist noch nicht alles. Stellen Sie sich vor, 1884 ist er aus dem Straflager entkommen. Geflohen. Man hat ihn nie gefunden. Das Zuchthaus von Cayenne war von Sümpfen umgeben, die von Malaria, Denguefieber und einer Vielzahl anderer tropischer Krankheiten verseucht waren. Ringsum erstreckten sich ein Dschungel, in dem es nur so von Schlangen wimmelte, und tote Flüsse, in denen sich zahllose Krokodile tummelten. Ein Alptraum. Unmöglich, von dort zu fliehen. Mit dem Leben davonzukommen. Und schon gar nicht nach Jahren auszehrender Lagerhaft bei mickrigen Essensrationen und Schwerstarbeit. Durch ihre Brutalität schafften es die Wärter, auch den hartgesottensten Verbrecher kleinzukriegen. Und dennoch ist Marcus Ruder entflohen.«

Es entstand wieder ein Moment der Stille, in dem nur Margarets rasselnder Atem zu hören war.

»Das alles ergibt doch keinen Sinn«, stammelte Oleg.

»Und ob! Jetzt können Sie gerne den dritten Umschlag öffnen.«

Oleg nahm einen anderen Stapel Fotografien von weitaus besserer Qualität heraus, die aus jüngster Vergangenheit stammten. Männer mit fahlen Gesichtern, bis aufs Skelett abgemagert, starrten durch einen Stacheldrahtzaun ins Objektiv. Ihr Blick drückte allergrößten Schrecken aus.

»Das Lager von Omarska im Sommer 1992 in Serbien«, erklärte Margaret. »Die serbischen Milizen hatten dort ihre bosnischen Gefangenen zusammengepfercht. Die männlichen Bosnier. Ihre Frauen, Schwestern und Töchter wurden gleichzeitig von anderen Serben gefoltert und vergewaltigt. Sie schwängerten die Frauen, damit sie Bastarde zur Welt brachten, derer sie sich für den Rest ihres Lebens schämen würden. Ich bitte Sie, schauen Sie sich die nächsten Aufnahmen an!«

Oleg gehorchte.

»Die sind wirklich nichts für empfindliche Seelen, aber ich glaube, Sie sind abgebrüht genug, um das zu ertragen.«

Es waren Fotos, die während der Folterungen und Massenerschießungen aufgenommen worden waren. Oleg betrachtete eines nach dem anderen. Nahaufnahmen von den Gesichtern der Gemarterten, Körpern, die sich vor Schmerz krümmten, irren Blicken vor dem Lauf des Maschinengewehrs, das sie gleich ummähen würde. Dunkle Kerker, die plötzlich vom grellen Licht des Blitzlichtgeräts überschwemmt wurden. Hier eine Badewanne, aus der ein Torso ragte, dort ein zusammengesunkener Körper in einem Mauerwinkel, an dem noch Elektroden steckten. Oder ein Mädchen, die Augen vor Entsetzen weit aufgerissen, vor einem Bretterstapel kniend, das den Kopf zur Kamera drehen musste, weil der Stiefel eines Soldaten unter ihrem Kinn sie dazu zwang.

»Diese Fotos wurden von den Schlächtern zwischen 1992 und 1997 aufgenommen. In Omarska, Srebenica, Keraterm, Trnopolje … wo genau, spielt keine Rolle …«

»In der Tat, das spielt keine Rolle«, stimmte Oleg zu.

»Haben Sie ihn erkannt? Es kann wirklich kein Zweifel bestehen?«

»Ich muss zugeben, die Ähnlichkeit ist verblüffend!«

Auf jeder der Aufnahmen grinste der Mann mit dem riesigen Schmiss am Hals in die Kamera, mal hielt er ein Küchenmesser in der Hand, mal posierte er, die Hose auf die Knie heruntergelassen, mit erigiertem Penis, kurz bevor er eines der Mädchen vergewaltigte.

»Haben Sie nach ihm gesucht?«, fragte Oleg. »Wie sind Sie auf Bosnien gekommen? Warum nicht woanders? Folterer gibt es schließlich in allen Breitengraden.«

»Ich habe ihn nicht gesucht, sondern er hat mich nie mehr in Ruhe gelassen. Ich habe nur sehr wenige Freunde in meinem Leben gehabt. Mein äußeres Erscheinungsbild hat immer Abscheu hervorgerufen. Als ich im Internat war, einem hochvornehmen Institut für junge Mädchen aus den besseren Kreisen, hatte ich mich mit einer Mitschülerin angefreundet. Sie half mir und passte auf mich auf. Da ich begabter war, schrieb ich als Gegenleistung Schulaufgaben und Aufsätze für sie. Wir haben uns nie aus den Augen verloren. Sie ist Richterin geworden. Vor einiger Zeit hatte sie am Internationalen Gerichtshof zur Verfolgung von Kriegsverbrechen im ehemaligen Jugoslawien zu tun. Bei einer der Untersuchungen ist ihr dieser Stapel Fotos in die Hände gefallen, die sie zutiefst erschüttert haben. Dann hat sie mir die Aufnahmen gezeigt. Natürlich ahnte sie nicht, wie sehr sie mich betrafen. Und ich habe ihr nichts davon gesagt. Nun, wie dem auch sei, ich bin jedenfalls überzeugt, dass der 1884 aus dem Zuchthaus von Cayenne entflohene Marcus Ruder in den neunziger Jahren des zwanzigsten Jahrhunderts noch immer lebte.«

»Das ergibt einfach keinen Sinn.« Oleg wiederholte sich. »Es kann sich nicht um denselben Mann handeln!«

»Keinen Sinn, in der Tat. Ich habe den anderen Ruderi nicht vergessen, ebenso wenig seine Freilassung. Ich würde es nicht hinnehmen, dass er – und sei es auch nur ein paar Monate – seine Freiheit genießt, und ich bin nach wie vor felsenfest entschlossen, ihn töten zu lassen. Mein Ziel ist immer noch dasselbe, aber ich will mehr wissen. Wer sind diese Leute in Wirklichkeit? Die beiden Männer und das Mädchen. Würden Sie mir jetzt bitte folgen?«

Sie drückte einen Hebel an ihrem Rollstuhl und fuhr in einen angrenzenden Raum. Oleg folgte ihr und betrat ein Zimmer von etwa fünfzig Quadratmetern mit Klimaanlage und etlichen Vitrinen, in denen Gemälde ausgestellt waren. Er warf einen Blick in die Runde und schätzte ihre Anzahl auf dreißig. Die vergoldeten Rahmen schienen ziemlich alt zu sein. Kleine Halogenstrahler sorgten mit einem sehr gedämpften Licht dafür, dass jedes Bild gleichmäßig beleuchtet wurde.

»Wegen der feuchten Umgebung musste ich sie schützen lassen, sonst würden sie Schaden nehmen, Schimmel ansetzen und so weiter. Die Luft hier ist äußerst unzuträglich, von Feuchtigkeit gesättigt. Interessieren Sie sich für Malerei?«

»Nicht im Geringsten«, antwortete Oleg.

»Schade, hier befinden sich unter anderem ein paar Schätze aus dem sechzehnten und siebzehnten Jahrhundert. Die Sammlung hat mich ein Vermögen gekostet. Aber das ist unwichtig für uns. Meine neueste Erwerbung aus dem vergangenen Jahr hängt dort.«

Margaret zeigte auf ein Gemälde von beträchtlicher Größe, mindestens ein Meter im Quadrat, das am anderen Ende des Zimmers hing. Im Gegensatz zu den anderen war es bisher nicht beleuchtet. Margaret griff nach einer Fernbedienung, drückte auf eine Taste und knipste damit eine unabhängige Beleuchtung an, die das Bild sofort heraushob. Oleg ging näher heran.

»Eine Auktion in London«, fuhr Margaret fort, »ich bin durch den Auktionskatalog darauf aufmerksam geworden. Wie der Katalog in meine Hände gelangte, weiß ich nicht mehr. Die Macht des Schicksals. Bis auf sein Alter ist dieses Gemälde, das kann ich Ihnen versichern, auf dem Kunstmarkt völlig wertlos. Eine Antiquität, die aufgehoben, konserviert werden sollte wie viele andere auch, mehr nicht. Niemand wollte dafür bieten, aber für mich war es von unschätzbarem Wert. Der Maler ist vollkommen unbekannt oder vielmehr vergessen. Sein Name tut nichts zur Sache. Ein unbedeutender spanischer Meister des sechzehnten Jahrhunderts. Er ist gereist, viel gereist. In seiner Jugend ist er zur See gefahren und hat sich auf den spanischen Karavellen nach Amerika eingeschifft. Er hat die Konquistadoren auf ihren Eroberungszügen begleitet und dabei einige Erlebnisse gehabt, die ihn zeitlebens quälten. Zurück in seiner Heimatstadt Toledo, wo im Stadtarchiv einige Spuren seiner Biografie erhalten sind – ich habe sie mir angesehen –, malte er ununterbrochen bis ins hohe Alter hinein die Szenen, denen er beigewohnt hatte. Die Konquistadoren, das wissen Sie vielleicht, haben sich wie Bestien, wie Sadisten verhalten. Sie haben beklagenswerte Leute, denen sie nicht den Status von Menschen zuerkannten, massakriert, gefoltert, aufgeschlitzt, verbrannt, gepfählt. In ihren Augen waren das nur Tiere, Affen, die keine Seele hatten. Kommen Sie noch etwas näher. Die Szene, die hier dargestellt ist, hat sich auf Haiti abgespielt.«

Oleg beugte sich vor und nahm das Bild in Augenschein. Man sah darauf spanische Soldaten in Helm und Rüstung, die gerade ein regelrechtes Massaker verübten. Sie fielen über gefangene Eingeborene her, die an Pfähle gebunden waren und denen sie mit Säbelhieben oder Lanzen den Bauch aufschlitzten, so dass die Eingeweide hervorquollen und sich über den Boden ergossen, während die zu einem entsetzlichen Todeskampf verdammten Gefangenen noch lebten.

Margaret zeigte auf eine Lupe, die auf der überstehenden Unterkante der Vitrine lag, und forderte Oleg auf, sie zur Hand zu nehmen.

»Sehen Sie sich mal den zweiten Mann von links etwas genauer an! Den, der an dem Baum lehnt!«

Oleg inspizierte diesen Bildausschnitt mit Hilfe des Vergrößerungsglases. Ein Mann, der mit dem Rücken an einer Kokospalme lehnte, hatte den Kopf nach hinten gebeugt, um sich mit einer ledernen Kürbisflasche, aus der eine bläulichrote Flüssigkeit floss, die Kehle zu befeuchten. Sein Gesicht hatte der Künstler auf einer Fläche von kaum zwanzig Millimetern im Quadrat mit dem Pinsel erfasst oder vielmehr wiedergegeben. Was mehr als ausreichend war. Die Lupe brauchte es gar nicht.

»Was sagen Sie dazu?«, fragte Margaret.

Oleg richtete sich wieder auf, legte die Lupe auf das Bord zurück und massierte seine rechte Hand, die zu zittern begonnen hatte. Er wandte sich ab, um diese Schwäche vor Margaret zu verbergen.

»Es ist Marcus Ruder, nicht wahr? Sie haben doch die Narbe quer über seinen Hals gesehen und die seltsame Zeichnung seines Kiefers, seine Augenbrauen und diesen Blick? Er ist es! Er lässt sich mit Fusel volllaufen und sieht bei einer Folterszene zu!«

»Im sechzehnten Jahrhundert, auf Haiti!«

»Schnappen Sie sich seinen Bruder, Doppelgänger oder wie auch immer Sie ihn nennen wollen, jedenfalls den, der soeben aus der Haft entlassen worden ist, und bringen Sie ihn dazu, zu verraten, wo sich der andere versteckt.«

»Sie haben mich dafür bezahlt, einen Greis zu töten. Das kann innerhalb der nächsten vierundzwanzig Stunden erledigt werden. Ich halte ihn für Sie bereit. Ein Schnippen mit den Fingern genügt, und wir bringen die Sache hinter uns. Heute, morgen, wann immer es Ihnen passt. Sie wollen ihn krepieren und dabei leiden sehen? Gut, kein Problem ...«

»Halt, halt ... erzählen Sie mir bloß nicht, dass Sie nicht mehr darüber wissen wollen!«, platzte Margaret heraus.

Oleg fuhr mit einem Ruck herum. Er packte die beiden Armlehnen des Rollstuhls brutal, sah seine Auftraggeberin direkt an und beugte sich über ihr verschleiertes Gesicht, bis er den Atem der Schwerbehinderten spürte.

»Was wissen Sie sonst noch?«, flüsterte er.

»Nichts.«

Oleg verzog das Gesicht. Er hob den Schleier vorsichtig an, schlug ihn zurück auf die Seidenkappe. Margarets verwüstetes Gesicht befand sich wenige Zentimeter vor seinem. Auge in Auge.

»Sie haben mich ein erstes Mal belogen«, sagte er vollkommen ruhig, »warum sollten Sie es nicht weiterhin tun? Gibt es vielleicht noch mehr Fotos, andere Bilder? Andere Spuren?«

»Nein. Jedenfalls kenne ich sie nicht. Aber natürlich, Sie müssen mir nicht glauben. Es ist Ihre Entscheidung. Beschatten Sie ihn noch eine Zeit lang, haben Sie Geduld. Ich selbst warte schon so lange darauf!«

»Wenn Sie mir wirklich alles gesagt haben, was Sie wissen, dann brauche ich Sie nicht mehr! Ich kann sie mir schnappen und ihnen ihr … ihr ›Überlebensrezept‹ entreißen, ohne dass ich Ihnen davon berichten müsste!«

»Ich sehe, Sie haben mich voll und ganz verstanden! Ich habe Sie tatsächlich nur auf die richtige Spur gebracht. Aber ich werde Ihnen bis zum Schluss helfen, und wenn es Monate dauern sollte, sie zu verfolgen! Ganz gleich, wohin Sie das führen wird. Ich werde Ihnen Unsummen bereitstellen, bis mein ganzes Vermögen aufgebraucht ist. Geld hat keinerlei Bedeutung für mich. Die Zeit auch nicht. Aber für Sie sieht das zweifellos anders aus. Sie sind doch krank, nicht wahr?«

»Ja«, hauchte Oleg.

»Ich habe es gleich gewusst. Seit unserem ersten Treffen. Es liegt in Ihrem Blick, der hat mir die Wahrheit verraten. Ich habe es gelernt, solche Dinge zu erkennen. Dank meiner Vergangenheit habe ich das Leiden in all seinen Facetten bis zu einem Grad erproben können, der für Sie unvorstellbar ist. Wie viel Zeit bleibt Ihnen noch?«

»Ich weiß nicht, vielleicht fünf, sechs Jahre, wenn kein Wunder geschieht.«

Margaret legte ihre rechte Hand an Olegs Brust. Diese zerschlagene, von Brandnarben überzogene Hand hatte eine erstaunliche Geschicklichkeit bewahrt. Mit den Fingerspitzen tastete sie durch den Stoff des Hemdes seine Brustmuskeln und die herausstehenden Rippen ab, ohne dass Oleg auch nur einen Deut zurückwich. Er hatte das Gefühl, geröntgt und mit Ultraschall untersucht, ja eingehend von einem unfehlbaren Gerät durchleuchtet zu werden, das weitaus leistungsfähiger war als alle, mit denen man ihn bisher untersucht hatte.

»Jetzt kenne ich Sie, kenne ich Sie wirklich«, keuchte Margaret. »Ich bitte Sie, gehen Sie bis ans Ende, und kommen Sie wieder, um mir zu berichten, was Sie herausgefunden haben. Nur, um es mir zu berichten. Lassen Sie mich nicht im Stich!«

Oleg verfolgte die Spur der Tränen, die über die Wangen seiner Auftraggeberin liefen. Vom Lid bis zum Kinn. Dann holte er mit zitternden Fingern den Tüllschleier wieder herunter, den er einige Augenblicke zuvor zurückgeschlagen hatte. Er suchte verzweifelt nach einer Antwort, zwei, drei Worte, ganz gleich, welche, doch er fand sie nicht.

Er räusperte sich und stand auf. »Es ist Zeit, uns zu verabschieden«, murmelte er.

17

Genau eine Woche nach seiner Abreise nach Katar war Monsieur Jacob in Nogent zurück, wie er es Anabel angekündigt hatte. Ein Taxi brachte Maxime und ihn am Abend kurz vor zwanzig Uhr bis vor das Tor der Villa. Es hatte den ganzen Tag geregnet, ein eiskalter Nieselregen. Anabel aß mit Tom zu Abend. Monsieur Jacob trat in das große Wohnzimmer, wurde beim Anblick seines Bruders bleich und stürmte auf ihn zu, um ihn zu umarmen. Die beiden Männer drückten sich lange wortlos. Im Kamin loderte ein Feuer. Sie traten beide hinzu, blieben einige Sekunden Seite an Seite davor stehen, um die Wärme aufzunehmen und die Stille zu genießen, in der nur das Knistern eines verglühenden Holzscheits zu hören war. Schließlich ergriff Monsieur Jacob das Wort.

Anabel, die nicht aufgestanden war, saß ganz in ihrer Nähe. Doch sie verstand absolut nichts von dem, was sie redeten. Sie sprachen eine Sprache, die ihr vollkommen unbekannt war, die keiner anderen Sprache ähnelte und die dennoch einen sehr vertrauten Klang hatte. Die beiden Männer waren völlig in ihre Unterhaltung vertieft und widmeten ihr zunächst keine Aufmerksamkeit. Tom redete wie ein Wasserfall, während Monsieur Jacob mit geneigtem Kopf aufmerksam zuhörte. Maxime hatte sich in die Küche zurückgezogen, um sich ein Sandwich zuzubereiten. Dann ging er mit der gewohnten Diskretion nach oben und verschwand geräuschlos in seinem Zimmer. Schließlich stand Anabel auf.

Die beiden Männer wandten den Blick in ihre Richtung. Sie

wollte die Szene ihrer Wiederbegegnung auf keinen Fall stören und beschwichtigte sie mit einer Handbewegung, bevor sie sich entfernte und ans andere Ende des Zimmers ging. Sie ließ sich auf einem der Kanapees nieder, setzte den Kopfhörer auf, legte eine CD in den CD-Player ein und schloss die Augen, um die Musik zu genießen. Nach zwanzig Minuten setzte sich Tom neben sie und nahm ihre Hand. Sie legte den Kopfhörer zur Seite und lehnte ihren Kopf an seine Schulter. Monsieur Jacob war in Gedanken versunken vor dem Kamin stehen geblieben.

»Entschuldige bitte«, murmelte Tom, »wir hatten uns viele Dinge zu erzählen.«

Anabel hatte begriffen, dass die Rückkehr Monsieur Jacobs in der einen oder anderen Weise das Ende ihrer Beziehung mit Tom bedeuten würde. Sie hatte diese Woche wie auf einer Wolke gelebt, war einfach glücklich, ohne sich wegen ihrer ungewissen Zukunft graue Haare wachsen zu lassen. Davon überzeugt, dass dieses Abenteuer eine der schönsten Erinnerungen ihres Lebens sein würde, spürte sie keine Traurigkeit in sich. Eine Übergangsphase, einer dieser Wendepunkte im Leben, die dazu führen, dass man mit Zuversicht in die Zukunft sieht. Und später würde man ganz friedlich die Erinnerung daran schüren wie eine noch glimmende Glut unter der Asche des Gedächtnisses.

»Du und dein Bruder, ihr habt euch wohl lange nicht mehr gesehen?«

»Einige … einige Jahre, ja. Wie schnell die Zeit vergeht!«

Monsieur Jacobs Gesichtszüge waren tief eingegraben vor Müdigkeit. Er blieb nicht länger bei ihnen und zog sich in sein Zimmer zurück. Anabel schmiegte sich an Tom, strich zärtlich über seine Brust.

»Rätst du mir immer noch dazu, wegzugehen?«, fragte sie.

»Ja. Und um die Wahrheit zu sagen, ich selbst werde wohl nicht mehr lange hier bleiben. Ich hatte dich ja gewarnt …«

»Und wohin willst du gehen?«

Tom konnte sich ein Lachen nicht verkneifen. Er schloss die Augen, streckte die Hand nach dem Globus auf dem lackierten Holzständer aus, gab der Kugel einen Schubs und wartete, den Zeigefinger mit wenigen Millimetern Abstand auf den sich um die eigene Achse drehenden Globus gerichtet, bis dieser wieder still stand wie das Lotterierad auf einem Jahrmarkt. Sein Finger war vollkommen ruhig.

»Und, wohin?«, fragte er, die Augen noch immer geschlossen.

»Mitten in den Pazifischen Ozean«, stellte Anabel fest.

»Irgendwo in der Nähe wird es schon ein Archipel geben, oder?«

»Ich brauche dich wohl nicht zu fragen, in welcher Sprache du dich eben mit deinem Bruder unterhalten hast?«

»Ach, Anabel, geh ins Bett«, murmelte Tom mit großer Zuneigung.

Sie zuckte die Schultern, stand auf und stieg zum ersten Stock hinauf. Mit einem Satz war Tom an der Treppe, um sie aufzuhalten, nahm ein paar Stufen auf einmal, und als er auf gleicher Höhe mit ihr war, umfasste er ihre Hüften und ließ, ohne dass sie sich umdrehte, seine Hände unter ihren Pullover gleiten, um ihre Brüste zu berühren. Sie erschauerte, neigte sich nach hinten, streckte ihre Arme über den Kopf nach ihm aus und nahm sein Gesicht in ihre Hände. Er drückte ihr einen Kuss in den Nacken und streichelte ihre Brüste etwas eindringlicher.

✡

Am nächsten Morgen ging alles seinen gewohnten Gang. Als Anabel aus ihrem Zimmer kam und die Treppe hinunterstieg, sah sie Maxime das Frühstück zubereiten. Einen Augenblick später war auch Monsieur Jacob bei ihnen. Anabel unterrichtete ihn darüber, was sich seit seiner Abreise im Laden zugetragen hatte. Nichts Weltbewegendes.

»Der Winter steckt schon den Kopf zur Tür herein«, stellte er mit einem gewissen Fatalismus fest, während er mit einer Tasse Kaffee in der Hand zum Fenster hinaussah, an dem der Regen abperlte. »Wir werden mehr Arbeit bekommen. Alte Menschen sind sehr anfällig. Dazu einige Selbstmorde, wie jedes Jahr. Depressive Menschen ertragen die näher rückenden Feiertage zum Jahresende nicht.«

Maxime wartete draußen auf sie. Er hatte den Motor des Mercedes schon angelassen und schüttete noch einige Schaufeln Kies auf den Weg, der nach den Regenfällen der letzten Tage stark aufgeweicht war.

Auf der Fahrt nach Paris blieb Monsieur Jacob zunächst schweigsam. Unruhig und gereizt rutschte er auf dem Rücksitz hin und her, während Maxime den Wagen durch die Staus steuerte. Plötzlich wandte er sich an Anabel: »Sie sollten sich über meinen Bruder keine Illusionen machen. Hätte ich vorausgesehen, dass er bei mir aufkreuzt, hätte ich Sie nicht allein gelassen. Ich mache mir Vorwürfe, denn es war ein Fehler von mir. Verzeihen Sie mir bitte, wenn ich Sie so abrupt damit überfalle, aber ich möchte Ihnen den Schmerz ersparen. Glauben Sie bloß nicht, er werde sich in Sie verlieben oder gar bei Ihnen bleiben. Das ist hoffnungslos!«

»Ich weiß«, antwortete Anabel bedächtig. »Er hat mich vorgewarnt.«

»Er hat mit Ihnen darüber gesprochen? Ich meine, hat er Ihnen erklärt, wer er ist?«, fragte Monsieur Jacob besorgt nach.

»Er hat mir nur gesagt, dass er Ihr Bruder ist. Hätte er mir sonst noch etwas gestehen müssen?«

Die letzte Frage hatte sie mit einem Anflug von Ironie, ja Trotz gestellt, der deutlich genug war, dass ihr Gönner es nicht überhören konnte. Der tauschte im Rückspiegel kurz einen Blick mit Maxime, der ihr ganzes Gespräch gehört hatte, und verdrehte dann die Augen.

18

Oleg setzte sich wieder mit seiner Mannschaft in Verbindung. Ruderi und Ava waren während seiner Abwesenheit kein Jota von ihren Gewohnheiten abgerückt. Ruderi, der zu Hochform auflief, verbrachte die meiste Zeit mit Spaziergängen in der Gegend von Montmartre, während Ava gewissenhaft ihrer Arbeit in der Rue Saint-Denis nachging, Stunde für Stunde die Freier aneinander reihte. Nummer eins lieferte einen ebenso detaillierten wie eintönigen Bericht über ihr wechselseitiges Kommen und Gehen. Für die einzige Veränderung, auf die sie sich einzustellen hatten, sorgte der Besitzer von Avas Appartement, der sich nicht länger über die ausbleibenden Mietzahlungen ärgern wollte. Der Gerichtsvollzieher war in die Rue Clauzel gekommen, um der jungen Frau den Pfändungsbeschluss zu verkünden, und das knapp eine Stunde, bevor Oleg mit dem Zug aus Venedig am Gare de Lyon ankam.

✡

Um der Pfändung zuvorzukommen, zog das Paar kurzerhand aus, ohne den Mietrückstand zu begleichen. Mit nur zwei Koffern in der Hand suchten sie ein Drei-Sterne-Hotel in der Rue La Fayette auf. Bei der Überprüfung von Ruderis Personalausweis stutzte der Mann an der Rezeption: Das Gesicht des Passinhabers entsprach keineswegs dem Foto im Ausweis. Ava bezahlte in bar für ein paar Tage im Voraus und legte noch zwei Fünfhundert-Francs-Scheine als Trinkgeld dazu. Daraufhin sah der Empfangschef von seinen Vorbehalten ab. Nummer zwei schlug vor, sich im Hotel einzuschleichen, um Wanzen im Zimmer der beiden anzubringen, doch Oleg lehnte den Vorschlag ab. Schließlich nützte es ihnen nichts, vollkommen unverständliche Gespräche aufzuzeichnen. Das Problem lag woanders.

»Seht zu, dass ihr sie nicht aus den Augen verliert, aber mit geringstem Aufwand«, ordnete Oleg an. »Übereifer nützt uns nichts. Jetzt, wo sie knapp bei Kasse sind, werden sie sich vielleicht an irgendwelche Bekannte wenden.«

Während des Briefings, zu dem er die Mannschaft versammelt hatte – nur Nummer drei war vor dem Hotel, in dem Ruderi sein Mittagsschläfchen hielt, auf dem Posten geblieben –, bemühte sich Oleg, vor seinen Mitarbeitern die Kälte und Entschlossenheit an den Tag zu legen, die sie seit Beginn der Operation von ihm gewohnt waren, denn er fürchtete, sie könnten merken, wie sehr sich das Blatt in diesem Spiel gewendet hatte. Er brauchte sie noch immer, doch seit den letzten Enthüllungen Margaret Moedenhuiks wusste er, dass er in der entscheidenden Stunde der Konfrontation mit Ruderi das Boot allein steuern würde. Er wollte sich auf keinen Fall mit Komparsen belasten, die zweifellos diszipliniert waren, möglicherweise aber auch mehr, sehr viel mehr von ihm über die ganze Sache erfahren wollten.

Am nächsten Abend nahm Ruderi ein Taxi und fuhr zum Kasino von Enghien-les-Bains. Nummer eins und Nummer drei beobachteten, wie er an einem Roulettetisch Platz nahm und mit hohen Summen einstieg. Er hatte zwanzigtausend Francs gegen einen kleinen Vorrat an bunten Jetons eingetauscht und verteilte sie nach dem Zufallsprinzip mal auf Rot, mal auf Schwarz. In weniger als fünfzig Minuten hatte er alles verloren. Auch am darauf folgenden Abend fuhr er wieder ins Kasino, holte erneut ein Bündel zerknitterter Geldscheine aus seinem

Geldbeutel und sah abermals sein ganzes Vermögen auf dem grünen Teppich dahinschwinden, eingesammelt von den behänden Fingern des Croupiers. Worüber er sich nicht sonderlich zu ärgern schien. Oleg, der zeitgleich über Ruderis Enttäuschungen unterrichtet wurde, begriff sofort, dass die kleinen Ferien nach der Freilassung nun zu Ende gingen. Selbst wenn Ava ihren Arbeitseifer auf dem Strich verdoppeln würde, fiele es ihr schwer, für die Kosten dieses »Haushalts« aufzukommen.

Ruderi verließ das Spielkasino um zwei Uhr morgens. Die Beschatter sahen ihn einem Paar in den Fünfzigern folgen, das kurz vor ihm aus dem Kasino gekommen war, um ein wenig frische Luft zu schnappen und sich am Ufer des Sees die Beine zu vertreten. Sie hatten am selben Tisch gesessen wie Ruderi, hatten sich aber nicht ausnehmen lassen, ganz im Gegenteil. Unter den bewundernden Blicken seiner Geliebten hatte der Mann einen riesigen Stapel Jetons angehäuft, den er an der Kasse wieder in die entsprechende Anzahl von Geldscheinen umgetauscht hatte. Oleg, der das Geschehen immer noch in Echtzeit verfolgte, meinte zuerst, der Ex-Häftling wolle sich mit einem kleinen Überfall auf das unvorsichtige Pärchen über sein Pech hinwegtrösten. Aber nichts dergleichen geschah. Ruderi ließ sie ihres Weges ziehen und verfolgte den seinen, allein, zu Fuß, die Hände tief in den Taschen seiner Jacke vergraben. Im Morgengrauen, nach einem langen Fußmarsch, den er sich mit einigen Kaffeepausen in Bistros versüßte, in denen sich eine bescheidene, arbeitsame Menschheit zu drängen begann, war er zurück in seinem Hotel in der Rue La Fayette.

✡

Am frühen Nachmittag sahen Nummer vier und Nummer zwei das Paar mit den Koffern aus der Rue Clauzel aus dem

Hotel kommen und in ein Taxi steigen. Noch während sie ihr Gepäck im Kofferraum verstauten, wurde Oleg informiert. Minütlich erstattete seine Mannschaft ihm Bericht über die Strecke, auf der die Turteltäubchen unterwegs waren. Das Taxi setzte sie vor dem Tor einer stattlichen Villa in Nogent ab, die von einem schmucken Garten umgeben war, der bis ans Ufer der Marne reichte. Ruderi und seine Gefährtin stellten sich vor das geschlossene Tor und drückten mehrmals auf die Klingel. Obwohl ihnen niemand aufmachte, gingen sie nicht mehr fort. Während Ava auf das Gepäck aufpasste, zögerte Ruderi nicht, eine Runde um das Gebäude zu machen. Er schlich eine von Efeu und Moos überwucherte Mauer entlang, kletterte mühelos hinüber und ging auf der anderen Seite zurück, um das Tor zu öffnen. Er nahm die beiden Koffer und betrat mit seiner Begleiterin in aller Ruhe das Gebäude, ein wenig so, als ob er nach Hause käme.

Als Oleg diese Neuigkeit erfuhr, konnte er einen Freudenschrei nicht unterdrücken. Die Hoffnung, »Marcus«, den Mann mit der auffälligen Narbe am Hals, zu finden, bekam endlich Nahrung.

19

Auch nach Avas und Ruderis Ankunft in der Villa in Nogent erledigten die Beschatter ihre Aufgabe mit der gewohnten Gründlichkeit. Oleg konnte sich noch am selben Abend davon überzeugen. Eine ganze Serie von Fotografien erschien auf dem Bildschirm seines Computers. Er klickte von einem Bild zum anderen, betrachtete eingehend eine Reihe neuer Gesichter, denen er noch keine Namen zuordnen konnte: zwei Männer, die Ruderi ähnlich sahen wie Brüder, dazu eine rothaarige junge Frau, nicht zu vergessen ein Sechzigjähriger mit finsterer Miene. Sie alle hatten Ruderi und Ava am frühen Abend angetroffen. Aber kein Marcus in Sicht.

Oleg musste seine Mannschaft aufteilen, um mehr Informationen zu erhalten. Am nächsten Morgen nahm der ältere der beiden »Brüder« Ruderis in Begleitung der jungen Rothaarigen in einem Mercedes Platz, nachdem Letztere zwei schwere Reisetaschen in den Kofferraum gestopft hatte. Der Wagen wurde von dem Sechzigjährigen gefahren, anscheinend ein Bediensteter. Nummer eins folgte ihnen auf einem Motorrad. Oleg zog eine Grimasse, als er erfuhr, dass das Trio ins zehnte Arrondissement von Paris gefahren und dort in einem Beerdigungsinstitut verschwunden war, das ihnen offensichtlich gehörte, und zwar in unmittelbarer Nähe des Hôpital Saint-Louis, wo er selbst behandelt wurde. Ruderi und Ava hingegen schliefen bis in die Puppen, bevor sie die Villa gegen Mittag verließen, um zu Fuß und untergehakt in Richtung Joinville zu spazieren. Nummer drei blieb ihnen bis zum Ausflugslokal *Chez Gégène* auf den Fersen, wo sie sich an einen Tisch setzten, völlig sorglos in Fett ausgebackene Gründlinge verspeisen und dazu eine Flasche Gros-Plant tranken. Zu den Klängen eines Akkordeons schoben muntere Rentnerpaare Tangos und Paso doble über die Tanzfläche. Ruderi hatte eine Schachtel Zigarren gekauft und blies Rauchringe aus, während er das Schauspiel genoss. Ava feilte und lackierte mit großer Sorgfalt ihre Fingernägel. Gegen vierzehn Uhr verließ schließlich auch Ruderis zweiter Bruder die Villa, ging zur S-Bahn und fuhr, eskortiert von Nummer vier, nach Paris, wo er in einer Buchhandlung am Ende einer Sackgasse verschwand, die von der Rue Oberkampf abging.

Der Weg war frei. Oleg hatte eine gute Stunde Zeit, bevor der eine oder andere Hausbewohner wieder eintreffen und ihn stören würde. Er wusste bereits, dass die Villa im Besitz eines gewissen Monsieur Jacob war. Sein Name stand im Telefonbuch, das er über Minitel befragt hatte. In Begleitung von Nummer fünf, der alle Schlösser problemlos öffnete, drang er in die Villa ein. Jeder von ihnen trug eine Tasche mit mehreren Sprengstoffladungen, die mit einer Fernsteuerung über Funk gezündet werden konnten. Oleg wusste noch nicht, ob sie nützlich sein würden oder nicht. Es handelte sich um eine reine Vorsichtsmaßnahme: Es galt, die Mittel verfügbar zu halten, die den Gegner gegebenenfalls in eine ausweglose Lage bringen, ihn terrorisieren würden. Er forderte Nummer fünf auf, die Zimmer im ersten Stock im Schnelldurchgang zu filzen, er selbst blieb im Erdgeschoss, durchsuchte dort die Möbel und verweilte einige Augenblicke in der Veranda. Als er ins Zimmer zurückging, fiel sein Blick unweigerlich auf die Treppe, die ins Untergeschoss führte. Er folgte ihr.

Mühelos ertastete er den Lichtschalter, der die Neonbeleuchtung in Gang setzte. Der Keller tat sich vor ihm auf. Wie schon Anabel, ging Oleg sehr vorsichtig die Regalreihen entlang, studierte die Buchrücken der Werke in den Regalen, hob die Augen bis zu den höchstgelegenen Fächern, entzifferte nacheinander die zugänglichen Titel und arbeitete sich so bis ans Ende des Raums vor. Der Inhalt dieser umfangreichen Dokumentation machte ihn ratlos. Er ging denselben Weg zurück und traf im Erdgeschoss wieder mit Nummer fünf zusammen. Außer einer Feuerwaffe in einem der Zimmer hatte Nummer fünf nichts Interessantes gefunden. Oleg entschied, die Sprengladungen in der unterirdischen Bibliothek anzubringen. Das phänomenale Durcheinander, das dort herrschte, lieferte ihnen viele nicht zu entdeckende Verstecke. Und die vielen hundert Kilo Papier, die dort angehäuft waren, bildeten den idealen Zunder. Das Feuer würde sofort vom Untergeschoss hochschlagen und auf seinem Weg alles verwüsten. Die Anbringung dauerte nur wenige Minuten. Die beiden Männer verließen die Villa, ohne sichtbare Spuren ihres Besuchs zurückzulassen.

20

Anabel erlebte einen ihrer schlimmsten Tage. Nicht, dass es mehr Arbeit im Laden gegeben hätte, aber der Abend zuvor hatte einen bitteren Nachgeschmack bei ihr hinterlassen. Bei ihrer Heimkehr nach Nogent hatte sie feststellen müssen, dass noch mehr Gäste im Haus waren. Monsieur Jacob, der mit einer solchen Überraschung nicht gerechnet hatte, war sofort in heftige Wut geraten und hatte seinen ganzen Groll über diesem Bruder entladen, der so unverhofft in den Schoß der Familie zurückkehrte, während er doch Tom mit größter Herzlichkeit empfangen hatte. Anabel hatte die Schultern hängen lassen, denn es war ihr schrecklich peinlich, diesen Familienstreit mitzuerleben. Sie verstand nichts von dem, was sich die beiden Männer sagten. Sie sprachen jene seltsame Sprache mit dem singenden Tonfall, die sie bereits aus dem Munde Monsieur Jacobs und Toms gehört hatte.

Außer sich vor Wut, gestikulierte und tobte Monsieur Jacob, zeigte mit anklagendem Finger auf seinen jüngeren Bruder, der im selben Tonfall antwortete und dabei von Zeit zu Zeit die Achseln zuckte. Die junge Frau, die ihn begleitete, tat den Mund nicht auf und starrte auf ihre Schuhspitzen, ohne sich an der Auseinandersetzung zu beteiligen. Auch Tom blieb eine Zeit lang still, bevor er eingriff. Er sagte einige beschwichtigende Worte, die geeignet waren, Monsieur Jacob ein wenig zu beruhigen. Dieser drehte sich schließlich zu Anabel um und sah sie mit tieftraurigem Blick an. Dann nahm er sie sanft am Arm:

»Am besten, Sie gehen jetzt auf Ihr Zimmer, Sie hätten niemals Zeugin dieser lächerlichen Szene werden dürfen. Maxime wird Ihnen ein Abendessen zubereiten. Räumen Sie Ihre Sachen zusammen, denn Sie können hier nicht länger wohnen. Wir finden morgen sicher eine andere Lösung. Es tut mir wirklich sehr Leid, Anabel, aber ich kann nichts anderes tun.«

Anabel warf einen Blick zu Tom, der ihr mit einem Nicken zu verstehen gab, sie solle gehorchen. Das Essen, das Maxime in ihr Zimmer brachte, rührte sie nicht an. Im Erdgeschoss war der Streit wieder laut entbrannt. Der Krach dauerte noch eine Stunde, dann hörte Anabel die Türen zu den Zimmern eine nach der anderen zuschlagen. Tom kam zu ihr und sah ihr zu, wie sie ihre Kleidung zusammenlegte und in ihren Reisetaschen verstaute.

»Du kannst wirklich unmöglich hier bleiben«, seufzte er. »Mein zweiter Bruder ist völlig unberechenbar. Um dir die Wahrheit zu sagen, er kommt gerade aus dem Gefängnis, und du kannst jede Wette abschließen, dass er alles tun wird, um dorthin zurückzukehren. In der Vergangenheit hat er uns schon jede Menge Ärger gemacht. Es ist besser, du hältst dich von ihm fern und vermeidest jeden Kontakt mit ihm. Das ist die einzige Möglichkeit, dich zu schützen. Er hat niemand anderen, zu dem er gehen könnte, keine andere Bleibe als hier. Und trotz allem können wir ihn doch nicht auf die Straße werfen!«

»Na und? Ich war auch im Gefängnis«, antwortete Anabel, die weiter ihre Reisetaschen packte.

»Oh, das ist nicht vergleichbar! Er ist wirklich zum Schlimmsten fähig. Und in all den Jahren, die er hinter Gittern verbracht hat, hat er nichts dazugelernt. Absolut nichts.«

»In all den Jahren?«, wunderte sich Anabel.

Sie hatte den jungen Bruder auf höchstens fünfundzwanzig geschätzt. Tom lächelte sie voller Mitgefühl an.

»Ich schwöre dir, das kannst du wirklich nicht verstehen. Du musst uns, meine Brüder und mich, so schnell wie möglich vergessen!«

»Willst du damit sagen, dass wir uns nie wieder sehen?«

Sie kannte die Antwort, war darauf vorbereitet.

»Ich werde wieder … abreisen«, bestätigte Tom. »Mein Passproblem ist geregelt. Der alte war abgelaufen.«

»Quatsch. Die Wahrheit ist, dass du dir einen gefälschten besorgt hast!«

»Genau. Wozu das Gegenteil behaupten? Du würdest es mir sowieso nicht glauben«, räumte Tom ein.

»Dann lass mich in Ruhe, geh, ich habe einen Horror vor solchen Situationen!«, schnaufte sie mit erstickter Stimme.

Er verließ sie, ohne den Mut aufzubringen, ihr in die Augen zu sehen.

✡

Kaum waren sie am nächsten Morgen im Laden angekommen, griff Monsieur Jacob zum Telefon und rief verschiedene Hotels in der Gegend an. Nach einer halben Stunde Herumtelefonierens legte er sich auf das *Holiday Inn* an der Place de la République fest.

»Ich habe Ihnen gerade ein Zimmer reserviert«, verkündete er Anabel. »Es ist sehr komfortabel und außerdem ganz in der Nähe. Was kann man mehr verlangen? Maxime wird Sie hinfahren.«

»Nein, ich komme schon allein zurecht«, protestierte sie.

»Anabel, ich habe Ihnen angeboten, so lange bei mir zu wohnen, bis Sie wieder einen Weg für sich gefunden haben. Leider ist jetzt eine unerwartete Situation eingetreten, die mich hindert, mein Versprechen zu halten. Deshalb werden Sie jetzt in diesem Hotel wohnen. Ich übernehme alle Kosten. Ich bleibe bei meinem Wort, das ist eine Ehrensache für mich. Gehen Sie, Anabel, gehen Sie jetzt mit Maxime dorthin, bringen Sie Ihre Sachen auf Ihr Zimmer, und dann treffen wir uns bei Loulou zum Mittagessen.«

Er steckte den Kopf wieder in seine Unterlagen und bedeutete ihr damit, dass jede weitere Diskussion überflüssig war. Anabel fügte sich. Toms Ratschlag – alles vergessen, alles hinter sich lassen, sich aus dem Staub machen – war zweifellos vernünftig. Bevor sie sich dazu durchrang, ihn zu befolgen, behielt sie sich allerdings vor, ihren Teil der Wahrheit einzufordern. Später. Ohne sich allzu viele Illusionen darüber zu machen, dass es ihr gelingen würde.

21

Sechs Wochen zuvor hatte Oleg von den Mitteln, die Margaret Moedenhuik zur Verfügung gestellt hatte, ein Haus in der Nähe des Städtchens Crézy-la-Chapelle im Département Seine-et-Marne angemietet. Der Ort war weder völlig abgelegen noch überlaufen. Tatsächlich hatten in dieser Gegend viele Pariser ihren Zweitwohnsitz, so dass die Einheimischen das ständige Hin und Her der Autos gewöhnt waren, die jedes Wochenende über die Landstraßen strömten. Es handelte sich um ein wuchtiges, schmuckloses Gebäude vom Anfang des Jahrhunderts, das in einem verwilderten, von Brombeerranken überwucherten Garten lag. Das Anwesen war zweihundert Meter vom nächsten Nachbarhaus entfernt und ganz von einer Mauer umgeben. Man erreichte es über eine private Zufahrt, die sich in einem schlechten Zustand befand und voller Schlaglöcher war. Allerdings versorgten es die Elektrizitätswerke noch immer mit Strom. Und Oleg hatte sich gleich darum gekümmert, den Vertrag zu erneuern, um keine bösen Überraschungen zu erleben.

Während Anabel ihr Zimmer im *Holiday Inn* bezog, fuhr er nach Crézy-la-Chapelle, um nachzusehen, ob dort alles in Ordnung war. Noch vor Ruderis Entlassung aus dem Gefängnis hatte er eine notdürftige Grundausstattung in das Haus gebracht, die aber zum Überleben reichte: Schlafsäcke, Campingausrüstung, Gaskocher, Konservenbüchsen usw. Sein ursprünglicher Plan sah vor, nach der Gefangennahme Ruderis das Haus so lange als Standort für die Mannschaft zu nutzen, bis er Ruderi nach Venedig bringen würde. Oleg war sehr gewissenhaft und professionell vorgegangen und hatte sich auf alle Eventualitäten vorbereitet. In Crézy konnte er die Zielperson unterbringen, aber auch mögliche Komplizen, sowie alle notwendigen Nachforschungen anstellen, um eine Antwort auf Margaret Moedenhuiks Frage zu finden. Im Moment hatte er noch das Gefühl, er könne ihr eine Antwort liefern. Aber nichts verlief mehr so, wie er es erwartet hatte.

✡

Zurück in Paris, ließ er sich über die jüngsten Entwicklungen informieren:

a) Ruderi und Ava waren nach einem Spaziergang entlang der Marne brav in die Villa in Nogent zurückgekehrt.

b) Monsieur Jacob war in seinem Mercedes, gefahren von dem Hausdiener, ebenfalls nach Nogent zurückgekehrt.

c) Ruderis zweiter Bruder war ein wenig durch das Viertel um die Bastille geschlendert und dann ins *Holiday Inn* an der Place de la République gegangen.

d) Er besuchte dort das rothaarige Mädchen (laut Nummer vier Mademoiselle Lorgnac, Anabel, Zimmer 222 im zweiten Stock). Dann gingen beide auf den Platz hinaus, drehten dort gemächlich Arm in Arm eine Runde und küssten sich lange vor dem Sportgeschäft GO Sport, das neben dem Hotel liegt. Anschließend war Ruderis Bruder wieder nach Nogent zurückgefahren.

✡

Oleg war nicht mehr bereit, noch länger zu warten. Ob mit Marcus oder ohne, Ruderi war in seiner Reichweite. Der eine würde ihn zum anderen führen. Am nächsten Morgen bezogen Nummer drei, Nummer vier und Nummer fünf ab sieben Uhr dreißig Stellung bei der Villa in Nogent. Sie sahen Monsieur Jacob und seinen Hausdiener in den Mercedes steigen und um acht Uhr fünfzehn durch das Tor hinausfahren. Die Anweisungen Olegs waren eindeutig: auf keinen Fall ein Risiko eingehen. Sicher, sie hätten mit Gewalt in das Haus eindringen und alle Bewohner verschleppen können, aber Oleg war vorsichtig. Bei der Stippvisite, die er dem Haus abgestattet hatte, war es ihm nicht möglich gewesen, die Örtlichkeiten im Einzelnen kennen zu lernen. Die Feuerwaffe, die sie in einem Zimmer im ersten Stock entdeckt hatten, war ein Warnzeichen. Nummer drei, Nummer vier und Nummer fünf wunderten sich über diese übertriebene Vorsicht. Ihnen erschien der Schlag einfach durchführbar zu sein.

»Kein Risiko, auf keinen Fall ...«, hatte Oleg stur wiederholt. »Ihr ... ihr wisst nicht, mit wem ihr es zu tun habt!«

Den Anweisungen folgend, mussten sich die Beschatter bis elf Uhr gedulden. Dann öffnete sich das Tor von neuem, Ava erschien am Arm von Ruderi. An ihren Begleiter geschmiegt, wackelte sie beim Gehen mit ihrem Hinterteil, während dieser ihr zwei- oder dreimal mit einer ebenso zärtlichen wie mechanischen Geste über das Gesäß strich. Sie schlenderten zur nächsten Straßenkreuzung, wo es einige Läden gab. Wollten sie Zigaretten kaufen, die Morgenausgabe einer Zeitung oder einfach nur eine Runde drehen? Das spielte keine Rolle. Nummer drei, der die Operation anführte, hielt den Atem an. Die Straße war menschenleer.

»Los geht's!«, befahl er.

Nummer vier steuerte einen Lieferwagen und fuhr im Schritttempo die Straße entlang. Die Hecktür war einen Spalt breit geöffnet. Nummer drei und Nummer fünf folgten Ava und ihrem Liebhaber ganz ruhig mit einigen Metern Abstand auf dem Gehweg. Plötzlich rannten sie los. Sie waren sich ihrer selbst vollkommen sicher, als wäre man schon Herr der Lage.

✡

Ein unbedeutendes Sandkorn kann das bestgeschmierte Getriebe ins Stocken bringen. Einige Zehntelsekunden, bevor die Faust von Nummer fünf in den Nacken von Ruderi krachen sollte, heulte ein Martinshorn in der Ferne. Ein Krankenwagen, die Flics oder die Feuerwehr? Nummer fünf hatte keine Zeit, sich diese Frage zu stellen. Ruderi, dessen Sinne plötzlich alarmiert waren, machte eine Vierteldrehung, wich dem Schlag aus, der ihm gegolten hatte, und tauchte auf allen vieren zwischen zwei auf der Straße parkenden Autos weg, stand sofort wieder auf und stürzte in eine nahe Gasse. Nummer fünf schickte sich an, ihn zu verfolgen, als ein Lastwagen aus der entgegengesetzten Richtung die Straße heruntergefahren kam und drohte, ihnen den Weg zu versperren.

»Nein! Die Frau, die Frau!«, brüllte Nummer drei. »Los, wir hauen ab!«

Er umklammerte Ava, hob sie mühelos von der Straße und schleuderte sie in den Lieferwagen.

»Gib Gas!«, rief er dem Fahrer zu.

Nummer fünf landete mit einem Sprung im Innern des Lieferwagens, und Nummer vier folgte dem Befehl von Nummer drei. Er riss das Lenkrad zu einem gewagten Manöver herum, wich dem Lastwagen aus, indem er an einer Seite kurzerhand über den Gehweg fuhr, und raste über die nahe Kreuzung. Hinten wehrte sich Ava, so gut sie konnte, musste sich schließlich aber geschlagen geben. Als sie ruhig gestellt war, rief Nummer drei Oleg an und berichtete ihm von ihrem Fehlschlag.

»Na gut.« Oleg nahm die Nachricht verärgert entgegen. Er war besorgt, ließ sich aber nicht entmutigen. »Wir haben die eine Frau, jetzt brauchen wir noch die andere.«

Unverzüglich alarmierte er die zweite Mannschaft, also Nummer eins und Nummer zwei, die sich in der Gegend der Rue Bichat die Beine in den Bauch standen. Nach dem bedauerlichen Misserfolg von Nogent schien ihm das Glück wohl wollend zuzublinzeln, denn nur wenige Minuten nach seinem Anruf sahen die Beschatter Anabel aus dem Laden kommen. Sie war auf dem Weg zu einem Floristen in der Avenue Parmentier, mit dem Monsieur Jacob zusammenarbeitete. Zwei Beerdigungen standen in den nächsten Tagen an, und eine davon sollte besonders prachtvoll ausgestattet werden. Ein namhafter Anwalt war an einem Herzinfarkt gestorben. Die Familie gehörte nicht zu denen, die an der Ausschmückung sparten. Dementsprechend mussten sie planen, alle Einzelheiten festlegen und die Feierlichkeiten ausrichten. Routinearbeit.

Anabel ging schnellen Schrittes auf die Rue de la Grange-aux-Belles zu, als ihr plötzlich ein harter Gegenstand in die Rippen gestoßen wurde, während eine Hand sie hart an der Armbeuge packte.

»Gehen Sie weiter!«, befahl eine Stimme.

Sie drehte den Kopf zur Seite und sah gerade noch das Profil eines Mannes von ungefähr vierzig Jahren und, weiter unten, den Lauf eines Revolvers, der zur Hälfte von dem Regenmantel verdeckt wurde, den der Unbekannte über dem Arm trug. Einige Meter vor ihr flog die Hecktür eines Lieferwagens auf.

Sie wurde plötzlich hoch gehoben und in den Laderaum geworfen, ohne dass sie die geringste Gegenwehr leisten konnte. Doch selbst wenn sie sich hätte sträuben wollen, wäre sie wohl kaum dazu imstande gewesen. Die Türen schlugen zu. Eine Hand packte sie am Kinn, zwang sie, den Mund zu öffnen, und stopfte eine Schaumstoffkugel hinein. Dann wurde ihr mit einem Klebeband der Mund zugeklebt. Man riss ihre Arme auf den Rücken, um sie an den Handgelenken mit einer Schnur zu fesseln. Dasselbe passierte mit ihren Knöcheln und Knien. Schließlich legte man sie ohne weitere Grobheiten auf den bloßen Boden des Kleinlasters. Die ganze Operation hatte nur ein paar Sekunden gedauert. Sie kämpfte gegen das Erstickungsgefühl an, und es gelang ihr, durch die Nase zu atmen und wieder Luft zu bekommen. Der Lieferwagen fuhr los.

✡

Kurz nachdem Anabel aufgebrochen war, erhielt Monsieur Jacob einen Anruf von Tom. Ava war soeben auf offener Straße entführt worden, als sie mit ihrem Bruder in Nogent einkaufen war.

»Rührt euch nicht von der Stelle!«, ordnete Monsieur Jacob an. »Bleibt zusammen und verbarrikadiert euch! Seid äußerst wachsam!«

Von einer traurigen Ahnung erfasst, stürmte er aus dem Laden und rannte zu dem Floristen in der Avenue Parmentier, der ihn mit einem verwunderten Lächeln begrüßte. Nein, er hatte Anabel nicht gesehen, die ihn für sein Dafürhalten viel zu selten besuche und immer willkommen sei. Aber vielleicht hatte sie einen Umweg gemacht, das sei doch kein Grund zur Sorge. Monsieur Jacob machte auf der Stelle kehrt und ging, so schnell er konnte, zur Place de la République und dort zur Rezeption des *Holiday Inn.* Von seinen Fragen bedrängt, erklärte der Hotelangestellte, er habe nichts Ungewöhnliches bemerkt. Die Dame von Zimmer 222 sei seit dem Morgen nicht mehr da gewesen. Tief erschüttert verließ Monsieur Jacob die Hotelhalle und kehrte in die Rue Bichat zurück.

✡

Sobald er die Bestätigung für den Erfolg der Operation erhielt, rief Oleg erleichtert im Bestattungsinstitut an. Er wolle Monsieur Jacob sprechen.

»Also«, sagte er einfach, »stellen Sie keine Fragen, es würde zu nichts führen. Wer ich bin, spielt keine Rolle, und weder Sie noch ich haben Zeit zu verlieren. Seien Sie still und hören Sie zu. Zwei Personen, die Ihnen nahe stehen, Anabel und Ava, sind auf meine Anweisung hin gefangen genommen worden. Wenn Sie jetzt nicht genau das tun, was ich Ihnen sage, werden Sie sie nie wieder sehen.«

Am anderen Ende der Leitung war Monsieur Jacob leichenblass geworden. Ganz langsam fuhr er sich mit der Hand übers Gesicht. »Was wollen Sie?« Das war alles, was er nach einem Moment des Schweigens herausbrachte.

»Alles zu seiner Zeit. Ich rufe Sie heute Abend wieder an, um zwanzig Uhr, unter dieser Nummer. Machen Sie sich die Situation erst einmal richtig bewusst. Denken Sie darüber nach.«

Monsieur Jacob war wie gelähmt, während aus dem Hörer das Signal ertönte, dass die Verbindung unterbrochen war.

22

Anabel bemühte sich, keine Panik aufkommen zu lassen. Der Lieferwagen wurde sehr ruhig durch die Straßen gesteuert und überquerte eine Kreuzung nach der anderen. Da sie daran gehindert war, auf ihre Uhr zu sehen, konnte sie die Dauer der Fahrt nicht abschätzen. Der Schaumstoff in ihrem Mund verursachte große Übelkeit, so dass sie ihre Aufmerksamkeit fortwährend auf die Atmung richten musste. Nach und nach gelang es ihr, den wilden Herzschlag zu einem vernünftigen, ja sogar normalen Rhythmus zu bringen. Ihr schien, als wäre der Lieferwagen aus der Stadt gefahren. Sie hielten nicht mehr so oft vor Ampeln an, und es wurde immer weniger gebremst, außerdem nahm der Verkehrslärm ab. Inzwischen fuhren sie zweifellos über eine Landstraße. Plötzlich rumpelte es heftig, der Wagen rollte über einen Feldweg und hielt dann an.

Alle Sinne hellwach hörte sie Vögel zwitschern und roch vermoderndes Laub. Die Hecktür des Lieferwagens wurde geöffnet, und ihre Entführer fassten sie um den Leib. Einer packte sie an den Füßen, der andere unter den Achseln, um sie in ein Haus mit einer löchrigen, von zahlreichen Rissen überzogenen Fassade zu schleppen. Der Mann, der sie am Canal Saint-Martin abgefangen hatte, schnitt mit einem Cutter die Schnüre auf, die ihre Beine und Arme fesselten. Dann holte er Handschellen aus seiner Jackentasche, schloss die eine der Zangen um das rechte Handgelenk der Gefangenen und machte die andere am Geländer einer Treppe fest, die in den ersten Stock hinaufführte. Anabel räkelte und streckte sich, um ihre Glieder zu lockern. Sie war noch immer gezwungen, durch die Nase zu atmen, aber die Fesseln los zu sein, war schon eine ungeheure Erleichterung.

Mit weit aufgerissenen Augen starrte sie ihre Entführer an. Die beobachteten sie ohne jede Aggressivität, warteten bloß auf ihre Reaktion.

»Ich werde Ihnen jetzt gleich den Knebel wegreißen, es ist nicht weiter schlimm«, sagte der andere. »Es ist völlig sinnlos zu schreien, hier kann Sie niemand hören.«

Unvermittelt riss er ihr das Klebeband vom Mund, das ihre Lippen noch immer zusammenhielt. Es fühlte sich an wie eine Verbrennung, die von einer Wange zur anderen ging. Mit ihrer freien linken Hand fasste sie sich sofort in den Mund, um den Schaumstoff herauszuholen, sog einen großen Schluck frische Luft ein, hustete und spuckte einen galligen Schleim auf den Boden. Der andere Entführer, der ihr einen Teil ihrer Bewegungsfreiheit zurückgegeben hatte, beobachtete sie aufmerksam und klopfte ihr ein paar Mal mit der flachen Hand zwischen den Schulterblättern auf den Rücken, damit sie sich wieder fasste. Er schien zufrieden zu sein, als ihr Husten aufhörte.

»Sie bleiben hier«, sagte er kurz angebunden. »Stellen Sie weiter keine Fragen, ich bin nicht befugt, Ihnen zu antworten.«

Sein Kollege war für einige Sekunden weggegangen. Jetzt kam er aus einem angrenzenden Raum mit einem Abortkübel, einer Rolle Klopapier, einer Flasche Mineralwasser und einem Sandwich zurück. Er stellte alles in Reichweite von Anabel vor die Treppe.

»Haben Sie Geduld«, fuhr der Erste fort, »Sie werden bald Besuch bekommen.«

Sie gingen, ohne ein weiteres Wort zu sagen, und schlossen die Tür hinter sich. Anabel begann zu schluchzen. Sie begriff absolut nichts von dem, was ihr geschah. Ihr erster Gedanke im Lieferwagen war, dass sie irgendeinem Perversen in die Hände gefallen sei und dass am Ende ihrer Fahrt zweifellos nichts Erfreuliches auf sie warte. Doch je mehr Zeit verging, desto mehr änderte sich ihre Meinung. Die äußerst genauen Abläufe ohne jede überflüssige Gewaltanwendung – abgesehen von der geringen, maßvoll eingesetzten Gewalt, die nötig gewesen war, um sie zu zwingen, in den Lieferwagen zu steigen, und sie blitzartig zu fesseln – zeugten von einer gekonnten, methodischen Vorgehensweise. Das spätere Benehmen der beiden Entführer, das ohne jede Aggressivität war, bestätigte diesen Eindruck nur.

Sie saß auf der ersten Treppenstufe und bemühte sich, ihre Gedanken zu ordnen. Dabei fiel ihr wieder ein, was Tom zu ihr gesagt hatte. Sein wiederholt vorgebrachter Rat, das Weite zu suchen. Dann die feste Entschlossenheit Monsieur Jacobs, als er darauf bestand, dass sie die Villa in Nogent verließ, und unverzüglich dafür sorgte, dass sie in einem Hotel untergebracht wurde. Als ob die beiden die Gefahr, die Bedrohung gespürt hätten …

Die Zeit verging. Sie musste urinieren, wand sich, um ihre Jeans mit einer Hand herunterzuziehen, ging über dem Abortkübel in die Hocke und streckte sich wieder aus, um die Hose hochzuziehen. Ihr Magen war wie zugeschnürt, er schmerzte. Sie trank einige Schlucke Mineralwasser, schüttete ein wenig davon in ihre Hand, um sich das Gesicht zu erfrischen, und nahm dann den Raum in Augenschein, in dem sie eingeschlossen war.

Er war völlig leer. Eine dicke Staubschicht lag auf dem Parkett. Die Fensterläden geschlossen, die Tür verriegelt und mit

Handschellen an die Treppe gefesselt: Sie hatte keine Chance zu fliehen.

✡

Eine knappe Viertelstunde später hörte sie draußen das Brummen eines Motors, dann das Schlagen von Türen. Mit klopfendem Herzen stand sie auf. Sie sah einen Mann hereinkommen, der Ava in den Armen trug, fachmännisch gefesselt und geknebelt, wie sie selbst bis vor kurzem. Er legte sie neben der Treppe ab und kettete ihr Handgelenk mit Handschellen an das Geländer, bevor er die Fesseln an Armen und Knöcheln durchschnitt und ihr den Knebel abnahm. Ava hustete und spuckte. Sie hatte große Mühe, Luft zu bekommen. Nach einigen Sekunden wurde es besser. Noch eine Flasche Mineralwasser, ein zweites Sandwich, und schon war der Mann wieder verschwunden.

Im Gegensatz zu Anabel verschüttete Ava keine Tränen. Sie stieß einen tiefen Seufzer aus, musterte ihre Gefährtin im Unglück, setzte sich neben sie und stürzte sich mit großem Appetit, beinahe fröhlich, auf das Schinkensandwich, das für sie bestimmt war. Anabel beobachtete sie fassungslos. Sie zögerte fast eine Minute, bevor sie sie ansprach.

»Wissen Sie, was … was die mit uns vorhaben?«, stammelte sie.

Ava wischte sich den Mund mit dem Handrücken ab, zuckte die Achseln und brummte irgendwelche Sätze in einer gewagten Syntax. Entgegen jeder Erwartung schien die Situation sie kaum zu ängstigen. Nach ihrer Hypothese hatte man sie gekidnappt, um ein Lösegeld zu erpressen, und alles würde schnell wieder in Ordnung kommen. Anabel staunte Bauklötze. Sie fragte Ava weiter aus. Wie hatte sich ihre Gefangennahme abgespielt? Ava erzählte es mit demselben unbeteiligten Tonfall. Dass sie gegen elf Uhr die Villa in Nogent verlassen hatte. Dass plötzlich zwei Typen hinter ihr aufgetaucht waren. Ein dritter saß am Steuer eines Lieferwagens, und ab ging die Reise. Dass der Wagen zwischendurch eine Panne hatte und der Fahrer eine Tankstelle mit Werkstatt aufsuchen musste, um den Riemen der Luftkühlung auszuwechseln. Und dass der Chef anscheinend wütend war wegen dieses Zwischenfalls. Sie hatte gehört, wie er den Mechaniker der Werkstatt anschrie, weil ihm die Reparatur nicht schnell genug ging.

Gegen elf Uhr. Ava war um elf Uhr entführt worden. Anabel hatte den Laden in der Rue Bichat fünf Minuten nach elf verlassen. Sie erinnerte sich genau daran. Bevor sie hinausgegangen war, hatte sie Monsieur Jacob versichert, dass sie bis elf Uhr dreißig vom Blumenhändler in der Avenue Parmentier zurück sein würde. Das alles musste sorgfältig geplant gewesen sein. Die Panne mit der Lüftung erklärte, warum Ava erst nach ihr an ihrem Bestimmungsort angekommen war. Fragen türmten sich in ihrem Kopf auf.

Sie ging sie immer wieder durch, ohne sie auch nur ansatzweise beantworten zu können.

»Und was ist mit dir?«, fragte Ava. »Bist du wie wir?«

»Was soll das heißen, ›wie wir‹?«, fragte Anabel zurück.

»Na, wie Jacob oder Tom oder ich, verstehst du nicht?«

»Nein, es gibt sehr vieles, was ich nicht verstehe«, gestand Anabel bitter.

»Ach, vergiss es …«, murmelte Ava und aß ihr Sandwich auf.

Sie leckte sich die Finger ab, stieß einen Rülpser aus, gähnte und legte sich mit der deutlichen Absicht, hier zu schlafen, so gut sie konnte, möglichst bequem über die untersten Stufen der Treppe. Anabel traute sich nicht mehr, sie weiter auszufragen. Die Ruhe, ja, Gelassenheit, die Ava an den Tag legte, machten sie sprachlos.

Lange Stunden vergingen. Ava schlief sich richtig aus, wachte erst am späten Nachmittag wieder auf, streckte ihre Arme und erleichterte sich in den Abortkübel. Als sie sah, dass Anabel ihr Sandwich nicht angerührt hatte, begann sie mit unverschämten Blicken danach zu schielen.

»Nimm nur, wenn du willst. Mir ist vollkommen schleierhaft, wie du in dieser Situation etwas runterbringst«, meinte Anabel angewidert.

Ava ließ sich nicht zweimal bitten. Nachdem sie den letzten Bissen verdrückt hatte, begann sie, sich mit einem ihrer rosa lackierten Fingernägel die Zähne zu putzen. Völlig versunken in diese Tätigkeit, starrte sie an die Decke.

Am frühen Abend zuckte Anabel zusammen, als sie ein Auto heranfahren hörte. Kurz darauf sahen die beiden Frauen einen spindeldürren Mann eintreten. Er tastete sich durch das Vestibül. Eine nackte Glühbirne streute ein fahles Licht aus, so dass sie sein abgezehrtes Gesicht erkennen konnten. Er packte mit zitternder Hand Avas Kinn, starrte ihr direkt in die Augen, ließ sie wieder los und tat dasselbe mit Anabel. Dann trat er einen Schritt zurück. Er schien verunsichert zu sein, zögerlich. Er ging wieder zu Ava, musterte eingehend ihr Gesicht, tastete ihre Wangen ab. Seine Hand fuhr ihren Hals entlang, strich über ihren Nacken, dann auf dem T-Shirt über ihre Brüste, ihren Bauch. Er fuhr mit seiner Untersuchung fort, betastete geradezu ungläubig die unterschiedlichsten Körperteile, ihre Schenkel, Arme, Knöchel. Anabel beobachtete ihn mit Entsetzen. Es lag keinerlei sexuelle Absicht, kein Anzeichen von Erregung in diesen Gesten, die eher an die eines Arztes erinnerten. Bald war sie an der Reihe, auf diese Weise untersucht zu werden. Er maß ihren Puls an der

Drosselvene, befahl ihr, den Mund aufzusperren, und zog an ihrer Zunge …

»Wo ist Marcus?«, fragte er leise.

»Ich kenne keinen Marcus …«, sagte sie mit schwacher Stimme.

»Und du, weißt du, wo er steckt?«, fragte der Mann an Ava gewandt.

»Keine Ahnung! Ich hab ihn schon lange nicht mehr gesehen …«

»Ah! Du kennst ihn zumindest! Du warst doch mit ihm zusammen, als ihr … als ihr … die kleine Margaret gefoltert habt? Erinnerst du dich an … an die kleine Margaret? Hm? Erzähl mir jetzt bloß nicht, du hättest es vergessen!«

Dem Mann fiel das Sprechen schwer. Er hatte eine heisere Stimme und machte nach jedem oder fast jedem Wort eine kurze, unfreiwillige Pause. Ava kräuselte die Stirn, sie schien tatsächlich angestrengt nachzudenken. Der Mann packte sie, drückte ihr mit der linken Hand den Hals zu und hob die rechte, um einen Schlag anzudrohen.

»Das ist so lange her …«, sagte Ava.

»Vierzig Jahre.«

»Ja, wenn man so zählt«, brachte sie hervor, während sie langsam keine Luft mehr bekam.

»Wenn man so zählt? Wie sollte man denn sonst zählen?«

Er ließ von ihr ab, gab ihr Zeit, Luft zu schnappen. Seine Finger, seine Nägel hatten eine tiefrote zuckende Spur am Hals der Gefangenen hinterlassen.

»Und du, wie alt bist du?«

»Fünfundzwanzig«, murmelte Anabel, verdutzt über die banale Frage. Sie wusste nicht, wie sie sie verstehen, entziffern sollte, welches Vorzeichen darin zu erkennen war.

»Ich habe dich gefragt, wie alt du *wirklich* bist?«, wiederholte der Mann in einem Tonfall, in dem Wut lag. »Lüg mich nicht an!«

»Fünfundzwanzig. Warum sollte ich lügen?«, versteifte sich Anabel.

Die Antwort versetzte ihn in Rage. Ein Hagel von Ohrfeigen ging auf Anabel nieder. Ihr Kopf wurde hin und her geschleudert, von rechts nach links und wieder zurück, bis er mit Gewalt gegen eine der Streben des Treppengeländers krachte. Sie sackte zusammen, verlor das Bewusstsein, blieb verrenkt liegen.

23

Zurück in Paris, rief Oleg alle Mitglieder seines Stabes um neunzehn Uhr in einer Brasserie an der Place de la Bastille zusammen. Zu ihrer großen Überraschung verkündete er ihnen, dass sie ihre Aufgabe erfüllt hätten und er sie wieder freisetze. Wie vereinbart, würden sie innerhalb kürzester Frist ihren Sold bekommen. Er bestellte eine Flasche Champagner und forderte Nummer zwei auf, sie zu entkorken und die Schalen zu füllen.

Die schweren Jungs, die er unter seinem Hirtenstab versammelt hatte und die ihm jetzt wie aufgereiht gegenübersaßen, wussten den Augenblick durchaus zu würdigen. Für sie war es ein risikoloser Einsatz gewesen. Sie waren zufrieden, dass ihre Taschen ohne besondere Anstrengungen gefüllt wurden. Oleg schien es Nummer drei nicht nachzutragen, dass die Gefangennahme Ruderis nicht geklappt hatte. Paradoxerweise wirkte er so kurz vor dem Ziel abwesend und gleichgültig, und es gab keine Erklärung dafür.

Sie verabschiedeten sich nacheinander mit einem langen Händedruck und dem Versprechen auf ein gelegentliches Wiedersehen, an das keiner ernsthaft glaubte. Nur Nummer eins ließ sich Zeit und blieb bis zuletzt.

»Bist du sicher, dass du keine Unterstützung mehr brauchst?«, fragte er scheinheilig mit freundlichem Tonfall. »Ruderi interessiert mich wirklich sehr.«

»Kann ich gut verstehen. Aber für dich ist es vorbei«, antwortete Oleg. »Es war von vornherein geplant, dass eine zweite Mannschaft den Stab übernimmt. Nummer sechs, sieben, acht und neun. Was jetzt kommt, geht dich nichts mehr an. Vergiss es. Das rate ich dir jedenfalls.«

Nummer eins verzog den Mund zu einem Lächeln und drehte die fast leere Champagnerschale zwischen Daumen und Zeigefinger. Dabei drückte er so stark, dass das Glas zersprang. Die Splitter flogen sich über die ganze Tischdecke. Nummer eins lutschte die Schnittwunde am Daumen, die er sich zugezogen hatte.

Wenn Oleg log, würde es sich lohnen, an der Sache dranzubleiben und einen größeren Teil vom Kuchen zu fordern. Wenn er allerdings die Wahrheit sagte, war es zweifellos vernünftiger, auf der Stelle die Segel zu streichen. Nummer eins entschied sich für die zweite Hypothese und machte sich aus dem Staub.

Zufrieden über seinen kleinen Bluff, blieb Oleg allein zurück. Vergeblich versuchte er, die Gedanken aus seinem Kopf zu verscheuchen. Erinnerungen an seine Kindheit bestürmten ihn. Als ob sein ganzes Leben im Schnelldurchlauf über eine Leinwand flimmerte, die der im Kino von Pripjat glich, diesem verstaubten Kinosaal, in dem er als Junge so oft gesessen hatte.

Der Schwarz-Weiß-Film von der Eröffnungsfeier des Kernkraftwerks, ein Dokumentarstreifen, von dem er jede Sequenz, jede Einstellung kannte, lief quasi in voller Länge vor seinen Augen. Eine Blaskapelle spielte Marschmusik. Mechanisch trällerte er den Refrain mit, eine patriotische Hymne von seltener Einfalt, die alle Schüler seiner Schule auswendig gelernt und im Chor gebrüllt hatten.

Die Kellner der Brasserie begannen bereits die Tische für das Abendessen zu decken. Einer von ihnen hüstelte diskret, um ihm zu bedeuten, dass es höchste Zeit sei zu gehen. Als er von seiner Sitzbank aufstand, hatte er plötzlich weiche Knie und einen kurzen Atem.

✡

Jetzt, ausgerechnet jetzt, musste ihm das passieren. Seine letzte Transfusion lag erst knapp einen Monat zurück. Und seit zwei Tagen fiel ihm die geringste Anstrengung schwer. Die rötlichen Flecken auf seinen Händen, Armen und seinem Oberkörper waren wieder in großer Zahl erschienen. Wenn er eine Treppe hinaufstieg, war er schnell mit seinen Kräften am Ende, völlig ausgepumpt kam er oben an und keuchte schwer. Von Stunde zu Stunde nahm seine Erschöpfung zu. Das Urteil war also gefallen. Voller Verzweiflung trat er auf den Platz hinaus, schwankte einige Schritte im Zickzack durch die Menschenmenge, die in die Restaurants, Kinosäle oder in die Oper strömte. Er nahm ein Taxi und ließ sich in die Rue Bichat fahren.

Dort bat er den Taxifahrer, bei der Schleuse am Canal Saint-Martin zu parken. Bevor er ausstieg, drückte er ihm ein paar Fünfhundert-Francs-Scheine in die Hand und versprach ihm weitere, wenn er hier geduldig auf ihn warten würde. Der Mann ließ sich nicht lange bitten.

Oleg betrat ein Café. Außer zwei Clochards, die hier gestrandet waren und sich, wenn auch nicht mehr allzu fest, noch an den Tresen klammerten, gab es keine Gäste mehr. Er setzte sich an einen Tisch an der Straße. Von dort konnte er das Schaufenster des keine dreißig Meter entfernten Bestattungsinstituts von Monsieur Jacob sehen, in dem trotz der späten Stunde noch Licht brannte und das noch geöffnet war. Monsieur Jacob tigerte zwischen Kruzifixen, künstlichen Blumensträußen und Marmorsteinen hin und her. Der Sechzigjährige mit der finsteren Miene hingegen saß unerschütterlich hinter einem Schreibtisch. Oleg holte sein Handy hervor und wählte die Nummer des Ladens.

»Monsieur Jacob? Erkennen Sie meine Stimme wieder? Gut! Sie rufen jetzt Ihre Brüder an und sagen ihnen, dass sie sofort zu Ihnen kommen sollen! Machen Sie schnell!«

»Warum?«

»Weil sie in Ihrem Haus in großer Gefahr sind. Keine weiteren Fragen, tun Sie einfach, was ich von Ihnen verlange!«

Er legte auf. Monsieur Jacob dachte einen kurzen Moment nach, dann rief er Tom an und gab die Anweisung weiter.

Oleg hatte die Fernsteuerung, mit der die Sprengladungen in der Villa in Nogent gezündet würden, auf zwanzig Uhr fünfzehn eingestellt. Er sah auf seine Armbanduhr. Zwanzig Uhr vierzehn. Die Sekunden verrannen. Eine Minute war vorüber. Die Bibliothek im Untergeschoss existierte nicht mehr. Jetzt breitete sich das Feuer bereits wie ein Tornado nach oben aus und setzte die ganze Villa in Brand. Er wartete geduldig. Monsieur Jacob hielt es nicht mehr an seinem Platz. Plötzlich streckte er eine Hand nach dem Telefon auf dem Schreibtisch aus. Er hörte zu. Dann legte er den Hörer sehr langsam wieder auf. Oleg wählte von neuem die Nummer des Bestattungsinstituts.

»Inzwischen hat man Ihnen sicher Bescheid gegeben«, murmelte er. »Sie sehen also, wozu ich fähig bin. Das war eine einfache kleine Demonstration. Sie haben keine Chance. Nicht die geringste.«

»Wenn Sie ein Lösegeld für Anabel und Ava haben wollen, wird es jetzt etwas schwieriger werden!«, erwiderte Monsieur Jacob. »In der Bibliothek war ein Safe versteckt. Mit einer großen Menge Bargeld.«

»Aber wer sagt denn, dass ich Geld von Ihnen will?«, erwiderte Oleg leise.

Plötzlich kam ein Auto mit laut röhrendem Motor die Rue de la Grange-aux-Belles entlang. Oleg wartete einen Moment.

»Sie kriegen von mir alles, was Sie wollen, unter einer Bedingung: Lassen Sie Anabel frei!«, fuhr Monsieur Jacob fort, nachdem der Lärm des Auspufftopfs abgeebbt war.

»Warum Anabel und nicht die andere Frau?«

»Weil Anabel mit all dem nichts zu tun hat.«

»Sie soll mit all dem nichts zu tun haben? Das bleibt zu überprüfen. Denken Sie daran, dass ich ihr dieselbe Behandlung verabreichen könnte, die Margaret Moedenhuik erlitten hat. Wenn Sie wissen, wovon ich spreche.«

»Das weiß ich sehr genau.«

»Dann bis bald.«

Oleg unterbrach die Verbindung und dachte nach. Monsieur Jacobs Stimme hatte fest, beherrscht geklungen. Trotzdem hatte er sich soeben verraten: Die Nachricht vom Brand seines Hauses hatte ihn nicht sonderlich aus der Fassung gebracht. Und er hatte durchblicken lassen, dass man ihn oder, genauer gesagt, seine Anverwandten nicht ohne Grund beschuldigte. Die Geschichte von Margaret Moedenhuik war ihm nicht unbekannt, Er hatte die Zahlung eines Lösegelds in Aussicht gestellt, als ob es sich um eine Art unglückliche Fügung handelte, die er ohne weiteres hinnehmen würde, um eines dieser vielen kleinen Ärgernisse, eine jener alltäglichen Widrigkeiten, mit denen *der gewöhnliche Sterbliche* im Laufe seines Lebens rechnen muss. Wie so oft in Momenten großer Anspannung hatte Oleg nicht in seiner Muttersprache, sondern auf Französisch gedacht: *Le commun des mortels.* Diese Wörter hatten sich ihren Weg durch die Galaxie seiner Neuronen gebahnt, ohne auf Widerstand zu stoßen.

Le commun des mortels? Dieser Monsieur Jacob war es zweifellos wert, dass man mehr über ihn erfuhr. Drei oder vier Wochen zuvor hätte Oleg diesen Augenblick noch mit Freude ausgekostet. Heute Abend war er zu erschöpft, einfach viel zu müde, um sich freuen zu können und stolz auf sich zu sein. Eine Viertelstunde war vergangen. Das Café, in dem er Zuflucht genommen hatte, würde jeden Augenblick schließen. Die Kellnerin, die ihm eine Cola serviert hatte, wartete schon ungeduldig hinter dem Tresen. Dank ihrer Überzeugungskraft hatte sie die beiden Clochards hinauskomplimentieren können und traf nun Vorbereitungen, mit dem Scheuertuch den von Auswurf, Wett- und Lottoscheinen verschmutzten Fliesenboden aufzuwischen. Oleg beruhigte sie mit einer Handbewegung. Er würde sie nicht mehr lange aufhalten. Seine Geduld wurde belohnt. Auf der anderen Straßenseite hielt ein Taxi. Oleg sah Ruderi und den anderen Bruder von Monsieur Jacob aussteigen und in den Laden eilen. Jetzt, wo er sich durch persönlichen Augenschein davon überzeugt hatte, dass die seltsamen Brüder zusammen waren, musste er nur noch warten, bis sich die Angst des Gegners ins Unerträgliche steigerte. Früher oder später würde Monsieur Jacob seine Beherrschung verlieren. Wenn er erst einmal lange genug im eigenen Saft geschmort hätte.

Oleg brauchte vor allem Zeit zum Nachdenken. In seinem Zustand konnte sich der geringste Fehler als verhängnisvoll herausstellen. Mit großer Mühe stand er vom Stuhl auf, verließ das Bistro und ging draußen einige Schritte in Richtung Canal Saint-Martin. Er wich dem Hôpital Saint-Louis also aus, dessen kompakte Gebäudemasse sich in der Dunkelheit erhob. Die Erschöpfung war noch größer geworden und drückte auf seine Schultern, als ob zwei Hände seine Schlüsselbeine zusammenpressen würden, um ihn in die Knie zu zwingen. Er schlich von Straßenlampe zu Straßenlampe, taumelte, stützte sich mit seinen feuchten Handflächen an den Hauswänden ab, bis er sein Gleichgewicht wieder gefunden hatte.

Schließlich erreichte er die kleine Grünanlage, die an die Schleuse grenzte, und ließ sich erleichtert auf eine Bank fallen. Die kurze Strecke vom Bistro bis hierher, für die er knapp eine Minute gebraucht hatte, hatte ihn völlig ausgelaugt. Von einem Gefühl der Ungerechtigkeit überwältigt, brach er in Tränen aus. Ein paar mickrige Wochen früher wäre er mit allem spielend leicht fertig geworden. Der Taxifahrer, der ihn hierher gebracht hatte, wartete noch immer in der Nähe. Oleg konnte die Umrisse seines Gesichts hinter der Windschutzscheibe erkennen. Er nahm seine ganze Kraft zusammen, um diese Rettungsboje zu erreichen.

✡

Wenn er erst einmal zu Hause in seiner Wohnung am Quai de Béthune wäre, würde er sich ausruhen. Gleich am nächsten Morgen würde er sich mit der hämatologischen Abteilung in Verbindung setzen, wo er in Behandlung war. Und er würde eine neue Bluttransfusion bekommen. Und dann noch eine. Und noch eine. So viel wie nötig. Alles würde gut gehen. Guillaume Monteil hatte es ja gesagt: Selbst bei Ausbruch der Krankheit – und das war nun mit Sicherheit der Fall –, sei noch nichts verloren. Ruderi und seine kleine Sippe waren in seiner Hand. In dem Haus in Crézy könnten die eingeschlossenen Frauen auch ohne Nahrung so lange überleben, bis sich die Lage klären würde. Die Tauschware würde ihren Wert noch mehrere Tage behalten. Die beiden Objekte müssten zwar einiges durchstehen, aber irgendwann würde Ruderi sein Geheimnis schon preisgeben. Oleg wiederholte innerlich noch einmal die Argumentationskette, um seine Verzweiflung zurückzudrängen, sie mit den Strudeln des dreckigen Wassers unterzupflügen, das sich an der Oberfläche des Kanals kräuselte. Dann stand er endlich auf. Zwei Gestalten kamen ihm entgegen. Er nahm sie nur sehr verschwommen wahr, wie Gespenster. Die beiden Suffköpfe, die am Tresen des Bistros herumgestanden hatten, von dem aus er das Institut von Monsieur Jacob beobachtete, hatten ihn seitdem nicht mehr aus den Augen gelassen. Zweifellos waren sie ordentlich angesäuselt, aber noch klar genug im Kopf gewesen, um zu bemerken, dass er zur Bezahlung seiner Cola einen Fünfhunderter aus der Tasche gezogen hatte. Und dass er der Kellnerin mehr als ein fürstliches Trinkgeld ließ, als sie ihm das Wechselgeld brachte. Sie waren entschlossen, ihr Glück zu versuchen. Und genau das machten sie, ohne übertriebene Brutalität. Es waren keine dreckigen Halunken, sondern arme Schlucker, die das Pech zum Äußersten trieb und die der Versuchung nicht widerstehen konnten. Die zahlreichen Gläser Rotwein, die sie gekippt hatten, gaben ihnen den Mut, zur Tat zu schreiten.

24

Oleg lag einige Minuten besinnungslos auf der Kaimauer des Kanals, nachdem er unter den Schlägen zusammengebrochen war, die ihm die beiden Typen versetzt hatten. Er bekam kaum die Augen auf, spürte einen dumpfen Schmerz zwischen den Beinen. Und einen anderen am Kinn. Im Mund hatte er den Geschmack von Blut. Die beiden hätten ihren Überfall auch damit abschließen können, ihn ins Wasser zu werfen, wo er ertrunken wäre. Hatten sie Mitleid gehabt? Hatten sie sich überhaupt Gedanken darüber gemacht? Oder sollte Nummer eins eine kleine Meuterei angezettelt haben? Er wusste, wo die Frauen eingesperrt waren, kannte Adresse und Telefonnummer von Monsieur Jacob … Nein. Sollte Nummer eins es sich tatsächlich in den Kopf gesetzt haben, mehr über Ruderi herauszufinden, hätte er das mit Sicherheit anders angestellt. Und sich nicht mit einem simplen Überfall begnügt.

Oleg blieb einige Zeit mit trübem, glasigem Blick liegen und rührte sich nicht. Autos fuhren die Uferstraße entlang. Der Taxifahrer war offenbar des Wartens müde geworden und weitergefahren, wenn er, bequem hinter seinem Lenkrad sitzend, den Überfall nicht sogar mitbekommen und vorsichtshalber lieber das Weite gesucht hatte.

Oleg hatte Schmerzen, starke Schmerzen. Er hatte viele Berichte von Leuten gelesen, die dem Tod knapp entkommen und, wie durch ein Wunder geheilt, vom Sterbebett ins Leben zurückgekehrt waren. Alle beschrieben ein Gefühl von Unwirklichkeit, einen Aufstieg, ein Verlassen ihrer körperlichen

Hülle, die sie losgelöst, von außerhalb, betrachteten. Die Angehörigen, die sich über das Bett beugten, das Zimmer, die kalte Krankenhausatmosphäre, all diese Bilder zogen sich langsam immer mehr zusammen, bis sie unendlich klein waren, wie von einer Kamera aufgenommen, die immer höher und höher stieg bis auf die fernsten Gipfel des Äthers. Und dann der Abstieg. Die Rückkehr ins Leben. Er schauderte, seine Fingernägel kratzten über den Granit.

»Nicht jetzt«, dachte er, »nicht jetzt.«

Er musste eine unglaubliche Anstrengung vollbringen, um sich auf die Seite zu wälzen und sich so von der Kante des Kais zu entfernen, von dem schmutzigen Wasser voller Abfälle, das er bedrohlich nahe an seinem Ohr plätschern hörte. Dann galt es aufzustehen. Er nahm sich viel Zeit dafür. Die Aufgabe war schwer, doch welche Anstrengung sie ihn auch kostete, er bewältigte sie. An einen Baumstamm gelehnt, tastete er seinen Körper ab. Der Schmerz in seinem Unterleib ließ allmählich nach, dagegen stand für ihn fest, dass der Kiefer gebrochen war. Sobald er ihn mit den Fingerspitzen streifte, hatte er das Gefühl, ein elektrischer Schlag würde seinen ganzen Schädel durchschütteln. Etwas weiter oben zog sich eine Wunde mit klaffenden Wundrändern quer über die Wange vom unteren Augenlid bis zum ersten Hervortreten des Oberkiefers. Sein Jackett war zerfetzt, das Hemd ebenso, Brieftasche und Handy waren weg. Er hatte nichts mehr außer ein paar Münzen in der Hosentasche.

Das Krankenhaus. Das Krankenhaus war ganz nah. Nur knapp zweihundert Meter entfernt. Was in seinem äußerst geschwächten Zustand eine beträchtliche Strecke darstellte. Er schob ein Bein vor, zog dann das andere nach. Konzentrierte sich auf diese Bewegungen. Verließ die Grünfläche. Bog mit langen Schonpausen beim Gehen in die Rue de la Grange-aux-

Belles ein. Dort kam ihm ein Pärchen entgegen. Er streckte die Hand nach ihnen aus, öffnete den Mund, um sie um Hilfe zu bitten, doch er brachte keinen Ton heraus.

»Lass ihn«, rief das Mädchen, als ihr Begleiter sich seiner erbarmen wollte, »das ist bloß ein Besoffener, bis zum Krankenhaus schafft er es schon noch allein.«

Oleg sah sie vorbeigehen, sich entfernen. Er wurde wütend. Unter anderen Umständen hätte das Mädchen diesen schlechten Scherz bitter bereut. Niemals würde sie ahnen, welcher Wut sie entronnen war. Er atmete mehrmals tief durch, leerte und füllte seine Lungen sehr bedachtsam, erbittert darüber, dass die Maschine streikte, ihm nicht mehr gehorchen wollte. Sie funktionierte einfach nicht mehr. Der Überlebens- oder Selbsterhaltungstrieb, auf den er Le Tallec hingewiesen hatte, bevor er ihn vor der Küste der Île de Groix in die kalten Fluten des Atlantiks warf, setzte die letzten Kraftreserven in ihm frei, um weitergehen zu können. Schließlich erreichte er die Ecke zur Rue Bichat. Der Eingang zum Krankenhaus war ganz nah. Er hatte zwar keine Papiere mehr, aber er konnte den Schwestern die Nummer seiner Krankenakte nennen. Und den Namen der Person, die bei einem »Unfall« zu benachrichtigen war. Guillaume Monteil würde ihm umgehend zu Hilfe eilen und das Notwendige einleiten. Er würde alles tun, was in seiner Macht stand.

Das Eingangstor. Darüber ein leuchtendes Schild. Der Heilsweg. Um ihn zu erreichen, musste er allerdings noch am *Bestattungsinstitut Jacob* vorbeigehen. Auf der rechten Straßenseite. In ihm sträubte sich alles, er war außer sich vor Empörung. Diese Niederlage hatte er nicht verdient. Das immer noch hell erleuchtete Schaufenster des Ladens fest im Blick, beobachtete er Ruderi und seine Brüder. Sie warteten auf die Anweisungen des Entführers von Ava und Anabel, starrten wie angewurzelt auf das Telefon, das aus einem bestimmten Grund beharrlich stumm blieb. Er empfand große Schadenfreude und nahm sich vor, dieses Gefühl noch eine Weile andauern zu lassen. Dann ging er auf die Fahrbahn zu, um die Straße zu überqueren. Ein kleines Stück Asphalt, das er noch hinter sich bringen musste. Ein Schwächeanfall erfasste ihn. Die Muskeln seiner Beine, seiner Schenkel zogen sich zusammen, aber völlig unkoordiniert, so dass er vorwärts taumelte und jeden Moment auf den Gehweg zu fallen drohte. Es war schließlich die Schaufensterscheibe des Instituts von Monsieur Jacob, an der sein Wanken ein Ende fand. Außer Atem, die Arme von sich gestreckt, rutschte das Gesicht an der Glasfläche hinunter und hinterließ breite Blutspuren.

25

Der magere Vorrat an Mineralwasser war seit Stunden aufgebraucht, und Anabel hatte eine trockene Kehle. Da das Haus sehr feucht war, fiel die Temperatur mit Anbruch der Nacht um etliche Grade, so dass die beiden Frauen vor Kälte zitterten und sich im Halbdunkel aneinander kauerten. Nachdem sie wieder zu Bewusstsein gekommen war, hatte Anabel vergeblich versucht, Ava zum Reden zu bringen, sie über ihre Vergangenheit auszufragen, über die Gründe, die ihren Geliebten ins Gefängnis gebracht hatten, und auch über diesen »Marcus«, den sie vor vierzig Jahren zum letzten Mal gesehen haben wollte, was offensichtlich völliger Unsinn war.

»Abwarten, wir müssen abwarten«, wiederholte Ava nur ständig. Mehr war nicht aus ihr herauszubekommen.

»Du kannst mir vertrauen«, bettelte Anabel, »ich war auch schon im Knast.«

Es war der Auftakt zu einem langen Monolog über ihre Vergangenheit. Damit wollte sie Avas Vertrauen gewinnen. Alles umsonst. Von Zeit zu Zeit nickte diese ein, und Anabel spürte Avas Kopf gegen ihre Schulter fallen. Sie selbst saß mit weit aufgerissenen Augen auf der Treppe, den Rücken wund gescheuert von der Kante der Treppenstufe, gegen die sie sich gelehnt hatte, und ging immer wieder die Ereignisse der letzten Stunden, Tagen und Wochen durch. Die Zeit. Alles schien sich um die Zeit zu drehen. Der Entführer, der sie »untersuchte«, hatte genau in dem Moment die Beherrschung verloren und auf Anabel einzuschlagen begonnen, als sie ihm ihr Alter nannte.

Und dann war da die schreckliche Foltergeschichte, diese Margaret, deren Name während des Verhörs mehrmals fiel. Je mehr Fragen sie sich stellte, desto mehr stieß sie auf neue Fragen, jede warf eine andere auf. Monsieur Jacobs geheimnisvolle Reise in ein Emirat, an dessen Namen sie sich nicht mehr erinnern konnte, dann Toms von Narben zerpflügter Körper, sein Leben im Untergrund, seine gefälschten Ausweise ... Anabel wusste nicht, wie sie dieses Knäuel entwirren sollte. Und ob sie, wenn alle diese ineinander verschlungenen Stränge erst einmal aufgedröselt wären, je verstehen würde, in was für eine Geschichte man sie da hineingezogen hatte. Sie erinnerte sich an die endlos langen Nächte in ihrer Zelle in Fleury-Mérogis, an jene Momente, als sie glaubte, auf dem Tiefpunkt angekommen zu sein, an den Augenblick, als sie sich entschlossen hatte, ihrem Leben ein Ende zu machen, an das Blitzen der Rasierklinge, als sie sich in die Pulsadern schnitt. Hatte Monsieur Jacob ihr nicht gestanden, dass er selbst schon einmal im Gefängnis gewesen sei? Er, der so sanft, so zuvorkommend, so aufmerksam, so großzügig war, sollte im Gefängnis gewesen sein? Aus welchem Grund? War es genau genommen nicht seine Schuld, dass sie jetzt wieder in der Tinte saß? Wenn sie ihn ignoriert hätte, als sie sich das erste Mal begegneten, wenn sie gegenüber seinen Annäherungsversuchen standhafter geblieben wäre, wenn sie sich mit den kleinen Annehmlichkeiten begnügt hätte, die Brad ihr gewährte ...

Von der Müdigkeit betäubt, dämmerte sie vor sich hin und konnte dennoch nicht einschlafen. Irgendwann hörte sie in unmittelbarer Nähe die Vögel im Garten zwitschern, von dem sie nur einen kleinen Teil gesehen hatte. Durch die Ritzen der Fensterläden und die Löcher im Dach, das sich in einem erbärmlichen Zustand befand, fielen allmählich die ersten schwachen Lichtstrahlen ins Haus. Ava schlief noch immer.

Und wie am Abend zuvor kam das Brummen eines Motors näher, näher, näher ... Anabel erstarrte vor Schreck, Ava fuhr aus dem Schlaf hoch. Die Tür wurde aufgestoßen. Maxime stand im Türrahmen, einen Revolver in der Hand. Monsieur Jacob folgte ihm auf dem Fuß.

Er rannte zu Anabel, beugte sich zu ihr hinab, schloss sie in die Arme und bedeckte ihr Gesicht mit Küssen. »Anabel, meine liebe, meine sanfte, meine zärtliche Freundin«, murmelte er, »es ist vorbei, vorbei, vorbei ... Jetzt wird alles gut.«

Er stand wieder auf, musterte Ava und begrüßte sie mit einem kühlen Nicken. Maxime inspizierte unterdessen die Handschellen, mit denen die beiden Gefangenen ans Treppengeländer gekettet waren, zuckte die Achseln, holte ein Schweizer Taschenmesser aus seiner Hosentasche, das mit jeder Menge kleiner Werkzeuge bestückt war, schwankte einen Augenblick zwischen einem Pfriem, einem Schraubenzieher und einem kleinen Bohrer, entschied sich dann für den Pfriem und machte sich an die Arbeit. Kaum dreißig Sekunden später waren die beiden Frauen befreit. Sie standen auf, streckten sich und vertraten sich die Beine, die eingeschlafen waren und jetzt kribbelten.

»Los, kommt! Wir haben keine Zeit zu verlieren«, befahl Monsieur Jacob.

Er nahm Anabel an der Hand und zog sie nach draußen. Maxime und Ava kamen hinterher. Der Mercedes stand mit laufendem Motor und leuchtenden Scheinwerfern auf einem schlammigen Weg. Maxime setzte sich ans Steuer, und sie verließen das Grundstück. Ava hatte auf dem Beifahrersitz Platz genommen, während Monsieur Jacob sich mit Anabel auf die Rückbank gesetzt hatte. Er hielt ihre Hand noch immer fest umschlossen.

»Ich habe solche Angst gehabt, solche Angst«, gestand er

ihr, und dabei perlte ihm der Schweiß auf der Stirn. »Ich hoffe sehr, Sie haben einen gültigen Reisepass?«

Sie bejahte die Frage. Wo ihr Pass war? Sie hatte ihn in ihrem Hotelzimmer gelassen. Warum machte sich Monsieur Jacob deswegen solche Sorgen?

»Ausgezeichnet, ausgezeichnet«, rief er aus, »dann holen wir ihn jetzt gleich. Alles wird gut. Wir sind in der Zeit.«

Nachdem er auf die Uhr gesehen hatte, wischte er sich mit einem Kleenex den Schweiß von der Stirn. Anabel beobachtete ihn, brachte aber kein Wort heraus. Ihre Unterlippe bebte, und sie konnte nichts dagegen tun. Sie hatte ihre Haut, ihr Leben gerettet, das allein zählte. Jetzt fühlte sie sich in Sicherheit, es gab keinen Zweifel mehr darüber, Monsieur Jacob war da, um sie zu beschützen. Dabei hatte sie schon bedauert, ihn jemals getroffen zu haben, und sie spürte bereits Gewissensbisse, dass sie diesen Gedanken hatte aufkommen lassen. Der Schlafentzug verhalf ihr nicht gerade zu einem klaren Kopf.

Maxime war auf eine kleine Landstraße eingebogen, die ins Stadtzentrum von Crézy-la-Chapelle führte. Er fand sehr schnell zum Bahnhof, auf dem sich schon die ersten Arbeiter für die Frühschicht einfanden, um auf den Zug zu warten, der sie in die nahe Hauptstadt bringen würde. Sie fröstelten in ihren Regenmänteln, die Aktentasche in der Hand und die grauen Gesichter noch ganz vom Schlaf zerknittert. Ein kleiner Querschnitt der gewöhnlichen, schlichten, unscheinbaren Menschheit. So viele Schicksale ohne Ecken und Kanten, Staubkörner des Lebens, die sich zum gegebenen Zeitpunkt mit dem Wind zerstreuen würden, deren Andenken in den Nebeln des Vergessens verblassen würde.

Der Mercedes hielt auf dem Bahnhofsvorplatz. Monsieur Jacob beugte sich nach vorne und klopfte Ava auf die Schulter. Sie fuhr hoch. Er zog ein paar Tausender aus seinem Geldbeutel, gab sie ihr und bat sie, ohne ein Wort an sie zu richten, aber mit einer zwingenden Geste, zu verschwinden. Sie machte den Gürtel ihres Rocks auf und verstaute den kleinen Schatz über dem Schambein in ihrer Unterhose. Dann öffnete sie folgsam die Tür und gesellte sich zu den Arbeitern, die auf den Zug warteten. Anabel sah Monsieur Jacob verwirrt an.

»Machen Sie sich wegen ihr keine Sorgen. Sie schlägt sich schon durch. Sie hat sich immer durchgeschlagen. Immer.«

Maxime fuhr wieder los. Monsieur Jacob drückte die Tasten eines Handys und sprach einige Worte in jener unbekannten Sprache, die Anabel inzwischen an ihrem Klang erkannte. Nur wenige Worte, kaum ein Satz. Ein kurz und bündig erteilter Befehl, dann legte er gleich wieder auf.

»Das war Tom«, erklärte Monsieur Jacob.

»Was haben Sie ihm gesagt?«

»Dass alles gut gegangen ist, dass Sie am Leben und in Sicherheit sind. Aber machen Sie sich keine Hoffnungen. Sie werden ihn nie wieder sehen.«

26

Wenige Minuten später traf in der Notaufnahme des Hôpital Saint-Louis ein verletzter Mann mit gebrochenem Kiefer und zerschundenem Gesicht ein, der unter schwerem Schock stand. Von den wenigen diensthabenden Krankenschwestern und Ärzten hätte später niemand angeben können, wer ihn hierher gebracht hatte. Man hatte ihn einfach auf eine Bank am Ende des Flurs gesetzt, mitten unter die Menge von Fußkranken, Opfern von Verkehrsunfällen, Ehestreitigkeiten, Wirtshausprügeleien und Selbstmordversuchen.

27

Tom ließ das Krankenhausviertel hinter sich und ging zur Place de la République, die zu dieser frühen Stunde noch völlig menschenleer war. Sein einziges Gepäck war der gefälschte Pass, den Miguel ihm besorgt hatte. Und er hatte eine Verabredung am anderen Ende der Welt. Er hatte schon oft ähnliche Situationen erlebt, in denen er sich niedergeschlagen und ausgebrannt fühlte und am liebsten alles hätte fahren lassen. Dennoch hatte er jedes Mal wieder den nötigen Mut gefunden, um nicht aufzugeben.

Anabel war gerettet, das war die Hauptsache für ihn. Die ganze Nacht über hatte ihn der Gedanke, sie könnte umkommen, rasend gemacht. Trug er nicht eine Mitschuld? Sicher, davon abgesehen, dass er ihr begegnet war und sie verführt hatte, konnte er sich nicht viel vorwerfen. Aber er hatte die Gefahr instinktiv gespürt, wenngleich es ihm nicht gelungen war, sie eindeutig zu bestimmen, zu erkennen, aus welcher Richtung sie drohte. In den vielen Jahrhunderten seines Abenteurerlebens hatte er einen sechsten Sinn dafür entwickelt, eine Art Sonar, das negative Wellen einfing. Irgendwo in seinem Kopf hatten die Alarmglocken geläutet, ohne dass er ihnen die erforderliche Aufmerksamkeit geschenkt hatte, und das verzieh er sich nicht … Aber es war besser, er dachte nicht mehr daran. Anabel war gerettet, Oleg besiegt. Früher, in einer Vergangenheit, die sich im Wirbel der Zeit verlor, hatte Tom es mit weit raffinierteren Gegnern zu tun gehabt. Gemessen daran war Oleg bei aller Gerissenheit doch ein Amateur.

Er hatte nicht einmal grob werden müssen, um zum Ende zu kommen. Als Oleg mit blutüberströmtem Gesicht an der Schaufensterscheibe des Bestattungsinstituts zusammenbrach, war Tom zur Tür hinausgestürmt, hatte den Mann aufgefangen, hereingeholt und auf einen Stuhl gesetzt. Doch plötzlich begann der so Gerettete, mit belegter, kaum vernehmbarer Stimme Drohungen auszustoßen. Gegen Anabel und Ava. Monsieur Jacob hatte sofort die Stahlrollläden heruntergelassen.

✡

Zuerst bestand Oleg darauf, alles zu erfahren. Seine Neugier wurde weit über sein Vorstellungsvermögen hinaus befriedigt. Die lange Geschichte, die man ihm offenbarte, ähnelte einem Märchen, dem er mit weit aufgerissenen Augen zuhörte. Dann bot Monsieur Jacob seine ganze Überzeugungskraft auf, um ihm klar zu machen, dass er ihm nicht helfen könne. Seit er Zeuge von Ruderis Verjüngung geworden war, hatte Oleg vielerlei Hypothesen über dessen verblüffende Fähigkeit zur Verwandlung aufgestellt. Verdankte Ruderi sie einem Wunderheilmittel, oder steckte das Geheimnis im Gegenteil in seinem Organismus, irgendwo in den Genen, auf irgendeinem Chromosom? Je mehr sich sein Zustand verschlechtert hatte, je größer seine Todesangst geworden war, desto mehr war Oleg zu der Überzeugung gelangt, dass er sich Ruderis Blut bemächtigen und durch eine Transfusion übertragen lassen müsste …

»Diese Vorstellung ist völlig absurd, kindisch, es würde Ihnen gar nichts nützen!«, schnitt Monsieur Jacob ihm das Wort ab. »Wir können Ihnen nicht das Leben retten. Dazu sind wir schlichtweg nicht in der Lage. Es ist unmöglich. Das alles hat nichts mit unserem Blut zu tun. Als die Hämatologie zu einer

Wissenschaft ausgereift war, habe ich meines sofort untersuchen lassen. Es ist vollkommen normal. Null negativ. Banales Menschenblut. In Ihre Blutbahnen übertragen, würde es dort dasselbe Schicksal erleiden wie das jedes anderen Spenders …«

»Denken Sie gut nach«, flehte Oleg, »sonst werden die Frauen verhungern …«

»Ich weiß nur eins«, fuhr Monsieur Jacob fort, »wenn sich nicht bald ein Arzt um Sie kümmert, werden Sie sterben. Und solange Anabel nicht frei ist, bleiben Sie hier bei uns. Die Zeit arbeitet gegen Sie. Und die Zeit ist ein unerbittlicher Gegner, darüber könnte ich Ihnen endlose Vorträge halten. Ihr Krankenhaus liegt um die Ecke, ganz nah! Dort befindet sich, wie Sie uns selbst gesagt haben, Ihre Krankenakte mit allen Indikationen für Ihre Behandlung. Sie können noch einige Jahre gewinnen. Das ist nicht zu verachten. Es liegt an Ihnen.«

Am frühen Morgen kapitulierte Oleg schließlich im Fieberdelirium und gab die Adresse preis, wo Anabel und Ava gefangen waren. Monsieur Jacob machte sich sofort auf den Weg. Sobald er telefonisch Bescheid geben würde, könnte Tom den Kranken ins Hospital bringen. Vorher nicht. Das war nun geschehen.

✡

Tom ging lange durch Paris, sah sich die Straßenzüge der Stadt an, in der er sich so häufig und zu den unterschiedlichsten Epochen aufgehalten hatte. Wie viel Zeit würde vergehen, bis er wieder zurückkehrte? Musste man in Jahren, Jahrzehnten oder Jahrhunderten zählen? Er hatte nicht die leiseste Ahnung. Als er erfahren hatte, dass Oleg aus der Gegend von Kiew stammte, wurde er von einem Schwall von Erinnerungen überschwemmt. Ende der fünfziger Jahre, als sich die Tore in den Lagern des Gulags öffneten, hatte er in Kiew gelebt. Er war dort Ende der zwanziger Jahre hängen geblieben, nachdem er bei Ausbruch der Revolution sofort mit großer Begeisterung nach Russland geeilt war, um sich an den Kämpfen zu beteiligen. Es hätte schon mit dem Teufel zugehen müssen, wenn sich ein Mann mit seiner Erfahrung nicht hätte nützlich machen können! Seine Hoffnungen wurden jedoch schnell begraben. Vor dem Terror, der in Moskau und in Petrograd herrschte, vor den endlosen Massakern war er in die Ukraine geflohen, wo er sich der Armee von Nestor Machno anschloss, um sowohl gegen die Roten als auch gegen die Weißen zu kämpfen. Er war gefangen genommen und weit weg in den Osten, nach Kolyma, deportiert worden. Wie sein Bruder »Ruderi« – der natürlich nicht wirklich so hieß, ebenso wenig wie er selbst Tom, aber das spielte keine Rolle, denn im Laufe ihres endlosen Lebens hatten sie schon so viele Namen getragen, mit so vielen fiktiven Identitäten gelebt! – hatte er seinen Körper austrocknen, auszehren lassen, um die aufmerksamen Augen seiner Bewacher besser zu täuschen. Bewacher, die ansonsten sehr unbesorgt waren. Unter den Millionen ZEKs, um die sie sich kümmern mussten, bildete er zweifellos ihre geringste Sorge. Am Tag seiner Freilassung war er nur noch ein gebrechlicher Greis, ein Greis aber, der sich in weniger als einer Woche verjüngte, in weniger als sieben kleinen Umdrehungen auf der Erdumlaufbahn. Für ihn waren die Jahre im Lager in rasender Geschwindigkeit vergangen. Im Vergleich zum Leben gewöhnlicher Sterblicher stellten sie nur wenige Stunden dar. Eine Zwischenstation von der Dauer einer Siesta oder eines Sonntagsessens mit der Familie in der Gartenlaube eines Landhauses. Mehr nicht. Sobald er auf freiem Fuß war, hatte er die Kräfte geweckt, die tief in seinem Organismus schlummerten, und sie mobilisiert, um so die Spuren einer leichten Erschlaffung abzuschütteln.

In Kiew hatte er sich ein wenig Ruhe und Erholung gegönnt, das Glück an der Seite einer jungen Krankenschwester genossen, die bei einer Ambulanz des Gesundheitsamtes arbeitete. Bis er sich eines Morgens wieder aufmachte und auf seinen Weg zurückkehrte. In der Sowjetunion war nichts mehr zu erwarten. In Indochina oder Lateinamerika hingegen begann es in den frühen sechziger Jahren zu gären. Er musste sich nur für einen von den vielen verschiedenen Kriegsschauplätzen entscheiden …

28

Finden Sie nicht, dass ich ein Recht darauf habe, mehr zu erfahren?«, fragte Anabel vorsichtig.

Der Schrecken war von ihr gewichen. Sie war wieder im Vollbesitz ihrer geistigen Kräfte, hatte wieder einen klaren Kopf. Inzwischen steckten sie in den Staus auf den Zufahrtsstraßen rund um die Hauptstadt und kamen nur langsam voran. Maxime wechselte ständig die Spur, gewann mal hier ein paar Meter, mal dort ein paar Sekunden.

»Selbstverständlich, Anabel, selbstverständlich, wie könnte ich Ihnen das abschlagen, nach allem, was Sie durchgemacht haben?«, stimmte Monsieur Jacob zu. »Sie würden es mir Ihr Leben lang nachtragen, wenn ich jetzt nicht mit der Wahrheit herausrücken würde. Und das könnte ich mir nie verzeihen! Ich mag Sie sehr, Anabel, wirklich sehr! Aber wir werden uns trennen müssen, wir werden uns nie wieder sehen, und, glauben Sie mir, das tut mir sehr weh.«

»Uns trennen? Wo bringen Sie mich denn hin?«

»Wir fahren jetzt zuerst in Ihr Hotel und holen dort Ihre Sachen und vor allem Ihren Pass ab. Anschließend fahren wir zum Flughafen nach Roissy. Ich habe ein Flugticket auf Ihren Namen reservieren lassen. Sie werden in die Vereinigten Staaten fliegen, wohin genau, weiß ich selbst nicht, es ist auch völlig egal. Sie werden einfach das erste Flugzeug nehmen, in dem ein Platz frei wird, wenn ein anderer Fluggast seine Buchung kurzfristig storniert. Ich habe einen *Tour Operator* beauftragt, einen solchen Platz für Sie zu besorgen.«

»In die Vereinigten Staaten? Warum das?«

»Weil es dort am einfachsten ist, unterzutauchen, sich zu verstecken. Sie müssen fliehen, Anabel, zu ihrer eigenen Sicherheit! Der Chef, nennen wir ihn einmal so, der Chef dieser kleinen Bande, die Sie entführt hat, war wirklich ein sehr gefährlicher Kerl. Von ihm haben Sie nichts mehr zu befürchten, aber die anderen sind noch nicht ausgeschaltet. Protestieren Sie nicht. Vertrauen Sie mir! Sie vertrauen mir doch, oder?«

»Ja, natürlich. Aber was machen Sie, wenn die Gefahr wirklich so groß ist?«

»Ich werde verschwinden, Anabel. In der Vergangenheit musste ich schon so oft in der Versenkung verschwinden, dass ich mich nicht mehr groß darüber aufrege. Es ist ziemlich lästig, eine echte Fron, man muss sich neue Gewohnheiten zulegen, wieder Zutrauen zu Unbekannten fassen, sich abrackern … Mein Haus ist abgebrannt. Ihre Entführer haben nicht lange gezögert. Was mich wirklich bekümmert: Die Bücher für meine Bibliothek zu sammeln, war eine irrsinnige Arbeit. Aber ich werde sie wieder zusammentragen. Es eilt ja nicht. In den Laden sollten wir besser keinen Fuß mehr setzen. Das wäre zu gefährlich. Ich breche lieber alle Brücken ab, verwische alle Spuren. Hören Sie, Anabel, hören Sie mir gut zu! Uns bleibt nur noch wenig Zeit, kommen wir also zum Wesentlichen. Was ich Ihnen sagen werde, können Sie später gerne weitererzählen, aber niemand wird Ihnen glauben. Man wird Sie vielmehr für verrückt erklären, für eine notorische Lügnerin … Um das zu verhindern, werden Sie es lieber für sich behalten …«

Monsieur Jacob holte tief Luft, bevor er fortfuhr. Maximes und Anabels Blicke waren sich von Zeit zu Zeit im Rückspiegel begegnet, und zum ersten Mal hatte er ihr ein Lächeln geschenkt.

»Es war vor langer Zeit, Anabel, vor sehr, sehr langer Zeit, in einer Epoche, in der ich noch nicht über die Mittel einer genauen Zeitrechnung verfügte, aber nach euren Jahren geschätzt würde ich sagen, das Ganze liegt ungefähr zehntausend Jahre zurück.«

»Wie bitte?«, murmelte Anabel.

»Unterbrechen Sie mich nicht, sonst wird es schwierig. Hören Sie einfach zu. Vor ungefähr zehntausend Jahren also lebte mein Stamm – das ist wohl der passendste Ausdruck dafür – irgendwo in Nordasien. Davon gehe ich zumindest aus. Ich brauche Ihnen wohl kaum zu sagen, dass ich damals keine Karte und nur eine sehr rudimentäre Vorstellung von der Welt hatte. Aber später, viel später bin ich wieder in jene Gegend gepilgert, und dabei habe ich die Bergketten, die mäandernden Flüsse und die Vegetation wieder erkannt. Das nur beiläufig, denn es ist völlig unwichtig für Sie. Wir waren Nomaden, führten unsere Herden auf langen Wanderschaften von einer Stelle zur anderen. Ich war damals ein Junge von knapp zwölf Jahren. Tom – damals hieß er natürlich nicht Tom und ich nicht Jacob, aber auch das tut nichts zur Sache –, also Tom war vielleicht zwei oder drei Jahre alt, und mein anderer Bruder, derjenige, der Ihnen den ganzen Ärger eingebrockt hat und dem Sie bei mir zu Hause begegnet sind, war kaum älter … Es gab dort auch Marcus, der älter war als ich, an die zwanzig Jahre sicher. Sie haben bestimmt schon von ihm gehört, nicht wahr?«

Anabel fuhr sich mit der Hand über das Gesicht, schüttelte den Kopf und starrte auf die Fahrzeuge neben dem Mercedes und auf die Großflächenplakate entlang der Autobahn. »Unmöglich … einfach unmöglich …«, murmelte sie, »das kann ich Ihnen nicht glauben!«

Monsieur Jacob überging ihren Einwand. »Ob Sie mir glauben oder nicht, ist Ihre Sache. Ich schwöre Ihnen, dass ich die Wahrheit sage! Wie viele waren wir insgesamt? Dreihundert, vielleicht auch ein paar mehr. Mein Vater war der Häuptling. Es gab einen anderen Ausdruck dafür, aber um es Ihnen verständlich zu machen, ist dieses Vokabular am einfachsten … In der Zeit des Viehtriebs unserer Ziegen- und Schafherden saßen wir abends immer alle zusammen um ein großes Feuer. Wir fühlten uns vollkommen sicher. Ein Feuer hat mich immer beruhigt, es ist lebensnotwendig für mich, das wissen Sie ja … Eines Tages hat ein stürmischer Wind plötzlich alles um uns durcheinander gewirbelt. Wir kannten die Winde, auch die Jahreszeiten, in denen sie sich erhoben, und die, in denen es keinen Wind gab. In einer solchen befanden wir uns eigentlich. Es war kein gewöhnlicher Wind. Er hat die gesamte Vegetation mit sich gerissen, vor allem aber brachte er einen scheußlichen Geruch mit. Die Luft war verpestet. Wir verstopften unsere Nasen, wir erstickten beinahe, aber es nützte nichts, wir konnten uns vor diesem Gestank nicht schützen.«

»Was … was war das?«, stammelte Anabel.

Monsieur Jacob betrachtete sie mit einem unendlich traurigen Blick. »Der Tod, Anabel, es war der Tod. Sein Atem war über uns gekommen. Als die Sonne aufging, entdeckten meine Brüder und ich die Kadaver. Die der Tiere und die der Menschen. Wir waren die einzigen Überlebenden. Der Tod hatte unseren ganzen Stamm ausgelöscht, uns aber verschont. Warum uns? Diese Frage verfolgt mich bis heute … Wir waren alle vier lange Zeit niedergeschmettert, kauerten in Angst und Schrecken zitternd aneinander. Scharen von Mücken und Aas fressenden Tieren stürzten sich auf das Massengrab unseres Stammes, so dass wir weglaufen mussten. Wir liefen tagelang, immer geradeaus. Schließlich trafen wir auf einen anderen Stamm, der uns adoptierte. Die Jahre vergingen scheinbar unveränderlich. Wir führten ein Nomadenleben. Die Menschen um uns alterten, dann starben sie. Wir nicht. Mehrere Generationen erblickten das Licht der Welt, erreichten das Erwachsenenalter und verschieden vor unseren Augen. Fünf oder sechs Jahrhunderte lang. Marcus hat das ausgenutzt. Es ist ihm nicht schwer gefallen, diesen Stamm primitiver, leichtgläubiger Menschen zu unterwerfen. Er stellte uns als Gottheiten dar, Geschöpfe mit unheilvollen Kräften. Es war leicht, sehr leicht. Und eine große, eine zu große Versuchung. Ein Donnerschlag oder ein Blitz am Himmel galten als Zeichen unseres Zorns. Ein Regenbogen dagegen deutete unsere Zufriedenheit an … Die armen Leute verehrten uns, überhäuften uns mit Geschenken. Was uns widerfahren war, hatte Marcus völlig verrückt gemacht. Er bewies unendliche Grausamkeit, forderte Opfer … Allmählich begriff ich, dass ich mich von ihm trennen und auf meine Brüder aufpassen, sie vor ihm schützen musste. Sonst hätte er uns eines Tages getötet, um als einziger Gott allein alle Vorteile zu nutzen, die mit diesem Status verbunden waren. Ich floh mit den Kleinen. Wir liefen, bis wir völlig außer Atem waren, eine endlose Wanderschaft. Wohin wir auch kamen, irgendwann weckte unsere … Besonderheit die Neugierde. Dann gingen wir wieder auf Wanderschaft. Trafen auf andere Clans, andere Stämme. Wie könnte ich Ihnen bewusst machen, welch ungeheurer Zeitraum vergangen ist? Ich werde es nie in Worte fassen können!«

»Entschuldigen Sie bitte, sind Sie denn älter geworden? Sie sprachen von Tom als einem Kleinkind. Und von Ihnen selbst als einem ….«

»… als einem Jugendlichen, ja. Wir sind älter geworden, und wir altern weiterhin. Aber unglaublich langsam. Gut. Das war der Ausgangspunkt meiner Geschichte. Ich hätte gern viele Tage gehabt, um sie Ihnen zu erzählen, es hätten nicht genug sein können, aber die Umstände erlauben es mir leider nicht. Das ist grausam, aber daran ist nichts mehr zu ändern. Die Zeit drängt. Sie und ich, wir haben eine sehr unterschiedliche Wahrnehmung der Zeit. Kurz, Sie können sich vorstellen, dass die Nomadenstämme, bei denen wir hier und da untergeschlüpft waren, schließlich sesshaft wurden, sich in Dörfern niederließen, Dörfer, die nach und nach zu Städten ausgebaut wurden. Machen wir es kurz. Meine Brüder und ich, Anabel, wir haben die Gründung von Babylon erlebt.«

Anabel schüttelte den Kopf. Sie war völlig verdutzt, wie vor den Kopf gestoßen. Monsieur Jacob streichelte ihr nachsichtig die Hand. Der Mercedes hatte Paris erreicht und bog in Richtung Place de la République ab. Der Augenblick der Trennung rückte Minute für Minute näher.

»Erzählen Sie weiter«, bat sie ihn keuchend.

»Ich habe so viele Menschen sterben sehen, dass mir der Tod ein enger Vertrauter geworden ist. Zuerst meine Angehörigen, später ganze Generationen – ihre Reihe würde mehrmals um die ganze Erde reichen … es ist unvorstellbar!«

Anabel sah, wie Monsieur Jacob die Tränen in die Augen traten.

»So bin ich zu einem Fachmann geworden. Dank dieser Funktion, dieser Arbeit habe ich in allen Gesellschaften, in denen ich gelebt habe, meinen Platz gefunden. Von Babylon bis Theben, von Ninive bis Sparta, von Athen bis Minos, von Rom bis Paris und in vielen anderen Städten, anderen Ländern, die ich nicht alle aufzählen kann. Ganz zu schweigen von den Städten, die untergegangen, von Erdbeben geschluckt, von Wirbelstürmen und Taifunen hinweggefegt worden sind. Ich erwähne nur diejenigen, die Bilder und Erinnerungen aus dem Schulunterricht in Ihnen wachrufen können. Leichen herrichten, sie waschen, verbrennen, um sie verschwinden zu lassen, oder sie im Gegenteil einzubalsamieren, um sie aufzubewahren, das alles habe ich getan, alles, was Sie sich vorstellen können, alles, was sich als machbar erwiesen hat. Diese ... diese Kunst beherrsche ich vollkommen! Sicher, eine untergeordnete Kunst, aber von fundamentaler Bedeutung. Ich habe alle Praktiken, Riten, Bräuche gelernt ... Jetzt wissen Sie, wer ich bin, Anabel. Der Diener des Todes, das bin ich. Er hat mich dazu bestimmt, mich zu diesem Schicksal verdammt. Es macht mir nicht das geringste Vergnügen, und ich bin kein bisschen stolz darauf, ich hätte gerne ein anderes Leben geführt, doch alles in allem schätze ich diesen Beruf und halte ihn für sehr ehrenwert. Deshalb habe ich es mir zur Aufgabe gemacht, Sie in einige der Kenntnisse einzuweihen, die ich besitze. Wie ich Ihnen bereits einmal sagte, habe ich viele andere Schüler ausgebildet. Nichts von all den Riten und Bräuchen geht je verloren.«

»Von Babylon bis Theben?«, wiederholte Anabel. »Und als Sie nach Katar abreisten, haben Sie ...«

»Ja. Die Riten sind längst vergessen, aber die Legenden bleiben. Als junger Mann habe ich, wie gesagt, lange Zeit in Ägypten gelebt. Ich war nur der bescheidene Helfer eines Hohepriesters, eines verachtenswerten, widerwärtigen Kerls, der mich mit den niedersten Arbeiten betraute. Aber ich habe viel bei ihm gelernt! Ich habe ihn zu Grabe getragen, ihn, seinen Sohn, den Enkelsohn und die Nachkommen bis in die vierte Generation. Dann ging ich weg. Es war eine wirre, unruhige Zeit. Überall gab es Sklavenaufstände, Stämme, die das Joch des Pharao abschüttelten und aufs Geratewohl in die Wüste flohen. Aber das alles interessierte mich wenig, als ich mich aus dem Staub machte. Ich hatte die Tochter eines hohen Würdenträgers verführt, eine schlimme Sache ... jedenfalls verstieß es gegen die Gebote, war eigentlich verboten. Ich verschwand heimlich und fuhr auf einer Feluke den Nil stromaufwärts nach Süden, nach Nubien. Ich habe es nicht bereut. Denn über Bestattungsriten hatte ich noch vieles zu lernen. Aber an das Mädchen, das müssen Sie entschuldigen, erinnere ich mich noch, als wäre es gestern gewesen.«

»Ich werde verrückt!«, rief Anabel.

Sie streckte die Hand nach dem Türgriff aus, wild entschlossen zur Flucht. Aber sie musste ihr Vorhaben aufgeben. Maxime war so vorsichtig gewesen, über die Zentralverriegelung alle Türen zu sperren.

»Sie werden nicht verrückt, Anabel«, fuhr Monsieur Jacob fort. »Ihr Leben trieb so dahin, dann haben Sie mich kennen gelernt. Ich habe Ihnen eine Menge Dinge über Sie selbst und Ihre tiefere Persönlichkeit offenbart, auch über die Faszination, die der Tod auf Sie ausübt, und Sie werden es nicht bedauern. Leider ist einer meiner Brüder im falschen Moment aufgetaucht, verfolgt von einem Auftragskiller, das hätte Sie beinahe das Leben gekostet. Und jetzt werden Sie weit weg gehen, sehr weit weg, um sich in aller Ruhe, in völliger Sicherheit – das garantiere ich Ihnen – ein neues Leben aufzubauen. Fassen Sie sich wieder, alles, was ich Ihnen erzählt habe, entspricht der Wahrheit. Die Reise nach Katar, wenn Ihnen das keine Ruhe lässt, war nur ein unerwarteter Zwischenfall, sonst nichts. Ich bin nur hingeflogen, um die sterblichen Überreste eines Emirs zu mumifizieren, der sich nicht damit abfinden wollte, dass sein Körper zu Staub zerfallen würde. Er hatte seine Söhne überzeugt, ihm eine Art Mausoleum einzurichten. Selbstverständlich bei weitem nicht so auffällig wie die Pyramiden, aber immerhin … Dank meiner Fürsorge ruht er nun in der Krypta seines Palastes. Es wäre zu kompliziert und langwierig, Ihnen die Einzelheiten zu erklären. Im Laufe der Jahrhunderte habe ich viele Kontakte geknüpft, ein ganzes Netz gewoben, so dass man mich immer rufen kann, wenn meine Dienste gebraucht werden. Mein Ruf hat sich von Mund zu Mund weiter verbreitet. Das hört sich nicht gerade nach einem großen Wurf an, aber ich muss auch meinen Lebensunterhalt verdienen!«

Eine Hupe riss Anabel aus ihrer Benommenheit. Maxime hatte den Wagen direkt vor dem *Holiday Inn* geparkt, und ein ärgerlicher Taxifahrer forderte sie auf, den Weg freizugeben.

»Schnell, Anabel«, rief Monsieur Jacob, »trödeln wir nicht länger herum.«

Er schob sie zur Rezeption, ließ sich ihren Zimmerschlüssel aushändigen. Der Mann am Empfang machte sich seine eigenen Vorstellungen über sie und schenkte ihnen ein anzügliches Lächeln. Maxime schlenderte auf dem Gehweg auf und ab und musterte die Gesichter der Passanten sehr genau. Seine rechte Hand steckte unter dem Revers seines Jacketts und umschloss den Kolben seines Revolvers.

29

Von Monsieur Jacob gedrängt, stopfte Anabel in aller Eile einige Kleidungsstücke in ihre Reisetasche, während er überprüfte, ob sie sich über ihren Reisepass auch wirklich nicht getäuscht hatte. Der Pass war noch zwei Jahre gültig. Er zog Vorhang und Gardine zurück und erblickte Maxime, der unten auf der Straße Wache schob. Anabel hatte die Hände in die Hüften gestemmt und starrte auf ihre gepackte Reisetasche.

»Und Tom? Sie haben mir nichts mehr über Tom erzählt«, hakte sie nach.

Monsieur Jacob ergriff die Tasche und manövrierte Anabel zum Zimmer hinaus, nahm sie am Arm und eilte mit ihr die Treppe hinunter.

»Tom blieb lange Zeit bei mir, wie auch mein anderer Bruder Jacques. Marcus hingegen hatten wir, wie gesagt, aus den Augen verloren, und wir waren froh darüber. Tom war reifer geworden, und die lange Zeit war eine schwere Bürde für ihn. Trotz seines kindlichen Alters war er Zeuge so vieler Massaker, erbärmlicher Kriege, Götterschwindel und betrügerischer Wundertaten geworden, dass es ihn bald nicht mehr beeindruckte und er dagegen revoltierte. Er hat mir immer Sorgen gemacht. Kommen Sie, beeilen Sie sich!«

Monsieur Jacob bahnte sich mit den Ellbogen einen Weg durch die Touristengruppen, die die Hotelhalle verstopften, legte ein Bündel Banknoten auf den Tresen der Rezeption und schubste seine Begleiterin nach draußen, ohne auf das Wechselgeld zu warten. Maxime hielt ihnen mit einer Hand die Tür auf, die andere steckte noch immer in seinem Jackett.

»Erzählen Sie mir mehr von Tom«, bat Anabel, kaum dass sie im Wagen saßen.

»Wissen Sie, eigentlich hätte uns das, was uns zugestoßen ist, freuen müssen. Sehen Sie sich all die Leute um uns herum an: Wenn Sie ihnen sagen würden, sie könnten künftig länger leben, nicht gerade ewig, aber vielleicht fünfmal so lange wie bisher, würden sie dann nicht vor Freude in die Luft springen? Glauben Sie mir, das Glück wäre von kurzer Dauer. Die Zeit, die vergeht, ist ein Gift. Marcus ist sofort ins Schleudern geraten. Er konnte seine Ängste nur durch Gewalttaten eindämmen. Ich begrub die Toten, um mich zu beruhigen, er zog seine Lebensfreude aus Mord und Totschlag, wurde dessen nie überdrüssig ... Der arme Jacques ist bloß ein Schwachkopf. Willfährig und leicht zu beeindrucken. Er hat sich immer beeinflussen und benutzen lassen. Es kam und kommt ihm nur darauf an, eine Frau im Bett, ein Stück Fleisch auf dem Teller und ein Glas Alkohol in der Hand zu haben, und dafür ist er zu allem bereit. Er hat sich nie irgendeine Frage gestellt, und zwischen seinen Aufenthalten in Gefängnissen, Kerkern, Kielräumen von Galeeren oder auch Salzminen hat er sich immer dem Nichtstun hingegeben. Er hat schon alle Strafen verbüßt, die sich Menschen ausgedacht haben, um Abweichler zu bändigen. Und jedes Mal, wenn er in die Freiheit zurückkehrte, wartete Ava treu auf ihn, glücklich über ihr Wiedersehen. Im Gegensatz zu Marcus ist er nicht grausam. Und zweifellos ist er der Glücklichste von uns vieren. Oder zumindest der am wenigsten Unglückliche.«

»Moment mal!«, fiel ihm Anabel ins Wort. »Die Frau, Ava, ist sie ... ist sie wie Sie?«

»Ja, ›wie wir‹«, bestätigte Monsieur Jacob. »Meine Brüder

und ich, wir haben uns unzählige Male getrennt, für ganze Jahrhunderte aus den Augen verloren, und dennoch haben sich unsere Wege immer wieder gekreuzt. Ava sind wir in Rom begegnet, zur Zeit von Kaiser Tiberius. Sie wissen, wann?«

Anabel zuckte die Schultern, sie hatte keine Ahnung, aber das war ihre geringste Sorge.

»Sie war eine Prostituierte. Die Anhänger des Dionysoskultes waren sehr lüstern nach ihr, sie gehörte zum Inventar eines reichen Patriziers, aber das ist nicht so wichtig. Vom ersten Augenblick an, als er sie sah, war Jacques vernarrt in sie – nein, ich sollte nicht so darüber sprechen, ich glaube, dass er wirklich eine tiefe Liebe für sie empfindet, die sie erwidert. Die Angst, er könnte sie sterben sehen, machte ihn wahnsinnig, er befürchtete, ihr Körper würde verblühen, er weinte darüber, doch wie durch ein Wunder geschah nichts dergleichen. Ich brachte sie schließlich dazu, ihre Geschichte zu gestehen. Sie gleicht der unseren. Ein Stamm irgendwo in der Steppe, der sich um ein Lagerfeuer versammelt hatte, ein widerlich riechender Sturmwind, und nur ein kleines Mädchen blieb verschont. Ava. Für mich war es ein großer Schock – wir waren nicht die Einzigen! Und da war noch etwas: Trotz ihres langen Lebens hatte Ava nie ein Kind bekommen. Genau wie wir. Der Tod hatte uns dazu verdammt, in Einsamkeit zu altern ...«

»Und Maxime?«, fragte Anabel.

»Nein, Maxime ist völlig ›normal‹. Er weiß nur Bescheid. Wie Sie jetzt.«

In Anabels Kopf gab es noch Dutzende von Fragen, ihre Gedanken überschlugen sich, und der Mercedes war bereits auf dem Autobahnzubringer nach Roissy. Die Vorstadtbewohner waren inzwischen in der Hauptstadt eingetroffen, und in der Gegenrichtung floss der Verkehr.

»Ihr Bruder war im Gefängnis, aber Sie selbst auch, das haben Sie mir bei Loulou einmal gesagt. Warum?«

»Wegen Lappalien, Anabel, wegen Lappalien. Grund war Andreas Vesalius, der Anatom. Erinnern Sie sich an ihn? Ich war sein Assistent, vor allem aber sein Freund. Für seine Sektionen benötigte er gut erhaltene Leichen. Also raubte ich welche auf den Friedhöfen für ihn, und eines Nachts bin ich in der Nähe des Hochgerichts von Montfaucon dabei erwischt worden. Ich habe einige Jahre im Gefängnis von Châtelet verbracht …«

»Und die Sprache, in der Sie untereinander sprechen, Sie und Ihre Brüder, sie ist anders als alle, die ich je gehört habe. Und zugleich klingt sie vertraut.«

»Es ist die Sprache, die wir in unserer Kindheit sprachen. Sie ist sicher sehr ungeschliffen, wir haben sie jedoch nie verlernt … Abertausende von Sprachen sind untergegangen, aber diese nicht, auch wenn wir die Einzigen sind, die sie noch sprechen. Sie ist Ausgangspunkt vieler anderer Sprachen geworden … Sie unterbrechen mich ja dauernd! Sie wollen doch vor allem, dass ich Ihnen von Tom erzähle, oder irre ich mich?«

»Nein, aber ich kann mich einfach nicht zurückhalten. Was Sie mir erzählen, ist so verrückt, so …«

»Dann schweigen Sie. Marcus massakrierte und folterte, so viel er konnte, denn er hasste all diese Menschen, die, wie er wusste, ohnedies binnen weniger Jahrzehnte zum Tod verurteilt waren. Tom hingegen verzweifelte daran, dass sie sich gegenseitig zu Sklaven erniedrigten oder Krieg miteinander führten. Sehr früh war er davon überzeugt, dass es einen anderen Weg geben müsste. Er träumte von Brüderlichkeit und Gleichheit, und trotz all der Enttäuschungen, die er hinnehmen musste, ist er immer noch voller Hoffnung. Er hat an so vielen Sklaven- und Bauernaufständen, an Volkserhebungen und Revolutionen teilgenommen, dass es gewagt wäre, wenn man sie alle aufzählen wollte. Das war seine Art, die Herausforderung anzunehmen. Wer weiß, vielleicht hat er Recht?«

Anabel spürte, wie sich ihre Brust hob, und aus ihrer Kehle stiegen einige Schluchzer. »Ich kann jetzt doch nicht einfach weggehen«, flehte sie.

»Sie haben keine andere Wahl, Ihr Leben ist in Gefahr. Und Tom ist bereits weit weg. Ich habe Ihnen doch gesagt, dass Sie ihn nie wieder sehen werden. Das Vernünftigste ist, mir zu gehorchen.«

»Wie können Sie nur so hart sein?«

»Wenn Sie später einmal mit kühlem Kopf über all das nachdenken, werden Sie einsehen, dass ich Recht hatte. Ich bin nicht hart, ich versuche nur, Ihr Leben zu retten. Auf unsere Köpfe sind Prämien ausgesetzt worden. Von einer armen Frau, die vor vierzig Jahren von Marcus gefoltert worden ist, einem alternden Mädchen, das allein von ihrem Hass am Leben gehalten wird. Wir müssen alle Brücken abbrechen, Anabel, alle! Diese Frau kennt Ihre Identität, sie besitzt eine Anzahl von Fotografien, auf denen Sie zusammen mit mir oder Tom zu sehen sind. Wenn sie diesen Aufwand betrieben hat, dann sicher nicht, um jetzt aufzugeben! Ihr erster Versuch ist gescheitert, aber wer weiß, ob sie nicht morgen schon einen neuen startet? Sie ist sehr reich, sie kann ganze Bataillone von Detektiven anheuern, um unsere Spuren zu finden, und ebenso viele Handlanger, um uns zu fangen. Ihr Entführer war der Chef einer solchen Bande. Seine Komplizen haben meinen Bruder seit seiner Entlassung aus dem Gefängnis beschattet und gesehen, wie er sich innerhalb kürzester Zeit verjüngt hat. Das allein könnte, wie Sie zugeben müssen, die Neugier anstacheln, oder?«

»Er hat sich verjüngt?«, wiederholte Anabel fassungslos.

»Ja. Während seiner Haftzeit hatte er sich absichtlich altern lassen. Wie soll ich es Ihnen erklären? Es ist ein wenig wie bei einer Diät … kein Hungerstreik, eher eine Art Lebensstreik. Am Tag vor seiner Entlassung war er offiziell fünfundsiebzig, und danach ist er innerhalb weniger Tage wieder zu einem jungen Mann geworden. Zu dem, den Sie bei mir zu Hause angetroffen haben. Womit könnte man es vergleichen? Denken Sie nur an Ihre eigene Erfahrung: Als wir uns kennen lernten, waren sie sehr deprimiert und traurig. Auch Sie waren innerlich ausgebrannt, verhärtet, oder? Zuletzt ähnelten Sie einer kleinen Vogelscheuche. Und dann haben Sie das alles in wenigen Wochen abgeschüttelt. Nun, genau so hat es mein Bruder gemacht. Nur zehnmal so schnell. Sie sind fünfundzwanzig, Anabel, er hingegen ist gut zehntausend Jahre alt, das heißt, er hat genug Erfahrungen gesammelt, um seinen Organismus in einem Maße zu beherrschen, das unvorstellbar für Sie ist. Ich selbst habe in der Vergangenheit – und das Wort Vergangenheit sage ich nicht leichtfertig dahin – mein Leben oft auf kleiner Flamme siechen lassen, wenn mir der Mut fehlte, mein Schicksal auf mich zu nehmen. Und jedes Mal bin ich wieder aufgewacht. Ein recht mühsames, schmerzhaftes Erwachen, aber ein Erwachen. Die Natur geizt nicht mit solchen Phänomenen, wenn man nur bereit ist, sie ganz bewusst zu befragen. In unserem Fall ist es schlichtweg ein Lernprozess. Es genügt, aus den vorhandenen Quellen im tiefsten Innern von uns selbst zu schöpfen.«

»Und seine Beschatter haben diese … diese Verwandlung mitbekommen?«

»Ja, und sie stellen sich natürlich eine Menge Fragen …«

»Und wer ist diese Frau? Die Frau, die von Marcus gefoltert worden ist und von der alles ausgeht?«

»Es würde Ihnen nichts nützen, mehr über sie zu wissen. Sie

ist jedenfalls gefährlich. Ihr Ziel ist Marcus. Um ihn zu erwischen, ist sie zu allem fähig, zu allem.«

»Wo ist Marcus?«

»Ich habe absolut keine Ahnung. Vielleicht ist er tot?«

»Tot?«

»Ja. Er hat schon häufiger beinahe dran glauben müssen. Unter der Inquisition musste er einmal für mehrere seiner Verbrechen Rede und Antwort stehen. Er wurde der Folter unterzogen und aufgehängt, aber er ist davongekommen … nicht durch ein Wunder, es war nichts Übernatürliches, sondern einfach reiner Zufall. Meine Brüder und ich sind nicht unsterblich, Anna. Wenn man mir eine Kugel in den Kopf jagt, ist es aus. Deshalb hatte ich immer große Angst um Tom. Haben Sie seine vielen Narben gesehen? Unsere Zeit vergeht im Schneckentempo, ein Jahr bei euch entspricht in unserem Leben nicht einmal einer Minute, aber letztlich hege ich keinen Zweifel über unser Ende. Ich bin ein Kind gewesen, und jetzt bin ich ein reifer Mann. Das Alter naht. Ich habe den Aufschwung der Menschheit miterlebt, und ich denke, ich werde sie wohl auch verschwinden sehen, zumindest in ihrer heutigen Form. Zurzeit ist sie dabei, selbst so viele Manipulationen an ihrer Nachkommenschaft vorzunehmen, dass die Prognose für kluge Köpfe keine Zweifel zulässt. Sie hat sich darauf programmiert, über sich selbst hinauszuwachsen. Das wird, wenn überhaupt, höchstens noch einige Jahrtausende dauern, so erstaunlich schnell, wie die Entwicklung verläuft. Ich werde dann ein alter Mann sein.«

Anabel rutschte auf ihrem Sitz hin und her und suchte verzweifelt nach einem Argument, um den Abschied hinauszuschieben. Die Schilder neben der Stadtautobahn wiesen bereits auf die Ausfahrt zum Flughafen hin.

»Wir müssen fliehen. Wir haben keine andere Wahl«, wiederholte Monsieur Jacob geduldig. »Ich selbst werde Europa wohl oder übel verlassen. Ich lebe seit dem Mittelalter hier und habe, weiß Gott, viele der hiesigen Gewohnheiten angenommen. Ich verlasse es nicht ohne Wehmut.«

»Also gut«, räumte Anabel ein und unterdrückte ihre Tränen, »aber ...«

»Aber?«

»Warum ist das alles geschehen? Warum sind Sie damals vom Tod verschont geblieben? Ich muss das wissen!«

»Wissen? Glauben Sie denn, ich hätte Gewissheit darüber? Nein, Anabel, ich kann Ihnen keine sichere Antwort darauf geben. Ich glaube vielmehr, ja, ich bin zutiefst davon überzeugt, dass der Tod uns eben nicht verschont hat. Im Gegenteil, an jenem Abend, als wir alle zusammen um das Feuer saßen, als wir seinen Atem spürten, der über uns hinwegfegte und dabei alles mit sich fortriss, an jenem Abend hat er uns, meine Brüder und mich, ausgewählt.«

»Ausgewählt?«

»Ja. Seit grauer Vorzeit haben die Menschen immer versucht, den Tod unter verschiedenen Aspekten, in unterschiedlichen Aufmachungen darzustellen. Die Darstellungen, die Sie kennen, die Ihnen am vertrautesten sind, zeigen ihn als ein Skelett, das bisweilen mit einer Sense bewaffnet ist. Dieses Bild von ihm ist noch jung und hat sich erst vor ein paar Jahrhunderten im Westen durchgesetzt. Als ob seine armen menschlichen Opfer ihn nach ihrem Ebenbild gestalteten, als ob sie ihn sich nur als ihren Doppelgänger vorstellen konnten, als einen zum Skelett abgemagerten Doppelgänger. Ich aber, Anabel, ich sehe ihn ganz anders. Ich hatte viel Zeit, darüber nachzudenken. Ich stelle ihn mir als eines jener schwarzen Löcher vor, von denen die Astrophysiker sprechen. Eine Dunkelwolke, abgekapselt und in sich gekehrt. Er hat sich dort im

Kosmos irgendwo verkrochen und liegt auf der Lauer. Heimlich beobachtet er alle Formen von Leben, die im All hervorgebracht werden und gedeihen, er untersucht sie und nimmt sie in sein Verzeichnis auf. Eigentlich ist er ein Sammler, ein Schmetterlingssammler ... und er legt Wert darauf, von jeder Art ein Exemplar zu besitzen. Wenn sie ausgetrocknet sind, spießt er sie mit einer Nadel auf und fixiert sie in einer Schachtel mit einem Schild, auf dem er ihre Namen einträgt. Dafür hat er uns ausgewählt, meine Brüder, mich und auch Ava. Damit wir zum gegebenen Zeitpunkt am richtigen Platz in seiner Galerie der ausgestorbenen Arten vertreten sind. Wir haben so lange gelebt, so viele Ereignisse miterlebt, so viele Sprachen gelernt, unser Gedächtnis ist so voll von Erinnerungen und Bildern, dass wir unersetzliche Stücke in seiner Sammlung sind. Wir sind *das* Gedächtnis unserer Gattung. Der Tod hat begriffen, dass die verstreuten Horden des Homo sapiens, die durch eine feindliche Natur irrten, ohne sich ihres Schicksals vollständig bewusst zu sein, den Planeten bald beherrschen und dort verschiedene Kulturen begründen würden. Diesen hat er, wenn Sie so wollen, einige Musterexemplare entnommen. Wie ein Laborant, der aus einer angesetzten Kultur ein paar Tröpfchen entnimmt, um sie auf ein Deckglas zu träufeln und unter dem Mikroskop zu untersuchen. Wenn er darüber entschieden hat, wird er uns mit seinen geschickten Fingern packen, um uns in sein unheimliches Museum aufzunehmen. Jetzt erklären Sie mich wohl endgültig für verrückt, stimmt's?«

Anabel schloss für eine Weile die Augen. Sie wusste nicht, was sie dazu sagen sollte. »Aber wenn es Ava gibt, dann gibt es vielleicht noch andere. Warum suchen Sie nicht nach ihnen?«, fragte sie schließlich.

»Was glauben Sie, wofür ich die meiste Energie aufbringe?

Für mein Bestattungsinstitut? Für den Verkauf von Särgen? Nein, Anabel, ich suche hartnäckig nach ihnen. Der Tod hat Vorsichtsmaßnahmen getroffen, er hat seine Musterexemplare vervielfacht, auf allen Kontinenten. Ich habe sie noch nicht ausfindig gemacht. Bis in die jüngste Vergangenheit hatte ich nur wenige Mittel, um mit ihnen in Kontakt zu treten, wenn sie das überhaupt wollten …«

»Ach so, jetzt begreife ich …«, sagte Anabel nach kurzem Nachdenken, »daher die vielen Websites zum Thema Tod. Ihr Jagdgebiet befindet sich wohl im Internet?«

»Sagen wir lieber, mein Schürfgebiet. Seit Jahren verbringe ich die Nächte mit der Suche nach denjenigen, die vom Tod besessen sind. Es ist nur der Anfang einer Spur, eine Annäherung, aber sicher um vieles sinnvoller, als eine Flaschenpost ins Meer zu werfen. Sollte es irgendwo einen anderen Monsieur Jacob geben, dann werden wir uns irgendwann begegnen. Es ist nur noch eine Frage der Zeit … Der Flughafen, Anabel, wir sind da.«

Sie zuckte zusammen. Maxime fuhr gerade auf den Parkplatz vor dem Zugang zu einem Flughafenterminal. Monsieur Jacob fasste Anabel am Handgelenk und nötigte seinen Schützling zum Aussteigen. Sie hatte ihre Reisetasche über die Schulter gehängt, ließ sich widerstandslos ins Innere der Halle führen und starrte auf die Anzeigetafel mit den Abflügen. Rings um sie wimmelte es von Reisenden, die schwer beladene Kofferkulis schoben und nach ihren Kindern riefen, die herumtoben wollten und dabei drohten, in der Menge verloren zu gehen.

Ein junger Mann hob die Hand, winkte Monsieur Jacob zu und kam ihm mit einem Umschlag entgegen. Monsieur Jacob bedankte sich bei ihm und öffnete das Kuvert, das ein Flugticket nach Miami enthielt.

»Wunderbar! Sie starten in einer Dreiviertelstunde. Das Einchecken hat schon begonnen. Jetzt müssen wir uns leider voneinander verabschieden, Anabel.«

Gehorsam reichte sie ihren Reisepass und das Flugticket der Hostess an der Gepäckabfertigung und sah ihrer Reisetasche nach, die auf dem Beförderungsband verschwand. Sie steckte ihr Bordticket in die Jackentasche. Monsieur Jacob drängte sie bereits zu den Kontrollen.

»Weiter darf ich nicht gehen«, sagte er und blieb wenige Meter vor der ersten Absperrung stehen. »Von nun an sind Sie auf sich allein gestellt. Versprechen Sie mir, dass Sie nicht kehrtmachen werden, dass Sie in dieses Flugzeug steigen und viele Jahre ins Land ziehen lassen, bevor sie wieder nach Frankreich kommen. Nehmen Sie das.«

Er gab ihr ein prall gefülltes Ledertäschchen. Sie öffnete den Reißverschluss und sah ein Bündel Geldscheine hervorschauen.

»Es sind sechzigtausend Dollar«, erklärte Monsieur Jacob. »So viel, wie ich für meine Arbeit in Katar bekommen habe. Damit können Sie erst einmal ... weitersehen.«

»Und Sie ... wie werden Sie weitersehen?«, wandte sie ein. »Ihr Haus ist abgebrannt, Sie haben doch gar nichts mehr.« Sie deutete einen Schritt zurück an, wollte dieses letzte Geschenk zurückgeben.

»Sie sind wirklich unbedarft! Machen Sie sich um mich keine Sorgen. Ich habe natürlich hier und da für Rücklagen gesorgt ... Nach so langer Zeit verfüge ich über einige Ersparnisse, wie Sie sich vorstellen können«, erwiderte er mit einem breiten Lächeln.

Er nötigte sie, das Täschchen einzustecken, und legte seine Hand für eine letzte zärtliche Geste an ihren Hals.

»Geben Sie mir doch nur eine Adresse, eine Anlaufstelle!«,

flehte sie. »In zehn, zwanzig Jahren könnten wir uns wieder sehen!«

»Nein, Anabel. Es ist Zeit, ein neues Kapitel aufzuschlagen. Ich habe Ihnen schon genug Ärger eingebracht.« Er nahm sie in seine Arme und drückte sie fest. »Adieu, Anabel«, murmelte er, »ich wünsche mir, dass Sie glücklich werden. Das haben Sie verdient.«

Sie gab dem Polizisten im Kontrollraum ihren Reisepass und betrat mit abwesendem Blick den internationalen Bereich. Dann drehte sie sich noch einmal um.

Monsieur Jacob war verschwunden.

30

Während des zehnstündigen Flugs blieb Anabel starr auf ihrem Platz sitzen. Gleich nach dem Start riss sie mit dem Fingernagel eine der Plastiktüten auf, die von den Stewardessen verteilt wurden; darin befanden sich eine Reisedecke, Kopfhörer, mit denen man die an Bord übertragenen Musikprogramme hören konnte, sowie eine Augenbinde für jene Passagiere, die schlafen wollten, ohne vom Licht gestört zu werden. Letztere zog sie über die Augen, um in der Abgeschiedenheit dieser scheinbaren Dunkelheit nachzudenken. Sie konnte einfach nicht glauben, was ihr da widerfuhr, zweifelte an der Wirklichkeit ihrer Lage. Die verrückte Geschichte, die Monsieur Jacob ihr erzählt hatte, konnte unmöglich wahr sein. Dennoch war sie wirklich entführt worden, und er war wirklich gekommen und hatte sie befreit, sie saß wirklich in diesem Flugzeug, und das Ledertäschchen, das mit Dollarscheinen voll gestopft war, lag wirklich auf ihren Knien. In den folgenden Stunden mobilisierte sie alle Kräfte ihres Gedächtnisses, um die Erinnerungen an die letzten Wochen für immer festzuhalten, und sie bemühte sich, keine Einzelheit zu vergessen.

✡

In den ersten Monaten nach ihrer Ankunft in den Vereinigten Staaten irrte sie vollkommen orientierungslos und ratlos von Ort zu Ort. Sie verbrachte ihre Zeit mit Spaziergängen durch die Straßen und dem Versuch, sich vorzustellen, wie das Leben von Monsieur Jacob, Tom und Ava wohl verlaufen war – und wie es ihnen jetzt erging. Doch es gelang ihr nicht, trotz aller Anstrengungen. Ein Schwindel erregendes, äußerst beängstigendes Gefühl war damit verbunden. Sie versteifte sich auf diese Aufgabe, schloss sich in Bibliotheken ein, blätterte zahllose Geschichtsbücher durch auf der Suche nach ihren Gesichtern auf Illustrationen, alten Stichen, Gemälden, die bis in vorantike Zeiten zurückreichten. Allmählich gelangte sie zu der Überzeugung, dass sie diese Suche aufgeben musste, wenn sie nicht untergehen wollte. Eines Morgens wachte sie in ihrem Hotelzimmer auf und war plötzlich geheilt von dieser Krankheit, deren Symptome außer ihr niemand hätte beschreiben können.

Fest entschlossen, ihre ziellose Wanderschaft zu beenden, suchte sie sich Arbeit in ihrem Spezialfach, der Thanatopraxis. Sie verstand es, aus den Kenntnissen, die sie sich in dem bescheidenen Bestattungsinstitut in der Rue Bichat angeeignet hatte, Kapital zu schlagen, und kam in dem Unternehmen, das bereit gewesen war, sie einzustellen, schnell voran. Fünf Jahre später verließ sie es, um ihr eigenes Institut zu gründen, und dieses baute sie zügig aus. Von Stadt zu Stadt, von Staat zu Staat, von Minnesota nach New Orleans, von Texas bis Kalifornien errichtete sie Niederlassungen, und selbst im Ausland schuf sie Filialen, nur um Frankreich machte sie einen großen Bogen. Auf Geschäftsreisen und bei internationalen Kongressen, wo sich die Spezialisten der Thanatopraxis regelmäßig versammelten, spähte sie unter ihren Kollegen heimlich nach der unverkennbaren Silhouette Monsieur Jacobs. Jahrelang besuchte sie beharrlich sämtliche Internetseiten, die sich mit dem Tod befassten. Natürlich hatte sie auch für einen eigenen Internetauftritt gesorgt und veröffentlichte dort verzweifelte Aufrufe, wartete auf ein Zeichen von ihm. Doch ebenso gut hätte sie eine Flaschenpost ins Meer werfen können. Antwort erhielt sie höchstens von irgendwelchen Witzbolden. Irgendwann gab sie es auf.

✡

Monsieur Jacobs Wunsch ging in Erfüllung. Anabel führte ein glückliches Leben. Sie sammelte Liebhaber, ohne dass es je einem gelang, Tom vergessen zu machen. Schließlich gründete sie eine Familie. Sie legte ihren Mädchennamen ab, um den Namen ihres Mannes anzunehmen, und setzte vier Kinder in die Welt. Sie begann zu altern. Ihre Kinder wurden groß, und sie wurde Großmutter.

Im Frühjahr 2070 begab sie sich nach Paris, um dort einen ihrer Enkelsöhne mit einer jungen Französin zu verheiraten. Bei Einbruch der Dunkelheit verließ sie heimlich die Hochzeitsfeier, ließ sich nach Nogent hinausfahren und gedachte dort in aller Stille der Vergangenheit, wo einst die Villa gestanden hatte, die nie wieder aufgebaut worden war. Der Garten war verwildert, die Trümmerreste überwuchert, die Natur hatte fast alle Spuren von einst verwischt.

✡

Ihren hundertsten Geburtstag feierte sie ohne Zwischenfälle im Kreis ihrer ganzen Nachkommenschaft. Wie Monsieur Jacob vorausgesagt hatte, erlebte sie die Anfänge, aber nur die Anfänge, einer langsam um sich greifenden Mutation. Sie profitierte auch selbst davon. Die Ärzte verschrieben ihr Unmengen von Molekülen, die den Alterungsprozess verlangsamen sollten. Sie unterzog sich Operationen, bei denen alle ihre Organe, die versagten, nach und nach durch jene Transplantate ersetzt wurden, die in ihrer Jugend erprobt und seither im großen Maßstab vervollkommnet worden waren. Letzten Endes konnte sie nicht mehr unterscheiden, welche Organe noch die ihren waren, von ihrem eigenen Körper stammten, und welche zu dem Arsenal von Implantaten gehörten, mit denen man sie ausgestattet hatte. Sie war nur noch ein endloses Flickwerk. Des Lebens längst überdrüssig und von Missmut geplagt, erlebte sie schließlich ihren Hundertfünfzigsten. Monsieur Jacob hatte Recht gehabt. Die Zeit war ein Gift. Sie hatte sich nur deshalb so sehr darauf versteift, den unabwendbaren Moment hinauszuschieben, weil sie immer noch hoffte, dass sie eines Tages oder eines Abends an einer Straßenecke, in einem Restaurant, auf einem Bahnsteig Monsieur Jacob begegnen würde und sie beide nach diesem langen Warten das Gespräch fortführen könnten, das sie im Herbst 2001 in der Abfertigungshalle des Flughafens von Roissy unterbrochen hatten.

✡

Anabel starb am 26. April 2126. Einer ihrer Ururenkel hatte sie in ein nahe gelegenes Krankenhaus gebracht. Die Batterie ihres Herzschrittmachers zeigte Abnutzungserscheinungen. Nichts Beunruhigendes, so etwas war schon häufig vorgekommen. Anabel wartete in aller Bescheidenheit, bis man sich ihr widmen würde. In dem Krankenzimmer, in das man sie gelegt hatte, lief der Fernseher, um die Patienten abzulenken und ihnen zu helfen, die Zeit totzuschlagen. Anabel sah den Vorspann zur Nachrichtsendung von CNN. Im hintersten Winkel des Kaukasus hatte eine Miliz unter Führung eines Psychopathen den Botschafter der Europäischen Konföderation als Geisel genommen und verbreitete Terror. Nach ersten Informationen seitens der Sicherheitskräfte nannte sich ihr Anführer Marcus. Der Moderator von CNN leitete zum nächsten

Thema über. Am anderen Ende der Welt, in Lateinamerika, hatten Guerilleros einen winzigen Landstrich erobert und bereiteten sich auf einen Kampf mit den Kräften der Repression vor. Ihr Leader stand den Journalisten Frage und Antwort.

Anabel erkannte Toms Gesicht sofort. Er hatte sich seit ihrer Trennung kaum verändert. Er war ein bisschen, aber nur unmerklich, dicker geworden. Sie streckte ihre Hand nach dem Bildschirm aus, versuchte vergeblich, aus ihrem Krankenbett aufzustehen. Der plötzlich aufsteigende Schmerz in ihrer Brust war zu groß. Es schien ihr, als hörte sie eine vertraute Stimme, die ihr ins Ohr flüsterte:

»Gehe in Frieden, meine liebe, meine zärtliche Freundin. Du hast alles erlebt, was es für dich zu erleben gab, jetzt gibt es nichts zu bedauern und erst recht nichts zu bereuen, es ist vorbei, vorbei, vorbei ...«

Anmerkung des Autors

Die Handlung dieses Romans beruht auf den Arbeiten verschiedener Wissenschaftler, die in unterschiedlichen Bereichen forschen: David Le Breton, Yves Coisneaux, Jacques Marette, Louis-Vincent Thomas, Swetlana Alexijewitsch, Stéphanie Heuze, Christophe Bourseiller …